MW01616445

ORHAN KEMAL

Asıl adı Mehmet Raşit Öğütçü olan Orhan Kemal, 15 Eylül 1914'te Adana'nın Ceyhan ilçesinde doğdu. Babası ilk TBMM'de milletvekilliği ve Adalet Bakanlığı yapmış olan Abdülkadir Kemali Bey'dir. Adana'da Ahali Cumhuriyet Fırkası'nın kurucusu olan Abdülkadir Kemali Bey daha sonra partisinin kapatılması üzerine ailesiyle birlikte Beyrut'a yerleşti ve Orhan Kemal bu dönemde orta son sınıftaki eğitimini yarıda bıraktı. 1932'de Türkiye'ye geri döndükten sonra, çırçır fabrikalarında işçilik, dokumacılık ve ambar memurluğu yapan Orhan Kemal, 1937 yılında evlendi. 1938 yılında, Niğde'de askerlik görevini yaparken Ceza Yasası'nın 94. maddesine muhalefetten yargılanarak beş yıl hüküm giydi. 1940 yılında Bursa Cezaevi'nde Nâzım Hikmet'le tanışması sanat yaşamının önemli dönüm noktalarından biri oldu. 26 Eylül 1943'te serbest kalan Orhan Kemal, 1951 yılında İstanbul'a yerleşti. Bu dönemden itibaren geçimini yazarlıkla sağladı. 1966 yılında bir ihbar nedeniyle yeniden tutuklanarak Sultanahmet Cezaevi'ne gönderildi. Otuz beş gün sonra salıverildi. 1968 yılında bu davadan beraat ettikten iki yıl sonra, 2 Haziran 1970'te davetli olarak gittiği Sofya'da öldü. İlk şiirlerini Raşit Kemali adıyla *Yedigün, Yeni Mecmua* gibi dergilerde yayımlayan Orhan Kemal, Nâzım Hikmet'in etkisiyle düzyazıya yöneldi. İlk düzyazısı "Balık" adıyla 1940 yılında *Yeni Edebiyat* gazetesinde ilk öykülerini ise 1942 ve 1943 yıllarında *İkdam* ile *Yurt ve Dünya* dergilerinde yayınlandı. Daha sonra *Varlık, Gün, Yığın, Seçilmiş Hikâyeler, Yaprak, Yeni Başdan, Yeditepe, Beraber* gibi dergilerde de yer alırken birçok romanı da *Vatan, Dünya, Ulus, Son Havadis* ve *Cumhuriyet* gazeteleri tarafından tefrika edildi. *Kardeş Payı* ile 1958 yılında Sait Faik Hikâye Armağanı'nı kazanan Orhan Kemal, *Önce Ekmek* ile de 1969 yılında Sait Faik Hikâye Armağanı'nı ve TDK Öykü Ödülü'nü kazandı. *72. Koğuş, Murtaza, Eskici Dükkânı, Kardeş Payı* ve *İspinozlar (Yalova Kaymakamı)* adlı yapıtlarını oyunlaştırdı. *72. Koğuş* ile 1967 yılında Ankara Sanatseverler Derneği tarafından en iyi oyun yazarı seçildi. Orhan Kemal'in ailesi tarafından 1972 yılından beri yazarın ölüm yıldönümünde verilmek üzere Orhan Kemal Roman Armağanı düzenlenmektedir. İstanbul'da kendi adını taşıyan müzesi bulunmaktadır. Yapıtları: *Murtaza, El Kızı, Yalancı Dünya, Sokakların Çocuğu, Müfettişler Müfettişi, Üçkâğıtçı, Ekmek Kavgası, 72. Koğuş, Eskici ve Oğulları, Cemile, Nâzım Hikmet'le Üç Buçuk Yıl, Bereketli Topraklar Üzerinde, Sokaklardan Bir Kız, Vukuat Var, Hanımın Çiftliği, Suçlu, Dünya Evi, Kötü Yol, Yağmur Yüklü Bulutlar, Kırmızı Küpeler / Babil Kulesi, Oyuncu Kadın / Gâvurun Kızı, Grev, Serseri Milyoner / İki Damla Gözyaşı, Gurbet Kuşları, Evlerden Biri, Kaçak, Kanlı Topraklar, Arkadaş Islıkları, Devlet Kuşu, Bir Filiz Vardı, Baba Evi / Avare Yıllar, Sarhoşlar, Çamaşırcının Kızı / Küçücük, Kardeş Payı, Önce Ekmek, Tersine Dünya, İstanbul'dan Çizgiler, Oyunlar 1-2, Yazmak Doludizgin (Günlükler/Şiirler), Senaryo Tekniği ve Senaryolar, Önemli Not!* (Düzyazılar), *Yüz Karası, Zamana Karşı Orhan Kemal* (Eleştiriler ve Röportajlar), *Uçurum/Röportajlar, Orhan Kemal Sessizlerin Sesi, Kenarın Dilberi, Bilinmeyen Senaryolar, Unutulmuş Öyküler, Elli Kuruş / Çikolata, İnci'nin Maceraları.*

ORHAN KEMAL

BEREKETLİ TOPRAKLAR ÜZERİNDE

§

Yayın No 625
Türkçe Edebiyat 196

Bereketli Topraklar Üzerinde
Orhan Kemal

Yayına hazırlayan: Çiğdem Su
Kapak tasarımı: Utku Lomlu
Arka kapak fotoğrafı: Ara Güler
Sayfa tasarımı: Zülal Bakacak

© 1954, Orhan Kemal
© 2008, bu kitabın tüm yayın hakları
Everest Yayınları'na aittir.

1-4. Basım: 1954-1975, Remzi Kitabevi
5-9. Basım: 1976-1985, Cem Yayınevi
10. Basım: 1989, Can Yayınları
11-14. Basım: 1993-2003, Tekin Yayınevi
15-17. Basım: 2005-2007, Epsilon Yayınları
18-33. Basım: Kasım 2008-Aralık 2015, Everest Yayınları
34-35. Basım: Mayıs-Ekim 2016
36-37. Basım: Şubat 2017
38-39. Basım: Mayıs 2017
40-41. Basım: Kasım 2017

ISBN: 978 - 975 - 289 - 554 - 6
Sertifika No: 10905

Orhan Kemal Müzesi
Kılıçalipaşa Mah., Akarsu Yokuşu Sok. No:30, Cihangir,
Taksim, Beyoğlu, İSTANBUL
Tel: (0212) 252 88 38 - 292 92 45 Fax: (0212) 293 63 39
E-mail: info@orhankemal.org
www.orhankemal.org

Baskı ve Cilt: Melisa Matbaacılık
Matbaa Sertifika No: 12088
Çiftehavuzlar Yolu Acar Sanayi Sitesi No: 8
Bayrampaşa/İstanbul
Tel: (0212) 674 97 23 Faks: (0212) 674 97 29

EVEREST YAYINLARI
Ticarethane Sokak No: 15 Cağaloğlu/İSTANBUL
Tel: (0212) 513 34 20-21 Faks: (0212) 512 33 76
e-posta: info@everestyayinlari.com
www.everestyayinlari.com
www.twitter.com/everestkitap
www.facebook.com/everestyayinlari
www.instagram.com/everestyayinlari

Everest, Alfa Yayınları'nın tescilli markasıdır.

BEREKETLİ
TOPRAKLAR
ÜZERİNDE

1

Orta Anadolu'nun seksen evlik köylerinden Ç. Köyü'nün erkekleri o yıl da çalışmak için çeşitli iş bölgelerine dağıldılar: Sekizi onu Kayseri Dokuma Fabrikası'na gitti, dördü beşi Sivas Çimento Fabrikası Cer Atölyesi'ne, içlerinden üçü de Çukurova'nın yolunu tuttu.

Bu üç kişi, İflahsızın Yusuf, Köse Hasan, Pehlivan Ali köyde kapı komşuydular, çocuklukları bir arada geçmişti. Biraz palazlanınca şunun bunun tarlasına, dağa oduna birlikte gidip geldiler. Birbirlerinden çokluk ayrılmadılar. Yalnız İflahsızın Yusuf, bir ara Sivas Cer Atölyesi'nde iki ay hamallık etmişti, ötekilerse köyden ilk kez çıkıyorlardı.

Omuzlarında beyaz torbaları, koltuklarında birer er kaputu gibi kıvrılıp kınnapla çeke çeke bağlı yorganları, tren yoluna indiler. Sivas'tan gelen tren, köyün üç saat ötesindeki ufacık istasyonda birkaç dakika dururdu.

Üç arkadaş gece yarısı vardılar istasyona. Kaba bir rüzgâr ortalığı altüst ediyordu. Yukarda da öfkeli, kapkara bulutlar.

En uzunları İflahsızın Yusuf, burnunun bir deliğini tıkayıp ötekinden var gücüyle hıhlayarak elinin tersiyle burnunu sildi, sonra, yeşil bir fener tutan istasyon makasçısına sokuldu:

"Öyle mi hemşerim? Tren geç mi gelecek ola?"

Köse Hasan'la Pehlivan Ali de sokulmuşlardı.

Karnı fena hâlde sancılanan makasçı kesti attı:

"Ne zaman gelirse o zaman binersiniz!"

Barakaya girdi.

Köse Hasan'la Pehlivan Ali barakanın duvarı dibine çömeldiler. İflahsızın Yusuf karşılarına bağdaş kurdu. Sigaraları yaktılar...

Ufak tefek, kupkuru Köse Hasan, "Uyur muyuruz da," dedi.

Yusuf lafını ağzına tıkadı:

"Uyunur muyunur muymuş? Evvel Allah'ın izniyle Çukurova'ya diye çıktık köyden!"

Kalın bedenli Pehlivan Ali tamamladı:

"Tabanlarımızı bassaydık bir kerre Çukurova toprağına sağlıcakla!"

İflahsızın Yusuf bu sefer de burnunun öbür deliğinden hıhladı:

"Allah diyen neden geri kalmış? Basacağız evvel Allah'ın izniyle tabanlarımızı da, gövdelerimizi de. Lakin biz biz olalım, şehir yerinde göz kulak olalım kendimize kardaşlar. Neden derseniz, şehir yeri köy yerine benzemez. Şehir adamı köylüyü cin çarpar gibi çarpar. Birbirimize iyice sarılalım, el sözüne kulak asmayalım. Anca beraber, kanca beraber!"

Pehlivan Ali, "Tabii canım," dedi. "Kulak asılır mı? Gurbete çıktık mesela..."

"Emmim derdi ki, uşaklar derdi, gurbete düştünüz mü, siz siz olun, sılayı içinizden atın derdi. Atamadınız mı yandınız derdi."

Köse Hasan içini çekti:

"Emmin de, fukara... Sıla deyi deyi..."

"Sılaya hasret kaldı. Lakin emmimin avradı... Avrat dediğin böyle olmalı. Tam Osmanlı. Köy yerinde o kadar ettiler de ere vardı mı?"

Köse Hasan'la Pehlivan Ali az kalsın güleceklerdi, kendilerini tuttular.

Yusuf'sa kendi kendini yanıtladı:

"Varmaz. Niye varmaz? Eski toprak, halis Osmanlı da ondan!"

Kaba rüzgâr, kaynaşan bulutlar... Yusuf su dökmeye kalkınca, Köse Hasan kıs kıs güldü:

"Emmisinin avradı, duyuyor musun Ali?"

Ali de güldü:

"Halis Osmanlı mıymış?"

Yıldız dolu, berrak bir yaz gecesini hatırladılar. Ağustos ortasında, sıcak bir geceydi. Suyu çekilmiş derede çerçiyle bastırmışlardı. Çerçi korkmuş kaçmış, Dudu Abla korkmamıştı. Yattığı yerden kımıldamamıştı bile. İlkin Pehlivan Ali işini bitirmişti, sonra Köse Hasan.

Köse Hasan içini çekti:

"Lakin zorlu avrattı ne yapacaksın onu, dokuzu!"

"Zorlu da söz mü? Hamurlu avrattı..."

"Ne dediydi? Gâvurlar, kimseye derseniz öldürürüm sizi dediydi."

"Dediydi ki dediydi kahpe!"

"Şimdi olmalı ki, hı? Ne diyorsun?"

"Yusuf olmamalı ki tadı çıksın."

"Tabii canım."

Yusuf uçkurunu bağlayarak geldi:

"Lakin bu gurbet," dedi. "Gurbet gibi kötü var mı? Gâvurdan beter dinime imanıma..."

Torbasını omuzuna vurup evden çıktığı anı hatırlamıştı.

Köse Hasan anlamadı:

"Niye?"

"Kötü tekmil. Adamın gözü ardında kalıyor. Ben Sivas'tayken köy aklımdan tövbe çıkmazdı. En biri emmim. Gurbete düştün mü, sılayı yüreğinden atacan derdi, derdi ya, kendi atabildi mi? Ne mümkün? Adamın vatanı derdi, vatan başka derdi..."

Yerden bir taş aldı, karanlıklara fırlattı.

Köse Hasan da evden ayrılışını hatırlamıştı. İçinden bir sızı geçti:

"Doğru. Adamın içi bir tuhaf oluyor. O, bu değil ya, gittiğimize göre zorlu birer iş tutaydık bari..."

"Tutarız Allah'ın izniyle. Bizi yurdumuzdan, yuvamızdan eden Allah..."

"Doğru, yurdumuzdan, yuvamızdan..."

"Kadere kırk beş!"

"Bu işte de var bir hayır..."

Pehlivan Ali başını havaya kaldırdı. Ayın önünde kaynaşan simsiyah bulutlar korkunçtular. Ürktü.

"Yusuf lan," dedi. "Bulutlara bak hele."

Hep baktılar.

"Ne var bulutlarda?"

"Kara kara."

"Allah'ın bulutu."

"Doğru. Yusuf!"

"Hı?"

"Allahımız o bulutların öte başında mı?"

Yusuf'un pek bir fikri yoktu. Gene de, "Tövbe estağfurullaaaah," dedi.

"Günah mı?"

Yusuf başını kıvrattı. Nelerine gerekti günah, sevap. Hasan'a baktı:

"Benim oğlanı biliyon mu?" dedi. "Birden sakarlandı bu yıl. Bıldır çelik gibiydi..."

Hasan başını salladı:

10

"Ekinlere kara kurt indi ondan. Benim Emine de; kulak asma. O, bu değil, ardımdan üzgün üzgün bakışı yok mu, tövbe aklımdan çıkmıyor. Ne dediydi biliyon mu?"

"Ne dediydi?"

"Babam babam dediydi, gelirken bir saç tokasıyla bir de üstü işli tarak getir dediydi, anasından gizli. Pek korkar anasından..."

Yusuf kurnazca göz kırptı:

"Anası ne istedi gayri?"

"Hiçbir şey. Hani avradım diye değil, bunca yıllık karım mesela tövbe istemez. Benim uğrumda, su içmez be!"

"Benim avrat gibi."

"Lakin iyi bir para kazandım mı..."

"N'örecen?"

"Biliyorum ben n'öreceğimi. Sen n'örecen?"

"Ben mi? Ben iyi bir gazocağı alacağım arkadaş. Köy yerinde söylensin!"

"Gazocağı da ne ki lan?"

İflahsızın Yusuf gururla güldü:

"Sen bilmezsin! Gazocağının pompası var. Bastın mı ateş püskürür, hem de yılan ıslığı gibi seda verir. Sivas'ta, Cer Atölyesi'nde hamalken, bizim bir şef vardı. Lakin iyi adamdı. Namaz mamaz kılmazdı ya, iyi adamdı. Onda vardı. Bir yakardı ki, eh. Yemek mi pişireceksin? Koy üstüne tencereyi, su mu ısıtacaksın? Koy tenekeyi. Anide. On beş, yirmi bankonota veriyorlarmış..."

Hasan'ın gözleri büyüdü:

"On beş, yirmi bankonot mu?"

"Ne belledin ya!"

"Çok lan."

"Lakin tevatür bir şey. Pompası da var. Bastın mı ateş püskürür. Bizim şef bir yakardı ki..."

"Demek yılan sedası gibi?"

"Yılan sedası gibi dinime imanıma."

"Bak hele Yusuf, bu şehir dedikleri de aboo değil mi?"

11

"Ne diyon Köse ne diyon? Gece olmaz mı, sokaklarda bütün elektrikler yanar, gündüz gibi, ipil ipil. O tomafiller, o avratlar, o ne bileyim canım, dille tarifi mümkünsüz. Siftah gidince adamı bir çarpar ki eh. Kendi kendini yitirirsin, ne yana bakacağını şaşırırsın. Lakin kardaşlar, biz biz olalım, şehirlinin dolabına düşmeyelim. Anam avradım olsun, bizi yek ekmeğe muhtaç ederler!"

"Bir şey olmaz evvel Allah'ın izniyle. Şehir adamı olduysa..."

"Orası öyle."

"Biz kardaştan ileriyiz. Değil mi?"

"Tabii canım. Bizim gibi var mı?"

"Biz şehirliyi yanıltırız değil mi?"

"Yanıltırız ya, gene de şehirli... Şehirli bir cin. Şehirliyi biliyor musun sen?"

Pehlivan Ali'ye baktılar. Alacakaranlıkta yüzü görünmüyordu pek. Görünmüyordu ya, kötü kötü düşündüğünü anladılar. Yusuf:

"Ne düşünüyon kardaş?"

Pehlivan Ali iki yanına kımıldandı.

Köse Hasan usullacık, "Ayşe'yi düşünüyor olmalı," diye mırıldandı. "Ne yapsın? Onun ki büsbütün kötü. Biz hadi neyse..."

"O da evli sayılır..."

"Sözlü amma?"

"Olsun. Sözlü demek yarı evli demek..."

Pehlivan Ali hâlâ oralarda değildi. Yusuf üsteledi:

"Öyle değil mi kardaş?"

Pehlivan Ali bir sigara yaktı, ağız dolusu bir duman üfledi göğe doğru.

Yusuf, "Emmim der ki," dedi, "gurbete düştün mü, sılayı unutacaksın derdi. Unutmadın mı, kor insana pek derdi. İş miş tutamazsın, aklın fikrin dağılır. Hepimizinki de bir ekmek derdi mesela. Öyle değil mi?"

Köse:

12

"Ne diyorsun Yusuf? Gözü çıksın. Yurdumuzu, yuvamızı ne diye teptik?"

"Gurbette sılanı düşündün mü yandın. Hani emmim diye değil, nasıl adamdı? Adamın tekesi değil miydi Köse? O bile gurbette kalmadı mı? Yanından gelenler deyiverdilerdi, sıla deyi deyi ruhunu teslim etmiş fukara!"

Üçüne de bir gariplik çökmüştü. Uzaklara, ta uzaklara baktılar. Koyu karanlıklardan başka şey görünmüyordu.

"Ayağın gurbete düştü de alıştın mı, bırak. Her zaman gidersin. Gurbet çağırır, duramaz, mümkünü yok duramaz gidersin. Gitmesen köy yeri batar, bunalırsın. Kendir kement tutamaz seni, gidersin. Gidince de durabilir misin? Ne mümkün? Bu kez sıladır içinde yaf yaf eder, burcu burcu kokar, düşlerine girer. Ah bir gitsem diye can atarsın, iple çekersin sılayı. Gidersin de, gitmeye gidersin. Bir gün, beş gün... Kardaşıma deyim, bu kez gurbettir el eder, çağırır seni. Köydür batar, yüreğindir daralır daralır, ceviz kabuğu gibi daralır. Buraya ne demeye geldim dersin, kahredersin. Bir kez yolun gurbete düştü mü, yu elini kendi kendinden!"

"Niye?"

"Sen eski sen değilsin ki. Gurbete düşersin sıla çağırır, sılana kavuşursun gurbet el eder, şehir yerinde eyleşmeye alışan adamı köy yeri sıkar. En biri ben! Ben Sivas'a gitmeyeydim, Çukurova'ya heves etmezdim ki!"

"..."

"Lakin Çukurova..."

Tam bu sırada gök yarılır gibi oldu, bir şimşek çaktı. Ortalık mavi mavi ışıdı. Bu bir anlık mavi aydınlıkta İflahsızın Yusuf Pehlivan Ali'yi gördü, beğenmedi. Kötü kötü düşünüyordu.

Şimşekten ötürü, "Hak şüküüür," dedi. "Bizim hemşerilerin fabrikası..."

"Ne olmuş?" dedi Köse Hasan.

"Pek tevatürmüş hani..."

"Doğru. Bize yaban gözüyle bakmaz ya!"

"Bakar mı? Hemşerimiz be. Hemşerinin kötüsü mü olur? Bizi bir gördü de kim idiğimizi belledi mi..."

"Amanın hemşerilerim gelmiş diye... Bizi tutmayıp da şehirliyi ne diye tutsun?"

"Tabii canım, akıl var yakın var..."

"Hemşeri demek hısım demek. Ben kendi nefsime, hemşerim şurda dururken, yazının şehirlisini niye işime alayım? Sen olsan alır mısın Köse?"

"Alınır mı Yusuf? Hemşeri, de, dur orda. Demek fabrikası pek tevatürmüş?"

"Dille tarifi mümkünsüz. Sivas'ta, Cer Atölyesi'ndeyken ben, bir şefimiz vardı. O anlattıydı, Lakin hemşerimiz parayı tam demetlemiş!"

"Allah kılıcını daha da keskin etsin. Hemşerimiz gibi var mı?"

"Olabilir mi?"

"Olamaz tabii."

"Tabii olamaz!"

"Demek parayı kazanınca? Ha?"

"Ben bilirim yapacağımı..."

"Yılan ıslığı gibi seda verir demek? Köy yerinde yılan bellerler ha Yusuf?"

"Bes,* muhtar bellemez!"

"Muhtar... Tabii canım, koskoca muhtar. Güzün oğlunu da everecek!"

Durdu, düşündü, sonra, "Yusuf?" dedi.

"Hı?"

"Yirmi bankonota ben de kıyarım belki?"

"Niye?"

"Ondan alacam!"

"Sahi mi?"

---

* Sadece.

14

"Dinime imanıma. Muhtardan gizli köylüyü bizim dama toplar, ikimiz iki yandan yaktık mı yılan bellerler ha!"

"..."

"..."

Gece yarısını iki saat geçe, yağmurun aşırı hızlandığı bir sıra, uzaklardan düdük öttürerek gelen, bir an duran tıklım tıklım trenin üçüncü mevki kompartımanlarından birine yarı ıslak bindiler. Tren omuz omuzaydı.

Torbalarıyla yorganlarını tuvaletin kapısı önüne koyup tepelerinde yanmakta olan ampulün portakal renkli ışığına oturdular.

Birer sigara yaktıktan sonra birdenbire boşanan Pehlivan Ali elini kulağına attı:

Enginli yüksekli kayalarımız
Gamınan yoğruldu binalarımız
Doğurmaz olaydı analarımız
...

2

Mavi şimşekler çakan koyu karanlıklara sicim gibi bir yağmur yağıyor, ırgat yüklü tren, aydınlık pencereleriyle, bozkırda Çukurova'ya doğru akıyordu.

Pehlivan Ali oturduğu yere sımsıkı tutunmuş, tekerleklerin raylarda çıkardığı tiktak'ları dinliyordu.

Bir ara, "İnsan dediğin bir kanatsız kuşmuş," dedi.

Köse Hasan tiktak'ların üzerinde sallanırken başını kaldırıp baktı, gülümsedi:

"Doğru."

İflahsızın Yusuf da böyle düşünüyordu ama, soğuktan bomboz kesilmişti:

"Uuuuuv," dedi. "Hava pek soğudu be!"

15

"Soğudu ki soğudu."

"Yorganlarımızı çözelim mi ne yapalım?"

"Çözelim vallaha. Amanı biliyor musun?"

Birer er kaputu gibi kıvrılı, kınnapla da sıkı sıkıya bağlı yorganlarını çözüp sarındılar.

Pehlivan Ali gözlerini hazla yumdu, açtı:

"Ah şu Çukurova'ya bir inseydik!"

"İneriz," dedi Yusuf.

Hasan merakla sordu:

"Orası şimdi günlük güneşlik mi Yusuf?"

Bilirmiş gibi başını salladı:

"Günlük güneşlik!"

Yanı başlarında sigara içmekte olan, hiç dikkat etmedikleri bir delikanlı merakla sordu:

"Çukurova'ya mı gidiyorsunuz?"

Üçü, en çok da Yusuf, delikanlıya sertçe baktılar. Adamın üstü başı düzgünceydi. Bacağında dokuma bir külot pantolon, sırtında lacivert yün kumaştan bol ceket. Ceketinin mendil cebinde kopçalı, sarı bir kurşunkalem takılıydı. İflahsızın Yusuf, "Oğlan şehirliye benziyor. Siz lafa söze karışmayın. Ben ifadesini alıvereyim!"demek isteyerek arkadaşlarına baktıktan sonra, delikanlıya döndü:

"Çukurova'ya gidiyoruz!"

"Ben de. Lakin iyi yerdir. Kış ortasında bile günlük güneşlik olur. Suyu tatlı, ekmeği bol..."

"Ne yapmaya gidiyorsun sen?"

Oğlanın burnu gururla parladı:

"Ben mi?"

"Sen."

"Ağalarım var orda benim!"

Pehlivan Ali'nin tepesi attı:

"Bizim de var!"

Yusuf'un aklı giderek arkadaşını payladı:

"Sus sen!"

Delikanlıya döndü:

"Demek ağaların var?"

"Ağalarım var ya. Her yıl giderim ben. Ağalarımın çiftliğini görseniz... Bir büyük ki. Herifler yıldan yıla altı bin dönüm ekiyor. Dağ taş mahsul olur. Ağamın karısı, ama büyüğü değil, küçüğü, zorlu avrattır. Geçen yıl dediydi ki, her yıl gel dediydi!"

Yün ceketinin altındaki beyaz gömleğini gösterdi:

"Bu gömlek var ya? Ağamın!"

Ali gene dayanamadı:

"Ağanın da, senin üstünde ne geziyor?"

Delikanlı kıs kıs güldü:

"Ablam verdiydi, ağamın inadına!"

Yusuf uzandı, gömleğe yakından baktı, sonra da anlarmış gibi, eliyle yokladı.

"İyi gömlek!"

"İyi de söz mü? Efendi gömleği. Herif bir giydiğini bir daha giymiyor. O elbiseler, ayakkabıları, altın saat, cigara ağızlıkları. Cigara tabakası tekmil altından!"

Pehlivan Ali'nin kan tepesine çıkmıştı:

"Senin ağanın fabrikası var mı?"

Oğlan Pehlivan Ali'ye cevap verecekti, İflahsızın Yusuf araya girdi:

"Senin adın ne yiğit?"

"Benim adım mı? Veli!"

"Hangi köyden olursun?"

"Ben mi? Sivas'ın köylüklerinden."

Köse Hasan, "Evli misin, ergen mi?" dedi.

"Ben mi? Ergenim. Bu yıl askerlik muayenem yapıldı. Bak!"

Ceketinin iç cebinden cüzdanını çıkardı. Beyaz kaytanla sımsıkı bağlıydı. Kaytanı çözdü. Kimlik cüzdanını açıp gösterdi. İflahsızın Yusuf aldı. Okuma bilirmiş gibi açtı, bakmaya başladı.

Veli, "Ters tutuyorsun," dedi.

Yusuf hemen düzeltti:

"Biliyorum canım!.."

Veli farkında bile değildi Yusuf'un. Ceplerinden birtakım fotoğraflar çıkarıp gösteriyordu:

"Bunları Çukurova'nın köyünde çektirdiydik. Bak, patoz!"*

Köse Hasan:

"Patoz ne?"

"Harman makinesi," dedi Veli.Yusuf hemen aldı:

"Doğru, harman makinesi. Sen bilmezsin!"

Ali, "Sen biliyor muydun?" dedi.

Yusuf aksi aksi baktı:

"Bilmem mi? Ne diye bilmeyecekmişim?"

Veli resimde kendini göstererek, "Beni görüyor musun?" dedi.

Hasan başını salladı:

"Görüyorum."

"Oradaki ben var ya, benim yanımdaki de usta. Lakin zorlu ustadır. Makinenin dilinden bir anlar ki. Şu da bizim ırgatbaşı. Lakin kulak asma..."

"Niye?" dedi Ali.

"Çok haksız. Para günü oldu mu, ağadan ırgatın parasını alır, bir de liste çıkarır yayar... On beş, yirmi mi hak ettin? İki buçuk, üçünü mutlaka keser. Siz Çukurova'ya ilk mi iniyorsunuz?"

İflahsızın Yusuf, Ali'ye sinirli, "İlk," dedi.

"Öyle ise kendinizi kollayın! Neden derseniz..."

Pehlivan Ali umursamadı:

"Biz hemşerimizin fabrikasına gidiyoruz. Hemşerimizin fabrikasını biliyor musun sen?"

İflahsızın Yusuf, Ali'ye bakmadan, "Ne bilsin," dedi. "Onun ağası varmış, tarlada çalışırmış..."

Ali de bakmadan, "Hemşerisi değil ya!" dedi.

Veli:

---

* Batöz.

18

"Hemşerim değil ama, hemşeriden ileri. Küçük karısı hele..."

Ali güldü:

"Çok mu güzel?"

"Bardağa dök iç!"

"Döküp içtin mi?"

"Soruyor musun? Dili de bir tatlı ki. Lakin ağam adam değil. Çifte çifte otomobili var, biner biner gider."

Köse Hasan:

"Nereye gider?"

"Şehre, bara, orospulara..."

Pehlivan Ali, Yusuf'a döndü:

"Otomobil ne ki?"

Yusuf birden hatırlayamadı. Sivas'ta var mıydı? Vardı herhalde ama hatırlayamamıştı birden:

"Sen bilmezsin," dedi.

Veli, Yusuf'a, Ali'yi sordu:

"Şehre ilk mi iniyor?"

"İlk iniyor."

"Bilmez öyleyse. Otomobilin bujisi var, direksiyonu var. Marşına bastın mı, kendi kendine işler. Bir işler ki, kancık ayı gibi!"

Yusuf, "Doğru," dedi. "Kancık ayı ki kancık ayı!"

Ali'nin aklına yatmamıştı:

"Nasıl işler?"

Veli:

"Kendi kendine işler. Benzini tükendi mi işlemez, tövbe işlemez. Marşına istediğin kadar bas, hava. O zaman ne marş kâr eder, ne kolçak!"

Yusuf gene karıştı:

"Doğru. Ne marş, ne kolçak..."

Ali:

"Marş ne?"

"Marş..." (Güldü.) "Marş işte. Önde, şoför yerinde, tabanda, şöyle bir yer. Çıkıntılı. Ayağının altında. Bastın mı, makine işler!"

19

Pehlivan Ali ile Köse Hasan'ın ağızları açık kalmıştı: Çıkıntılı, tabanda, şöyle bir yer. Ayağını bastın mı kendi kendine işliyor. Nasıl? Gerçekten de, bu şehir, şehirli bir cin, mutlaka cin!

"... Makine iyice işledi mi, el frenini ileri itersin, birinciye bastın mı, yürür!"

Yusuf başını salladı:

"Yürür amma ikinciye değil, birinciye basacaksın!"

"Sonra, direksiyona dikkat etmek lazım. Direksiyon dediğin yusyuvarlak bir simit. Sımsıkı tutacaksın, iki yanına bakmayacaksın, gözlerin ileride olacak. Düz yola düştün mü, başını salıver hayvanın!"

Ali hık diye gülüverdi.

Veli büsbütün coştu:

"Başını saldın mı, eeeey... Kuş olur uçar mübarek, Ardından kurşun sık istersen, kâr etmez!"

Yusuf mırıldandı:

"Etmez."

Pehlivan Ali, Yusuf'a döndü:

"Hemşerimizin de var ondan değil mi?"

"Var," dedi Yusuf. "Olmaz mı?"

Veli oralarda değildi:

"Birinde ben, bizim patoz ustası, birde ağam... Makinedeydik, şehre gidiyorduk. Çapa zamanı, kazmaları getireceğiz, hem de ustayla yeni yatak alacağız. Yatak dediysem bildiğimiz yatak değil ha!"

"Ya?" dedi Ali.

"Patozu çalıştıran traktörün yatağı!"

Yusuf:

"Traktörün yatağı..."

"Direksiyonda ağa. Marşa bastı, makine işledi. El frenini ileri verdi, makine bir yekindi. Yola çıktık. Tozlu yol önümüz bomboş..."

Yusuf:

"Ağan hayvanın başını bıraktı mı?"

"Soruyor musun?"

"Kanatlanıp uçtu desene!"

"Uçtu ki uçtu!"

"Uçar," dedi Yusuf. "Hiç şakası yok!"

Ali, "Trenden çabuk mu gider?" diye sordu.

Yusuf'un fikri yoktu, Veli'ye baktı. Veli, "İsterse gider," dedi.

Yusuf başını salladı:

"Gider, amma istemez değil mi?"

"Yolu düz, önü de açık oldu mu ister!"

"O zaman başka tabii."

"Tabii."

Köse Hasan sabırsızlıkla:

"Sonra?"

Veli düşündü düşündü:

"Nerde kaldıydık?"

Köse Hasan hatırlattı:

"Bindiniz, önünüz de açık..."

"Doğru, açık. Yol tozlu yol, uçuyoruz. Makineyi ağam sürüyor, patoz ustası yanında. Ben arkadayım. Görenler beni ağa bellerler. Meşin yastıklara bir kasıldım, bacak bacak üstüne de attım mı? Eh!"

Pehlivan Ali gene kıkırtıyla güldü:

"Demek tam ağa oldun?"

"Olmak değil öteye bile geçtim. Hani bir de cigara yaksaydım, tamam canım..."

"Niye yakmadın?" dedi Ali.

Veli ciddileşti:

"Yakmam, yakamam!"

"Niye?"

"Ağamın gücüne gider!"

"Doğru," dedi Yusuf. "Gücüne gider!"

21

"Der ki, bak der, kendini adam belleyip otomobilimize aldık, kansız herif, kendini benim gibi ağa yerine koyuyor, der. Gücüne gider!"

Ali, Yusuf'a döndü:

"Bizim hemşerimizin gücüne gitmez değil mi?"

"Bizimkine ne bakıyorsun?"

"Bizimki bizim hemşerimiz değil mi?"

"Tabii."

Ali, Veli'ye döndü:

"Bizim hemşerimizi bir görsen... Öyle değil mi Yusuf?"

Yusuf başını salladı:

"Bizim hemşerimiz gibi var mı?"

Ali göz kırptı:

"Hemşerimiz bize mektup saldı da onun için gidiyoruz değil mi?"

Yusuf bu yalanı beğendi:

"Tabii. Salmasa gidilir mi?"

Köse Hasan, Veli'yi gene dürttü:

"Sonra?"

Veli:

"Nerde kaldıydık?"

"Gidiyorsunuz, uğrunuz açık."

"Tamam, uğrumuz açık. Ben cigara yakmadım ağamın gücüne gitmesin diye. Derken, kolumu uzattım otomobilin penceresinden, dışarıya. Hava tekmil poyraz olmuş akıyor. Gözlerimi yumdum, yumdum ya, adam gene de görüyor!"

Ali:

"Nasıl?"

"Görüyor dediysem, sözün gelişi... Gözünle gördüğüne benzemez tabii. İnsanın gözlerinde bir şeyler uçuşuyor. Gözlerimi yumunca kulaklarımın uğultusu arttı. Adam gözlerini yumdu mu, kulağı daha iyi işitiyor ne hikmetse."

Yusuf başını salladı:

"İşitir."

"Hikmeti hüda!"

"Sonra kardaş?"

"Sonra, az kalsın uyuyordum, anca bir patlama!"

Ali kocaman gövdesiyle heyecanlandı:

"Silah mı sıkıldı?"

Veli güldü:

"Yok canım."

"Ya?"

"Lastik patlamış meğer."

İflahsızın Yusuf, "Hele öyle de," dedi. "Ben de belledim ki..." Ne bellediğinin farkında değildi. Veli sordu:

"Egzoz mu belledin?"

Yusuf başını salladı. Veli devam etti:

"Doğru. Egzoz patlaması da kurşun sedası verir!"

Köse Hasan, "Gazocağı da yılan sedası," dedi.

Ali:

"Egzoz dediğin de ne?"

"Egzoz mu?"

Yusuf, "Sen bilmezsin Ali," dedi.

"Bilmem mi?"

"Sen bilir misin?"

"Bilmem mi?"

"Nerden bilirsin?"

"Ben şehre indim!"

"Ne zaman indin?"

"Sivas'a indiğim, Cer Atölyesi'nde çalıştığım neydi?"

"Sivas Çukurova mı?"

"Olmadığına ne bakıyorsun? Öyle değil mi Veli kardaş? Sen daha iyisini bilirsin!"

"Doğru," dedi Veli. "Sivas da bir şehir. Sivas deyip geçiyor musun sen? Hani bizim sancak diye değil, lakin zorlu şehirdir Sivas!"

23

İflahsızın Yusuf, Ali'ye gururla baktı:

"Duyuyor musun? Ben oraya gittim işte!"

Ali öfkeden soluyordu. Homurdandı:

"Sivas Çukurova değil ya!"

"Olmasın. Her yer Çukurova mı?"

"Sivas'ta hemşerimiz var mı?"

"Olmadığına ne bakıyorsun?"

Köse Hasan'ın sabrı taştı gene:

"Sonra kardaş?"

Veli:

"Nerde kaldıydık?"

"Silah gibi patladıydı..."

"Doğru, silah gibi. Ben egzoz belledim, meğer lastikmiş!"

Ali:

"Lastik ne?"

"Otomobilin tekerleği. İçi hava dolu amma, bilmeyen bilmez!"

Yusuf:

"Doğru, bilmez."

"... Pompa var, hava verir. Bastın mı lastiktir şişer. Bir şişer ki, elinle tut, taş bellersin!"

"Nasıl patlar?"

"Hiç canım, çivi batmış. Gümledi. Neyse, ağam gazı kesti, makine yavaşladı, el frenini çekti, makine durdu. İndik. Ağadır şöyle ağaçlardan birinin altına gitti, işedi, cigara içti. Ustayla ben de patlayan tekerleği çıkardık. Çıkarmadan önce usta benden krikoyu istedi götürdüm, levyeyi istedi götürdüm, solüsyon istedi götürdüm, zımpara kâğıdı dedi tamam, koşturdum. Ne dediyse ikiletmedim!"

Ali gene sinirli, sordu:

"Sen mi?"

"Ben ya. Usta ne istediyse götürdüm, bir'de götürdüm hem de! Siz olsanız da, usta levyeyi getir dese götüremezsiniz!"

İflahsızın Yusuf, Köse Hasan'la Pehlivan Ali'ye baktı, başını salladı:

"Doğru götüremezler."

"Ben bir'de götürdüm dinime imanıma. Ben var ya bu ben, şimdi bana usta dese ki, Veli dese, otomobilin lastiği patladı, yapıştır dese, bir iki demem hemen yapıştırırım!"

Sivri çeneli, iri bir baş Veli'nin omuzu üzerinden uzandı:

"Sen piston rektifiyesini bilir misin?"

Veli adama öfkeyle döndü:

"Bilirim, bilmem. Sana ne?"

Pehlivan Ali yekindi:

"Ne huylanıyorsun? Cevap versene erkeksen!"

Sivri çeneli güldü:

"Palavrasına bakma. Cevap veremez!"

"Veremez evet."

Adam da kızdı:

"Verebilirsen versene. Kriko miriko, levye mevye patırdatıyorsun. Levyenin boyu kaç santim?"

"?.."

Pehlivan Ali'nin gözlerinin içi gülüyordu:

"Bil hadi!"

Veli sinirli sinirli, "Bil hadiymiş," dedi. "Bil hadi."

Sivri çeneli de memnun:

"Doğru söylüyor. Biliyorsan bilsene. Niye bilemiyorsun? Burası palavra yeri mi?"

Pehlivan Ali'nin sivri çeneli adama kanı kaynamıştı, yanına sokuldu:

"Senin adın ne kardaş?"

"Benim mi? Yunus. Senin?"

"Benim de Ali. Nerden olursun sen?"

"Şarkışla'dan."

"İçinden mi?"

"Köylüğünden. Sen?"

25

"Biz üçümüz de Ç...'den oluruz. Bu var ya bu, Yusuf, İflah-sızın Yusuf derler. Bu da Hasan, Köse Hasan."

"Şu kim?"

"O mu? Veli o. Yadırgı, bizim köyden değil. Lakin aşkolsun, oğlanı tam bozdun!"

Veli ters ters baktı. Köse Hasan da yanlarına sokulmuştu. Şarkışlalı Yunus, "Ben motor dersi aldım," dedi. "Traktör kursundan çıktım!"

Ali gözden geçirdi adamı:

"Sen mi?"

"Ben."

"Traktör kursu... Kurs dediğin ne ki?"

İflahsızın Yusuf atıldı:

"Kurs mu? Sen bilmezsin!"

Köse Hasan araya laf karıştırdı:

"Sen de Çukurova'ya mı gidiyorsun?"

Yunus başını salladı:

"Çukurova'ya gidiyorum. Kursta on beş kişiydik. İçimizde şehir uşakları da vardı. Lakin imtihanda ben üçüncü geldim. Ben şimdi bütün traktörlerin dilinden anlarım. Motorlarını sökerim, pistonlarını rektifiye ederim!"

Pehlivan Ali, "Öyleyse," dedi, "sen bizim hemşerimizi de bilirsin!"

"Çukurova'da mı?"

"Çukurova'da."

"Kim derler?"

Kim dediklerini bildikleri yoktu ama... Ali, "Fabrikası var," dedi.

İflahsızın Yusuf:

"Fabrika amma, dil ile tarifi mümkünsüz!"

Köse Hasan da coştu:

"Bizi görünce amanın hemşerilerim gelmiş deyi..."

Pehlivan Ali:

"Bi sevinecek ki!"

Şarkışlalı Yunus sordu:

"Hısmınız mı?"

Pehlivan Ali, "Ne bakıyon olmadığına," dedi.

İflahsızın Yusuf aldı sözü:

"Bizim köyden değil ya, bizim sancaktan!"*

Çenesiyle Veli'yi işaret eden Yunus:

"Şu oğlan demin ağasını övdü ya, kulak asma. O kaç paralık adam oluyor da ağa onu otomobiline bindiriyor? Ağa deyip geçiyor musun sen? Levyenin kaç santim idiğini bilmeyen, kurstan çıkmayan, traktörün dilinden anlamayan adamı ağa otomobiline bindirir mi? Koskoca bir ağa be!"

"Hiç canım," dedi Ali.

"İki paralık bir amele, bir ırgatı otomobiline bindirecek!"

"Bizi gözü küllü belliyor. O bizi kandırabilir mi hiç?"

"Biz kaçın kurrasıyız?"

Yunus gittikçe içerliyordu:

"Usta levyeyi istemiş, krikoyu istemiş de bir'de götürmüş. Levyenin kaç santim olduğunu bildiği yok daha, enayi!"

Veli'nin kulağı bu yandaydı:

"Ağzını bozma," dedi.

Pehlivan Ali cevapladı:

"Bize atıyordun ama!"

"Sana ne? Ben ona söylüyorum!"

Yunus dizlerinin üstünde doğruldu:

"Cevap ver lan: Makine öksürünce, arıza nerdedir. Bil bakalım!"

Veli çaresiz teslim oldu:

"Ben senin gibi kurstan çıkmadım aslanım. Benimki patoz ustasının yanında muavinlik gibi bir şey mesela.."

Yunus geri oturdu:

---

* İlçe.

27

"Ha şöyleee. Ben dokuz ay bir, üç ay da bir kurs gördüm, motor kursu. Senin patoz ustan ne ki... Bizim kursta öyle öğretmenler vardı ki, ustanı ceplerinde harçlık diye taşırlar!"

Veli'nin yelkenleri iyice inmişti:

"Tabii canım. Öğretmenlerle bir olabilir mi?"

Pehlivan Ali kurnazca güldü. Yunus, "Makine, motor deyip geçme," dedi. "Ben şimdi motor üzerine, makine üzerine kim çıkarsa çıksın önüme, evvel Allah, herkesle imtihan olurum. Motor, de, orda dur. İçiğini ciciğini bilirim!"

"Seninle aşık atamam ben Yunus Usta. Benimki şöyle ağızdan kapma bir şey."

Yunus gururla öksürdü:

"Gene de aferin! Ağızdan kapmayla bu kadar. Kurs murs görmeden kendi kendine..."

Veli'nin gözleri parladı:

"İyi bellemişim değil mi usta?"

Pehlivan Ali, "Gazocağı yılan sedası verir!" dedi.

Yunus Usta'ya baktı. Yunus Usta başını eğmiş, bir şey düşünüyor olmalıydı. Duymadı.

Veli:

"Öyle mi Yunus Usta, ben şimdi kurs görsem, senin gibi olabilir miyim?"

Yunus Usta, Veli'ye baktı:

"Okuman yazman var mı?"

"Benim mi? Az buçuk..."

"Olmaz. Sana motor kitabı verecekler okuyacaksın, derste not tutacaksın. Öğretmen babanın oğlu değil, anlatır gider. Sen not tutmadın mı, yandın. Sonra, şoförün elkitabı var, kalın kitap, okuyacaksın... Ben onların hepsini okudum!" (Öksürdü) "Lakin herkes bizim gibi olamaz, bize bakma... Şehir uşaklarıyla imtihan oldum ben, şehir uşaklarıyla!"

Oradakileri gözden geçirdi. İflahsızın Yusuf, Köse Hasan, Pehlivan Ali, daha gerilerde daha başkaları...

Veli, "Aşkolsun," dedi.

İflahsızın Yusuf mırıldandı:

"Şehir adamı bir cin!"

Pehlivan Ali, Yunus'a baktı:

"Emmisi derdi, cin derdi. Öyle değil mi?"

Köse Hasan kendi kendine başını salladı:

"Doğru, emmisi. Dudu Ablamın eri..."

Pehlivan Ali'ye yavaşça baktı, gülecekti, Ali duymamıştı. Gülmekten vazgeçti. Kuru yüzü kırış kırış ciddileşti.

Yunus Usta, Ali'ye baktı:

"Sizin hemşerinizin fabrikası var demek?"

Pehlivan Ali'nin gözleri parladı:

"Var. Hem de dille tarifi mümkünsüz!"

"Size haber saldı da mı gidiyorsunuz, yoksa kendiliğinizden mi?"

Pehlivan Ali hemen cevaplamayı uygun bulmadığından, İflahsızın Yusuf'a baktı. Deminden beri lafa söze pek karışmayan Yusuf yekindi:

"Kendiliğimizden gidilir mi? Bize haber saldı, biz de eh dedik, gidiyoruz..."

Pehlivan Ali az kalsın "Ne zaman?" diyecekti, kendini tuttu. Sonra da, "Bizi görünce bi sevinecek ki," dedi. "'Amanın hemşerilerim gelmiş' diye... Öyle değil mi Yusuf?"

Yusuf başını salladı.

Ali devam etti:

"... Hemşerisi şurda dururken, yazının cin gözlü şehirlisini işinde ne diye tutsun?" (Yunus'a) "Sen hemşerimiz olsan da bizi görsen..."

"Görsem bir iki demem, hemen gelin derim!"

"Yaşa!"

"Lakin hemşerinin de kötüsü kötü olur ha!"

Üç arkadaş üç yandan atıldı:

"Tövbe de!"

"Hemşerimiz gibi var mı?"

"Bizim hemşerimiz..."

"Senin bildiğin hemşerilerden değil!"

"Allah hemşerimizin her tuttuğunu altın etsin!"

"Hiç kimse hemşerimiz gibi olamaz."

"Tabii olamaz."

"Olamaz tabii."

"Bizi bir görünce..."

"Abooo!.."

"Hemşerilerim gelmiş diye..."

"Yere yurda komaz bizi be!"

"Gurbete düştüysek, gurbeti bekleyeceksek de parayı, hııı???"

"Demetleyeceğiz evvel Allah, sonra hemşerimizin sayesinde!"

"Paranın sözü mü olur?"

Pehlivan Ali, "Gazocağı bile alacağız," dedi. "Öyle değil mi Yusuf?"

Yunus Usta, Veli gibi onu da gazocağından sınar korkusuyla üzerinde durmadı.

"Bırak şimdi gazocağını... Hemşerimiz hemşerimiz ya, Çukurova'ya ininle fabrikasını nasıl bulacağız?"

Yunus, "Madem size mektup salmış," dedi. "Adresi yok mu mektubunda?"

Yusuf şaşaladı. Sonra attı:

"Var, var ya, köyde unuttuk mektubunu!"

"Nerde ineceksiniz?"

"Adana'da," dedi Yusuf.

"Ben de Adana'da ineceğim. Sizi Dörtyolağzı'na kadar götürürüm..."

"Ben de," dedi Veli. "Dörtyolağzı'nı ben de bilirim!"

"Kerem Ali'nin kahvesi orda..."

"Tamam."

"İnönü Meydanı da."

"Tamam tamam. Bir gece yattıydık o meydanda, Antep karası üzüm, tulum peyniri, pide ekmeğiyle karnımızı doyurduktu yıldızlara karşı bir güzel. Lakin ekmeği bereketlidir Adana'nın..."

"Sıtması olmasa..."

"Doğru, sıtması..."

"..."

"..."

İflahsızın Yusuf ellerini ovuşturdu:

"Sora sora buluruz bre herif!"

Şarkışlalı Yunus bu sefer de Veli'yle muhabbeti sardırmıştı. Taşköprü, Seyhan Nehri, Ötegeçe. Ötegeçe'de mezarlık. Mezarlıkta ameleler. Güldü. Birinde gene böyle Çukurova'ya inmişlerdi. Kara amelelik için. Ötegeçe'deki mezarlıkta, bir gece. Ay may yoktu yukarda, yıldızlar vardı. Şehirden çalgı sesleri geliyordu. Dinlerken dinlerken tam uykuya geçecekti ki, yanı başında bir mırıltı. Şöyle bir bakmıştı, bir de ne görsün. Hemen yanı başında, iki adım ötesinde, bir karı mı, kız mı ne, bir erkekle... Tıpkı köyde, patozda çalışırken... Ama o zaman yanı başında değil, çiftlikte, hayvan ahırlarında yatıp kalkan ameleler... Öğle sıcağı, gündüz. Sıtmadan beyni zonkluyor, bir yandan da üşüyordu. Patoz ustasından izin almıştı. Çiftliğe varmış, ahırdaki yerine doğrulmuştu. İçeri bir de girmişti ki, çiftlik sahibi ağa, Bilal'in küçücük kızını dışkının üstüne yıkmış.

İçini çekti. Yıkmıştı kızı dışkının üstüne ama, ağa iyi ağaydı. Hiçbir ırgatın santimine tenezzül etmez... O etmezdi evet ya, ırgatbaşısı?

Sordu:

"Sizin hemşerinizin çiftliği var mı?"

Üç arkadaş bakıştılar, bakıştılar ya, var mı, yok mu? Yusuf, "Var," dedi. "Olmaz mı?"

"Varsa, iyi. Ben de sizinle gelsem, beni de hemşerinize götürseniz..."

"E?"

31

31

"Çiftliğin traktörü vardır tabii..."
Pehlivan Ali:
"Ohoo... kaç tane hem de!"
Veli, Yunus Usta'nın ağzına bakıyordu. Az daha sokuldu.
Yunus sözünün ardını getirdi:
"Usta musta lazım olursa..."
Veli sözü kaptı:
"Olursa Yunus Usta var!"
İflahsızın Yusuf şüpheyle sordu Yunus Usta'ya:
"Hemşerimizin traktöründe mi çalışmak istiyorsun?"
"Sevabınıza, n'olur?"
Yusuf ciddi ciddi düşündü, ölçtü, biçti. Şarkışlalı Yunus'u gözden geçirdi:
"Olur," dedi.
Pehlivan Ali ondan geri kalmadı:
"Hemşerimiz gibi var mı?"
Köse Hasan bile:
"Bir dedik mi, ikiletmez!"
"Biz dedikten sonra..."
"Hemşerimiz be, ötesi var mı?"
Yunus:
"Motordan zorlu anlar, deyin. Kurs gördüğümü de unutmayın. Hem de, şehir uşaklarının bile içinde üçüncü geldiğimi de... Hangi motor olursa olsun, gözü bağlı söker takarım!"
Veli:
"Aşkolsun!"
Yusuf:
"Aşkolsun ki aşkolsun. Olur ağa olur, deriz..."
Ali:
"Deriz, kaygı çekme..."
Hasan:
"İyi bir yakıştırırız gayri biz..."
Bir sigara sarmaya başlayan Yunus da coşmuştu:

"Beni deyip geçiyor musunuz? Hani Allah'ın gücüne gitmesin motor de, orda dur. Allahımı inkâr edeyim, su gibi içerim o motorları!"

Sigarasını yaktı:

"Patozdan ya?"

Veli:

"Canım Yunus Usta, senin üstüne olabilir mi?"

"Doğru ya, patoz dedim de aklıma geldi... Bir tarihte efendi, patozda çalışıyoruz. Patoz, eski patoz. Dört buçuk ayak, kırk beş kişilik. Lakin ırgatbaşı kansız mı kansız. Şu kadarcık merhamet arama. Kırk beş kişilik patozu otuz beş kişiyle çalıştırıyor, on kişinin gündeliğini küt, cebe. Güneş tepede alev alev, serçeler dersen sıcaktan düşüp düşüp bayılıyor. Adam çatlayacak. Soluk alamıyorsun sıcaktan be. Yirmi saat. Paydos yok! Gece oldu, arkadaşlarla anlaştık, patozu sakatlayacağız. İslahiyeli Hamdi derler, acar bir oğlan vardı, bilekli de. Dedi siz karışmayın, ben bu namussuz patoza yapacağımı bilirim. Oğlan cin. Hem de ilkokulun beşini bitirmiş laf değil. Yeter ki beni ele vermeyin dedi. Verilir mi? Hamdi, buğday saplarını kız saçı gibi ördü, bir de ıslattı mı, tam. Kütük gibi oldu. Ertesi gün buğday demetlerinin içine soktuk. İş başladı. Millet tozu dumana kattı ki Allah Allaaah! Güneş bir yandan, incecik buğday tozu bir yandan. Soluk almak istersin alamazsın, almasan yaşayamazsın... Anca bir çatırtı koptu makinede. Irgatbaşı çaktı işi, deli oldu efendi!"

Pehlivan Ali:

"Niye?"

"Niye mi? Lafın gelişinden anlamadın mı? Patozun dişlileri parçalandı, sakat oldu bütün!"

"Niye sakatladınız hayvanı? Yazık değil mi?"

"Bize yazık değil mi? Yirmi saat iş. İçine girmeyen bilmez. İnsan insanlıktan çıkıyor!"

İflahsızın Yusuf:

"Ya bizim hemşerimizin fabrikasını da sakatlarsan?"

Yunus güldü.

"Yok canım. O başka, o başka..."

Veli:

"Tabii, o başka, o başka..."

Yunus'a bakıyordu, güldü, yutkundu, çekinerek sordu:

"Beni de yanınıza alır mısınız?"

Hepsi ona baktılar. Pehlivan Ali, "Gelsin," dedi.

Yusuf dudağını kemirerek düşünüyordu. Mırıldandı:

"Gelsin, gelsin ama..."

Köse Hasan:

"Ne iş tutacak?"

Veli omuz silkti:

"Yunus Usta'ya muavin olurum, makineleri yağlarım. Öyle güzel yağcılık yaparım ki..."

Veli'yi uzun uzun gözden geçiren Yunus, "İyi ya," dedi. "Bana nasıl olsa bir muavin lazım!"

Pehlivan Ali coştu:

"İnsanoğlu bir kanatsız kuşmuş gerçekten. Hemşerimiz, ulan aferin be, diyecek. Beni amma da düşünmüşler! Öyle değil mi?"

Tren uzun uzun ötmeye başlayınca sustular. Küçük istasyonlardan birine gelinmişti. Dışarısı koyu karanlık. Yağmur dinmişti.

3

Ertesi gün sabahleyin Adana'ya gelindi. Tıka basa ırgat yüklü tren yorgun bir fışıltıyla durdu. Aralarında Şarkışlalı Yunus, Veli, İflahsızın Yusuf, Köse Hasan, bir de Pehlivan Ali'nin bulunduğu yüzlerce ırgat, beyaz torbaları, kınnapla çeke çeke bağlı yorganlarıyla istasyon betonuna döküldü. Bundan önce Çukurova'ya gelenler önden yürüyerek yol gösteriyorlardı. İlk gelenlerse hayretler içindeydiler: "Şehir dedikleri de amma tevatür"dü ha!

Pehlivan Ali, Köse Hasan'ın incecik kolunu sımsıkı tutmuş-
tu. İflahsızın Yusuf bir an durakladı. Yanına yaklaşan Pehlivan
Ali'ye sonra da Köse Hasan'a gülerek baktı:
"Nasıl? Dediğim gibi miymiş, değil miymiş?"
Köse Hasan:
"Dediğinden ziyadeymiş! Aboo!.. şuna hele, şuna!"
İstasyon çatısına ürküntüyle baktı.
İflahsızın Yusuf önde giden Şarkışlalı Yunus'la, yanı başında
yürüyen Veli'ye sokuldu. Veli daha şimdiden Yunus'un muavini
olup çıkmıştı.
Gar merdivenlerini yan yana ağır ağır indiler.
Şarkışlalı Yunus, "Beri bak Yusuf," dedi. "Ustalığımı demeyi
unutma. Motordan, patozdan zorlu anlar, de!"
Yusuf bakmadan:
"Ne diyeceğimi biliyorum ben. Kaygı çekme!"
"Kurs gördüğümü de..."
"Derim."
"İki sefer kurs görmüş de. Bir sefer dokuz ay, bir sefer üç ay!"
"Derim derim. İş ki hemşerimizi bulalım..."
Ardına döndü, Köse'yle Pehlivan'ı arandı. Birden güldü:
Merdiven başında durmuş, bir şeye şaşkın şaşkın bakıyorlardı.
Bağırdı:
"Haydi laan, ne duruyorsunuz orda?"
Şarkışlalı Yunus'a döndü:
"Allah vere de hemşerimizi çabuk bulalım. Hani bir bulduk
mu, tamam. Anlatıyorlar da, herif almış yürümüş!"
"Size mektup saldığı doğru tabii?" Yusuf gülüverdi. Yunus
pirelendi:
"Ne güldün?"
"Hiiç. Öyle..."
Veli kaygıyla sordu:
"Size mektup saldığı doğru değilse hani... Öyle değil mi
Yunus Usta?"

"Öyle tabii. Bizi boşuna yormayın!"

Yusuf gene güldü:

"Vallaha kardaşlar, yalanı Allah sevmez. Müslüman dini açık. Bize mektup saldığı doğru değil. Lakin hemşerimiz olduğu doğru! Sen mesela, hemşerimiz olsan, bizi de şurda şöyle görsen... hı?"

Yunus'un neşesi birden kaçmıştı:

"Demek siz kadere kırk beş gidiyorsunuz?"

"Canım Yunus Usta, ne sayarsan say işte. Yalanı Allah sevmez. Hemşerimiz diye gidiyoruz..."

"Herifi tanıyor musunuz?"

"Tanıdığımız da yok!"

"Konuşkunluğunuz?"

"Tanımıyoruz ki konuşkunluğumuz olsun bre usta. Lakin yanına varır, hâlimizi arz edersek bize acır dedik. Hele hemşeri olduğumuzu da öğrenirse... Sen olsan, hemşerin şurda dururken şehirliyi mi çalıştırırsın, hemşerini mi?"

Pehlivan Ali'yle Köse Hasan da yanlarına gelmişlerdi.

Şarkışlalı Yunus, Veli'ye umutsuzca baktı:

"Ne diyorsun sen bu işe?"

Veli omuz silkti:

"Vallaha Yunus Usta fos gibi geliyor bana!"

"Bana da."

Yan yana yürüdüler. Sonra durdular. İflahsızın Yusuf:

"Fos olup da... Hemşerimiz; hemşerinin kötüsü olur mu?"

Yunus'un canı iyice sıkılmıştı:

"Bize yalan söylemeseydiniz iyiydi!"

Veli hemen, "Doğru," dedi.

İflahsızın Yusuf:

"Yalan söyleyip de cebinizden paranızı almadık. Hemşerimiz olduğu doğru. Öyle değil mi Ali?"

Pehlivan Ali meydan okurcasına sokuldu:

"Hemşeriniz değil mi diyor yani?"

36

"Mektup almadığımızı laf ediyor!"

"Öyle mi? Laf mı ediyorsun?"

Yunus Usta çekindi:

"Yok canım. Laf maf ettiğim yok. Hemşeriniz mektup salmamış, tanıdığınız da yok..."

"Ee?"

"Kadere kırk beş gidiyorsunuz!" Az daha sokuldu horozlanarak:

"Belle ki salmadı, belle ki kadere kırk beş gidiyoruz. N'olacak?"

Şarkışlalı Yunus, Pehlivan Ali'nin iri yapısından ürktü:

"Bir şey olacağı yok. Öyle değil mi Veli?"

Veli başını salladı.

Tam bu sırada kampana çalmaya başlayınca, Yunus'un aklı başına geldi.

"En iyisi," dedi. "Biz yolumuza gidelim! Ne diyorsun Veli?"

"Gidelim Yunus Usta. Benim işim hazır zaten..."

Üç arkadaşa baktılar. Onlar da onlara bakmaktaydılar, bir zaman bakıştılar. Sonra Yunus'la Veli sessizce ayrılıp merdivenleri koşa koşa çıktılar.

Pehlivan Ali fena içerlemişti. Gidenler kayboldukları hâlde arkalarından hâlâ bakıyordu. Homurdandı birden:

"Akıl diyor..."

İflahsızın Yusuf telaşla:

"Akıl ne diyor Ali?"

"Biz mi gelin dedik onlara?"

"Demedik, kendileri takıldılar ardımıza..."

"Akıl diyor ki..."

"Ne diyor?"

"Tövbe estağfurullah..."

Köse Hasan kolundan çekti:

"Yürüyün bre herifler. Varalım gidelim yolumuza. Onlarsız gidemez miyiz?"

"Niye gidemeyelim Hasan? İnsan sora sora Mevlasını da bulur, belasını da!"

Öteki ırgatlara baktılar. Beyaz torbaları, dürülü yorganlarıyla, garı şehre bağlayan asfalt caddede, asfaltın iki kıyısındaki şirin köşklere baka baka yürüyorlar, konuşmuyorlardı. Önünden geçmekte oldukları zarif köşkün koyu gölgeli bahçesinde bacak bacak üstüne atmış, dizindeki derginin yapraklarını ağır ağır çeviren genç bir kadını gösteren Pehlivan Ali, güldü:

"Hasan!"

Hasan sokuldu:

"Hı?"

Fısıldadı:

"Şehirli avradı görüyor musun?"

"Görüyorum. Ne durdun?"

"Abo lan, hı?"

"Yürü hadi yürü..."

İflahsızın Yusuf az önlerindeydi, durdu, döndü:

"Niye durdunuz?"

Ali gülerek şehirli kadını işaret etti. İflahsızın Yusuf anlamıştı. Yanına geldi, sesini kısarak:

"Şehirliye engin yerini verme Ali!" Ali kolunu Yusuf'un elinden kurtardı:

"Ne engin yeri? Engin yerimi mengin yerimi verdiğim yok!"

Kolunu yeniden tuttu:

"Emmim derdi ki, siz siz olun şehirliye engin yerinizi vermeyin derdi. İnsan dediğin delinmedik kabağa girmeli. Şehirliye hımbıl görünmeyelim Ali!"

Kolundan tutup çekti.

Ali istemeye istemeye yürüdü.

Yusuf:

"Şehirliye hımbıl göründün mü yandın. Sen sen ol derdi emmim, delinmedik kabağa gir derdi!"

"..."

38

"..."

Adana'nın en işlek kavşaklarından biri olan Dörtyolağzı'na geldiler. Yusuf, "E," dedi. "Yollar çatallandı. Ne yapacağız?" Köse Hasan omuz silkti.

Pehlivan Ali, asfaltta pırıl pırıl kayan siyah bir taksinin ardından bakıyordu, dalmıştı. Yusuf bu dalgınlığı beğenmedi: "Şehir yerinde hımbıl hımbıl durmayalım kardaşlar!"

Köse Hasan:

"Ne yapalım ya?"

Ne yapmaları gerektiğini Yusuf'un da bildiği yoktu. Birden fötr şapkalı biri gözüne ilişerek, "Şu lenger şapkalıya soralım," dedi. "Kadere kırk beş!"

Adamın ardından koştu:

"Efendi, efendi!"

Adam durdu, döndü, baktı.

"... Hani biz Çukurova'ya ilk geliyoruz da..."

Adam hiçbir şey anlamamıştı:

"Peki?"

"Sen bizim hemşerimizi tanır mısın? Hemşerim dediysem, hani bizim köyden değil, bizim sancaktan!"

Adam elinin tersiyle itti:

"Sokulma, geri dur?"

"Huylanma efendi, bilemedim..."

Adam ellilik, komisyoncu kâtibiydi. İki saate kadar boşaltılmazsa ardiye ücreti binecek bir kireç vagonu için istasyona gidiyordu. Kan tere batmıştı. Onunla uğraşarak geçirecek vakti yoktu.

Hemşerilerinin avradına sövüp çekti gitti.

Yusuf bozulmuştu. Köse Hasan'la Pehlivan Ali yanına geldikleri zaman, gidenin ardından, "Boyun devrile!" dedi. "Şehirli değil mi? Fukara emmim. Şehirliler beleş beleşine yaralı parmağa işemezler derdi..."

Şalgam turşusunun mora çalan kırmızı suyunu kirli bir bardakla içmekte olan çember sakallı bir yaşlıyı gördü, emmisini unuttu:

"Şu herif hocaya benziyor. Hocalar iyi olur. Varalım bir de ona soralım. Kadere kırk beş!"

Sokuldular. Yusuf, "Öyle mi Hacı Emmi," dedi.

Yaşlı adam gözlüğünün üstünden baktı:

"Neyle mi?"

"Bir şey danışacaktık..."

"Danışın bakalım."

"Sen bizim hemşerimizin fabrikasını biliyor musun?"

"Siz hangi köydensiniz?"

Yusuf söyledi. Yaşlı adam da onlara yakın köylerden birindendi ama, çıkalı çok olmuştu. Yusuf çember sakallının gene de hemşeri sayılacağını söyleyerek, ellerine sarıldı:

"... İlahi hemşerim Allah seni karşımıza çıkarttı."

Adam ellerini çekmedi:

"Buraya niye geldiniz?"

"Biz mi? Hani bilmez değilsin ya, bizim oralarda ekin kıt olur. Bu yıl bir de kara kurt indi mi, tamam!"

Pehlivan Ali ciddi ciddi, "Para kazanınca ne alacağımızı söyle Yusuf!" dedi.

Köse Hasan dayanamadı:

"Yılan sedası gibi ses verir!"

"Gazocağı, gazocağı ya, ne bakıyorsun? Hacı Emmi gazocağının iyisini bilir. Hacı Emmi'nin bildiğini kim bilir? Öyle değil mi Hacı Emmi?"

Adamın hoşuna gitti, güldü.

Pehlivan Ali, "Köyde yılan bellerler," dedi.

İçtiği şalgam parasını veren yaşlının derdi başkaydı:

"Benim de bellenecek bir bağım vardı ya, neyse. Demek hemşerinizin fabrikasına diye geldiniz? İyi ettiniz ya, hemşeriniz tırnaksızın biridir. İş çıkacağını pek ummam."

Pehlivan Ali kızdı:

"Sen bizim hemşerimizi biliyor musun?"

"Biliyorum ya bilmem mi?"

"Hemşerimize niye tırnaksız diyorsun? Bizi görünce... Öyle değil mi Yusuf?"

Yusuf aldırış etmemeyi uygun bularak, yaşlı adama döndü:

"Sonra Hacı Emmi?"

Adam sinirlenmişti. Pehlivan Ali'ye ters ters bakıyordu. Yusuf'a sertçe döndü:

"Bu yolu tutun, dosdoğru gidin. Sağa sola bükülmeyin. Karşınıza trenler çıkar, kara vagonlar. Geçin. Sağa sapın. Solda, sarı badanalı uzun, upuzun bacalı yer!"

İflahsızın Yusuf çember sakallının ellerine gene sarıldı. Sonra ayrılıp yolu tuttular.

Yolda Pehlivan Ali "Hemşerimiz tırnaksız mı?" dedi.

Yusuf:

"Kendi tırnaksız. Niye tırnaksız olsun?"

"Kendi tırnaksız da, çember sakallının yüzüne niye demedin?"

"Demem."

"Niye?"

"Emmim derdi ki, siz siz olun şehirlinin suyuna göre gidin, şehirli ak derse siz kara demeyin derdi."

"Şehirlinin ak dediği karaysa ya?"

"Olsun."

"Ben demem!"

"Emmim derdi Ali, hani emmim vardı ya, Dudu Ablamın eri?"

Köse Hasan, Pehlivan Ali'yi dirseğiyle dürttü. Ali yine de kesti attı:

"Ben demem!"

İflahsızın Yusuf karşılık vermedi ya, o da içerlemişti.

Çember sakallının belirttiğince yürüdüler. Sora sora fabrikayı bulup da önüne geldikleri zaman, kapı üzerindeki elektrikli saat

41

on biri gösteriyordu. Yarım saat sonra işbaşı yapacak işçilerin kalabalığı ortalığı doldurdu. Kendileri gibi, iş için bekleşen yayla memleket uşakları o kadar çoktu ki... Üç arkadaş kıyıdan bir süre baktılar bu kaynaşmaya. Üçü de adamakıllı kaygılanmıştı: Bunların hepsi de iş için mi bekliyorlardı acaba?

Köse Hasan, "Hemşerimiz bunların tümünün de hemşerisi değil ya!" dedi.

Pehlivan Ali:

"Yok canım. Besbelli bizim!"

Tam on bir buçukta dışardaki işçiler işbaşı yapmak üzere fabrikanın "İşçi kapısı"ndan girince ortalık tenhalaşır gibi olduysa da, az sonra yerlerini işbaşı yapanlara bırakıp paydos edenlerin kalabalığı fabrika önünü yine doldurdu. Bir an kadınlı erkekli, çoluk çocuklu yorgun bir kalabalık, güneşin altında, ıslak parke taşlarına doğru seyrekleşerek eridi gitti.

Yusuf bir ara, "Beri bakın," dedi. "Geri durmayla hiçbir şey elde edemeyiz!"

Pehlivan Ali:

"Ne yapalım?"

"Kapıya sokulalım!"

"Emmin öyle mi derdi?"

"Öyle derdi. Beğenmiyorsun ya, emmim deyip de geçme!"

"Kim beğenmiyor? Dudu Ablanın eri, beğenmem mi? Öyle değil mi Köse?"

Köse Hasan kıs kıs güldü:

Yusuf ne ona aldırış etti, ne ötekine. Fabrika kapısına yürüdü. Ali'yle Hasan da ardından gittiler. Yusuf ilkin, kendileri gibi beyaz torbaları, dürülü yorganlarıyla dikilen yayla memleket uşaklarının yanına sokuldu. Aldırış eden olmadı. Yine de bozulmadan az daha sokuldu. Gözüne kestirdiği birine, "Öyle mi?" dedi. "Burda ne dikiliyorsunuz?"

Yusuf'a baktı teke sakallı, güldü:

"Hiiç. Seyran ediyoruz. Siz ne dikiliyorsunuz?"

"Biz mi? Malum: İş miş var mı diye..."

"Biz de onun için."

"İş vermiyorlar mı?"

"Verseler ne diye dikilelim?"

"Siz hangi köyden olursunuz?"

Arkadaşlarını gösterdi:

"Dördümüz Yıldızeli'den. Bunlar da Karagöl'den. Lakin harçlığımız da tükendi. Şaşırdık kaldık..."

"Demek işe girmek çetin?"

"Ne diyorsun kardaş!"

Yusuf arkadaşlarına baktı, göz kırptı:

"Fabrika sahibi adamın hemşerisi olmalı ki!"

Yere isteksizlikle tüküren Yıldızelili:

"Kulak asma," dedi. "Hemşerin de olsa... Şehre göçüp de tüylendi mi, bırak..."

Pehlivan Ali az kalsın, "Bu fabrikanın sahibi bizim hemşerimiz olur!"diyecekti, kendini tuttu.

Yıldızelili arkadaşlarıyla çekip çayhaneye gitti.

Yusuf, kapıcı Arnavut'a gözlerini dikmişti. Birdenbire arkadaşlarına döndü. Gözleri parlıyordu:

"Bakın hele, şurda bakkal var. İki paket Köylü cigarası alalım da eline sıkıştıralım şu kapıcının ne dersiniz?"

Pehlivan Ali:

"Niye?"

"Şehir adamı yeyime alışkın olur. Emmim derdi ki, siz siz olun, şehirliye yeyimi eksik etmeyin derdi."

Pehlivan Ali, Köse Hasan'a bakarak:

"Dudu Ablanın eri mi?"

Kızdı ama, bozmadı:

"Dudu Ablamın eri!"

"Dudu Ablan da hani..."

"Ne olmuş Dudu Ablama?"

"Hiiç. Osmanlı avrat da..."

Yusuf lahavle çekti, sonra, "Verin," dedi, "verin paraları da cigaraları alalım!"

Aralarında para topladılar. Yusuf paketleri sıkıştırırken, fabrika sahibi hemşerilerinin yanına salıverilmelerini fısıldayacaktı.

Yusuf kooperatif bakkalına giderken, Pehlivan Ali seslendi: "Oldu olacak, bir kutu da kibrit al bari!"

Köse Hasan'ı kenara çekti:

"Cigaraları verirken biz de yanında olalım, kapıcı bizi de görsün!"

"Niye?" dedi Hasan.

"Hepimizinki de bir ekmek derdi oğlum. Cigaraları ben veriyorum der de kapıcının gözüne o girer, biz kenarda kalırız. Yusuf'u bilmez misin?"

"Bilmez olur muyum? Tatavacının biri!"

Yusuf sigaraları götürürken yanından ayrılmadılar. Ayrılmadılar ama, kapıcı da bildikleri gibi değildi. İşi anlayınca kaşları bir çatılış çatıldı:

"Abe ne bunlar?"

Yusuf ürktü:

"Hani malum ya, garibiz. Al bunları, bizi fabrika sahibinin yanına salıver!"

Irzına sövülmüş gibi köpüren Arnavut, "Banaa?" diye bağırdı. "Sen verirsin rüşvet ha?"

Yusuf şaşaladı. Hesapta bu yoktu işte. Korkudan paketlerden birini yere düşürdü, eğildi, aldı:

"Huylanma efendi," dedi. "Huylanma. Köylüyüz de hani, bilemedik. Âdet, usul böyle belledik..."

Arkadaşlarının yanına geldi.

Kapıcınınsa ayranı kabarmıştı bir sefer. Bıyığını bura bura dolaşıyor, homurdanıyordu:

"Paa! Verir bana rüşvet!"

Üç arkadaş kıyıya çekildiler. Pehlivan Ali, "Şu kahveye girelim bari," dedi.

Yusuf "Cık" yaptı.

"Niye?" dedi Pehlivan Ali.

"Harçlığımız tükenir... Emmim derdi ki, gurbete düştünüz mü, işinizi sağlamlayana kadar harçlığınıza kördüğüm atın derdi. Sabredenin koyununu kurt yemezmiş!"

Fabrikanın ilerisindeki top ağaçlardan birinin altına oturdular. Konuşmuyor, çevreye bakıyorlardı. İşten çıkanlar çekilip gitmiş, ortalıkta kendileri gibi, iş için gelmiş yayla memleket uşaklarından başka kimseler kalmamıştı hemen hemen. Onlardan çoğu da kooperatif kahvesine girmişlerdi. Girmeyenlerse, kendileri gibi, ağaç altlarına yanlamış, sigaralar yakılmış, azık çıkınları çözülmüştü.

Saat iki buçuğa doğru fabrika sahibinin pırıl pırıl özel otomobili karşıda görününce, Arnavut kapıcıyı bir telaştır aldı. Oradaki işsizleri kovdu, hiç gereği yokken ceketini yanlara çekti, sonra da kapının içinde put kesildi.

Siyah otomobil hızla geldi, yavaşladı, fabrika kapısından ağır ağır girerken, kapıcı yerlere kadar eğilerek ağasını selamladı.

Üç arkadaş, top ağacın altında ayağa kalkmış, kasketlerini çıkarmışlardı. Otomobil içeri girip gözden kaybolduktan sonra, Yusuf, "Valiydi!" dedi.

Pehlivan Ali aval aval baktı:

"Vali ne ki?"

Yusuf da bilmiyordu ne olduğunu, duymuştu. Gene de, "Sen bilmezsin," dedi.

Köse Hasan:

"Sen biliyor musun?"

"Biliyorum tabii, bilmem mi? Sivas'ta, Cer Atölyesi'nde çalıştığım neydi? Ordaki ustamız... Nerde buralarda öyle usta? Sivas bu, Sivas deyip de geçme. Siz benim yerime gideydiniz Sivas'a da bak. Ağzınız açık kalırdı tekmil..."

Bütün gün beklediler. Sonunda Yusuf, "Beri bakın," dedi. Ötekiler isteksizlikle yanaştılar. Şaka maka, ne varsa Yusuf'ta vardı.

"Böyle geri durmakla olmaz arkadaşlar!"

Pehlivan:

"Ne yapalım?"

"Ne mi yapalım? Kapıcıya varalım. El öpmekle ağız kirlenmez, öyle değil mi Hasan?"

Hasan başını salladı:

"Doğru."

"Emmim derdi ki, geminizi yürütmeye bakın derdi. Adam köprüyü geçene kadar gâvura bile dayı der. Sabredenin koyununu kurt yemezmiş. Ben yine gidip yalvaracam bir iki şu imansız kapıcıya! Neden derseniz, ağamızı görüp, hâlimizi arz etmedik mi, elli beklesek fos. Öyle değil mi kardaşlar?"

İkisi birden, "Doğru," dediler. Yusuf önden yürüdü. Ötekiler, ne olur ne olmaz gibilerden, geride kalmışlardı.

Hâlâ resmi bir ciddilik içindeki kapıcı bir ara başını kaldırıp Yusuf'u görünce pıskıracak bir kedi gibi:

"Gene mi sen?"

Yusuf kelleyi koltuğa almıştı. Ya kapıcıyı tavlayıp ağalarını görme yolunu bulacak, ya da bu candan vazgeçecekti. Ne bu be? Şuraya gurbete diye çıkmışlardı!

Boynunu büktü:

"Kulun oluyum efendi!"

Kapıcı kesti attı:

"Olmaz!"

"Kapında kölen oluyum!"

"Olmaz dedik!"

"Tabanlarının altını öpüyüm!"

"Abe olmaz derim sana, olmaz!"

"Olmayıp da bre kapıcı başı, oğlak başı mı? Hani bir salsan da hemşerimi bir görsem..."

Kapıcı aldırmadı. Elleri arkasında, kanatları artlarına kadar açık kapının önünde gitti geldi, giderken, Yusuf önünü kesti, ellerine uzandı:

"Çoluğunun, çocuğunun başı için!"

Kapıcının sabrı taşmıştı artık. Birden olağanüstü bir parlayışla Yusuf'u itti, tekmeledi:

"Olmaz dedik, olmaz dedik işte! Yıkıl burdan!"

Yusuf sendeledi, yere diz verip kalkarken, fırlayan kasketini yerden aldı:

"Kurbanların oluyum efendi..."

"Görmeyeyim seni bir daha burda!"

Elinde kasket, arkadaşlarının yanına geldi:

"Firavun," dedi. "Gâvurdan beter be!"

Pehlivan Ali'yi bir gülmedir tutmuştu:

"Emmin olsa bu işe ne derdi Yusuf?"

"Ne mi derdi? Sabırlı olun derdi. Gurbete düşen bir insanın başına her bir şey gelir. Arabamızın tekerine taş koyuyorlar. Gurbet bunun burası. Gurbette insan derdi emmim, sudan çıkmış balığa döner. Sabırlı olun, aman sabır. Sabredenin koyununu kurt yemezmiş!"

"Amaan bre herif," dedi Pehlivan.

"Niye? Niye amaan oluyormuş?"

"Emmin bunca sabrın sonunda niye öldü?"

"Deliye bak. Emmimin elinde olsa ölür müydü? Tövbe ölmezdi dinime imanıma. Emmim gibi var mıydı? Avradın bile nasılını seçmiş zamanında değil mi Köse?"

Köse Hasan, Pehlivan Ali'ye baktı, "Osmanlısını," dedi.

Pehlivan Ali ağız dolusu esnedi: "Orası öyle," dedi esnedikten sonra. "Osmanlılığına söz yok; Osmanlı avratlar uçkurlarına pek sıkı olurlar, bilirim!"

Yusuf anlamadı.

Ortalık kararıncaya kadar oturdular. Neyi, niçin beklediklerini bilmiyorlardı. Fabrika sahibinin kocaman, pırıl pırıl, siyah otomobili fabrikadan çıkıp giderken, onlar çıkınlarını açmış, yere sermiş, yiyorlardı. İşçi mahallesinin alacakaranlığında kaybolan otomobilin ardından uzun uzun bakan Pehlivan Ali, "Vali gitti!" dedi.

Yusuf dalgındı. Köse Hasan mırıldandı:

"Gitti ki gitti... Nereye gider şimdi bu, Ali?"

"Kim? Vali mi?"

"Vali."

Yusuf'a baktı:

"Bilmem. Bilse bilse Yusuf Ağa bilir ya, söyler mi söylemez mi..."

Yusuf hiç oralarda değildi. Nasıl edip de hemşerilerine görünecekleri? İş burdaydı. Yoksa valiymiş, müdürmüş, jandarma kumandanıymış...

Aydınlık gökte birbirini kovalayan kirli bulutlara baka baka sigara içtiler, çok az konuştular. Gece, gecenin yalnızlığı ilerledikçe, en çok da Pehlivan Ali, köye gitti, köyünün gübre kokulu gecelerine gömüldü adeta. Köy, köyü. Kerpiç ev. Anası, yuvar anası ille de.

"Aliii!"

"Hı?"

"Pilav pişti oğlum."

"Geliyorum ana"

"Soğan da ister misin?"

"Bak hele bak. Hastaya kar sorulur mu?"

Birden elini kulağına attı.

Gece yarısında vardiya değişirken yine birden kalabalıklaşıveren fabrika önünün kalabalığına umutsuzluk, biraz da öfkeyle baktılar. Ne kadar, ne kadar çok insan sebepleniyordu hemşerilerinden de, bir kendileri...

Yusuf, "Ah ulan," dedi. "Ah ulan firavun kapıcı ah!"

Ali:

"Ah ki ah!"

Yusuf:

"Firavundan insafsız be, zalim!"

Ama ne olursa olsun, küçük karpit lambalarıyla dolaşıp duran gezgin satıcıların yer yer aydınlattığı fabrika önünde, insanlar çok daha cıvıl cıvıl, çok daha cümbüşlü oluyordu:

"Şam tatlısı ne güzel, ne güzel yemesi!"

"Hani ya şifalı şalgamdan içen?"

"..."

"..."

Sonra el ayak, karpit lambalarıyla gezgin satıcılar yavaş yavaş çekildi, ortalık tenhalaştı. Yalnız fabrikanın fışıltılı iniltisi. Bu hiçbir zaman dinmeyen, yorulup usanmayan inilti, mahallenin nabzı gibi bütün gece atıp durdu.

Üç arkadaş top ağacın altında, yorganlarının yarısını altlarına, yarısını da üstlerine almışlardı. Havada gittikçe büyüyüp şişmekte olan yüklü bulutlardan habersizdiler. Başlarının altında beyaz torbalar tatlı tatlı uyuyorlardı.

Sabaha karşı şakırtılı bir yağmurla uyandılar. Yağmur iri taneli, sicim gibiydi. Daha fazla ıslanmamak için apar topar, kendilerini atacak bir saçak altı arandılar, yoktu.

Yusuf çaresiz, "Şu kahveye girelim bari kardaşlar!" dedi.

Dedi ya, içi de gitmedi değil. Yallah deyince üç çay içmeleri gerekecekti. Üç çay! Al sana masraf kapısı. Gurbette, masraf üstüne masraf. Can mı dayanırdı buna?

Yağmur sabaha kadar dinmedi. Ortalığı sel sele verdikten sonra, sabahleyin, kara bulutlar parçalanıp sıyrıldı, güneş doğdu. Fabrikanın önü gene, her zamanki gibi işsizler, gezgin satıcı ve yalınayaklı çocuklarla doldu.

Çayhanenin acı acı marsık tüten, eğri bacaklı mangalında ıslak üst başlarını iyice kurutmuşlardı.

Uykusuzluktan geberen Pehlivan, ağzını gere gere esnedikten sonra, "Bugün ne yapacağız bakalım?" dedi.

İflahsızın Yusuf her zamanki gibi umutluydu:

"Bir şeyler yapacağız herhalde. Bugün değilse yarın, yarın değilse öbür gün..."

Pehlivan Ali sözünü kesti:

"Öbür gün değilse daha öbür gün, daha öbür gün değilse..."

Köse güldü. Yusuf kızdı:

"Benim elimde ne var Ali?"

Köse içini çekti:

"Yunus Usta'yla öbür oğlan, Veli, iyi ki gelmediler..."

"Gelseler ne vardı?"

"Hiiç. Hiç ya, hemşerimizi görebiliyor muyuz, bak!"

Yusuf'un umudu kırılmıyordu, kırılmayacaktı:

"Göremediğimize ne bakıyorsun? Göreceğiz. Madem bu fabrikanın sahibi, ne yapıp yapıp göreceğiz!"

Yanı başlarında kötü kötü düşünmekte olan ufacık bir yaşlı, "Fabrika sahibi hemşeriniz mi olur?" dedi.

Yusuf, etine iğne dürtülmüşçesine döndü adama:

"Hemşerimiz olur!"

Yaşlı adam güldü. Yusuf içerledi:

"Ne güldün?"

"Hiç," dedi adam. "Öyle."

"Hemşerimiz olduğuna inanmadın mı?"

"İnandım oğlum, inandım a..."

"Daha ne?"

"Dahası şu ki, burası şehir, fabrika. Köy yerine benzemez. Hemşeri memşeri... Geç bir kalem. Elin ayağın tutuyor mu, gücün kuvvetin yerinde mi, işbaşına git, iş varsa versin. Lakin şu sıra pek aklım kesmez. Fabrikanın önü işsiz dolu. Boyuna adam çıkarıyorlar işten!"

Yaşlı adamın "fabrika insanı" olduğunu anlamışlardı, iskemlelerini az daha yanaştırdılar. Yusuf, "Sen hemşerimiz olsan," dedi, "kendi öz hemşerin şurda dururken, yadırgıya iş verir misin?"

"Belli olmaz. İşime kim gelirse..."

Pehlivan Ali başka bir şey sordu:

"Onu bunu bırakın. Biz şimdi işe girsek, ne kazanırız?"

"İşine göre," dedi yaşlı adam. "Usta işçi olunca başka..."

"Acemi?"

"Acemi boğazını bile zor çıkarır."

"Canım, ne kadar çıkarır yani?"

Yaşlı adam onları şöyle bir gözden geçirdikten sonra:

"Sizi alsalar alsalar çırçırlara alırlar..."

"Çırçırlar ne?"

"Pamuğun kabuğundan, tohumundan ayrıldığı yer."

"Ne verirler?"

"Günde kazansanız kazansanız iki, üç lira!"

Üçü de sevinçten neredeyse hoplayacaktı. En çok Köse sevindi:

"Daha ne? Bizim orda tövbe iş olmaz. Olsa bile otuz, kırk kuruş..."

Yusuf yaşlı adamı sevmişti:

"Hemşerimizi nasıl görürüz acaba?" dedi. "Sen bize bir akıl veremez misin?"

"Beni dinlerseniz, boş verin hemşeriye memşeriye. Amele işlerine karışmaz o. Onun vazifesi otomobiline kasılıp fabrikaya gelmek, karnı acıkınca da yine otomobiline kasılıp evine, yemeğe gitmek!"

İflahsızın Yusuf "Valiydi ha!" dediğini hatırladı. Pehlivan'la Köse de hatırlamışlardı bunu. Bakıştılar.

4

Sabahın sekizine doğru, içtikleri çayların parasını verip çayhaneden çıktılar. Masmavi göğün altında ıslak tahtalar tütüyor, çevre kuvvetli güneşle cam gibi parlıyordu.

İflahsızın Yusuf başını güneşe kaldırdı, genzi gıcıklandı. Üst üste hapşırdıktan sonra, "Hak şüküüür," dedi.

Beyaz torbaları, dürülü yorganlarıyla çayhanenin önündeki parke döşeli yola çıktılar. Köse Hasan, "Vali bellediydik," dedi. "Sen de bilemedin!"

Yusuf üzerinde durmadı:

"Bilemediğime ne bakıyorsun?"

Ali gene takıldı:

"Emmin demedi miydi?"

Yusuf birden kızdı:

"Demediydi. Benim emmim gibi var mı Ali? Bilmiyor musun? Emmim de orda dur. On'u, dokuzu bırakın da... size bir şey deyim mi? Tutun şu torbamla yorganı mı..."

Hasan torbasını aldı:

"Tuttuk belle, n'olacak?"

"N'olacak biliyor musun?" dedi Yusuf.

Ali sokuldu, yorganı aldı Yusuf'tan:

"N' olacak?"

"Otomobilinin uğruna çıkacağım hemşerimizin!"

Şaştılar. Ali:

"Uğruna çıkacan ha? Seni tepeler lan!"

"Tepelesin. Kadere kırk beş. Ben bu candan vazgeçtim zaten..."

Sözünü bitirmemişti ki, fabrika sahibinin büyük, siyah pırıl pırıl otomobili işçi mahallesine giden yolun köşesinden çıktı. Yusuf yaralı bir kuş heyecanı içinde yekindi, sonra da hızla gelmekte olan kocaman arabanın önüne atılacağı en uygun anı beklemeye başladı.

Fabrika kapıcısı her zamanki gibi, işsizleri kovdu, üstünü başını düzeltti, fabrika kapısının içinde put kesildi sonra da.

Siyah otomobil hızla geliyordu, yavaşladı. Fabrika kapısına on metre kala Yusuf öne atıldı, kollarını havaya kaldırdı. Araba kuvvetli bir frenle tam zamanında durmuştu. Şoför hırsla yere atladı. Yusuf'u tokatlayacaktı ki, fabrika sahibi arabadan şoföre seslendi. Altmışlık biriydi. Yeni tıraşlı pörsük yüzünde kıl kıl damarlar...

Şoför tokatlamaktan vazgeçmişti ama, Arnavut kapıcı koca-man bıyığıyla hemen yetişmişti. Yusuf'u hışımla itti. Yere diz verip kalkan Yusuf fabrika sahibine koştu. Adam geniş kenarlı fötr şapkası, lacivert elbiseleri, rugan iskarpinleriyle arabasından inmekteydi. Yusuf ayaklarına kapandı, az kalsın öpecekti:

"Ağam ağam, kurban ağam..."

"Ne o lan? Ne istiyorsun?"

Sapsarı Yusuf titriyordu:

"Ç. Köyü'nden oluruz, hemşeriyiz seninle. Allah sana uzun ömürler versin, namını şanını duyduk da geldik. Köylümüz değil ya, bizim sancaktan olur dedik inanmadılar, dövdüler bizi, kovdular..."

Yusuf'un konuşmasından hemşeri köylüler olduklarını anla-yan fabrika sahibi, üzerinde durmadı. Yıllar vardı memleketten, köyünden ayrılalı. Sonra ne? Ayrılmasa bile doğduğu köye çeşme yaptırmıştı, yol yaptırmıştı, çocuk okutuyordu. Başka ne yapabilirdi?

Kısa kesti:

"Peki, benden ne istiyorsunuz?"

"Sağlığını istiyoruz hemşerim. Namını şanını Sivas'da duy-dum. Allah daha ziyade etsin, bize yanında birer vazife versen hayrına da, sayende sebeplensek..." Arkadaşlarına döndü:

"... Beri gelsenize lan! Ne dikiliyorsunuz orda içyağı gibi donuk donuk?" Ağaya döndü:

"... Bunlar da bizim köylü ağam. Üç arkadaşız biz. Bu, Köse Hasan, bu da Pehlivan Ali, zorlu güreş tutar!"

Fabrika sahibi güldü. Onları hemen çevreleyiveren meraklı kalabalığa karşı piyasasının bozulmasından korkmasa lafı uzatır, yıllardır kendini sıka sıka konuştuğu şehirceden sıyrılır, şunlarla tıpkı onların köycesiyle konuşurdu. Hatta Pehlivan Ali'yle de güreşe tutuşabilirdi. Pek severdi güreşi. Tutuşup da gerçekten değil, şakacıktan bir el ense çeker, ellerini şaplatırdı.

Arabasının yanında asık yüzüyle put gibi dikilen ve "şu ayılara" diş bilemekte olan Arnavut kapıcıya baktı. "Gel buraya," demeye kalmadan, adam fırladı, ağasının önünde çakıldı. Gözleri ağasındaydı, öyle bakıyordu ki... Yalnız kulaklarıyla değil, bütün organlarıyla alacağı emri bekliyor, iri burnunun etli kanatları titriyordu.

Ağa emrini kısaca verdi:

"Çırçırların ırgatbaşısını çağırırsın, gösterirsin bu adamları, bakar, işine yararsa iş verir. Haydi!"

Fabrika kapısına yürüdü.

Verilen emirden pek bir şey anlamayan üç arkadaş, ağanın ardından kaygılı bakıyorlardı ki, Arnavut kapıcı tiksintiyle, "Gelin be!"dedi.

Yusuf önde, gittiler.

"Gelin arkamdan!"

Arkasından gittiler. Kapıcı önce kulübesine girdi. Fabrika içlerine bağlı telefonunun kulaklığını aldı, alışkın parmaklarla numarayı çevirdi. Bütün bu işleri yaparken yan gözle "ayılar"ı kolluyor, bakıp bakmadıklarını, imrenip imrenmediklerini kestirmeye çalışıyordu. Sert bir sesle, "Aloo," dedi. "Neresi orası? Çırçırlar mı? Bana gönderin ırgatbaşıyı, çok acele. Evet çok acele, kapıya, derhal! Var çok mühim talimatları ağamızın!"

Üç arkadaşın imrenen, şaşkın bakışları önünde kulaklığı yerine sertçe koydu:

"Tebliğ etmek için ağamızın emrini, yaptım telefon! Şimdi gelecek ırgatbaşı..."

Yusuf aklederek, "Sağ ol!" dedi.

Kapıcı yine de:

"Durmayın burada, çikın dişari, şurada durun, diyil orada, şurada, az daha şurada, hah, oldu şindi!"

Üç arkadaş boy sırasıyla kapının yanına sıralanmışlardı. Az sonra ırgatbaşı geldi. Daracık omuzlu, uzun boylu, yüzünden ne anasının gözü olduğu belli, hinoğlu hin bir Alasonyalı. Bin tarakta bezi vardı. Birbirine yakın gözleriyle, kuşku içindeydi. İşe adam kayırır, kayırdığı adamlardan avanta alır, şuna buna para karşılığı çırçırlardaki kadınları, kızları tavlar, para vermeyen hele hele para vermeyip bir de kafa tutanların anasını beller biri.

Kapıcı Arnavut'a göz kıptı:

"Hayrola?"

Kapıcı kocaman burnuyla hep o resmi ciddilik içinde, üç arkadaşa emretti:

"Abe gelin buraya!"

Önce Yusuf, koştular.

Kapıcı ağasının emrini kısaca tekrarladı:

"Ağamızın emri: Bakacaksın, göreceksin. Uygun evsafdaysalar vereceksin iş!"

Kulübesine girdi, artık onlarla ilgisini kesti. Irgatbaşı, "üç ayı"ya baktı! Çırçırlara bu kadar kolay girmek ha?

"Gelin!"

Yürüdüler. Irgatbaşı önde, ardında İflahsızın Yusuf, onun ardında da Pehlivan'la Köse, yan yana gidiyorlardı, Örslere inen balyoz sesleri ve birtakım makine şakırtıları gelen basık çatılı yapıların önünden geçerek "Çırçır dairesi"nin çürük merdivenlerini çıktılar.

Pamuğun kuru kabuğuyla tohumundan ayrıldığı yerdi burası.

Üç arkadaş şimdiye kadar hiç görmedikleri sert şakırtılı, pamuk tozları uçuşan bir hava içine girince sanki çarpılarak ürktüler. Burada hemen her şey sarsılıp sallanıyor, dönüyordu. Tahtaları kararmış basık çatıdan sarkan toz salkımları arasında ufacık ampuller sarı sarı yanıyor, yanlarındaki volanların kuvvetli sarsıntılarla çalıştırdığı çırçır makinelerinden şiddetli sesler çıkıyor, toz salkımları, tozlu duvarlar, döşeme tahtaları, havada uçuşan tozlar sarsılıyordu.

Her çırçır makinesinin üzerinde genç, yaşlı kadınlar, kızlar, çocuklar oturuyor, ellerindeki değnekleri makinelerin "Top" denilen silindirleri arasında sağa sola kullanarak, silindirler arasındaki tohumlu pamukların toplar tarafından iyice yenmesini sağlıyorlardı. Toplar tohumlu pamukları iyice yerlerse, makine pamukları tohumundan daha kolay, daha çabuk, daha "randımanlı" ayırırdı.

Üç arkadaş dönerek, sarsılarak çalışan atölyenin pamuk tozu yüklü havasında afallamışlardı. Yusuf, ırgatbaşının hemen arkasında, ötekiler daha arkada, şaşkın, ürkek... Hele Pehlivan Ali, kocaman eliyle Köse'nin cılız kolunu sımsıkı yakalamıştı.

Irgatbaşı, makinesinin üzerinde sarsılarak uyuklayan yaşlı bir kadına gitti, omuzundan hoyratça sarstı, uyandırdı, ayıp yerlerine, babasının kemiğine filan sövdü. Sonra da üç arkadaşın yanına eldi. Onları arkadaki boş pamuk mağazalarından birine çekerek, "Bakın bana," dedi. "Sanmayasınız fabrika işini köy işi! Benzemez fabrika işi köy işine..."

Yusuf, "Sayende belleriz," dedi.

"Her ne kadar ağırsa da iş, bolcanadır parası!"

"Bize de o lazım efendi..."

"Sonra gelemem vermeye avaralık, yahut kaytarmak!"

"Yoook efendi, yok. Tövbe vallaha..."

"Bir şey daha: Buranın gündeliği üç lira temiz. Ben sizi kollayacağım. Neden? Baktım garipsiniz..."

"Allah çoluğunu çocuğunu bağışlasın, Allah taş deyi tuttuğunu..."

"Boş ver Allah'a, peygambere. Doyurmaz karnımı Allah peygamber. Var buranın bir âdeti..."

"Doğru," dedi Yusuf. "Her yerin kendine göre bir âdeti olur!"

"Tamam. Haftadan haftaya ne zaman alacaksınız paracıkları..."

"?.."

"... Vereceksiniz bana hak, ırgatbaşi hakkı!"

Yusuf'un kuluncundan soğuk bir titreme geçti. Kuru avurdundaki yara yerini kaşıyarak arkadaşlarına baktı. Aklına hemen emmisi gelivermişti: "Siz siz olun, şehir uşağına tav olmayın!"

Gene de sordu:

"Kaçar kuruş vereceğiz?"

"Gönlünüzden ne koparsa. Çünkü yok mühtaçlığımız ameleye. Deseydim değil lazım amele, kovarlardı sizi!"

Pehlivan Ali pat diye atıverdi:

"İyi amma, buranın sahibi bizim hemşerimiz!"

Irgatbaşı hırsla döndü Pehlivan'a:

"Yok burda hemşeri memşeri. Fabrika burası. Ağa karışmaz işimize bizim. Bizden sorulur ahvalleri fabrikanın!"

Yusuf araya girdi:

"Onun aklı ermez efendi, cahil o. Şehre ilk iniyor!"

Pehlivan homurdandı:

"İlk iniyormuşum..."

"Yalan mı Ali? İlk inmiyor musun? Bundan önce indin miydi?"

"Sen indin mi?"

"İnmedim mi, Sivas'a indiğim neydi?"

"Sivas Çukurova mı?"

"Ne bakıyorsun olmadığına? Sivas da şehir değil mi?"

Köse dayanamadı:

"Kesin be!"

Yusuf ırgatbaşıya döndü:

"Kusuruna bakma onun, cahilliğine say. Üstümüze düşen neyse vereceğiz tabii..."

Irgatbaşı yine de, "Çıkmaz dik kafalılıktan bir şey," dedi. "Çıkarsınız ziyanlı!"

"Bilmiyor muyuz?"

"Acımaz kestiği parmak şeriatın. Doktorun yazdığı mühendizin kazdığı, bozulmaz. Şehir burası!"

"Doğru. Ben her zaman derim: El kapısında çalışan adamın boynu eğri olmalı. Emmim derdi ki..."

Irgatbaşı sözünü kesti:

"Siz gidin şimdi. Gece yarısı gelin. Bulun beni..."

"Demek gidelim şimdi?"

"Gidin."

"Sağ ol efendi, eksik olma. Üstümüze düşeni de vereceğiz elbet."

Üç arkadaş fabrika kapısına geldiler. Arnavut kapıcı, fabrikada âdet olduğunca, üstlerini başlarını aradı. Çıktılar. Dışarda Yusuf, Pehlivan Ali'ye çıkıştı:

"Sende hiç akıl yok mu lan?"

Pehlivan Ali şaştı:

"Niye?"

"Bir de niye der. Ayağımızı fabrikaya bir atalım hele..."

"Atalım hele amma..."

"Amması mamması yok. Neyine gerek senin? Hemşerimizi belledik ya, bir gün yanına varır, derim böyle böyle, kurban olduğum ağam, senin ırgatbaşın bizden haraç alacak, amman boğdurma bizi ite kurda derim..."

Pehlivan Ali öfke içindeydi:

"Ne diye verecekmişiz?"

"Vermeyeceğiz işte, deli!"

"Vermeyelim!"

Köse Hasan da başını salladı:

"Vermeyelim, doğru."

"Akıl ne dedi biliyor musun Yusuf?"

"Ne dedi?"

"Akıl dedi ki, dal ayaklarına, bir karakucak... Hıı?"

Yusuf güldü. Ali yere tükürdü:

"O değil, onun gibi üç tane gelse gene fos. Köy yerinde öylelerinin ikisi, üçünü bir tutuşta bağırtmaz mıydım?"

"Doğru," dedi Yusuf.

Ali şımardı:

"Ne diyorsun? Girişeyim mi?"

Yusuf durdu:

"Deli. Girişeyim miymiş. Amanı bilmiyor musun?"

"Bilmiyorum."

"Bil Ali bil!"

"Bilmiyorum İşte."

"Bilmek lazım. Emmim derdi ki, siz siz olun şehirlinin fendine düşmeyin. Sizi vallaha yek ekmeğe muhtaç ederler derdi!" Ali arkada kalmıştı. Ağır, kaba, battal. Homurdandı: "Emmine de, emminin avradına da... Haza Osmanlıymış..." Yusuf duymadı. Köse'yle önden yürüyordu. Geceyi geçirdikleri top ağacın altına geldiler. Yorganlarıyla torbalarını bırakıp oturdular yere. İflahsızın Yusuf keyifli keyifli gülerek Köylü sigara paketlerinden birini hovardaca yırttı:

"Birer Köylü yakalım bakalım ne olacaksa..."

Paketi arkadaşlarına uzattı. Köse aldı. Ali başka yöne bakıyordu hırslı hırslı. Yusuf, "Yaksana lan," dedi.

Ali hep hırslı, bir tane aldı.

Çevrelerindeki işsiz tiryakiler sigaralara imrentiyle bakıyorlardı.

5

Irgatbaşı üç arkadaşı birbirinden ayırmıştı. İflahsızın Yusuf "Kirli Koza"da çalışıyordu. Tarladan tozu toprağıyla gelip doldurulmuş kirli kozaların bulunduğu mağaza, fabrikanın günbatısında, yan yana on beş depodan biriydi. Bu depolar her yıl fabrikaca satın alınan kirli pamuk kozalarıyla dolar, bütün mevsim işlenir, şif denilen kuru kabuğundan, daha sonra da çırçırlarda tohumundan ayrılan kirli kozalar artık kirli kozalıktan çıkar, pamuk olur, sonra da fabrika ipliğhanesinde pırıl pırıl makinelerden geçirilerek iplik, iplikler de dokumahane tezgâhlarında bez hâline getirilirdi.

Dışarının soğuğuna karşılık koza mağazasının içi hamam gibiydi. Ellerindeki "yaba" denilen kocaman kocaman tahta çatal, ya da demir tırmıklarla koza yığınına girişen on bir ırgat, kozaların müthiş tozundan korunmak için ağızlarını, burunlarını paçavralarla sarmışlardı. Her yaba vuruşta koza dağından parçalar kopuyor ya da çürük bir duvar yıkılıyor, toz bulutları tavandaki ufacık ampulün sarı ışığını körleştiriyordu.

Bu mağazalar çırçırların bulunduğu, yani pamuğun tohumundan ayrılma işinin yapıldığı yerden uzak olduğu için, ırgatbaşı sık sık kontrole gelemiyordu. Mağazadaki on kirli kozacıya Halo Cafer'i baş yapmıştı. Kısa, kalın biri olan Halo Cafer asıl patoz ırgatıydı. Bilek gibi kalın kapkara bıyıklı esrarkeş bir Kürt. Türkçesi bozuk mu bozuk, aksi, hemen öfkelenip kavga çıkarıveren biri.

Arkadaşları ondan çok çekinirlerdi.

İflahsızın Yusuf'a sertçe, "Ulan Yusuf," dedi. "Git dur kapıda da bir cigara sarak!"

Yusuf tozdan bunalmıştı, canına minnet, elinden yabayı attı: "Olur ağa, olur Cafer Ağa..."

Dışarı çıktı. Hava tertemizdi. Üst üste kokladı. Sonra bir kıyıya çömeldi. Makine dairesinin gece gündüz, bir an bile durmayan, kocaman, dev bir nabız gibi atan sesini uzun uzun dinlerken, gözü gecenin içinde upuzun fabrika bacasına takıldı. Bacanın ağzından beyaz dumanlar savruluyordu tertemiz ama soğuk karanlıklara.

Burun deliğinden birini tıkayıp öbüründen hıhladı, elinin tersiyle sildi, "... Hikmeti hüdâ! İnsan dediğin gerçekten de bir kanatsız kuşmuş. Buna da şükür. Lakin bizim uşaklar ne yapıyor ola? Ali, en çok da Ali. Gücüne kuvvetine güveniyor, deli. Köy yerinde üç kişi vız gelirmiş de ırgatbaşıya karakucak girişecekmiş. Akıl mı şu? Şehir burası. Burda karakucak söker mi? Üçün beşin yoluna bakmaya mı geldik şehre, karakucağa mı?"

Mağazada bir kibrit çakıldı. Yusuf döndü, baktı. Güldü usulcacık. Esrarlı sigaranın ateşlendiğini anlamıştı ya, nesine gerekti. Oysa bir bilseler koza mağazasında sigara içildiğini, hepsinin tozunu atarlar, duman ederlerdi. Ederlerdi ya, büsbütün içilmediğine inanamayan fabrika sahibi, zaman zaman tatlı uykusunu bırakıp hiç kimseye haber vermeden, fabrikaya, çokluk da koza mağazalarına geliverirdi. Yusuf ilk zamanlar bu işe razı olmadı. Hemşerilerinin kozaları tutuşur da yangın bütün fabrikayı sararsa? Mal ha hemşerilerinin, ha kendilerinin. Sonra "Neme lazım," diye düşünmeye başladı. "Halo Cafer'in sağı solu yok. Böyle böyle düşündüğüm kulağına çalınır da Allahımı şaşırtır!"

En iyisi, kozaların tutuşmamasını Allah'tan dilemekti.

Ağzını gere gere esnedi, yeniden baktı. Tutuşturulmuş esrarlı sigara elden ele dolaşıyordu, her zamanki gibi. Ağanın yerden bitercesine çıkıverdiğini onlar da biliyorlardı. İşi çabucak bitirip kafaları tuttuktan sonra sigarayı "boğdular", yani söndürdüler. Halo Cafer kalın kalın, "Yusuf," dedi. "Gel babam gel!"

Çömeldiği yerden kalktı. Ta karşılarda karaltılar. Dikkatle baktı: Tamam. Çırçırlara kirli koza taşıyan arkadaşları dekovili ite ite geliyorlardı. Haber verdi. İş hemen, her zamanki gibi yeniden başladı.

**

Köse Hasan "sulu koza"ya verilmişti.

Çırçır dairesinin arka bölümündeki sulama makinesinde ıslanıp tavını almış pamuk kozaları, çinko arkalıklarla bir başka mağazaya, Pehlivan Ali'nin çalıştığı kırma makinesine taşınıyordu. Kırma makinesinde kabukları kırıldıktan sonra da şifleme makinelerine taşınıyor, tohumlu pamuk kırılmış sert kabuklarından ayrılıyordu.

Sekiz sulu kozacının sekizi de, çinko arkalıklarından sızan kirli sularla iliklerine kadar sırılsıklamdılar, titreşiyorlardı. Sulu kozacılık, bir yerden bir yere on iki saat sulu koza taşımaktan başka bir şey olmayan kaba hamallıktı. Kaba hamallıktı ama, cam yerine ıslak çuval geçirilmiş pencerelerden vuran ayaz, içerisini buzdolabına çevirdiği için, burada çalışanlar çoğu zaman

61

kötü kötü öksürmeye başlar, çok geçmeden de zatürreeye yakalanırlardı. Çenesine doğru sıklaşan boz kıllı, kupkuru yüzüyle Köse Hasan ötekilerden daha çok titriyordu.

Avuçlarını birbirine sürdü, hohladı, koltukaltlarına soktu, olmadı. Titreme içinden, içinin derinliklerinden geliyordu. Bir ara öyle titremeye başladı ki, "Abarruuuuh," dedi, "abarruuuuh!!"

Yanındaki iş arkadaşı, kara kuru bir oğlan, "Ne o?" diye güldü. "Yiyemedin mi?"

"Yiyemedim kardaaş, yiyemedim. Yenecek gibi değil. İçimde bir şeyler oluyor..."

"Ne oluyor?"

"Bilemiyorum."

"Sizin memlekette soğuk olmaz mı?"

"Olur, olur ya, buranın soğuğu beter!"

"Beter meter. Para hatırı için dayanacaksın. Paşa babanın konağı değil burası!"

Hasan alınmadı. Çinko arkalığı da dolmuştu zaten, sırtlayıp Pehlivan Ali'nin tek başına çalışmakta olduğu kırma makinesine seğirtti.

***

Irgatbaşı güçlü kuvvetli gördüğü Pehlivan Ali'yi kırma makinesine vermişti. Kuvvetli bir volanın sertçe çevirdiği kırma makinesi, pamuk kozalarının sert kabuklarını kırıyor, kırık kabukların tohumlu pamuktan temizlenmesi için de şiflemelerden geçmesi gerekiyordu.

Şiflemeler kırma makinesinin karşısında, yan yana üç taneydi. Yanık tahtalı tavanından toz salkımları sarkan odanın makine şakırtısı yüklü havasında pamuk tozları uçuşuyor, duvarlar, döşeme tahtaları, işçiler, eli yüzü kara makinistler sarsılıyorlardı.

Pehlivan Ali kırma makinesinin ağzında dikiliyordu. Bir başka bölümdeki sulama makinesinden geçip ıslatıldıktan sonra, tavını alması için arka mağazalarda bir süre bekletilen kozalar, sekiz kişilik bir işçi kadrosu tarafından çuvallarla ve sırtta taşınarak Pehlivan Ali'nin yanına çıkarılıyordu.

Ali, kuvvetli elleriyle kavradığı çuvalı makinenin ağzından içeri, kalın lama demirlerinin dakikada bin beş yüz devir yapan fırtınasına boşaltıyor, bu fırtınada parçalanan kozalar, makinenin önünden savrulup birikiyor, şiflemecilerse, bunları şifleme makinelerine taşıyorlardı.

Şifleme makinelerinden geçip, kırılmış kabuklarından ayrılan tohumlu pamuğa "kütlü" deniyordu. Kütlücüler örme kamış sepetleriyle bu kütlüleri çırçır makinelerine götürüp, her makinenin arkasındaki tahta sandığa boşaltıyorlardı. Dışardaki ensiz, uzun salonda, karşılıklı on sekizerden otuz altı çırçır makinesinden her birinde bir işçi oturuyor, elindeki değneği makinenin önünde dönen ve işçinin avuç avuç attığı kütlüyü yutan silindirler arasında sağa sola kullanarak, makinenin iyice yemesine yardım ediyordu.

Çırçır makinesinden geçen kütlü ise tohumundan ayrılmış, saf pamuktur artık. Makinelerin önünde içyağı kadar beyaz, hafif, yığınlardır. Çukurova'nın bereketli topraklarından binler, on binlerce insanın çabası, alınteri, emeğiyle elde edilen "beyaz altın!"

Pehlivan Ali ilkin işini çok yadırgamıştı. Sarsıntı, toz, makine şakırtısı, vızıltı, uğultu... Ama ne olursa olsun, memnundu. Şehri görmüş, köy yerinde başkalarına ballandırarak anlatacağı neler de neler öğrenmişti. Köy yeri, köylüler kafasından uğultuyla geçiyordu. Gün geliyor, Ali köye dönüyordu. Kahveye gidiyordu tabii. Veli'nin trende kendilerine yaptığı gibi, resim çıkarıp gösteriyor, köylüsünün şaşan bakışları önünde gururlu, "Siz bilmezsiniz!"diyor. "... Siz şehre inmediniz ki! Çukurova gibi var mı? Görseniz, dilinizi yutarsınız!"

Ter içindeydi. Koza çuvallarıyla gelen işçilerin bitmez tükenmez zinciri, rahat rahat köyünü düşünmesini bırakmıyordu. Dolu çuvalıyla dayanan işçiden aldığı çuvalı makinenin dört köşe ağzından boşaltıp boş çuvalı geri verirken, yeni bir dolu çuval dayanıyordu önüne. Alıyor, boşaltıyor, geri veriyor, yenisi, sonra gene yenisi, daha daha yenileri. Bu hiç durmamacasına böylece sürüp gidiyordu.

Geniş çeneli, yuvarlak erkek yüzü terli terli parlıyordu. İçliği, bacaklarına yapışan donu su gibiydi. En çok da kötü kötü kaşınan kıllı göğsü.

İşe alıştıkça kaşınma, boğazındaki gıcıklanma geçti. O kadar ki, kozaları çuvalıyla alıp makinenin ağzından dökerken, gözleri çevrede dolaşmaya, kapıdan dışarlara, dışardaki çırçır makinelerinin üzerindeki beyaz başörtülü kadınlara, saçılan pamukları uzun saplı süpürgeleriyle toplayan "Süpürgeci" kızlara kayıp tatlı tatlı iç çekmeye başladı.

**

Sabahın altısında çırçır ustasından emir alan ırgatbaşı, fırıldaklı düdüğünü sertçe öttürdü. Atölye stop etti. Çırçır makinelerinin üzerindeki işçiler indiler. Şifleme, Kırma, Sulukoza'nın bütün işçileri, terli, yorgun, sırılsıklamdılar. Süpürgeci kızlar da süpürgelerini birer yana bırakmışlardı. Herkes karnını doyurmak için birer kıyıya çekildi. Kadınlarla kızlar büyük mengenenin önüne toplaştılar. Çıkınlar açıldı, yiyecekler serildi: Ekmek, peynir, tahin helvası, kara zeytin, kuru soğan ya da yağı donmuş mercimek çorbası, bulgur pilavı, duru suda kaynamış nohut...

İştahlı ağız şapırtılarıyla yeniyor, gülünüyor, hatta gevrek kahkahalar yükseliyordu arada.

Erkek işçilerden bir çoğuysa, yeme içmeyi unutmuş, sigara içmek için tuvaletlerin yolunu tutmuşlardı. Üç arkadaş da arka mağazalardan birinde, çarşı somunuyla kara zeytine bağdaş kurmuşlardı, sessiz.

Pehlivan Ali'nin gözleri yanıyordu, biber ekelenmişçesine. Ilık ılık terliyordu üstelik. Ortalık iyice soğuktu oysa.

Kaba avuçlarıyla terli kaşlarını sildi:

"İler tutar yerim kalmadı vallaha!"

64

Köse Hasan ıslak ceketiyle içliğini çıkarmıştı. Sarsıla sarsıla titriyordu:

"Benim? Benim ya? Donuyorum. Bir tuhaf soğuğu var buranın. Bedenime soğuk sular işledi tekmil, cımcılık oldum!"

İflahsızın Yusuf, Köse Hasan'ın kuru gövdesine korkuyla baktı.

"Aman deyim Hasan, ayağını sıkı bas!"

"Niye?" dedi Hasan.

"Hasta masta olup dert olma başımıza da..."

"Alın yazısı. Ben sıkı basıyorum ama, kader. Emmim fukara. Ölüm dediler mi cini tepesine çıkmaz mıydı?"

Ali onları dinlemiyordu:

"Lakin," dedi, "burda zorlu avratlar var ha değil mi?"

Yusuf'un kaşları çatıldı:

"Ayıp, ayıp... Sen de evli sayılırsın..."

Ali ensesini kaşıdı:

"Amaaan sen de Yusuf. Ne ayıbı? Bir nokta koy gayıp olsun!"

Yarım saatlik yemek molası bitince ırgatbaşı keskin düdüğünü yeniden öttürdü. Çırçır ustası mermer levhada şalteri itti. Bütün makineler döşeme tahtalarını, duvarları sarsarak çalışmaya başladı. Her şeyde koşan, tozlu bir sarsıntı vardı. Elinde sopasıyla ırgatbaşı, işçilere rasgele vuruyordu. Az sonra atölye doludizgin çalışmaya başladı. Çırçırlar avuç avuç kütlü yiyor, içyağı gibi bembeyaz, kucak kucak pamuk kusuyordu. En kabası on bir, on iki yaşında "pamukçu" oğlanlar, paramparça üst baş, yalınayaklarıyla koşuyor, büyük mengenenin ordaki dört köşe deliğin önüne kucak kucak pamuk taşıyor, bu işi oyun oynar gibi yapıyorlardı. Arada üçü, dördü pamukların aralarına yuvarlanıyor, alt alta, üst üste boğuşuyorlardı. Bu boğuşma uzayıp, çırçırların önlerinde pamuklar bitti mi süpürgeci kızlar içerliyor, ırgatbaşı ifrit olarak koşuyordu. Ana, avrat, din iman... Elindeki sopayla nereleri rast gelirse, kovalıyordu çocukları işlerinin başlarına.

Süpürgeci kızlara gelince...

Kara don denilen şalvar, ya da eski basma entarileri için-de, kalçaları biçimini yeni almaya başlayan, narin şeylerdi. "Pamukçu oğlanlar"a içerlemelerine karşılık, kendileri de üç, dört, bir araya geliveriyor, yeni yetişmekte olan kızların o her şeye şaşan, merak dolu cinsel konularından birine dalıyor ya da küs oldukları arkadaşlarını çekiştirirken, gıcırlı sakızlarını şaklatıyorlardı.

Çoğunun dostu vardı. Ya rugan yemenili bir "kütlücü", ya atölyenin makine yağcılarından biri ya da saçları briyantinden ışıl ışıl herhangi bir işçi.

Dostlarla kaş göz anlaşılır, uzaktan uzağa cilveleşilir. Sık sık su içmeye, helaya gidilirken oğlan da işini gücünü bırakıp takılır arkalarına. Yolda laf atılır. Kızın gönlü varsa gülüverir. Bu gülüverişle iş tamam değildir. Laflar atılacak, gülmeler, gülüşmeler yüzleri aşacak, oğlan geceleri uyuyamaz olup sara-racak, solacaktır. Oğlanın hâli hâl olmaktan çıktıkça kız da beri yanda arkadaşlarıyla fiskosu, oğlana karşı imansızlığı artıracak-tır. Sonunda kafese girecektir tabii. Delikanlıya gün doğmuş, dünyalar onun olmuştur. Eli işte, gözü oynaşta. Kızla sık sık bakışıp gülüştükçe yanakları al al, gözleri pırıl pırıl koşacaktır kızın çevresinde, pervane gibi. Irgatbaşının gözünden kaçmaz tabii bütün bunlar. Kız ya da oğlan, Allah vere dalga geçip işlerinde kusur etsinler! Ettiler mi, kısa kalın sopa enselerinde, omuz başlarındadır.

Ne olursa olsun, kız da, oğlan da hayatlarından memnun-durlar. Kız sık sık helaya, su içmeye çıkar, fabrikanın pamuk toz-ları uçuşan makine şakırtısı yüklü havasında, çoğu zaman ufacık ampullerle aydınlanmış, makine aralarındaki daracık yollarda şıpın işi durup konuşuverirler. Paydoslarda da oğlan sevgilisine Şam tatlısı, kebap ısmarlar, gazoz ikram eder.

Bu kızlardan çoğu, daha memeleri kabarmadan gebe kalırlar. Doğurur, anne olur, gene gebe kalır, gene doğurur, gene gebe, gene doğum. Sonunda ya tanınmayacak kadar çirkinleşir, ya da yeni dostlar ardında koşan kocalarının tekmesiyle elden ele dolaşır, en sonunda da babaları yaşında birinin kahrını çekmek zorunda kalırlar.

İçlerinde genelevlere düşenler de olur. Düşmeyenlerse, kim bilir hangi pamuk tarlasında çapa çapalarken, sıtma ya da güneş çarpmasından, bir deri bir kemik, genç yaşlarında ölür giderler.

***

Öğleye doğru çırçır kâtibi, işçi kartlarını delmeye yarayan zımbası, puvantaj defteri, kulağının ardında kopya kalemiyle çırçır dairesinin kapısında göründü. Tüysüz, sarı kuru, gençten biri, havı dökülmüş paltosu içinde donuyordu sanki! Çatık kaşlarıyla çevreyi gözden geçirdi. Sol başta, makinesinin üzerinde sarsılarak çalışırken bir yandan da uykuyla savaşan Boşnak Güllü'ye gözü takıldı. Güllü on beş yaşında, akça pakça bir kız, beyaz başörtüsüne bürünmüştü, üşüyordu.

Çırçır kâtibi, baştan birinci çırçıra geldi. Çenesinde kıllar bitmiş kocakarının uzattığı kartı aldı, zımbaladı, defterine işaret edip ikinci makineye geçti. Sonra üçüncü, dördüncü, beşinci... Genç kızlarla taze kadınların makinesinden ayrılmıyor, şakalaşıyor, gülüyor, güldürüyordu, En çok Güllü'nün makinesinde kaldı. Kızı güldürdü, utandırdı. Güllü'yle dalga geçerken öteki işçiler makineden makineye kaş göz ederek onları birbirlerine gösteriyor, gülümsüyorlardı.

Kontrol sırası süpürgeci kızlara geldi. Kızlar uzun saplı süpürgeleriyle genç kâtibin çevresini alıverdiler. Kâtiple gülüşmeler, şakalaşmalar, el yârenlikleri gırla gidiyordu. Her zaman böyle olurdu bu. Böyle olur, bu kızlardan sevgilileri olanları da kıskandırıp kızdırırdı. Nitekim "kütlücü" delikanlılardan biri öfkeyle koştu, kâtibin yine süpürgeci kızları avara bıraktığını haber verdi. Irgatbaşı kâtibi sevmese bile belli etmezdi bunu. Gene de düdüğünü öttürerek gelirken kızlar kaçıştılar.

"Orospular sizi!" dedi ırgatbaşı.

Sonra kâtibe:

"Merhaba bey, nasılsın?"

Kâtip de ırgatbaşıyı sevmezdi ama, belli etmedi:

"İyiyim. Sen?"

"Sağlığına duacıyım..."

Kâtip, "pamukçu" oğlanlardan sonra "kütlücü"lerin de kartlarını zımbalayıp, "sulu kozacı"lara geçti.

Sulu kozacılar sırılsıklam üst başlarıyla titreşiyorlardı. Kâtip, "Ne o?" dedi. "Ne oluyorsunuz?"

Kalın kemikli, iriyarı ama kupkuru biri, "Donuyok," diye tekrarladı.

Kâtibin yüzü bok koklamışçasına buruştu:

"Donuyoruz desene lan, hırt!"

İşçinin çeneleri vuruyordu:

"Donuyok," diye tekrarladı.

"Donuyoruz de be!"

"Donuyok!"

"Mahsus mu yapıyorsun? Do-nu-yo-ruz!"

"Do-nu-yok."

"Ayı efendim ayı. Donuyoruz!"

"Diyemem kâtip evendi, dilim alışmış bir sefer, dönmüyor..."

Araya ırgatbaşı girdi:

"Nefesini tüketme. Bunlar nerde insanlık nerde. Bunlara var mı somun! Yerler! Var mı nallı Fatma? Tamam..."

Kâtiple ırgatbaşı arka mağazalara gülüşerek giderlerken, "Donuyoruz" diyemeyen işçi eliyle arkalarından "Nah!" yaptı. Sonra da iş arkadaşına döndü:

"Donuyoruz," dedi.

Arkadaşı güldü:

"Kâtibe niye demedin?"

"Keyiflensin diye..."

"Keyiflensin diye mi?"

"Keyiflensin diye. Bizi ayı, kendini adam bellesin fukara!"

Kâtipse o sıra, arka mağazadan dönmekte olan Köse Hasan'ın yolunu kesmişti. Kâtibin yarenlik ettiğini sanan Köse, hıkırtıyla gülerek, geçmek için zorladı.

Kâtip bırakmadı:

"Ne oluyorsun be, aptal? Ağza bak!"

Köse Hasan şaka yapılmadığını anlamış, şaşalamıştı. Kâtip bağırıp çağırmaya başlayınca büsbütün şaşaladı. İmdada ırgatbaşı yetişti:

"Ne var? Ne oluyor?"

Kâtip, "Ayı oğlu ayı," dedi. "Geçmiş karşıma sırıtıyor!"

Irgatbaşı anlamıştı durumu:

"Bunlar yeni geldi," dedi. "Üç arkadaş. Kartları yok, yeni vereceksin..."

Kâtip hâlâ öfkeli, "Öyle söylesene," dedi. "Yeni geldim, bana yeni kart vereceksin Kâtip Bey desene! Adın ne?"

"Hasan." Deftere yazdı.

"Soyadın?"

Hasan ırgatbaşıya baktı. Kâtip üsteledi:

"Ha soyadın ne?"

"..."

"Ne yutkunup duruyorsun, soyadın yok mu?"

"Yok."

"Niye?"

"Biz köylüyüz, köy yerinde âdet olmadığından..."

"Olmadığından ha? Ayı, kanun nedir bilir misin sen?"

Köse Hasan bön bön bakıyordu.

"Ha?" dedi kâtip. "Bilir misin kanun nedir?"

"..."

"Yenir mi? İçilir mi? Söyle, yenir mi içilir mi?" Hasan hep bakıyordu.

Irgatbaşı, "İnsan suretinde hayvan," dedi. "Ne bilir bunlar kanun manun? Allah bir alttan delmiş, bir üstten, sonra da kapmış koyuvermiş!"

Kâtip, elindeki demir zımbayla Hasan'ın alnına hafif hafif vurdu:

"Yirminci yüzyılda yaşıyorsun, kendine gel. Kanun demek yasa demek. Yasa senin köyünü, âdetini madetini tanımaz. Vız gelir kanuna. Kanunen her vatandaş bir soyadı almak zorundadır, anladın mı?"

Hasan, "Anladım," dedi.

"Neyi?"

"Dediğini"

"Ne dedim?"

Hasan gülüverdi. Kâtip kızdı.

Irgatbaşı, "Sırıtma," dedi. "Kâtip Bey lakabınızı soruyor!"

Hasan'ın birden bönlüğü geçti, kara gözleri zekice parlamaya başladı:

"Lakabımız mı? Var lakabımız..."

"Ne?"

"Köy yerinde bize Köseoğulları derler!"

Kâtip, defterine "Hasan Köseoğlu" yazıp yürüdü.

Öğlenin on birine doğru üç arkadaşın üçünde de hayır kalmamıştı. İflahsızın Yusuf ara sıra dinlenmeye vakit bulmuşsa da, mağazanın tozundan harap olmuştu. Köse Hasan'ı bitiren, çinko arkalığından sızan buz gibi sulardı. Yüzünün boz tüyleri dikilmişti, ta ciğerinden sarsılıyordu.

Pehlivan Ali'ye gelince... Derdi soğuk değildi onun, apteshaneydi. Habire çalışmaktan su dökmeye bile gidememişti. Irgatbaşı da garez olduğundan, sık sık gelmiş, boyuna kontrol etmişti. Su dökememek, ırgatbaşının boyuna kontrolü, makine şakırtısı, toz... Genzi kaşınıp duruyor, gözleri yanıyordu.

Saat on bir buçukta yerlerini öteki vardiyanın işçilerine bırakıp, paydos ettiler. Köse Hasan ceketiyle içliğini çıkarmıştı, iyice sıktı. Kuru gövdesi titriyordu. Yaş içliğiyle ceketini yeniden giyip arkadaşlarının ardına takıldı, evin yolunu tuttu.

Oturdukları "ev", iki mahalle aşağıda, mahalle muhtarının bir zamanlar hayvanlarını bağladığı, tabanı hâlâ gübre örtülü, genişçe bir ahırdı. Atsinekleri vızıltılı daireler çizerek uçuşuyorlardı. Harap kerpiç duvarlar yarı bellerine kadar ıslaktı. Oda ekşi ekşi fışkı kokuyordu.

Üç arkadaştan başka burada daha sekiz ırgat barınıyordu. Bu sekiz ırgat da çalışmak için Çukurova'ya inmiş, Orta Anadolu ya da doğu illerimizdendiler; yakın çırçır fabrikalarında çalışıyorlardı.

Ahırın üstü iki kattı. Harap yapının sahibi muhtar, eskiden şalgam turşusu satan fakir biri, Ermeni tehcirinden sonra bu evi nasılsa eline geçirmişti. Sonraları yeni kurulan fabrikalar işçiyi çoğaltmış, barınak sıkıntısı başlamıştı ki, muhtar, ahırdan hayvanlarını çekmiş, işçilere kiraya vermişti.

Üç arkadaş ekmek, kara zeytin, birer baş kuru soğandan ibaret yiyeceklerinin başına çöktüler.

İflahsızın Yusuf soğanını bir yumrukta ezdi, soğanın taze göbeği fırladı:

"Abooo," dedi. "Cücüğe hele cücüğe!"

Dışkının üzerine fırlayan cücüğü aldı:

"Nereye gidiyorsun gözünün yağını yediğim?"

Ağzına attı, çiğnemeye başladı.

"Ne hikmetse," dedi. "Bu soğanların cücüğü de bir tatlı oluyor ki!"

Pehlivan Ali bakmadan mırıldandı:

"Her şeyin küçüğü tatlı olur..."

Köse Hasan burnunu çekti:

"Bes yılanın değil..."

Ahırın öteki kiracıları da yiyeceklerinin başına çökmüşlerdi. Koca ahırda iştahlı bir ağız şapırtısıdır gidiyordu. Hiç kimsenin canı konuşmak istemiyor, karınlarını doyurup kafayı vurmaktan başkasını düşünmüyorlar, uykusuzluktan geberiyorlardı.

Bir ara ahır kapısına genç irisi yılışık bir delikanlı geldi, durdu. Çokluk işsiz dolaşır, hemşerilerinin sırtından geçinir, şurda burada kumar oynar, yutarsa alır, yutulursa vermez, mızıkçı, kavgacının biriydi

Ahırın sol köşesindeki işçilere seslendi:

"Ne o Topal Ağa? Kör köstü* gibi yumulmuşsun yemeğe yine…"

Odanın başköşesini kendisine ayırmış ufacık yaşlı adamın yüzü asıldı. Nerden çıkıp gelmişti gene şu Allah'ın belası?

Karşılık vermedi.

Hidayet'in oğlu denilen genç adam, Topal'ın karşılık vermeyişine içerlemişti:

"Dümbük seni," dedi. "Seni bir ben bilirim, bir de köse sakalının altındaki şeytan!"

Köse Topal homurdandı. Gülüşmeler oldu. Biri Hidayet'in oğluna seslendi:

"Öyle mi laan?"

Şıp, döndü, sordu:

"Neyle mi?"

"Var mısın?"

"Neye?"

"Zarlara baak… Atalım bir iki? Var mısın?"

Can attığı hâlde:

"Atalım amma, param yok şerefsizim…"

Yaşlı, Topal'a baktı:

"Topal Ağa borç verse…"

Topal'dan ses çıkmayınca, "Öyle mi Topal Ağa?" dedi. "İki lira borç verir misin?" Kesti attı:

"Vermem."

"Niye?"

"Günah."

"Günahsa günahı bana. Faiz almak günah değil mi?"

---

* Köstebek.

"O başka, o başka."

"Nasıl o başka? Müslümanlıkta faiz var mı lan?"

Köse Topal sıkışmıştı. Çevresinden yardım aranırcasına bakındı.

Hidayet'in oğlu asıldı:

"Ha? Müslümanlıkta haram değil mi faiz?"

Topal boşandı:

"Ben sakat, hastalıklı bir insanım hey oğul. Hem ben faiznen vermiyorum ki!"

"Ya?"

"Sıkışanlara yardım ediyorum..."

Pehlivan Ali bütün bu konuşmaların dışında, kocaman bir tas suyu lıkır lıkır içiyordu. Kapıdaki delikanlı beygir suluyormuşçasına ıslık çalmaya başlayınca, Köse Topal'ın faizciliği kaynadı. Herkes gülmeye başladı. Köse Topal bile. Pehlivan Ali aldırış etmeden suyunu içip tası uzattıktan sonra, "Hak şüküüüür," dedi.

Karınlar doyurulmuştu. Sofra bezi yerine yere serilen ekmek ufaklı, zeytin çekirdekli bezler, gazete kâğıtları kaldırıldı, ağızlar sako ya da mintanların kollarına silinip, yorganlar ahırın dışkısı üzerine yayılmaya başlandı. Sonra da herkes kendi yorganının yarısını altına aldı, yarısını da üstüne çekti. Ooooh, artık uyuyabilirler, sıla düşleri görebilirlerdi. Nitekim, çok geçmeden iniltili, sızılı horultular ahırın dışkı kokulu havasını kapladı. Gittikçe artıyordu horultular. İnceli, kalınlı, pamuk tozunun tırmaladığı genizlerden gelen makaralı homurtular. Arada inleyenler de oluyordu. Başta Köse Hasan! Uykuyla savaş hâlindeydi. Sayıklıyordu arada.

Yalnız Köse Topal uyanıktı koca ahırda. Ahır kapısı yanındaki derme çatma ocağın üzerinde yarı beline kadar su konulmuş kapkara tenekenin altını yonga parçalarıyla tutuşturmaya çalışıyordu. Tutuşmuyordu aksi yongalar. İki kat ola ola üflüyor, duman gözlerini yaşartıyordu.

73

Kayseri'nin Bünyan ilçesine bağlı köylerden birindendi bu adam. Birinci Dünya Savaşı'nda Çanakkale'de dizkapağından aldığı bir yara yüzünden sakat kalmıştı. Yıllardır Çukurova'ya herkesten önce iner, muhtardan bu ahırı on lira aylıkla kiralar, sonra da adam başına üç liradan yataklık yer verirdi ırgatlara.

Yatağı, yeşil boyalı tahta sandığı, kara tenceresi, teneke ibriğiyle ahırın başköşesini tutmuştu.

Bekâr çamaşırı yıkar, yemek pişirir, demiri paslı tıraş makinesi, ağzı dönmüş usturasıyla beş kuruşa saç keser, sakal kazırdı. Faizle para da verirdi ama, öyle her önüne gelene değil. Adamı gözünden tanırdı: İş bulmuş da, fotoğraf, pul gerekiyormuş... Böylelerine bir lira verse, para günü iki buçuk alırdı.

Tencere kaynattığı da olurdu. Peynir ekmek, ekmek kara zeytin, tahin helvası ekmekten bıkan bekârlar, "Bugün de sıcak bir yemek yiyelim..." dediler mi, Köse Topal'a gün doğardı: "Aşçıya muşçuya ne dimeye gidecekmişsiniz?.. Toplayın paraları, verin bana, tencerenizi kaynatıvereyim sevabıma!"

Paralar toplanır, Köse Topal emmiye verilirdi. Köse Topal sevinçle koşardı pazara. Topal bacağıyla uzun uzun dolaşır, bedavaya yakın düşürdüğü soğuklamış patates, çürümeye yüz tutmuş lahana, pırasaları omuzlar, tutardı ahırın yolunu. Temizlikten filan da anladığı yoktu. Bıçak yerine kullandığı paslı çember parçasıyla sebzeleri leş gibi kokan zifirli tenekesine doğrar, üzerine doldururdu suyu. Bu arada biraz zeytinyağı, ya da kaşığın burnuyla azıcık margarin, bol kırmızı biber... dayanırdı ateşi. Bol kırmızı biberle renklendirilmiş cığıl cığıl suda göbek atarak alabildiğine kaynayan pırasa, patatesler, kaynaya kaynaya dağılır, erir, hemen hemen kaybolurdu. Köylerinde bunu bile bulamayan bekârlar işten yorgun argın gelip de ahırı sıcak sıcak kaplayan yemek kokusunu alınca, coşarlar, Köse Topal'ın boynuna sarılır, kırışık yanaklarını öpücüklere boğarak başlarlardı:

"Vay emmim, sağ olasın emmim!"

"Ellerin dert görmeye ilaha..."

"Abooo... Yemeğin kokusuna hele kokusuna!"

"Lan beri bakın... Bu ahırda emmime çene mene yok!"

"Bak hele bak..."

"Kimin emmisisin sen?"

"Fukara. Bizim için çarşı, pazar dolaşmış tekmil..."

"Sağ ol emmim, Allah taş deyi tuttuğunu altın etsin!"

"..."

"..."

Gaz tenekesinin altını tam parlatmıştı ki, Hidayet'in oğlu denen, kumarcı, zevzek delikanlı gene tepesine dikildi, böyle hemşeriliğin avradına sövdükten sonra, "Acımdan gözlerim kararıyor, bi çeşit oluyorum," dedi. "Sende hiç mi Allah korkusu, merhamet yok lan?"

Köse Topal, durmadan acı acı yanan gözleriyle ayağa kalktı:

"Ne diyorsun yine?"

"Sende hiç mi Allah korkusu, merhamet yok diyorum..."

"Niye olmasın?"

"Var da bu fakir hemşerini ne diye kollamıyorsun? Acımdan gözlerimin dingili kararıyor vallaha!

Köse Topal lafı kaydırmak için sordu:

"İş bulamadın mı?"

"Dün değil, önceki gün kara vagonlardan taş çektiydim, bir buçuk lira verdilerdi, tükendi. Söylemesi ayıp, dünden beri açım!"

"Aç mısın?"

"Açım vallaha..."

Köse Topal güldü. Hidayet'in oğlu anlamıştı inanmadığını. Dayattı:

"İnanmıyor musun?"

"Senin Allah bir dediğinden başkasına inanılır mı?"

"Firavunsun tekmil, vallaha firavunsun Topal Ağa. Allah'ın bir ismi hakkı için açım!"

"Orospulara gidiyor dediler ya?"

Hidayet'in oğlu gülüverdi. Köse Topal yakalamıştı:

"Gidiyorsun değil mi?"

"Kim dedi?"

"Kim diyecek, elin uşağı!"

"Yalan emmi, günahımı almışlar. Sen de inandın ha? Ben yiyecek ekmek bulamıyorum..."

"İş miş aradığın yok ki bulasın. Ziv ziv geziyorsun!"

"İş nerde emmi, iş nerde?"

"Niye? Herkesler nasıl çalışıyor?"

Hidayet'in oğlu yere tükürdü:

"Canım bırak sen şimdi herkesleri merkesleri..."

"Ee??"

"Ekmek mekmek yok muydu?"

Köse Topal'ın içi gitti:

"Ekmek mekmek ne gezermiş hey oğlum? Ben sakat bir adamım..."

"Koynundaki liralardan bir iki tane ver de harcayalım."

Köse Topal ters mers olmuştu:

"Koynumda lira ne gezermiş?"

Hidayet'in oğlu yarı tehdit, sokuldu, göz kırptı:

"Faize verdiğin liralar..."

Köse Topal iyice huylanarak ahıra girdi. Hidayet'in oğlu kapıya omuzuyla dayandı:

"Vermiyorsun değil mi?"

Köse Topal unutmuştu sanki onu, aldırış etmedi. Etmedi ya, oğlanın aklına uyup odaya giriverceğini, gırtlağına sarılıvereceğini de düşünmüyor değildi. Ne yapardı o zaman? Bağırsa kime duyururdu? Günün en tenha saatleri. Koca ahırın tüm işçileri sağda solda işte. Oğlan aklına uysa da gırtlağına çöküverse...

Lakin korktuğu gibi olmadı. Genç irisi, haylaz delikanlı korkunç bir öfkeyle kapıdan çekilirken, "Eh," dedi. "Belle bunu. Ben de Hidayet'in oğluysam..."

Elleri arkasında, Kuruköprü'nün yolunu tuttu. Yakan, kavuran, aydınlık bir güneş vardı. Battal battal yürüyor, bir yandan da azıcık ekmek bile vermeyen adamı düşünüyordu. Hiç çalışmadığı hâlde onun bunun sırtından dünyanın parasını kazanıyordu. En biri, tencerede kaynayan yemek. Ulan insan firavun olmalıydı ki, sıcak sıcak kokan yemekten azıcık vermesin. Hacı, hoca adamdı güya, üstüne bulunmasın, namaz mamaz kılıyordu. Böyle mi olurdu Allah adamı?

Ayağının dibinden ok gibi fırlayıp güneş dolu havada kaybolan kuşu görmedi, sesli sesli, "Eeeeh," dedi. "Gün ola harman ola Topal!"

Kuruköprü'ye kadar Köse Topal aklından çıkmadı.

Şehrin en işlek yerlerinden biri olan Kuruköprü'ye gelince Köse Topal'ı unuttu. Pamuk, üstüpü balyaları yüklü kamyonların çevreyi benzin ya da mazot kokulu homurtulara boğduğu semt her zamanki gibi arı kovanını hatırlatıyordu. Fabrikalar, depolar, daha çok da irili ufaklı kahveler... Kahvelere girip çıkanlar, anacadde üzerindeki "umumi hela"ya uğrayan, uğradıktan sonra da savuşup gideceğine sanki pek eğlenceli, pek sefalı bir yermişçesine takılıp kalanlar. Hela kaldırımı üzerindeki işsizlerse omuz omuzaydı. Yarı aç, bomboş gözleriyle anacaddeden gelip geçenleri seyrediyorlardı.

Hidayet'in oğlu da aralarına karıştı.

Lakin şu Köse Topal'ın demin ettiği... Ulan koynu beşlik onluk liralarla doluydu da bir parça ekmeği sakınmıştı!

"Ne o Hidayet'in oğlu, ne düşünüyorsun?"

Döndü: Bir hemşerisi. Hem de Altıkollu'da kumar arkadaşı.

"Hiç" dedi.

Kendi gibi genç irisi olan kumarbaz, kolunu Hidayet'in oğlunun omuzuna attı:.

"Hiç değil, var bir domuzluğun!"

Hidayet'in oğlu içini çekti, kaldırıma oturdu:

"O bu değil ya, küfrün adını günah koymuşlar efendi. Lakin..."

Kumarbaz arkadaş da oturdu:

"Lakin."

"Lakin efendi... Hani her zaman anlatırım, bir Köse Topal var deyi..."

"Ha, şu faizci mi?"

"Tamam."

"Ne oldu?"

"Lort efendi, banker de, bir parça ekmeği sakındı bizden!"

Kumarbaz arkadaşın gözleri parladı:

"Demek sahiden paralı ha?"

"Şaka mı söylüyorum belliyorsun? Faizden dünyanın parasını aldıktan başka herif tencere kaynatıyor fukara uşaklara!"

Göz göze geldiler.

"Tencere kaynatıyor hı?"

"Tencere kaynatıyor ya!"

"Uşaklara tabak tabak mı satıyor?"

"Tabak tabak satıyor."

"Paraları?"

"Küt, koynuna!"

"Sonra?"

"Sonrası sağlığın..."

"Demek bir parça ekmeği sakındı?"

"Ne i...dir oooo!"

6

Gece yarısına doğruydu, İflahsızın Yusuf uyandı. Koca ahır dışkı kokulu ılık havasında yorgun ırgat homurtularıyla uyuyordu. Ahırın başköşesinde ışık vardı. Köse Topal'ın küçük gemici fenerinin ışığı olmalıydı. Doğruldu, tamam, o, onun ışığı, para sayıyordu yine. Başkalarından, daha çok da Hidayet'in oğlu denilen zevzek avareden işitmişti Köse'nin çok paralı olduğunu. Bir süre baktı.

Sonra seslendi:

"Kolay gelsin Topal Ağa!"

Köse Topal, etine iğne dürtülmüşçesine irkildi, paralarını filan saklayıp sesin geldiği yana dehşetle baktı. Işıkta olduğundan, İflahsızın Yusuf'u göremiyordu:

"O kiim?"

"Ben."

"Sen kimsin?"

"Ben Topal Emmi, sesimden anlamadın mı?"

"Sen kimsin lan?"

"Yusuf Yusuf, Yusufum ben!"

"Ne istiyon?"

"Hiç. Fabrika vakti oldu mu diyecektim..."

"Olmadı daha yat, ben uyandırırım!"

Yusuf yeniden yattı, kafasında Köse Topal'ın saydığı paraların destesi, uykuya geçti. Bu deste uykusunda da bırakmadı onu: Bir yerlerde olurlarmış. Yazının yüzü bir yerlerde. Köse Topal su dökmeye mi gidecekti ne, koynundan çıkardığı para destesini Yusuf'a vermişti. Yusuf desteyi sıkı sıkı tutarken, birden o haylaz oğlan. Hidayet'in oğlu dedikleri. Yanına gelmişti nerdense. Paraları istemişti. Vermemişti. Bir çekişme. Güçlüydü de deyyusun oğlu. Yıkmıştı Yusuf'u, göğsüne oturmuştu. Tam paraları alacakken, fabrikadaki ırgatbaşının fırıldaklı düdüğü. Uyanmıştı, başkaları da uyanmışlardı. Üst kattaki çalar saat uzun uzun ötüyordu ki Yusuf'un düşüne ırgatbaşının fırıldaklı düdüğü gibi girmişti.

Yanı başında yatan Pehlivan Ali'ye baktı. Bir yandan bir yana dönüyordu. Hiç niyetli değil gibiydi uyanmaya. Dürttü:

"Ali!"

Oğlan oralı bile değil. Yine dürttü:

"Ali laan!"

Horlamaya bile başlamıştı. Başlamıştı ya uyanması, kalkıp elini yüzünü yıkaması lazımdı.

"Ali heeey!"

Uzun uzun sarstı. Neden sonra Ali inledi.

"Ali beee!"

"Hıh," dedi sonunda.

"Kalk hadi kalk. Fabrika vakti geldi!"

Ali darmadağın saçları, kıpkırmızı gözleriyle yekinip yorganında oturdu:

"Hiç hâlim yok, geberiyorum vallaha..."

"Ne yapayım kardaş?" dedi Yusuf. "Benim hâlim var mı?"

Pehlivan Ali'nin öbür yanında yatmakta olan Köse Hasan'ı sarstı. Hasan ölü gibi yatıyordu; yüzü sapsarıydı. Yusuf üst üste sarstı. Neden sonra uyanıp doğruldu.

Üst kattaki işçilerde tavanı paldır küldür öttüren bir hareket başlamıştı. Belliydi ki onlar da işe hazırlanıyorlardı. Bir çocuk viyakladı, daha büyük bir çocuğun sesi işitildi:

"Anaaaa!"

Tam bu sırada İflahsızın Yusufların ahır kapısı da bir tekmeyle açılmış, mahalle bekçisinin kemer tokası Köse Topal'ın küçük gemici fenerinin ışığıyla donuk donuk parlamıştı.

Ahırın dışkı kokulu ılık havasına düdüğünü kuvvetle üfleyen bekçi bağırdı:

"Haydin iş başına, haydiiiin!!!"

Ahır zaten uyanmıştı. Yorganlar toplanıyor, dürülüp katlanıyordu. Uykuya doyamamış insanlar birer, ikişer, üçer, beşer gidiyorlardı. Sonunda ahır boşaldı. Yalnız kalan Köse Topal kapıyı örttü, ardındaki tahta sürgüsünü sıkıca itti. Geldi, yatağına girdi, yorganı tepesine çekti. Yatağı, yorganı uydurma değil, esaslıydı. Esaslıydı ya, nedense uyku tutmuyordu. Nedensesi yok, para sayarken Yusuf görmüştü. Şurda burda gevezelik ederse? Bu da o haylaz oğlanın kulağına giderse? Gitmese bile Yusuf, gel şu deyyusun paralarını çalalım derse?

Bir yandan bir yana döndü.

Geçenlerdekini unutamamıştı. Kapıya dayanıp, "Eh belle bunu. Ben de Hidayet'in oğluysam..." demiş, yürümüştü. Hırsız, vacibi Allah'ın belası biriydi. Babası, amcaları hırsız, uğursuz kişilerdi. Hatta babası jandarma kurşunuyla, büyük amcası da Kayseri'de darağacında can vermişti.

Yeniden döndü bir yandan bir yana.

Ot, kökünün üstünde göverirdi. Ne belliydi bunun da babası, dedesi gibi davranmayacağı? İflahsızın Yusuf'u hiç tanımıyordu. Babasının oğlu değil ya. Gurbet uşağı. Şuraya üçün beşin yoluna bakmak için gelmişti. Hidayet'in oğluyla birlik olsa, bir gece, gece yarısı gırtlağına çökseler...

İyiden iyiye huylanarak yatağında doğruldu.

Ya da oğlan işe gidiyorum diye çıkıp yarı yoldan dönse. Arkadaşlarına da "Hastalandım!" dese. Gelse. Kapıyı vursa. Açsa. Gırtlağına çöküverse...

Don paça kapıya gitti. İyice sürgülediğini bildiği hâlde gene de yokladı yeniden. Tahta sürgü sağlamdı sağlam olmaya ya güvenemiyordu.

Yatağına döndü. Yorganın altına girecekti, vazgeçti. Geceyi dinledi. Derinlerden karmakarışık iniltiler, fabrika iniltileri geliyordu. Uzaklarda, çok uzaklarda bir bekçi düdüğü.

"Ya geliverirse."

Soluyordu.

"Geliverir de, gırtlağıma biner, çıkar paraları derse?" Çevresine yılgın bir baykuş gibi bakındı.

"Derse der. Ne yaparım? Bağırsam? Kim duyar? Herkes işe gitti!"

Birden yastığının altındaki kibriti aldı, çaktı, küçük gemici fenerini yaktı, kıstı. Elinde fener, ahırın öbür ucuna gitti. Ayakta dimdik durarak yeniden kulak verdi: Hep aynı fabrika iniltisi yüklü, derin gece.

Sonra çömeldi. Yeri avucuyla yokladı. Paraları orada gömülüydü. Üç Kulhüvellahü bir Elham okudu, iki yanına üfledikten sonra cüzdanı çıkardı, daha başka bir yere, daha derine gömdü. Üzerini besmeleyle sıvazladı. Paraydı bunlar, anayı kızdan ayıran. Yazının zibidilerinden neydi ona? Faiz maiz kazanmıştı ya!

Dışarda fırtına çıkmıştı.

Şu Cenab-ı Allah'ın işine akıl sır ermezdi. Ne diye İflahsızın Yusuf, İflahsızın Yusuf'tan geçtim, Hidayet'in oğlunu yaratırdı? Ne gereği vardı bunların? Milletin dişinden tırnağından artırdığını iç etsinler diye mi?

Fırtınanın bir yerlerde gürültüyle çarptığı bir pencere kanadı.

Ürktü. Çarpılan pencere kanadını görecekmiş gibi, sesin geldiği yana hep o ürkmüş, yılgın baykuş bakışıyla baktı. Yüreği kötü kötü çarpıyordu. Şu oğlan, şu İflahsızın Yusuf oğlan görmese iyiydi para saydığını. Hay aksi şeytan... Nerden de uyanmıştı.

Kapının tahta sürgüsünü yeniden yokladı, yatağına döndü, oturdu. Küçük gemici fenerinin hafif bir sarıyla aydınlattığı ahıra kaygılı kaygılı baktı. Şöyle arkalarda bir pencere olsaydı bari. Yoktu. Olsa, oğlanlar cahillik edip geldiler de kapıyı vurdular mı, parasını gübrelerin altından çıkarır, koynuna sokar, pencereden kaçamasa bile bağırırdı, avaz avaz bağırırdı. Hem de öyle bir bağırırdı ki, çın çın öttürürdü geceyi!

Gecenin içindeki pencere kanadının yeni bir çarpması.

Hayır, o cüzdanı ordan çıkarmalıydı.

Kalktı.

7

On beş gün geçti.

Bu on beş gün içinde iki sefer para aldılar. Yusuf'un gündeliği üç yüz yirmi kuruştu, sulu kozacı Köse Hasan'ın üç yüz otuz beş. Pehlivan Ali'ninse üç yüz elli.

Yusuf'la Ali on beş gün içinde hiç avara kalmadan çalıştılar, Hasan iki sefer avaralık verdi. Sulu kozanın buz gibi suyu iliklerine işlemişti. Böğründe kurşun gibi bir sancı, soluk alamıyor, sancı tutunca kıvrılıp kalıyordu.

"Kardaşlar," dedi birinde. "Bu sulu koza benim iflahımı kesecek vallaha. Irgatbaşıya desek, beni başka bir işe vermez mi acep?" Kimse kulak asmadı. Zaman zaman onu yatağında iki kat bırakıp gittiler. En son seferinde her zamandan çok daha halsizdi. Öyle sancılanıyordu ki... Yan yattı olmadı, sağa döndü olmadı, sola döndü...

Köse Topal yanına sokuldu bir ara:

"Zorun nerenden laan?"

Köse Hasan inliyordu. Alnında soğuk bir ter:

"Vallaha ne bileyim Topal Ağa," dedi. "Soluğumu alamıyorum.."

"Töövbe. Ağrı nerede?"

"Böğrüm mü deseeem, böreğim* mi, yüreğim mi... Duramıyorum, geberiyorum..."

Köse Topal yanına çömeldi, Hasan'a gözlüğünün üstünden uzun uzun baktı. Bu arada soluğunun pis pis kokmasına dikkat ederek, "Kendini üşütmüşsün," dedi. "Paran varsa ver de sana sıcak bir çay kaynatıvereyim, sevabıma..."

Sonra da ekledi:

"Üstüne bir de Gripin yuttun mu, söker atar!"

Köse Hasan'ın birkaç kuruşu vardı var olmaya ama, masrafa girecekti, değer miydi? Yurdunu yuvasını bırakıp yazının Çukurovasına üçün beşin yoluna bakmak için gelmişlerdi. Onu da çaya ver, Gripin mıripine ver...

"Sağ ol," dedi. "Geçer herhal..."

Köse Topal hınçla, nefretle kalktı. Bunlara iyilik yaramazdı zaten. Geçermiş herhal. Geçsin bakalım, yazının uğursuzu. Ölü it leşi gibi kokuyordu soluğu da. Geçermiş, geçer bellesin, aç it!

---

* Böbreğim.

Öğle paydosunda İflahsızın Yusuf'la Pehlivan Ali işten geldiler. Yorgunluktan geberiyorlardı. Karınlarını doyurup vuracaklardı kafayı. Hemşeri memşeri... İş götü yoktu herifte. Yat ha yat. Hastayım, içime sular işledi tekmil, ırgatbaşı bir başka işe versin... Laf. Hem ırgatbaşının aklında Köse Hasan mı?

Pehlivan Ali, yatağının yanına gitti, yüzüne bakmadan haberi verdi:

"Irgatbaşı yerine adam aldı!"

Köse Hasan sancıyla kıvranırken, kaygılı kaygılı baktı:

"Benim mi?"

"Senin."

"Demek adam aldı?"

"Babasının oğlu değilsin ya!"

Pehlivan Ali de yorgun argındı, onunla uğraşacak halde değildi:

"Fabrika bu. Senin gözünün yaşına mı bakacaklar?"

Köse Hasan'ı kara bir düşüncedir almıştı: Demek iki gün hastalanınca yerine adam alıvermişlerdi? İyi ama keyfinden mi hastalanmıştı? Allah'ın bir derdi, illeti.

"Hasta demediniz mi?"

Yusuf:

"Dedik."

"Ne dedi?"

Pehlivan Ali, "Aboooo," dedi, "demek hasta? Ulan sen kendini ne belliyorsun? Vali misin? Kumandan mısın?"

"Ben mi? Hâşâ!"

"Hâşâ ya. İşi gözü yiyemedi dedi, adamı aldı. Fabrika orası fabrika! Sen sen olacaksın, sımsıkı tutunacaksın işine. Hastalık neymiş?"

Onu hemen unuttular. Somunlarını bölüp aralarına tahin helvası parçalarını yatırıp iştahla yemeye başladılar. Köse Hasan aç değildi ama arkadaşlarının hiç olmazsa buyur etmelerini bekliyordu. Etmediler. İçlendi. Böğründeki sancıyı daha kuvvetle duymaya başladı. Anca beraber kanca beraberdi sözde. Hani? Neredeydi? Demek düşmeye görmeyeydi insan... Ne deyip de artlarına takılmıştı sanki.

Berikiler de bunu hatırlamış olacaklardı, karınlarını doyurup üzerine birer de sigara yaktıktan sonra hasta arkadaşlarını hatırladılar.

Yusuf, "Demek zorun böğründen?" diye sordu.

Köse Hasan içini çekti:

"Biliyor muyum ki? Böğrüm mü, böreğim mi, yüreğim mi?"

Pehlivan Ali'nin tepesi atmıştı:

"İnsan bilmez mi neresinin ağrıdığını?"

"Bilir ama bilmez..."

"Bilir ama bilmezmiş..."

İflahsızın Yusuf'a baktı, İflahsızın Yusuf da ona bakıyordu. Bakışlarıyla konuştular bir süre:

"Bırak canı cehenneme be!"

"Doğru amma, hemşerilik var serde hey Ali, olur mu?"

"Olmazsa sen bilirsin. Aha ben vurdum kafayı!"

Devrilip yattı, hemen de geçiverdi uykuya.

İflahsızın Yusuf sigarasının dibinden üst üste duman alıp dumanı da tavana üfledikten sonra devrilip yatarken, "Allah iyilik versin," dedi.

Günler geçiyor, Yusuf'la Ali işlerine gidip geliyorlardı. Sağdan soldan utandıkları, daha doğrusu sağın solun ayıplaması üzerine on iki saatten on iki saate hemşerilerini de yemeğe buyur diyorlardı ya, bıkmış usanmışlardı doğrucası.

Bir geceyarısı işbaşı için çıktıklarında Yusuf, "Beri bak Ali," dedi. "Hepimizinki de bir ekmek derdi mesela. Sen çalışacaksın, ben çalışacağım, o yatacak, olmaz. Biliyorum, Ölüm Allah'ın emri, emri ya..."

"Doğru," dedi Ali.

"Ha diyoruz ki çalışıp şurda birkaç kuruş sahibi olalım. Doğru mu eğri mi?"

"Doğru kardaş."

"Yoksa ne diye gurbeti bekliyoruz?"

"Herif kolayını buldu. Karnı doyuyor nasıl olsa, oooh!"

"Oh ki oh. İyi bile olsa, bundan böyle ırgatbaşı ona iş miş vermez.

"Verir mi? Vermez tabii..."

Ali'yi kolundan tuttu:

"Sana bir şey deyim mi?"

"De."

"Irgatbaşıya parayı kurban edeceğim ben, ne diyorsun?"

Ali de çokluk düşünmüştü bunu:

"Edeliiim," dedi.

"Yarın gene para günü. Sen bana bırak. Yol yoluyla, orman baltayla!"

"Baltayla ki baltayla. Hem ne? Hemşerimizin fabrikası değil mi?"

"Hemşerimizin olmaz mı?"

"Bitti. Hemşerimiz gibi var mı?"

"Olabilir mi? Sen dur, bir gün hemşerimizin yanına varır..."

"Birlikte varalım..."

"Varalım vallaha. Bizi gözü küllü belliyor. Irgatbaşı olduysa Feriştah olmadı ya!"

"Olmadı tabii, enayi..."

"Diline sağlık."

"Niye gözü küllü olacakmışız?"

"..."

"..."

Ertesi gün çırçır dairesinde çırçır işçisinin parası mavi zarflarla dağıtıldı. Irgatbaşı yanlarından ayrılmıyordu. Bir ara, "Sizi," dedi, "helaların orda bekliyorum..."

Hızla uzaklaştı.

Pehlivan Ali iyice anlamamıştı, sordu:

"Ne diyor?"

"Bizi helaların orda bekleyecekmiş!"

"Niye?"

"Bilmiyor musun?"

"Biliyorum. Ne yapacağız?"

"Vallaha bilmem ki..."

"Gitmesek işten mi kovar?"

Yusuf şöyle bir düşündü.

Ali, "Gidelim be Yusuf," dedi.

Yusuf da gitmelerinin doğru olacağı kanısındaydı.

"Gidelim," diye başını salladı. "Kadere kırk beş!"

Gittiler.

Irgatbaşı hela aralığının duvarına dayanmış sigara içiyordu. Yusuf'la Ali'yi görünce, içerlemiş numarası yaparak, "Gelin buraya," diye bağırdı. "Sabahtan beri ardımda it gibi dolanıyorsunuz. Verin zarflarınızı!"

İki arkadaş önce anlamadılarsa da zarfları uzattılar.

Irgatbaşı hep aynı palavrayla, mavi zarfların içlerindeki paraları avucuna döktü. Saydı, ölçtü biçti. Sayıp ölçüp biçerken de çevresini kontrol ediyor, helaya girip çıkan, birer kıyıda sigara içmekte olan işçileri gözden geçiriyordu. Irgatbaşının numarasını çakmamalıydılar.

Beşer liralarını kaşla göz arasında cebine indirdikten sonra, sesli sesli, çevreye duyurarak, "Eksik filan değil," dedi. "Tamam paralarınız. Yallah!"

Geçen sefer yeğenini gönderip beşer lira borç istetmişti.

İki arkadaş işin farkındaydılar. Oradan hırsla uzaklaşırlarken, bu sefer de beşer liralarını kaptırmış olmanın öfkesiyle alıp veriyorlardı.

Çırçırların önüne gelince, Yusuf, "Beri bak Ali," diye durdu.

Ali de durdu.

"Gel ardımdan!" dedi Yusuf.

"Ne var?"

"Ne varı me varı yok arkadaş. Geçen sefer beşer liramızı borç dümeniyle kesti. Bu sefer başka dümenle. Bu böyle olmaz. Kadere kırk beş. Hemşerimizin yanına varıp hâlimizi arz edeceğim!"

Ali'nin aklına gelmemişti bu ama tamamdı.

"Yaşşa Yusuf," dedi. "Ulan aklınla bin yaşa be kardaş!"

"Sesimizi çıkarmazsak dalımızdan inmez. Varacağım hemşerimize, diyeceğim hâli keyfiyet böyle böyle..."

"Geçen parada istettiği beşer lira borcu da söyle!"

"Bak hele bak!"

"Sen işini bilirsin Yusuf..."

Ne yapacağını bilmekten gelen bir şahlanışla Yusuf önde, "Ne olur ne olmaz" kuşkusu içindeki Ali ardında, Demirhanenin önünden geçip hemşerilerinin kapısına dayandılar. Tam içeri gireceklerdi, ağanın kırmızı yanaklı, cingöz odacısı önledi:

"Hop hop, nereye?"

Yusuf, "Ağamıza diyeceklerimiz var," dedi.

"Ağanıza mı? Ağanız kim?"

"Hemşerimiz."

"Ne hemşerisi ulan? Siz kimsiniz? Burasını ne sandınız?"

Ali öfkeyle araya girdi:

"Bu fabrikanın sahibi bizim hemşerimiz olur," dedi.

Yusuf kendini toplayarak ekledi:

"Bizim köyden değil a, bizim sancaktan!"

Bir şeyler anlasa bile, üstleri başları pamuk tozları içindeki ameleleri koskoca fabrika sahibinin odasına sokacak değil ya! Parladı:

"Burda hemşeri memşeri sökmez. Dingonun ahırı değil burası. Ne diyecekseniz bana dersiniz, ben icap ederse ağaya söylerim!"

Yusuf Ali'ye baktı, Ali Yusuf'a. Başka çare yoktu galiba. Varsın o söylesindi ağaya ne çıkar?

"Irgatbaşı paramızı kesti," dedi.

Ali ekledi:

"Giden hafta da kestiydi, önceki hafta da!"

Odacı birdenbire ilgilendi:

"Paranızı kesti demek?"

"Kesti vallaha," dedi Yusuf.

Ali de boynunu büktü:

"Giden hafta yeğenini yollayıp beşer lira borç istettiydi."

"Zaten ne kazanıyoruz ki haftadan haftaya beşer lira haraç verelim..."

"Yurdumuzu yuvamızı bırakıp şuraya ne diye geldik?"

"Üçün beşin yoluna bakalım diye..."

İkisi iki yandan yaylım ateşe başlamışlardı ki, odacı sordu:

"Siz nerde çalışıyorsunuz?"

Yusuf:

"Çırçırlarda."

Odacı biliyordu çırçırların ırgatbaşısını:

"Oraya Macir* Durmuş bakıyor değil mi?"

İki arkadaşın verecekleri karşılığı beklemeden zarfları ellerinden aldı.

"Kaçar liranızı kesti dediniz?"

"Bu parada beşer..."

"Bundan önceki paralarda da beşer..."

Odacı hemen kurşunkalemini çıkarmış, zarfların üzerine hesaplıyordu. Gündeliklerini sordu, kaçar gün çalıştıklarını. Birtakım çarpmalar, toplama, çıkarmalar... Gerçekten de, beşer liraları eksikti.

"Haklısınız," dedi.

Haklıydılar ya, ne yapması gerekiyordu? Birden şimşek çaktı kafasında:

"Peki," dedi. "Ben ona sorarım. Zarflar dursun bende, bana yarın uğrayın, marş!"

---

* Muhacir, göçmen.

Yusuf'un da içine sinmemişti ama, aldırmamayı uygun bulmuştu. Lakin Ali dayanamadı:

"Sen hemşerimiz değilsin ki!" dedi,

Yusuf'un aklı gitti:

"Olmadığına ne bakıyorsun Ali?"

"Laf işte," dedi odacı. "Hemşerinizin en yakın adamıyım. Ne zaman zile bassa ben koşarım. Çayı, kahveyi, buzdolabından birayı, suyu benden ister. Niye? En yakın adamıyım da ondan!"

"Doğru," dedi Yusuf.

"... Fabrika içinde ne zaman ağaya şikâyet olsa, şikâyetçi ilkin bana gelir, dinlerim, gerekiyorsa ağaya gider haber veririm. Burada usul bu!"

Yusuf yine, "Doğru," dedi. "Şehirde âdet, usul budur..."

Ali biraz da hınçla, sordu:

"Sizin Sivas'ta da usul bu muydu?"

Yusuf alındı:

"Buydu."

Bir türlü beğenemiyordu Sivas'ı. Doğru, Sivas Çukurova değildi ama, Sivas da bir Sivas'tı. Görmeyen, bilmeyen ne bilirdi?

Odacı adlarını sordu. Küçük not defterine yazarken, Yusuf, "Aman kardaş," dedi. "İyi bir yaz, ağamıza da iyi bir de. Hani kendin daha iyi bilirsin ya..."

Odacı not ettiği defteri katlayıp cebine sokarken, "Alın zarflarınızı," dedi. "Gidin şimdi..."

Yusuf yutkundu:

"Olur, gidelim... Sen ağamıza bir güzel anlat gayri. Senin köyünden değil a, senin sancaktan olurlarmış de. Otomobilinin uğruna çıktım, ordan tanır beni!"

"Peki peki."

"Birde şu var ki..."

"Canım anladık yahu!"

"Huylanma efendi, şu da var ki, iki ellerinden öpüp..."

"Şimdi başlayacağım ha!"

"Mahsus selam ettiğimizi..."

Odacı ana avratlı bir küfürle top gibi patlayınca iki arkadaş kaçarcasına uzaklaştılar. Yolda Yusuf, "Adam, delinmedik kabağa girmeli!" dedi.

Ali bıyık altından güldü:

"Emmin mi derdi?"

Yusuf kızdığını belli etmedi:

"Emmim derdi. Sen sen ol, şehir adamının yanında hımbıl durma derdi. Durduk mu?"

Ali içini çekti:

"Lakin emminin avradı..."

"Ne olmuş?"

"Hiiç. Haza Osmanlı'ydı da..."

Aklından gene yıldız dolu göğüyle sıcak ağustos gecesi geçti. Karıyı çerçiyle bastırdıkları gece!

Pehlivan Ali'nin içi bir tuhaf oldu. İçini çekti.

"Kimseye derseniz, öldürürüm sizi demişti. Ne et vardı karıda ya... Sımsıcak, diri.

***

Odacı iki arkadaşı çoktan unutmuştu. Ağanın kapısı önünde sinirli sinirli dolaşıyor, ırgatbaşı Mâcir Durmuş'un geçmesini bekliyordu. Bin sefer söylemişti bu işlerde kendisini de görmesi için. İşçinin kanını emiyordu hergele be!

Birden ırgatbaşı'nı görüp seslendi:

"Durmuş!"

Kuruköprü'deki Giritli Cumali'nin kahvesinden tanıdığı, Altıkollucu, parlak odacıya yorgun yorgun bakan ırgatbaşı, "Ne var?" dedi.

"Gel buraya!"

"Ne olacak?"

"Ananın dini. Gel!"

"Yahu bırak be, uykum var, gidip yatacağım..."

"Gelmiyorsun değil mi?"

"Valla uykum var."

"Peki, hakkında hayırlı olmaz, sen bilirsin."

Irgatbaşı "hakkında hayırlı olmaz"ı beğenmedi. Gitti:

"Niye hayırlı olmazmış?"

Odacı usulcacık:

"İ..e," dedi. "Ben sana bana madik olmaz demedim mi?"

"Ne madiği?"

"Deyyus. Buldun Keşanlıları, hı?"

Irgatbaşı anlamamış davrandığı hâlde iyiden iyiye sezmişti:

"Ne Keşanlısı? Ne olmuş?"

"Ağayı gör de söylesin ne Keşanlısı olduğunu..."

Telaşlandı:

"Ağa mı? Ne var?"

"Hakkında şikâyet var!"

"Ne gibi?"

"Gir de öğren ağadan..."

Irgatbaşıda sıfır tükenmek üzereydi:

"Sahi ne var?"

Odacı kısaca anlatıverdi. Kireç kesilen ırgatbaşı, "Yalan," dedi. "Almadım ben kimseden para. Söylemişler yalan, etmişler iftira!"

"İyi ya. Gir içeri, anlat ağaya!"

Irgatbaşı hep o kireç hâliyle ölçtü, biçti. Sonra teslimden başka çare olmadığını anlayarak, odacıyı kenara çekti:

"Demek geldiler, ettiler beni şikâyet?"

"Hem de ikisi iki yandan. Peki ulan, aldığın avantalardan niye beni es geçersin? Bana niye koklatmazsın? Ulan ben senin karnında kaç barsak olduğunu bilirim be!"

"Bırak şindi bunları da bul şunun bir kolayını!"

"Sıkışınca bul kolayını değil mi?"

"Yeter gevezelik be oğlum!.."

"Bundan sonra beni es geçmekte devam edecek misin?"

"Etmem be oğlum."

"Edersen?"

"Edersem kıy bana!"

"Peki."

"Sahiden çağırdı mı ağa beni?"

Odacı kısa kesti:

"İşin içyüzü şu arkadaş: O iki amele geldiler, beşer liralarını kesmişsin. Önceki, daha önceki paralarda da borç dümeniyle beşer liralarını daha. Ağaya şikâyet edeceklerdi, önledim. Yarın gelecekler. Bana yolunu buldurursan ne âlâ, buldurmazsan..."

Irgatbaşı rahat bir soluktan sonra, "Vay i...ler vay," dedi. "Vay deyyuslar vay. Demek önlemesen, gireceklerdi yanına ağanın?"

"Gireceklerdi şerefsizim."

"Yarın gelince ne yapacaksın?"

"Senin beni görmene bağlı!"

"Kov gitsin i..e oğlu i...leri!"

Odacı göz kırptı:

"Zarıma bak, kolay!"

Irgatbaşı, "Akşama gel Cumali'nin kahveye," dedi.

***

İflahsızın Yusuf'la Pehlivan Ali odaya geldiklerinde, beyaz mantar şapkalı* bir taşeronun odadaki ırgatları başına toplayıp ad yazmakta olduğunu gördüler.

Köse Topal, "Aha," diye haber verdi. "İki uşak daha geldi efendi!"

İri burunlu, kocaman yüzlü Laz taşeron İflahsızın Yusuf'la Pehlivan Ali'ye şöyle bir baktı. Yusuf'u değil de, Ali'yi gözü tutmuştu birden:

"Yaklaşın pakayum," dedi.

---

* Kolonyal şapkalı.

Yaklaştılar. Çekiniyorlardı. Başındaki beyaz mantar şapkaya göre adam memur filan olmalıydı ama, ne? Sordu:

"Nerelisinuz?"

Yusuf, "Biz mi?" dedi.

Taşeron kızdıysa da üstelemedi. Yusuf ardını getirdi:

"Ç.'den oluruz..."

"Evli misiniz, bekâr mı?"

"Ben evliyim. Bu, Ali... Ergen daha. Ergen dedimse, hani sözlü. Anası bu yıl everecek..."

"Var inşaatimuz, büyük. Vereceğum üçer buçuk sağlam. Çalişir misunuz? Yazayum mi?"

Fabrikada kazandıklarından fazla geçecekti ellerine. Yusuf, "Ne dersin?"demek isteyerek baktı Ali'ye. Ali'nin pek bir fikri yoktu. Omuz silkti. Taşeron sabırsızlıkla, tekrarladı:

"Yazayum mi?"

Yusuf yerinde kımıldandı, güldü:

"Valla efendi," dedi. "Ne desek boş. Biz şimdi çalışıyoruz..."

"Nerde çalışıyorsunuz?"

"Fabrikada."

"Hangi?"

"Hemşerimizin fabrikasında. Ben kirli kozacıyım, Ali de kırma tablada. Fabrika hemşerimizin olduğundan..."

"Ne hemşerisu?"

"Bizim köyden değil a, bizim sancaktan. Otomobilinin, uğruna çıktımdı. Lakin ırgatbaşısına kulak asma, pek tırnaksız!"

Laz taşeron hiçbir şey anlamamıştı, kızdı:

"Neler soyleyersun be! Ne hemşerisu? Ne ırgatbaşisu?"

"Hiç yani, hemşerimiz deyince, bizim köyden değil, bizim sancaktan olur. Irgatbaşısı da tırnaksız. Paramızı kesti, suçlu düşecek haberi yok..."

Taşeron Köse Topal'a döndü:

"Var mı aklında sakatluk?"

Köse Topal da bir şey anlamamıştı:

"Efendiye bir laf verin," dedi. "Üçer buçuk sağlama çalışmak ister misiniz? Adınızı yazsın mı?"

Yusuf düşünüyor, taşeronsa boyuna Pehlivan Ali'yi süzüyordu. Birden sordu:

"Sen pehlivan mısın?"

Ali'nin bir şey söylemesine kalmadı, Yusuf atıldı:

"Yüzü diye değil, lakin zorlu güreş tutar!"

Taşeronun gözü hep Ali'de:

"Gelirsen verirum saa dört lira, net!"

Yusuf, "Bensiz gitmez," dedi.

"Bitişik mi göbeğinuz?"

"Değil a, ayrılmaz. Ayrılır mısın Ali?"

Ali, "Anca beraber, kanca beraber Yusuf," dedi.

Yusuf gururla baktı taşerona. Taşeronun gözleri Ali'de:

"Gelirsenuz yazayum!"

Yusuf, "Düşünelim," dedi.

"Düşünün. Veririm saa üç buçuk, saa da dört, net!"

Artık onları bırakıp başkalarının adını yazmaya koyuldu.

İki arkadaş, hasta arkadaşlarına pek de kulak asmadan, bu yeni işi bir süre indirip kaldırdılar. Fabrikadan daha kârlıydı. Hemşeri memşeri... Yusuf, "Bana ne hemşeriden?" dedi. "Hemşeri olup da aradı mı? Sordu mu?"

Ali de tıpkı onun gibi düşünüyordu:

"Boynuzlu," dedi.

"Boynuzlu ki boynuzlu. Ne yapalım biliyor musun?"

"Ne yapalım?"

"Varalım bakalım. O parlak oğlan ağamıza dediyse ne âlâ, demediyse..."

"Ağamızın yanına biz kendimiz gireriz!"

"Gireriz. Deriz böyle böyle. Irgatbaşıyı çağırtıp hakkımızı aradı aradı, aramadı mı..."

"Bizden günah gider."

"Tamam."

"Bırakır mıyız işini?"

"Bırakırız tabii."

"Gözünün yaşına bakacak değiliz ya!"

"Niye bakalım? O bizimkine bakıyor mu?"

"Bakar mı?"

"Biz de onunkine bakmayız!"

"Ya bakarsa?" dedi Ali.

"Bakarsa... Irgatbaşıdan hakkımızı alırsa mı?"

"Alırsa?"

Yusuf düşündü, aklına başka bir şey geldi:

"O zaman da sen bana bırak," dedi.

"Ne yapacaksın?"

"Bize daha iyi, daha paralı birer iş ver deriz."

"Tamam, ben de bunu düşünüyordum. Verirse?"

"Bu mantar şapkalının verdiği yevmiyelerden fazla olursa..."

"Olursa?"

Yusuf kurnazlıkla göz kırptı:

"Buna gelir deriz ki, böyle böyle, hemşerimiz gündeliğimizi artırdı, dörder veriyor deriz..."

"Bu, gelin ben beş vereceğim derse ya?"

"Kolay. O zaman da ağamıza gider, mantar şapkalı beşer veriyor ne diyorsun deriz?"

Tamamdı, şehirli mehirli, işte kıstırmışlardı şehirliyi.

"İnsan delinmedik kabağa girmeli diye boşuna deyip durmazdı emmim. Onun dediği delinmedik kabak bu işte!"

"Doğru."

"Köyümüzü bırakıp o kadar yolu boşuna tepelemedik ya!"

"Biz mi tepeledik Yusuf?"

"Kim tepeledi ya?"

"Tren tepelemedi mi?"

"Ne bakıyorsun trenin tepelediğine? Biz tepeledik sayılır esasta..."

Gözü yanı başında, yorganına sımsıkı bürünmüş, soluksuz upuzun yatmakta olan arkadaşlarına ilişti. Pehlivan Ali de birden dikkat etmişti:

"Uyuyor mu ki?"

Yusuf yorganın ucunu kaldırdı. Donuk, sapsarı alnında ter tomurcuklarıyla Köse Hasan uyuyordu. Ali, "Ört ört," dedi. "Uyanmasın, yazık..."

"Yazık ki yazık."

"Bu ne olacak?"

"Hiç bilmiyorum vallaha..."

Yanlarına Köse Topal sokulmuştu:

"Beri bakın," dedi. "Bu oğlana sahip olun. İyi miyi olacağı yok bunun. Yatıp duruyor!"

Yusuf, "Sahibi Allah emmi," dedi. "Allah sahip olsun. Bizim sahipliğimizden ne çıkar?"

Pehlivan Ali de böyle düşünüyordu. Başını salladı:

"Doğru."

Köse Topal sözünün ardını getirdi:

"Para ver de çay kaynatayım, Gripin alayım, yut, evvel Allah bıçak gibi keser dedim, oralı olmadı."

Pehlivan Ali'nin birden içi sızladı:

"Yoksa parası mı tükendi?"

Yusuf, "Tükenir tükenir," dedi.

Ali davrandı:

"Çaya muya kaç kuruş gider?"

Köse Topal hesapladı:

"On iki buçuk Gripin, yirmi beş de çayla şeker, etti otuz yedi buçuk..."

İki arkadaş bakışlarıyla anlaşarak yirmişer kuruş çıkarıp uzattılar.

"Hayrına kaynatıver Topal Emmi."

"Kaynatırım. Gripin de yutturururum..."

"Yuttur."

"İyi bir de terledi miydi..."

"Bıçak gibi keser değil mi Yusuf?"

"O saat!"

Köse Topal kırk kuruşu cebine indirip kalkınca, Pehlivan Ali yavaşça sordu:

"Yusuuuf?"

"Hı?"

"Allah bize sevap yazdı değil mi?"

"Yazmaz mı?"

"Lakin şu Topal gibi yokmuş vallaha..."

"Topal deme!"

"Niye?"

"Günah."

"İyi ya, demeyelim bir daha. Aşkolsun, hemşerisi ne değilken hı Yusuf?"

"Emmim gibi, adamın koçu bu da, belli!"

8

Ertesi gün Köse Topal, Köse Hasan'ın yatağına sokuldu, yorganı kaldırdı. Hasan uyanıktı. Kirpikleri yaş yaş parlıyordu. Köse Topal, "O ne?" dedi. "Ağlıyor musun ne?"

Hasan'ın kirpikleri az daha yaşardı, ama karşılık vermedi. Geceden beri gözüne uyku girmemişti. Böğründeki sancı geçmeyecek, köyünden uzak, yazının gurbetinde yapayalnız kalacaktı.

Köse Topal hastanın göz aklarına baktı, doktormuş da anlarmışçasına bileğini tuttu. Bilek sımsıcaktı. Başını salladı:

"Senin bu hastalığını bildim ben. Üşütmüş, saplıcan olmuşsun. Bir Gripin yut, üstüne de iki bardak çay içtin mi, Allah'ın izniyle bir şeyciğin kalmaz!"

Hasan'ın gözleri umutsuzlukla tavana dikildi.

"Gripin'le çay da elli kuruşun başında!"

Hasan'ın tavana dikili gözleri öylece bakıyordu.

Köse Topal çekinerek sordu:

"Elli kuruşun yok muydu?"

Hasan içini çekti. Gözlerinden yaşlar boşandı, Köse Topal'a üzgün üzgün baktı:

"Yok emmi, vallaha yok!"

"Canım yirmi beşin de olsa olurdu..."

Vardı, yirmi beşi vardı ya, boş yere masraf olacaktı. Allah'ın bileceği bir şeydi hastalık. Cenab-ı Allah gurbet ellerde ruhunu teslim alacaksa Gripin mıripinin ne hükmü olurdu? Almayacaksa, boşuna yirmi beşi gidecekti.

İstemeye istemeye cebinden çıkarıp uzattı.

Köse Topal aldı:

"Üstünü de ben yetireyim bari, sevabıma..."

Kalktı. Sırları yer yer dökülmüş, iri, mor çaydanlığı sandığından çıkardı. Paslı bir tel, kulp yerini tutsun diye takılmıştı. Doldurup ocağa oturttu, fabrika bakkalından Gripin almaya gitti.

Hasan yalnız kalınca gözlerini yeniden yumdu. Günler, gecelerden beri aklına takılan köyünü, karısını, kızını ille de kızını yeniden düşünmeye koyuldu. Buralarda kalacak, yavrusuna hasret gidecekti. Köyden ayrılırken, anasından gizli, "Bubam, bubam" demişti. "Şehirden gelirken bana şu Kara Hafız'ın torunu Dürdaneninki gibi yeşil bir saç tokasıyla kırmızı bir tarak getirir misin?" İçini çekti, sesli sesli, "Vay yavrum vay," dedi.

Ve artık tutamadığı gözyaşlarıyla sarsıla sarsıla ağlamaya başladı. Neden sonra değişti; ağlaması dinmiş, bayağı ferahlamıştı. Ölüm Allah'ın emriydi. Allah emretmeden kuş kanadını oynatamaz, karınca adımını atamazdı.

"Eeeh," dedi kendi kendine. "Ben bu dertten iyi olur kalkarsam Yusuf."

Kafasından İflahsızın Yusuf, ardından da Ali geçti.

***

99

İflahsızın Yusufla Pehlivan Ali'yi tam da bu sırada çırçır dairesinin tozlu, boş odalarından birisine çeken ırgatbaşı, "Ulan i... ler," dedi. "Ne için ettiniz beni şikâyet?"

Yusuf da Ali de sarsıldılar.

Irgatbaşının elleri arkasındaydı, sokuldu. Hiç beklemediği anda Yusuf'a bir tokat. Yusuf'un kasketi uçtu, sendeledi. Kollarıyla yüzünü kapamıştı.

"Hep senin başının altından çıkar bunlar değil mi? Acıdık, aldık işe, ettin beni şikâyet... Defolun, iş miş yok size, yallah!"

Yusuf yerden kasketini aldı. Ardında Pehlivan Ali, çırçır dairesinden koşar adım çıktılar. Yusuf bir ara durakladı, Pehlivan Ali'ye baktı.

"Abarruuuuuh!" dedi. "Hemşerimiz de meğer..."

Pehlivan Ali kıs kıs gülüyordu:

"Emmin olsa bu işe ne derdi Yusuf?"

Yusuf kızdı:

"Anayın dinini derdi, ne dermiş. Soytarı mı var senin karşında? Tokadı yiyen benim!"

Önden yürüdü.

Pehlivan Ali de arkasından yürüyordu ama, elinde değildi, gülmek istemiyor, gülmenin yakışık almadığına akıl erdiriyordu oysa, tutamıyordu kendini.

Fabrika sahibinin odası yakınına gelince, Yusuf gene durdu:

"Ali!"

Ali gülmemek için kendini tutarak sordu:

"Hı?"

"Irgatbaşı bana o tokadı ne diye attı?"

"Bilmem. Şehirde âdet, usul bu değil mi?

Yusuf hınçla, "Gel ardımdan," dedi.

"Geldim belle, ne yapacaksın?"

"Ne yapacağımı biliyorum ben, gel!"

"Gelmesi kolay Yusuf kolay ya, ters mers iş görme yine."

"Görmem."

Aklına takmıştı, ağasını görecekti, mümkünü yok. Yürüdüler. Gene kısa boylu, parlak odacı karşıladı:

"Ağanın gözüne görünmeyin. Hemen tüyün burdan!"

Yusuf şaşırdı:

"Niye? Ona ne yaptık ki?"

"Ne yaptıkı me yaptıkı yok. Bu fabrikada hiç kimse ötekini gammazlayamaz!"

"Hemşerimize, dediklerimizin tümünü dedin mi?"

"Dedim."

"Ne dedi?"

"Ne diyecek, çağırdı ırgatbaşıyı, ondan sonrası fasa fiso. Haydi basın gidin burdan namusunuzla!"

"Gitmezsek n'olur?"

Yusuf'a bir tekme:

"Deyyus! Sen kaç paralık adamsın da karşımda... Bas burdan!"

Arkalarından ite ite fabrika çıkış kapısına götürdü. Kapıcıya, "At bunları dışarı," dedi. "Bir daha da içeri sokma. Ağanın emri!"

Arnavut kapıcı emri saygıyla uyguladı. Yusuf öfkeden titriyordu:

"Vay gidi hemşerilik vay," dedi. "Vay insanlık vay!" Pehlivan Ali yanı başındaydı, başını salladı:

"Vay ki vay. Demek kahvedeki koca herifin hakkı varmış. Hemşerinin kötüsü kötü olur dediydi. Doğru. Şimdi ne yapacağız?"

Yediği tokat Yusuf'a gittikçe koyuyordu. O kadar ki, öfkesine yenilerek gitti kaldırıma oturdu, içini çeke çeke ağlamaya başladı. Ancak bunun üzerine durumu, durumun haysiyetsizliğini kavrayan Pehlivan Ali de toparlanmıştı. Çünkü Yusuf'u hiç böyle yenik, zavallı, âciz görmemişti. Yanına gitti, omuzunu tuttu:

"Yusuf, Yusuf lan, Yusuf..."

Yusuf hıçkırıklar içinde baktı.

"Bırak Ali, bırak kardaş, biz ölmüşüz be, bizde tövbe iş yokmuş, biz kendimizi kaldırıp ırmağa atmalıyız. Yazık bize, yazıklaaar olsun..."

"Niye be Yusuf?"

"Herif tokat attı sustuk, kovdular sustuk. Demek avradımıza sövseler gene susacağız?"

Ali dikildi, kalın kara kaşları öfkeyle çatıldı. Fabrikadan yana baktı baktı... Hemşerisinin ırzına, nikâhına, eğri dinine bir güzel sövdü. Sonra Yusuf'un oturmakta olduğu kaldırım taşına, onun yanına oturdu, kolunu arkadaşının omuzuna attı:

"Sus Yusuf, sus kardaş, ağlama. Erkek adam ağlamaz!"

Yusuf gözyaşları içinde doğruldu:

"Ben de biliyorum ağlamaz, ağlamaz amma..."

"Neyse, oldu bir sefer. Sana tokat attığında ona şöyle bir karakucak girmek vardı ya, neyse... Kalk haydi kalk, oldu bir sefer!"

Ağlamakla Yusuf'un içindeki zehir akıp gitmiş, ferahlamıştı. Arkadaşının yardımıyla kalktı, gözlerini kuruladı. Konuşmadan bir süre, yan yana yürüdüler. Yusuf bir ara durdu:

"Ne yapacağımızı biliyor musun?"

"Ne yapacağız?"

"Beyaz lengerliye gidip..."

Pehlivan Ali'nin gözleri parladı:

"Tamam!"

Yusuf'un boynuna sarıldı, arkadaşının yanaklarını öptü, öptü. Sonra da arkalarda bıraktıkları fabrikaya hınçla dönerek yumruğunu salladı:

"Sizin işinize kalmadık!"

Odaya vakitsiz gelişlerine şaşan Köse Topal'a, işten kovulduklarını söylemediler. "Beyaz lengerli"nin yanında çalışmayı daha uygun bulmuşlardı, yerini sordular. Köse Topal tarif etti. İki arkadaş hiç vakit geçirmeden, yolu tuttular.

***

Bir hayır cemiyetinin yaptırmakta olduğu "inşaat" şehrin dışındaydı. Yapı adına henüz hiçbir şey yoktu ortalarda. Derme çatma tahta barakalar, dikenli tellerle çevrili geniş bir alanın şurasında burasında kazmalarla temel kazılarını yapan yorgun ameleler, harıl harıl kırmızı tuğla taşıyan dört tekerlekli arabalar, arada tozu dumana katarak gelip geçen zırıltı bir kamyon, yol kıyılarında oynayan yalınayak, etekleri şakıldaklı, kız mı oğlan mı oldukları belirsiz sümüklü çocuklar...

Beyaz mantar şapkalı taşeron, kırmızı tuğla yığınlarının yanı başında dikiliyor, dört tekerlekli arabalardan sayılarak boşaltılan tuğlalara bakıyordu.

Bir ara başından çıkardığı beyaz mantar şapkasını yanındaki tuğla yığınının üzerine koydu, kaba avucuyla terini sildi. Sonra yaklaşmakta olan Pehlivan Ali'yle İflahsızın Yusuf'a baktı. Tanımayabilirdi onları ama, Pehlivan Ali'yi hatırlamıştı. Geliyorlardı. O gün adlarını yazdırmamışlardı da şimdi ne diye geliyorlardı? Vardı bir hesapları sağlam. Kaçın kurasıydı o? Köylü açıkgözlüğüyle kim bilir ne hesapları vardı?

"Selamünaleyküm!"

Asık yüzü, mahsustan çattığı kaşlarıyla, bakmadan:

"Aleykümselam!"

İflahsızın Yusuf, "Çalışacağız," dedi.

Anlamıştı zaten taşeron.

"Çalişacaksinuz ama," dedi. "İş yok şimdi!"

İki arkadaşın akılları gitti. Yusuf, "Yok mu?" diye mırıldandı.

"Biz de seni diye teptiydik işimizi efendi..."

"Beni diye ne için teptinuz işinizi? Soyledum ben size, yazayum mi adunuzi. Düşünelim dediniz. O zaman deseydinuz yaz, yazacak idim dörder liradan. Şimdi üçer lira. İstersenuz yazayım. Demezsenuz yaz, gelirsenuz yarın, vermem bu parayi da!"

Pehlivan Ali telaşla, "Peki efendi," dedi. "Yaz. Çalışacağız!"

Taşeron memnun, ama memnunluğunu hiç belli etmeyerek, ta karşılardaki amele çavuşuna seslendi:

"Mustafa Çavuuuuş!"

Uzun boylu, kalın kemikli, sağlam yapılı bir batöz ırgadı olan amele çavuşu, müteahhidin adamıydı. Taşerona yaltaklanmasına yaltaklanıyordu ya, el altından da taşeronun, kâtibin filan tutumlarını müteahhide rapor etmekten geri kalmıyordu.

Koşarak geldi:

"Buyur Rıza Efendi!"

Yusuf'la Ali'yi gösteren taşeron, "Bu adamlara iş ver," dedi. "Biri çalışsın toprak kazmada, öteki kireç söndürmede. Ver bu pehlivan'ı Ömer'in yanına. Adın ne senin?"

Yusuf atıldı:

"Ali!"

Taşeron zaten içerliyordu, kızdı:

"Sormadım saa! İstemem gözü açıklık. Soyle pehlivan, adın ne?"

Pehlivan Ali, "Ali," dedi.

"Peki, gidin!"

Amele çavuşunun ardı sıra yürüdüler. Tel örgülerle çevrili alanın içindeki düzlüğe kazıklar çakılmış, boydan boya ipler gerilmişti. Temel kazılarını yapmakta olan amelelerin yanından geçip sırtını kalın gövdeli bir dut ağacına dayamış, çinko örtmeli tahta bir barakaya girdiler. Amele çavuşu, "Burada yatacaksınız," dedi. "Yatağınız var mı?"

İflahsızın Yusuf:

"Yorganlarımız var!"

"İyi ya. Yarın sabahleyin, erken işbaşı yapacaksınız. Gidin, öteberilerinizi getirin!"

Yusuf'la Ali barakaya yadırgı yadırgı baktılar. Dürülmüş yataklar, şuraya buraya atılmış boş çimento torbaları, kırmızı tuğlalar, karyola gibi kullanılan boş şeker sandıkları...

Barakanın köşesinde, camı isli küçük bir gaz lambası asılıydı. Amele çavuşu barakanın açık penceresine yaklaştı. Karşıdaki kireç söndürme çukurunun kıyısında dikilmiş, genç bir kadınla konuşmakta olan ameleyi gösterdi:

"O var ya o? Ömer Zorlu derler ona!" dedi.

Ali'ye:

"Birlikte çalışacaksınız..."

Yusuf'a döndü:

"Sen de temel kazısında. Gündeliklerinizi kesiştiniz mi?"

Yusuf "Kesiştik," dedi. "Üçer lira."

Amele çavuşu az olduğunu bildiği hâlde, "İyi," diye başını salladı. "Onu da söyleyeyim, burada bir âdet malum ya, her yerin bir âdeti olur..."

Gene Yusuf:

"Doğru, olur."

"Paradan paraya beni kollamanız lazım!"

İki arkadaş kaygıyla bakıştılar. Ulan ne bok yerdi bu şehir dedikleri. Fabrikada avanta, yapılarda avanta. Pehlivan Ali'nin öfkeden kulakları kızarmıştı.

Amele çavuşu hiçbir şeyin farkında değil:

"... Beni kim kollarsa işimde onu tutarım. Niye? Çünkü ben bu inşaatın sahabının adamıyım. Taşeron benim işime karışmaz, vız gelir!"

Yusuf, "Beyaz lengerlinin adı taşeron mu?" diye sordu.

"Adı değil, vazifesi."

"Vazifesi ne?"

"Müteahhidin müteahhidi sizin anlayacağınız..."

Yusuf yine de anlamadıysa da, üstelemedi. Canı adamakıllı sıkılmıştı. Bir yerden kurtulup bir yere düşüyorlardı.

Amele çavuşu, "Nasıl?" dedi. "Oldu mu?"

Yusuf içini çekti:

"Oldu hemşerim oldu. Olmayıp da..."

"Yoook, öyle kahırlı mahırlı..."

"Tövbe hemşerim, tövbe vallaha. Kahredip de..."

"Babamızın oğlu değilsin ya!" dedi Ali.

Amele çavuşu bildiğini okuyordu:

"Size olmaz derim, kendi adamımı alırım mesela. Bal tutan parmağını yalar. Evet, ben şimdi bu makama geçtim amma, amele çavuşlarına az mı haraç verdim?"

Cebinden çıkardığı sigara paketinden bir sigara yakıp dumanını baraka çatısına gururla üfledikten sonra, "Ben sizin gibi birden değil," diye sözünün ardını getirdi, "yalvar yakardan anam ağladı. Yıllar yılı bakın şu avuçlarıma! Nasır değil kemik. Bellersiniz sancıdan canımı alıyorlar geceleri. Kolay değil bu işler aslanım. Haydi şimdi siz varın gidin, öteberilerinizi alın gelin..."

Çıktılar.

Yolda Ali, "Onu bunu ne yapacan arkadaş," dedi. "Şehir dediğin bir para tuzağıymış. Bir yerden kurtuluyoruz, bir yere düşüyoruz..."

"Düşüyoruz ki düşüyoruz."

"Biz terlerken işimize ortak oldukları yok, paraya gelince..."

"Gelince yavuzdurlar."

"Haram, zıkkım olsun, ciğerlerine yapışsın. Yapışır değil mi Yusuf?"

"Yapışmaz mı?"

"Öte dünyada hıı?"

"Öte dünyada."

"Nasıl yapışır."

"Sülük gibi!"

"Biz görebilir miyiz?"

Yusuf'un pek bildiği yoktu, ne görürüz dedi, ne görmeyiz.

Ali içini çekti:

"Göremedikten sonra... Görebilmeliyim ki yüreğim soğusun. Yüreğim soğumadıktan sonra neye yarar?"

Odaya geldiler. Köse Topal karşıladı:

"Ne oldu? Oldu mu?"

Yusuf isteksizlikle, "Oldu," dedi.

"İşe ne zaman başlıyorsunuz?"

"Yarın, şafakla beraber..."

"Nerde yatıp kalkacaksınız?"

"Orada baraka var."

"Bugün gidiyorsunuz öyleyse?"

"Gidiyoruz."

Gene de şaştı:

"Essah mı?"

"Dinime imanıma," dedi Yusuf.

"Şu hasta, hemşeriniz ne olacak ya?"

Pehlivan Ali'nin de, Yusuf'un da yüzleri karıştı. Aslında doğru söylüyordu Köse Topal: Ne olacaktı?

Yorganının altında kımıltısız yatmakta olan Köse Hasan'a baktılar. Onu da birlikte götüremezlerdi ya. Götürseler bile, taşeron, amele çavuşu razı olacaklar mıydı bakalım?

Köse Topal, "Yazık," dedi. "Sizsiz ne yapar böyle hasta hasta?"

Yusuf uzun uzun düşündükten sonra, "Vallaha emmi," dedi. "Şaştık biz de. Alıp götürsek bir türlü, götürmeseeeek..."

"Bir türlü," dedi Ali.

Köse Topal da huzursuzdu. Hemşerileri gittikten, temelli çalışamayacak olduktan sonra ne diye kalacaktı?

"Ölür," dedi. "Burada kesin ölür!"

Pehlivan Ali:

"Sen, hayrına bir iki el atamaz mısın arada?"

Onun korktuğu da buydu ya!

"Ben sakat bir insanım aslanım. Benim kendime bile hayrım dokunmuyor..."

Köse Hasan uyanıktı, bütün konuşulanları dinliyordu.

Köse Topal, "Demek hemşeriliğiniz bu kadardı?" dedi.

İkisi de alındı. Yusuf, "Ne yapalım emmi?" diye yere sümkürdü. "Biz hasta etmedik a. Allah'tan gelen bir şey mesela..."

Pehlivan Ali kaba kaba kaşındı:

"Hepimizinki de bir ekmek derdi. Gözü çıksın. Yurdumuz yuvamızı ne diye teptik yoksa?"

"Birkaç kuruşun sahibi olur muyuz diye... Allah taksiratını affetsin. Şaştık kaldık. Biz götürsek bile taşeron, amele çavuşu..."

Ali, "Taşeron," dedi. "İlle de taşeron, Yusuf!"

"Tövbe razı gelmezler..."

"Yoksa ne? Hemşerimiz değil mi?"

"Götürürdük."

"Ne olacak onun yeyip, içtiğinden?"

Köse Hasan'ın yorganı yavaşça kalktı. Bayağı uzamış kapkara sakalıyla balmumu yüzü meydana çıktı. Çukurlarına kara kara gömülmüş cansız gözleriyle arkadaşlarına çok üzgün baktı:

"Varın sağlıcakla gidin kardaşlar," dedi. "Beraber tuz, ekmek yedik. Ola ki bana hakkınız geçti, artık eksik helal edin. Benim gücüm yok, biliyorum. Buralarda kalır malırsam, siz de köye sağlıcakla varırsanız, Eminemin kara gözlerinden bi güzel öpün..."

Kuru eli yastığının altına gitti. Kaç vakittir kızı için satın alıp sakladığı yeşil alelade saç tokasıyla yine alelade, kırmızı tarağı aldı, uzattı:

"Bunları da verin..."

Yusuf uzatılanları aldı. Kireç kesilmişti. Hasan'ın gözleri Yusuf'un yüzünde takılı kaldı. Eli yorgana düşmüştü.

Pehlivan Ali kocaman yumruklarını sıkmış öfkeyle bakıyordu. Hemşerisi Hasan'a değil, onu bu hâllere sokan devire devrana, kahpe feleğe...

Köse Hasan neden sonra yüzünü öteye çevirdi. Bu, onun bırakıp gitmek için öteberilerini toplamaya başlayan hemşerilerini görmemekle birlikte, bakışlarıyla onları rahatsız etmemek içindi. Hemşerilerinin birer hırsız gibi, suçlu gidişlerini görmedi. Yalnız, öfkeli sesini işitti Köse Topal'ın:

"Boyları devrilesiceler!"

Şıp, döndü:

"Niye," dedi. "Niye emmi?" Topal daha çok Köse Hasan'a kızgın:

"Niyeymiş. Niyesi var mı? Hasta hemşeri bekâr damında konulup gidilir mi? Günah be!"

Ağlayan sesiyle gene de hemşerilerini kayırdı:

"Ne yapsınlar? Onlarınki de ekmek derdi, geçim derdi. Gözü çıksın."

Köse Topal iyiden iyiye kızmıştı Hasan'a:

"İyi öyleyse, benden de yardım olmayacağına göre, ne hâlin varsa gör!"

"Aaaamaaan bre emmi," dedi. "Ölmüş eşeğin kurttan korkusu mu olur?"

Ertesi gün öğleye doğru, Köse Topal'ın kaynamakta olan tenceresine sokulan Hidayet'in oğlu, iki yanını kolladıktan sonra kapağı kaldırdı. Pis bir zeytinyağı kokusu sıcak sıcak yayıldı. Kapağı kapadı. Yere sulu sulu tükürdü, kaşığı arandı. Sonra aklına başka bir şey gelerek kalktı, odaya girdi, Köse Topal'ın eğri büğrü yemek sahanını aldı geldi. Zifirli çinko sahanın yeşil sırları dökülmüştü. Ocak başına yeniden çömeldi, tencerenin kapağını yeniden açtı. Bu sırada yemek kaşığı da gözüne ilişmişti. Duvarın kovuğundan aldı, sahanını doldurup tam kalkarken, ahırın köşesinden Köse Topal çıkıverdi. Hidayet'in oğlunu görünce, elindeki delik su kovasını bırakıp seğirtti:

"Ne oluyor lan, ne oluyor?"

Hidayet'in oğlu kıpkırmızı kesildi. Sahandaki yemeği tencereye boşalttı, gülmeye çalışarak, "Kes, kes!" dedi.

Lakin beriki yaygarayı basmıştı bir sefer:

"Kes kesmiş. Utanıp arlanmaz. Milletin rızkını çalıyor tekmil. Cenab-ı Allah'tan da korkusu yok!"

Hidayet'in oğlu üstüne yürüdü:

"Bağırma, eğri dininden başlarım ha!" dedi. "Dümbük. Geri döktük işte!"

"Geri döktükmüş. Gelmeseydim ya?"

"Kessene lan!"

"Milletin rızkını çal çal, kessene lan! Vallaha billaha, dört kitap hakkı için deyivereceğim!"

"Kime deyivereceksin?"

"Tencereyi kaynattıranlara. Utanmıyor, Allah'tan da korkmuyor. Yarın öte dünyada... Tuh sana!"

"Tuh senin suratına. Hani Müslüman malı ortaklıktı?"

"İnsan olan bir insan günahı, sevabı bilmeli. Bu tencerede kaç kişinin emeği kaynıyor biliyor musun?"

"Dırlanma. Parasını veririz çok çok..."

"Parasını verirmiş. Paran var da ne diye çalıyorsun? Aç it!"

"Veririm tabii, ne belledin?"

"Ver haydi."

"Tencereye geri boşalttım!"

"Sen paradan haber ver. Korum yeniden..."

"Sahi mi? Para versem kor musun?"

Göz kırptı:

"Günahın boynuma..."

Hidayet'in oğlu az daha sokuldu:

"Demek Allah'tan mallahtan korkmazsın?"

"Amaaan sen de bre herif..."

"Sahiplerinden habersiz yemek satınca günah olmaz mı?"

"Aptesli namazlı insanım oğlum, sen değilim ben. Günahı, sevabı bana belletme..."

"Belletme de, Haydar'ın Veli'ye her gün satmıyor musun sahiplerinden habersiz?" Köse Topal iyice sıkışmıştı:

"Amaaan," dedi.

"Amaaan ya. Satmıyor musun?"

"Orasını Allah bilir!"

"Bırak Allah'ı, peygamberi. Satıyor musun, satmıyor musun cevap ver!"

"..."

"Satmıyorum de, yüzleştireceğim!"

"Yüzleştirecekmiş..."

"Yüzleştireceğim, de, de haydi, satmıyorum de! Diyemezsin. Satıyorsun çünkü..."

"Satıyormuşum..."

"Lan, satmıyorsan şu iki gözlerim avuçlarıma aksın, satıyorsan senin aksın mı?"

"?.."

"Hı? Aksın mı?"

Yine ne aksın, ne de akmasın diye söylemeyince, Hidayet'in oğlu Topal'ı omuzundan hırsla dürttü:

"Cevap versene, aksın mı, akmasın mı?"

Omuzunun dürtülmesine huylanan Topal, "Omuzumu ne dürtüyon?" dedi. "Tööövbe..."

"Veli yeminle söyledi, oğlandan para alıp milletin yemeğini satıyormuşsun. Tabağı yedi buçuktan!"

Köse Topal'ın kaçacak yeri kalmamıştı, doğruydu:

"İ..e," dedi.

"Kim? Veli mi?"

"Ne boksa. Adam belledik güya..."

Yemek tenceresini ocaktan aldı, odaya girerken, Hidayet'in oğlu, "Dur sen Topal," dedi. "Ben de bunu sana korsam..."

Köse Topal yemek tenceresini yatağının oraya götürdü, baş-ucundaki yeşil boyalı sandığının üstüne koydu. Sonra Köse Hasan'ın yanına geldi. Yorganı kaldırdı. Köse Hasan uyuyordu. Sararmış yüzünde iyice uzamış kapkara sakalı, sivrilmiş yüz kemikleri...

Köse Topal, Hasan'ın omuzunu dürttü:

"Öyle mi? Öyle mi heey, öyle mi?"

Hasan uykulu uykulu mırıldandı. Köse Topal boyuna dürtüyordu:

"Sana diyorum, sana diyorum lan, ohooo... Lan sana diyorum tekmil. Ölü müsün bre herif. Sana diyorum işte, sana!"

Hasan'ın gözleri açıldı, ölgün ölgün baktı. Köse Topal:

"Aybaşı gelince diyorum, oda kirasını verebilecek misin, veremeyecek misin?"

Köse Hasan'ın gözkapakları indi.

111

Köse Topal sorusunun karşılığını bekliyordu. Hasan, "Topal Ağa," dedi. "Öyle mi Topal Ağa..."

Topal kızdı:

"Adımı mı belliyorsun? Topal Ağa, Topal Ağa. Ne diyeceksen deyiversene!"

"Sevabına diyorum, şu koltuğuma giriversen de..."

"Ne olacak koltuğuna giriverdiğimde?"

"Su dökmeye bi yol..."

Köse Topal kesti, kalktı:

"Dert! Su dökmeyeymiş... Yazının iti. Babanın kapısında benim gibi kaç tane uşağı vardı?"

Bütün bunları deminden beri oda kapısında sinirli sinirli seyretmekte olan Hidayet'in oğlu odaya girdi:

"Ona Köse Topal demişler aslanım," dedi. "Yaralı parmağa tövbe işemez!"

Durdu bir an, Köse Topal'a:

"Sana bunları korsam, bana da Hidayet'in oğlu demesinler i..e!"

Köse Topal'ın aklından paraları, oğlanın jandarma kurşunuyla can vermiş babası, darağacında sallanmış amcası geçti. Huylandı:

"Komayıp da ne yapacaksın? Hı? Ne yapacaksın bana?"

"Senin eğri dininden başlarım ha, dümbük. Millete kan kusturuyorsun tekmil, hırsız, faizci!"

"Hepsi de sensin, hepsi de. Hırsız olsam milletin tenceresinden yemek çalardım!"

"Lan dırlanıp durma ha, gelirsem ezerim seni deyyus! Tencereden milletin yemeğini satmıyorum ya senin gibi, Faizci. Gelsin millet de görsün. Vallaha bir bir anlatacağım."

"Neyi anlatacaksın?"

"Neyi anlatacağımı biliyorum ben!"

Köse Hasan'ın yatağı yanına çömeldi:

"Haydi kardaş, davran..."

Köse Hasan yekindiyse de gücü yetmedi. Bu sırada Köse Topal'da yanlarına gelmiş, Hidayet'in oğlunun omuzunu dürtüyor, lafı uzatıyordu:

"Öyle mi? Neyim var da neyimi anlatacaksın millete?"

Hidayet'in oğlu, Topal'ın eline vurdu:

"Omuzumu dürtüp durma lan! Sen git de kendin gibi dümbüklerin omuzunu dürt!.."

O hâlâ oralarda değil:

"Neyim var da neyimi anlatacaksın?"

"Yemek sattığını, neyi olacak?"

Köse Topal oda kapısına hırsla gitti, dışarlara uzun uzun bakmaya başladı: Güneşin altında su birikintileri, sağda, upuzun bacasından duman tütmekte olan iplik fabrikası, daha ötede gri çinkolarıyla sabun fabrikası, yağ fabrikası, bahçeler, şeker kamışı tarlası...

Hidayet'in oğlu Köse Hasan'ı yataktan kaldırdı:

"Bas, bas babam, bas. Basamıyor musun?"

"Basamıyorum kardaş..."

"Öyleyse dur, tutun omuzuma, tutun. Hııh. İyice tut omuz başlarımdan!"

"Tutamıyorum, parmaklarım kırılıyor bellersin, tövbe tutamıyorum..."

"Tutma öyleyse, dur..."

Köse Hasan'ı sırtlayıp helaya götürdü.

Hela, arkalarda, eski çuval parçalarıyla çevrilmek istenmiş geniş bir çukurdu ki, güneşin altında kabuk bağlamış pisliklerin içinde beyaz beyaz kurtlar oynuyor, yeşil sinekler uçuşuyordu.

Hidayet'in oğlu, Köse Hasan'ı yavaşça indirdi. Kolundan sıkıca tutmasa hasta adam yere yığılıverecek, belki de çukurdaki pisliklerin içine yuvarlanacaktı:

"Dur kardaş, dur şöyle, hııh. Tutun omuzuma. Hani uçkurun?"

"Burda, ıhı, lakin şu parmaklarım..."

"Dur sen, bırak."

"Sana da eziyet oluyor tekmil..."

"Boş ver. İnsan olanın başından her şey geçer, aldırma. Uçkurun da kördüğüm olmuş. Demek hemşerilerin seni koyup inşaata gittiler?"

Köse Hasan içini çekti:

"Gittiler."

"Tekmil cılkmışlar desene!"

"Ne yapsınlar? Onlarınki de bir ekmek derdi..."

Hidayet'in oğlu uçkuru dişiyle çözdükten sonra, "Tutun bana," dedi. "Bas şu tahtaya, ona değil şuna. Hıh, çömel, çömel korkma, çömel çömel çömel..."

Köse Hasan titreyen incecik bacaklarıyla çömeldi. Hidayet'in oğluna öyle sarılmıştı ki, "Püff," dedi Hidayet'in oğlu. "İçin kokmuş senin kardaş. İyi soğuklanmışsın... Sürgü mürgü içeydin bari..."

Güneşin vurduğu apteshane kokusuna gerçekten de pis, dayanılmaz bir koku karışmıştı!

"Sen iyi bir sürgü içecen, bir de Gripin yuttun mu üstüne, hiçbir şeyin kalmaz!"

"Yuttum kardaş, Gripin de yuttum, çay da içtim ya, kulak asma."

"Nerde soğukladın böyle?"

Köse Hasan şöyle bir düşündü:

"Vallaha ne bileyim kardaş? Allah'ın hastalığı. Şuramdan şöyle bir ağrı ki, deme gitsin, soluğumu alamıyorum..."

"Kulunçlarında mı?"

"Ne bileyim vallaha. Böğrüm mü desem, böreğim mi desem, yüreğim mi desem..."

"Allah iyilik versin. Ne zaman işin düşerse haber sal, gelirim ben. Bugün sanaysa yarın bana. Bitti mi işin? Dur öyleyse... Silin şu çuvalın ucuna. Silinemiyor musun? Eğil, eğil kardaş..."

Hela çukurunu çevrelemeye çalışan eski çuval parçalarından birinin ucuyla Köse Hasan'ın kıçını sildikten sonra adamı kıyıya aldı, donunu çekti, uçkurunu bağladı, yeniden sırtlayıp odaya getirdi, yatağına yatırdı.

Köse Topal'sa kendi yatağının orda, arkası dönük, çömelmiş, yemek tenceresini yere indirmiş, bir şeyler yapıyordu.

Hidayet'in oğlu, Köse Hasan'ı yatırıp yorganının yarısını üstüne çekti, iyice bastırdı:

"Unutma. Ne zaman işin düşerse bana haber sal!"

Köse Topal'ı işaret etti:

"Bu boynuzlu yaralı parmağa tövbe işemez. Paran varsa kuyruk sallar, yüzüne güler, yoksa bir kaşık suda boğar!"

Odadan çıkacaktı, Köse Topal elinde yemek dolu sahan, "Dur," dedi. "Senin kötülüğün sana kalsın. Al şu yemeği de nefsini körlet bir iki..."

Hidayet'in oğlu yemek dolu kabı aldı:

"İmana geldin mi sonunda?"

"İmanıma ne olmuş?"

"Var mı ki?"

Elinde yemek dolu kap, odadan tam çıkacaktı, aklına hasta adam geldi. Kim bilir kaç vakittir sıcak bir yemek yememişti. Kapıdan geri döndü, Köse Hasan'ın yanına geldi:

"Kalk kardaş," dedi. "Otur. Otur da ye şu yemeği. Sıcak sıcak, için ısınsın!"

Hasan'ın yatakta oturmasına yardım etti.

"Kaşığın var mı?"

Köse Hasan başını salladı. Hidayet'in oğlu çevreye bakındı:

"Hani, nerde?"

Köse Hasan kupkuru eliyle yatağının altını işaret etti. Hidayet'in oğlu aldı, ceketinin eteğiyle sildi, uzattı. Hasan kaşığı kullanamıyordu. Elinden aldı, sabırla yedirmeye başladı. Hasta adam, sıcak yemeğin midesine inmesiyle canlanır gibi oluyor, kendini gittikçe daha iyi hissediyordu.

Yemek bitti. Hidayet'in oğlu gene ceketinin eteğiyle Hasan'ın yağlı ağzını silip yatırdı, yorganının ucuyla güzelce bastırdı:

"Haydi, Allah şifalar versin!"

Kabın içindeki yemek suyunu tepesine dikti, kabı Köse Topal'a uzattı. Köse Topal yağlı kabı alırken homurdandı:

"Allah'ın acımadığına..."

Hidayet'in oğlu kızdı:

"Al haydi al. Acımadığınaymış... İnsan ol da sen acı!"
Odadan nefretle çıkıp gitti.

9

Çukurova'nın kızgın güneşi alabildiğine kavramıştı gene ortalığı...

Pehlivan Ali kireç söndürülen çukurun içinde, küreğinin sapına dayanmış, Ömer Zorlu'yu dinliyordu. Niğde köylüklerindendi Ömer Zorlu. On yıldır gurbette sürtüp duruyordu kendi deyimine göre. Önceleri o da Pehlivan Ali'yle arkadaşları gibi fabrika çırçırlarında işçi, yapılarda amele, taksi, kamyon, otobüslerde şoför yamağı, sonraları da kaptıkaçtılarda şoför.

Burun köklerine akmış ufacık, şaşı gözleriyle Pehlivan Ali'ye bakıyor, anlatıyordu:

"Bu avradım var ya? Bunu milletinin içinden aldığımla kaçtım!"

"Niye?" dedi Pehlivan Ali.

"İnat üzere!"

"Kızın gönlü vardı tabii?"

"Bak hele bak..."

Efkârlanmıştı. Bir sigara yaktı, avucunun içinde içerken, duman amele çavuşunun gözüne çarpıp kaytardıkları anlaşılmasın diye kireç çukuruna eğiliyor, dumanları kireçlere üflüyordu:

"... Bacağımda subay külotu, sırtımda lacivert ceket, başımda sekiz dilim kadife kasket, ayaklarımda rugan çizmeler ki nasılım, tütüyorum Allahıma!"

Şaşı gözleri hazdan yumuluyor, ufaldıkça ufalıyordu:

"... Derken efendi, köye bir giriyorum o vaziyette, köylüdür şaşıyor. Uzunoğulları bile!"

"Kim onlar?"

"Köyün Allah'ı şerefsizim. Köylünün bilmediği, görmediği, duymadığı ne çıkarsa dünyada, köye ilkönce onlar getirirler. Zengin, hatırlı asilzade insanlar. Gramofonları bile var, hem de çifte çifte. Köyün gramofonlu kahvesi onların. Neyse, akşam oldu, masalar kuruldu. Kuruldu ya, altta kalır mıyım? O zaman böyle değil, para su gibi, şehirden bavulla rakı getirmişim. Şişeleri diziverdim masalara... Herkes birbirine bakıyor. Neden? Yetim büyüdüm. Analı babalılar benim vaziyetime gelemiyor da ben? Orası lazım değil, bir senden, bir benden derken olduk mu zil zurna? Rakı bu, şişede durduğu gibi durur mu? Neyse kardaşıma deyim, alamadın veremedin derken takıştık efendi. Meğer benim subay külotu, sekiz dilim kadife kasket, rakılar mukular koymuş heriflere. Öyle ya, Uzunoğulları boru mu? Herkes her şeyi onlarda görecek. Nasıl oldu bilmem, masaya bir tekme ben, yallah dedim fırladım ortaya, çektim bıçağı, açılın ulan i...ler!"

İçini hasretle çekti.

"Sonra? dedi Ali.

"Sonrası toz duman. Uzunoğulları kalabalık, ben tekim. Lakin köylü benden yana. Benden yana ya, köyün bütün toprakları, malı mülkü Uzunoğulları'nın. Köylü, kapılarında kabahatli gibi. Ses çıkaramıyorlar ne de olsa, serde ağalık var tabii. Çektim bıçağı atıldım ortaya senin anlayacağın. Doğuran kısrak utansın. İpallah sivri külah ben, onlarsa ürkütmeden sayılmaz. Canları tatlı. Ben ölürsem ardımdan ağlayan olmaz. Onlardan biri, ikisi ölürse dünya zindan kesilir başlarına, yedi yıl yas tutar-

117

lar. Kapıştık. Alamadın veremedin derken, beni omuzumdan yaraladılar. Yaraladılar a, ben de boş durmadım tabii. Sürüye dalan kurt gibi, kattım herifi uğruma... İşe jandarma karışmasaydı, birini ikisini yerdim sağlama. Jandarma bırakmadı. İyi de etmiş. İş tadında kaldı. Ertesi gün tabii ben söylenmişim köyde. Hiç haberim yok. Bu benim Fatma, avradım Fatma var ya? O işte, duymuş böyle böyle, gönül vermiş bana. Ben de hazırlığımı düzdüm, şehre geleceğim. Bir haber, el altından, böyle böyle, Fatma'nın selamı var, seni pınarda bekliyor, mutlaka gelsin, dedi. Hangi Fatma bu? Kocakarı anlattı. Uzunoğulları'nın kızları. Deme dedim, o Fatma çocuk daha be. Güldü kocakarı. Neyse, gittim pınara ki ne gideyim? Fatma da Fatma olmuş. Elim ayağım çözüldü. Dedi Ömer, içime ateşin düştü, duramıyorum, beni ne edeceksen et, al git buralardan!"

Derin bir iç geçirdi, sigarasından aldığı dumanı yine kireçlere üfledikten sonra:

"... Şöyle bir baktım kıza, kız da hani kız. Gördün. Nasıl, Lokman Hekim'in ye dediği değil mi?"

Pehlivan Ali'nin içinden bir ürperti geçti.

"... Karar verdik, beni yol üstünde bekleyecek. Bir at kiraladım, haydi eyvallah. Baktım kızdır bekliyor beni. Aldım atımın terkisine, ver elini Niğde!"

Ali sordu:

"Niğde sizin sancak mı?"

"Bizim sancak. Şoför arkadaşları buldum, mavi bir taksi, haydi Çukurova. Uzunoğulları beni arasınlar da bulsunlar!"

"Taksi ne?"

Ömer Zorlu şaştı:

"Bilmiyor musun?"

"Bilmiyorum."

"Taksi, yani otomobil."

"Hııı, bildim. Önü açık oldu mu treni bile geçer değil mi?"

"Hiç dinlemez."

"Amma yolu düz, önü açık olmalı. Sen şimdi makinenin her bir yanını söküp takabilir misin?"

"Ben direksiyon kullanırım."

"Bizim bir Yunus Usta vardı, Lakin ne ustaydı! Gözünü yumar, makineyi hem söker hem takardı... Bir de Veli vardı ya, kulak asma, Yunus'un üstüne yok!"

Küreğiyle kireci karıştırdı bir süre. Tam Yunus Usta'dan söz açacaktı ki, gözüne Ömer'in Fatması ilişince vazgeçti. Kadın ta aşağıda, toprak molozlarının yanındaki kulübenin önünde kırmızı kırmızı dikiliyordu. Şantiye şoförünün kulübesiydi o. Fatma, şantiye şoförünün karısı geniş kalçalı Hayriye'yle konuşuyordu.

Bir ara Ömer de doğruldu, Pehlivan Ali'nin baktığı yana baktı, kadınları gördü:

"Aslan avradım benim," dedi. "Şerefsizim on altısında yok daha. Lakin bakma, genç irisi de insan yirmisinde belliyor. Öyle değil mi?"

Ali başını salladı.

Ömer küreği elinden attı:

"Ben su dökmeye gidiyorum!"

Kireç çukurundan çıktı. Elleri, yüzü, saçları kireç bulaşıkları içindeydi. Yüz adım ötedeki hela barakasına yürüdü.

Pehlivan Ali hâlâ kadınlardan yana bakıyordu. Lakin ne avrattı ya! "Daha on altısında yokmuş..." diye geçirdi. "... On altısında. Vay anam vay. Boynuzlunun dediği gibi, sahiden de Lokman Hekim'in ye dediği! Adamın böyle zillisi olsa yemez yedirir, giymez giydirir!"

Köyde bıraktığı sözlüsü geçti içinden ama, o nerdeydi bu nerde...

Kadınlar baraka önünde kaybolunca, efkârlı efkârlı kireç karmaya koyuldu. Dalmıştı. Birden ardında bir kımıltı. Döndü, Fatma'ydı, Ömer Zorlu'nun Fatması. Gelmiş, çukurun kıyısında dikiliyordu.

Ali al bez gibi kızardı.

Fatma rastıklı, incecik kaşlarını çatarak, çalımlı çalımlı, "Ömer nerde?" dedi. Ali şaşkın hayran:

"Su dökmeye gitti."

"Su dökmeye, su dökmeye ayı!"

Ali memnun, gülüverdi.

Kadın hep o çalımla sordu:

"Ne güldün?"

"Hiiç, öyle."

"Ayı dediğime mi?"

"İnsan erine ayı der mi?"

"Demez mi?"

"Demez ya."

"Ayı olmasa demem. Su dökmeye, su dökmeye. Belinde su kırbası mı var, ne var..."

Ali yine gülüverdi.

Kadın da güldü. Sonra iri bir sönmemiş kireç parçasını altına alıp oturdu. İri bedenli Pehlivan Ali'yi göz hapsine almış, bakışlarını ayırmıyordu.

Bir ara gene sordu:

"Adın gibi essahtan pehlivan mısın, yoksa..."

Ali alındı:

"Essahtan pehlivanım!"

"Nerelisin?"

"Ben mi?"

"Sen."

"Ç.'den olurum."

"Evli misin, ergen mi?"

Ali utanarak yine gülüverdi.

Kadın sertçe, ama beğeniyle sordu:

"Ne gülüyorsun kis kis laan?"

"Hiiç, öyle."

Kadın sinirlenmişti:

"Evli misin, ergen mi bee?"

"Ergenim," dedi Ali.

"Eferim."

"Niye?"

"Evliliği batsın. Benim ayı evli güya..."

"Seni alıp kaçırmış, doğru mu?"

Kadın kızdı:

"Deli cenabet. Sana da mı anlattı? Yalan, hep yalan. Ben kaçtım. Adam belledim de kaçtım. Ne bilirdim soğan erkeği olduğunu?"

Ali bu sefer hıkırtıyla güldü.

"Tabii soğan erkeği," dedi kadın. "Gören de adam beller. Dümbük!"

"..."

"..."

Birden amele çavuşu, Fatma'nın Pehlivan Ali'yle konuştuğunu uzaktan görmüş, sine sine gelmiş, tepelerine dikilivermişti.

Pehlivan Ali'ye çıkıştı:

"İşine baksana sen lan, i..e!"

Pehlivan Ali fena hâlde bozuldu. Kireç karmaya çabuk çabuk koyulduysa da i..e demişti çavuş. İ..e kendisiydi, eşşoğlu eşşek!

Usullacık başını kaldırıp baktı. Çavuş, kadının yanına teklifsizce sokulmuştu bile. Kadın ters ters baktıktan sonra, "Çalımına işeyim," dedi.

Çavuş göğsünü yumrukladı:

"İşe anam, işe. Can kurban sana!"

"Deli!"

"Senin delinim ben yavrum. Şu kokuya bak, şu burcu burcu kokuya bak..."

"Erimin canı sağ olsun oğlum."

Bir kireç parçasıyla yere çizgiler çekmeye başladı. Amele çavuşu kadının kireç parçasını tutan ufacık, yumuk, bembeyaz eline içi giderek bakıyordu. Neden sonra, "Hayriye'yle ne konuşuyordunuz?" diye sordu.

Kadın bakmadan:

"Sana ne?"

"Dinleyeceğim, bir gün o değilden dinleyeceğim şerefsizim!"

"Bokumu dinlersin..."

"Eh, görürsün."

"Lan kara it, kafamı kızdırma ha!"

"Ne olur?"

"Bilmem gayri..."

"Soğuturum anam!"

"Sen git de... Tövbe estağfurullah, şimdi kötü kötü söyletecek. Lan sen benden ne istiyorsun?"

"Bilmiyor musun?"

"Dert!"

"Karnına!"

Kadın, elindeki kireç parçasını yarı şaka yarı sinir, amele çavuşuna attı. Kireç parçası çavuşun sağ kaşına değip Pehlivan Ali'nin kireç karmakta olduğu çukura düştü. Amele çavuşu tam kadının üstüne yürürken, Ömer Zorlu çıkıverdi. Kadının amele çavuşuyla şakalaşmasına alınmadı. Alınmazdı zaten. O kadar ki, yağmurlu günlerde işin paydos olduğu sıralar kafayı çekerlerken, Fatma'yla, kocasının önünde boğuşurdu.

Ömer karısına sordu:

"Ne geldin yine kız zilli?"

Kadın çalımla, "Para ver!" dedi.

"Ne parası?"

"Ne parasıymış. Kaput bezi, basma veriyorlarmış, karnelerimiz var. Hayriye'yle gidip alacağız!"

"Ben o Hayriye'nin ağzına iti sıçırtacağım ya dur bakalım."

"Aman be, hadi..."

"Kaç para kız, kaç para sürtük?"

"Ver işte on ver, on beş ver..."

Amele çavuşu söze karıştı:

"Yirmi ver, elli ver!"

Ömer, "Doğru," dedi. "Sikke kesiyorum. Elli ver, yüz ver..."

Avuçlarını gösterdi:

"Şu avuçlarıma bak kız, bütün kireç yanığı. Bana on, on beş, yirmi veriyorlar mı da ben sana..."

Kocasının sözünü gene sinirli sinirli kesti:

"Amaaan bana ne! Erkek değil misin? Bul, buluştur..."

"Nerden?"

"Nerden bulursan bul!"

Birden büsbütün sinirlendi:

"Madem hakkımdan gelemeyecektin, beni ne diye kaçırdın?"

Amele çavuşu bir kahkaha attı:

"Yaşşa lan Fatma, at da sana, avrat da!"

Ömer'e döndü:

"Madem hakkından gelemeyecektin, ne demeye kaçırdın elin körpe cahilini?"

Ömer verecek karşılık bulamadı. Amele çavuşu kışkırtmak için, "Davran Ömer," dedi. "Davran!"

Ömer kesti attı:

"Param yok!"

Kadın hırslı hırslı soluyordu:

"Peki, belle bunu..."

Gidecekti, Ömer önledi. Amele çavuşuna sordu:

"Kâtipten avans istesem verir mi acaba?"

"Vermez," dedi çavuş.

"Niye?"

"Önceki gün avans dağıttı, vermez."

Kadın yine huysuzlandı:

"Hadi bee!"

"Kız yok kız, vallaha param yok..."

"Kâtipten aldığın avansı ne yaptın?"

Ömer kızardı, gülmeye çalıştı. Kadın anlamıştı:

"Kumara verdin değil mi?"

"Verdim. Üçün beşin yoluna bakalım dedim. Olmadı. Ütsem keyiflenirdin..."

"Tabii keyiflenirdim."

"Arabımız gülmedi, gülseydi ben bilirdim a, ne fayda!"

Amele çavuşu, "Bul buluştur," dedi. "Bul buluştur Ömer!"

Toprak kazılarının yapıldığı yana doğru çekti gitti.

Ardından şaşı gözleriyle ters ters bakan Ömer Zorlu, amele çavuşu gözden yittikten sonra, karısına sertçe döndü:

"Ben sana bu dümbük herifle konuşma demiyor muyum?" dedi.

Kadın omuz silkti:

"Konuştuğum nerde?"

"Gördüm kız, su dökerken gördüm de yarı buçuk kalktım!"

"Ne yapalım kalktıysan?"

"Ne diye konuşuyorsun?"

"Ben mi çağırdım? Kendi geldi."

"Fatma, doğru dur Fatma, başımı belaya sokma benim ha!"

Kadın adeta isyan etti:

"Kendi geldi diyorum, kendi geldi işte!"

Araya Pehlivan Ali girdi:

"Vallaha kendi geldi Ömer Ağa. Bacının tövbe suçu yok."

Ömer yatıştı. Kadın dargın dargın:

"Kendi geldi diyorum inanmıyor. Ben mi çağırdım kara iti? Suratı batsın!"

***

Amele çavuşu toprak kazısı işçilerinin başında, beyaz mantar şapkasıyla dikilmekte olan Laz taşeronun yanına sokulmuştu:

"Ömer'den para istedi!" dedi.

Taşeron bakmadan sordu:

"Ne parası?"

"Kaput bezi alacakmış..."

"Ömer verdi mi?"

124

"Nerden verecek? Yok ki?"

"Ne yapmış aldığı avansi?"

"Kumarda ütülmüş."

"Kaç para istedu?"

"On, on beş..."

Önlerindeki temele kazma sallarken konuşulanlara kulak veren İflahsızın Yusuf, amele çavuşunun dikkatini çekti. Bağırdı: "İşine bak lan!"

Taşeron ilgilenmedi. Aklında Ömer Zorlu'nun Fatması, şantiye şoförünün kulübesine yürüdü. On, on beş değil, otuz, kırk feda olsundu öyle kadına.

Şantiye şoförünün karısı geniş kalçalı, otuzluk Hayriye, baraka penceresi önündeki gaz sandığına oturmuş, bacak bacak üstüne atmış, adi ipek çorabının tel kaçığını dikiyordu. Esmer ama tombul bacakları ta mavi jarse külotuna kadar görünüyordu. Mahsustan böyle oturmuştu. Biliyordu Laz taşeronun nasıl olsa geleceğini. Yalnız Laz taşeron değil, başkaları da gelebilirdi. Erkeklere karşı aşırı düşkünlüğü bir yana, şurasını burasını göstererek çileden çıkardığı erkekleri tatlı tatlı soymasını gayet iyi bilirdi.

Laz taşeron beyaz şapkasıyla içeri girdiği hâlde kımıldamadı bile.

Adam kadına iyice doymuş, bakmadan geçip gitti sedire yanladı. Gözleri kadının bacaklarında yine de, uzun uzun baktı. Hoşlanıyordu bu kadından ama, öteki başkaydı. Genç, körpe, cilveli...

Kadın çorabının tel kaçığını diktikten sonra döndü, adamla göz göze geldi, bacaklarını daha da açarak, "Al!" dedi. "İyice gör de doy, azgın!"

Laz taşeron oralarda değil, "Açtun mi?" diye sordu.

Şoförün karısı anladığı hâlde anlamamazlıktan gelerek kalktı, iğneyi perdeye soktu. Laz tekrarladı:

"Sana diyorum, açtun mi?"

"Neyi?"

"Neyi mi?"

Sedirde hırsla oturdu:

"Hayriye, oynama bennen, döveceğum seni, öldureceğum!"

Kadın eliyle ayıp bir işaret yaparak, "Nah!" dedi.

"Öldürecekmiş. Öldürsene hadi!"

Gitti az önce bacak bacak üstüne atıp çorabını diktiği gaz sandığına oturdu, sinirli sinirli tekrarladı:

"Öldürecekmiş..."

Taşeron sedirden kalktı, elleri arkasında yanına gitti:

"Bırak şakayı. Ne diye açmazsun?"

Kadın pencereden dışarlara bakıyordu. Ortalık göz alıcı, çiğ bir güneş altındaydı. Ne diye açacaktı? Elinden ne diye kaçıracaktı adamı? Fatma'ya ne için kaptıracaktı?

Taşeron ısrarı büsbütün artırınca, "Yahu sen deli misin Rıza?" dedi.

"Ne delisu?"

"Ömer etrafında it gibi dolanıyor, açılır mı?"

Taşeron bahaneyi yutmadı:

"Yalan söyleysun, istemeysun, kıskaneysun!"

"Vaaay, kıskanıyormuşum. Neyini kıskanacağım onun? Nerden baksan beş kuruşluk bir köylü parçası..."

"Ya ne için açmeysun?"

Tam bu sırada şantiye şoförü içeri girdi:

"Vaay Rıza, burda mısın? Seni arıyorum be!"

Taşeron kadına bakmasına devam ettikten sonra, şoföre döndü:

"Ne içun arıyorsun?"

"Çimentolara yirmişer liradan müşteri buldum. Dört torba istiyorlar. Seksen temiz yapar. Akşama sendeyiz, anlamam!"

Taşeron memnun,: "Kolay," dedi.

"Yirmisi benim değil mi?"

"Kolay dedik ya!"

Şantiye şoförü cıva gibi bir genç, coştu:

"Haydi karı, kalk bize kahve yap!"

Kadın bakmadı bile. Gözleri hep pencereden dışarda, omuz silktikten sonra, "Kendin pişir," dedi. "Biz çarşıya gideceğiz..."

"Kiminle?"

"Fatma'yla."

Şoför, taşerona baktı, göz kırptı, karısına döndü:

"Söyledin mi Rıza Usta'nın dediklerini?"

Kadın aldırmadı.

Taşeron dertlendi:

"Söylememiş, söylemiyor..."

"Niye kız?"

"?.."

"Yapsın arami, alsım canumi!"

Şoförün gözleri parladı. Karısının omuzunu dürttü:

"Duyuyor musun? Alsın canımı diyor!"

Kadın hiç ama hiç oralarda değildi. Dışarlara bakıyor, duymuyordu sanki söylenenleri.

İçeri amele çavuşu girdi:

"Usta," dedi. "Neşat Bey geldi, seni çağırıyor!"

Taşeron beyaz şapkasını başına geçirip koştu. Amele çavuşu da ardından seğirtmişti. Karıkoca yalnız kaldılar. Şoför, "Niye hasbi geçiyorsun?" dedi.

Kadın gene aldırmadı.

"... Lazın gözleri dönmüş. Duymadın mı? Yapsın aramı, alsın canımı diyor. Enayilik etme, üçün beşin yoluna bakarız. Çimentolara da müşteri buldum. Günde dört torbadan dayanıp da yirmisine yapıştık mı... hı?"

Kadın iştahla döndü:

"Bana ne alacaksın?"

Şoför, "Pöh," dedi. "Seni beni var mı kız? Sen kim, ben kim?"

"Yeni bir ipek çorap al bana!"

"Canın sağ olsun."

"Söz mü?"

127

"Söz müsü var mı ulan? İki tane alayım, üç tane alayım. Yeter ki sen şu işi..."

Kadının kaşları çatılıverdi:

"Hangi işi?"

"Lazoğlu bildiğin gibi değil, tam tutuşmuş. Fırsat bu fırsat enayi!"

Biliyordu, biliyordu her şeyi. Yine de, "Amaaaan," dedi.

"Deli."

"Sensin."

"Deli olsam adım Hayriye olurdu!"

İçeriye tekrar amele çavuşu girdi:

"Haydi şoför güzeli... Künyen okundu!"

Şoför:

"Ne var?"

"Neşat Bey seni de çağırıyor..."

Şoför fırladı.

Amele çavuşu kadına teklifsizce sokuldu:

"E... Hayriye Hanım. Söyle bakalım: Kaçtan aşağı olmaz?"

Kadın anlamıştı herifin yılışacağını, sertçe baktı:

"Ne bu kaçtan aşağı olmayan?"

"Bilmiyor musun?"

"Bilmiyorum."

Kadının omuzuna vurdu:

"Gâvur!

"Doğru dur!"

"Durmayacağım."

"Lan defol git şurdan ha!" Amele çavuşu geriledi:

"Herkese şapur şupur, bize yarabbi şükür ha?"

Kadın oldubitti sinirlenirdi bu adama, "Kes hadi kes," dedi.

Çavuş, kadının kolunu tuttu, kıvırmaya başladı. Kadın ayağa kalkmıştı. Kıvrılan kolu acımaya başlamıştı. Öfkeyle, "Bırak kolumu," diye bağırdı.

Çavuş bırakmadı.

"Ulan bıraksana kolumu!"

"Herkese... hı?"

"Vallaha gider Neşat Bey'e derim!"

"Dee... Korkum mu var?"

"Koskoca müteahhitten korkun yok demek?"

"Yok!"

"Yokmuş. Kara it, kendini adam belliyorsun hı?"

Amele çavuşu kadının kolunu bıraktı, uzun uzun, hırslı hırslı süzmeye başladı. Kadın, "Ne o?" dedi. "Ne bakıyorsun adam gibi?"

Çavuş ellerini arkasında bağladı, kozunu oynadı:

"Dünkü manzaranızdan haberim yok belleme?"

"Ne manzarası?"

"Kâtibin odasında..."

Göz kırptı:

"Çakıyorsun ya? Kâtiple..."

"E?"

"Hepsini gördüm, hepsini hepsini..."

"Yaldızladın yani?"

"O....u!"

"Canım sağ olsun..."

"Bize?"

"Avucunu yala!"

"Herkesinki para da bizimki pul mu kız?"

Odaya Ömer Zorlu'nun Fatması giriverdi, kestiler. Genç kadının kirpikleri yaş yaştı. Geçti sedire oturdu. Şoförün karısıyla amele çavuşu meraklandılar:

"Ne var kız? Ne oldu?"

Fatma boşandı. İçini çeke çeke ağlıyordu. Şoförün karısı gitti yanına oturdu, kolunu omuzuna attı:

"Sahi ne var kız? Ne oluyorsun?"

Fatma avuçlarıyla gözlerini sildikten sonra, amele çavuşuna ters ters baktı:

"Pis," dedi.

Çavuş sedire yaklaştı. Şaşmıştı:

"Niye?"

"Geldin, konuştun benimle. Ömer demediğini komadı..."

"Allah Allah..."

"Allah Allah ya. Konuştuğunu bir daha görürsem kan çıkar diyor!"

Amele çavuşu gözlerini pencereden dışardaki Arap uşağı mahallesinin toprak evlerine çevirdi. Bakıyor, görmüyordu. Demek Ömer kızmıştı? Niye? Karısının ardında yalnız o mu dolanıyordu? En biri taşeron, taşerondan geçtim şantiyenin parlak kâtibi. Sonra, şoförün karısıyla ikide bir şehre iniyor, geç vakitler dönüyorlardı. Ne yaptıklarını Allah bilir. Ömer bütün bunlara kızmıyordu da...

"Demek kan çıkar, diyor?"

"Kan çıkar diyor."

"Ben seninle kötülüğüne mi konuştum?"

"İyiliğine, kötülüğüne, gel de anlat. Gözü pek kanlıdır itin. Şimdi köye varamaz. Bir varsa, tozunu attırır bizim uşaklar."

Amele çavuşu sıkıntıyla çıktı gitti. İki kadın onu hemen unuttular. Şoförünki göz kırptı:

"Para koparabildin mi kız?"

Ömer'in karısı, "Koparamadım," dedi.

"Niye?"

"Parası yok."

"Ne yapmış aldığı avansı?"

"Kumarda ütülmüş tekmil."

"İstersen taşerondan alalım?"

Genç kadın ne al dedi, ne de alma. Şoförünki:

"Alalım mı?"

"Ömer'in kulağına giderse ya?"

"Nerden gidecek? Üçümüzün arasında bir şey. İşinin başında Ömer. Nerden haberi olacak?"

"Aldıklarımı sırtımda görmeyecek mi?"

"Hayriye'den borç aldım dersin. Hadi alalım. Karışma sen. Ben uydururum. Lazoğlu bildiğin gibi değil. Bir şey diyeyim mi sana?"

Fatma'nın kulağına eğildi, bir şeyler fısıldadı. Fatma gülüverdi.

Hayriye, "Üçümüzün arasında bir şey," diye tekrarladı. Kimin ne haberi olacak?"

Raftan aynayı aldı.

10

Gecenin on birini geçiyordu.

Kocaman avucuyla zarları kapan Ömer Zorlu'nun zararı yine on lirayı aşmıştı. Hırstan kıpkırmızı, büsbütün şaşılamış gözleriyle avucundaki zarlara baktı, öptü, kısa bir dua mırıldandıktan sonra zarları salladı, salladı attı.

Amele Topal Durmuş adamakıllı kârda olduğu hâlde gene Ömer'in zarını kesti:

"O yok."

Ömer sövdü.

"Ne sövüyorsun oğlum?" dedi Durmuş.

"Ne kesiyorsun zarımı?"

"Tabii keserim. Zara okunur mu? Günah!"

"Keyfim misin? Günahı bana."

Bu seferde Topal Durmuş'un topal bacağına sövdü. Topal Durmuş aldırmadı:

"Zarları iyi salla!"

"Sallıyoruz ya lan. Al!"

"..."

"..."

İflahsızın Yusuf barakanın bu köşesinde, Ömer'e karşı uzanmış, yanüstü sigara içiyordu. Yanı başında Pehlivan Ali, onun da parmakları arasında sigara.

İflahsızın Yusuf, "Beyaz lengerli var ya, beyaz lengerli?" dedi.

"E?"

"Ömer'in avradına dolanıyor!"

Pehlivan Ali kocaman, öfkeli bir ayı homurtusuyla sordu:

"Ne biliyorsun?"

"Amele çavuşuyla konuştuklarını duydum."

Pehlivan Ali sigarasından aldığı ağız dolusu dumanı tavana sıkıntılı sıkıntılı üfledikten sonra, "Lakin," dedi, "zorlu avrat. Avrat dediğin öyle olmalı!"

"Lengerli ardından dolanmasa iyi ya..."

"Dolansın, dolandığına ne bakıyorsun? Köy yerinde Fatma gibisi var mı?"

Yusuf alındı:

"Emmimin avradı?"

"Dudu mu?"

"Dudu Ablam. Nasıldı? Böyle değil miydi?"

"Böyle miydi?"

"Değil miydi Ali? Köy yerinde o kadar ettiler de ere vardı mıydı?"

Pehlivan Ali sigarasından yeni bir duman aldı, dalgın dalgın:

"Hangi köydensin dedi bana..."

Yusuf uzandığı yerde doğruldu:

"Sana mı?"

"Bana ya."

"Sen ne dedin?"

"Ç.'den olurum dedim. O, Gümüşalan'dan olurmuş. Lakin amele çavuşunu görüyor musun?"

Yusuf, kumar başındaki amele çavuşuna baktı:

"Ne var da?"

"Komuyor ki avratla konuşalım. Lakin yediği ekmek helal olsun. Zorlu avrat. Avrat dediğin öyle olmalı. Emminin memminin avradı avrat mıydı ki bunun yanında?"

Gene o sıcak ağustos gecesini hatırlamıştı.

Yusuf adamakıllı kızmıştı:

"Lengerlinin ardında dolandığı avrat mı avrat ya?"

"Dolandığına bakma."

"Dudu Ablamın ardında dolanan var mıydı?"

Pehlivan Ali gülüverdi.

Yusuf huylandı:

"Ne güldün?"

"Heeeç..."

"Sahi ne güldün?"

Ali omuz silkti. Yusuf iyice huylanmıştı. Ne vardı gülecek? Güldü diyelim, bildiği bir şey varsa saklayacak ne vardı?

Sigarasının dibini hırslı hırslı ezip attı.

Ali'nin uykusu yoktu. Gözlerini Ömer Zorlu'ya dikmişti.

Ömer Zorlu'ysa bütün çabalamasına karşılık yutulmuştu yine. Kireç bulaşıkları içindeki kasketini çıkarıp avucuna vurdu. Şans ne gezerdi onda? İlkin adamakıllı yutmuştu, kalksaydı ya. Yok. Lakin bir on lira daha olsa şimdi... Hiç belli olmazdı. Kumardı bu bir zarda bütün zararlarını çıkarabilirdi. On değil, bir beşliği olsa gene de...

Gözleri birden Pehlivan Ali'ye ilişti. Ali'nin bakışlarıyla karşılaşınca güldü. Ali de "Fatma'nın kocasına" güldü. Ömer kalktı yerinden, Ali'nin yanına geldi. Pehlivan Ali toplanıp oturdu:

"Buyur Ömer Ağa."

Ömer teklifsizce bağdaş kurdu.

"Ütüldük yine," dedi. "Gözü çıksın bu şansın..."

Ali merakla sordu:

"Kaç lira ütüldün?"

"On lira. Bir on liram, bir beş liram olsa çıkarırdım zararlarımı. Ah bir beş liram olsa. Biliyorum, içime doğuyor, bir

133

beşliğim olsa Arabım gülerdi, mutlaka gülerdi. Arabım güldü gülmeye ya, açgözlülük ettim, kalkmadım. Sen sen ol, kumarda açgözlülük etme! Baktın Arabın güldü, kalk. Lakin bir beşlik olmalı ki, dumanını attırmalıyım Topal'ın!"

Pehlivan Ali beşliğin kendisinden istendiğini anlamıştı. Ömer, "Para günü verirdim," dedi. "Beş değil, yedi buçuk verirdim, on verirdim para günü. Hani biri çıksa da, al Ömer dese, bir beşlik verse, para günü sağlama on verirdim!"

Ali'nin yüzüne ısrarla bakıyordu. Ali çekimserlik içindeydi. Ömer, "Para gününe de bırakmam. Topal'ı ütünce hemen verirdim!" dedi.

Ali çaresiz:

"Arabın güler mi ki?"

"Bak hele bak. Kesin güler. Benim Arabım gibi var mı? Bir güldü mü tövbe durmaz. Bir tarihte aynen böyle kumara oturdumdu. Arabım bir güldü efendi, koynum koltuğum para dolduydu. Senden iyi olmasın bir uşak vardı, adı Lomen,* lakin yiğit oğlandı, nerde şimdi öyle yiğitler? Paraya mı sıkıştım? Varırdım yanına, Lomen derdim, iki buçuğun var mı? Hık mık etmezdi, var kardaş. Beş verirdi, on verirdi, yirmi verirdi. Yiğit oğlandı canım. Birinde Lomen dedim, paran var mı? Var Ömer Ağa dedi. Ver dedim, çıkardı verdi bir kınalı onluk. Bir oturdum kumara..."

"Arabın güldü mü?"

"Bak hele bak! Bir güldü efendi, bir hafta susmayı bilmedi... Benim Arabım gibi var mı? Bir güler ki... İstersen sen ver. Beş ver ütünce on al, on beş al, yirmi al. Gözümün yağını ye!"

"Fatma'nın eri"ne para vermeye çoktan razıydı Ali. Yanı başındaki İflahsızın Yusuf'un huylu huylu bakmasına aldırış etmeden, bir beşlik çıkarıp uzattı. Ömer parayı kaptı, fırladı, az önce yutulup kalktığı yerine tekrar oturdu.

---

* Numan.

134

Pehlivan Ali ne olursa olsun, memnundu. "İsterse Arabı gülmesin!"diye geçirdi. "Para günü de vermezse vermesin. Aboo... İstenir mi? Fatma'nın eri, ayıp değil mi Fatma'dan?"

Ömer Zorlu'nun sesi duyulmaya başlamıştı:

"Lan Topal Durmuş, iyi salla, ana avrat dümdüz giderim ha!"

"Sallıyoruz ya. Al!"

"O yok."

"Bunu al!"

"O da yok."

"Ohooo..."

"Ohooo ya. Para veriyoruz oğlum!"

Topal Durmuş kıllı yüzünü asmıştı. Zarları salladı salladı... Attı:

İki bir!

Ömer Zorlu şapkasını havaya atıp kaptı. Şaşı gözlerinin içi gülüyordu. Pehlivan Ali'ye seslendi:

"Paran uğurluymuş kardaş!"

Amele çavuşu ip yani "Mano"sunu aldı.

Kumar gece yarısını bir saat geçeye kadar sürdü. Ömer Zorlu yine kaybetmişti. Tozlu şapkasını avucuna vura vura Pehlivan Ali'nin yanına geldi.

"Ütüldük," dedi. "Bizde şans ne gezer?"

"Zarar yok kardaş," dedi Ali. "Canını sıkma."

"Lakin bir gülseydi Arabım..."

Gaz lambasının sarı ışığında paralarını saymakta olan Topal Durmuş gözüne çarptı. Baktı baktı:

"Topal it," dedi. "Adam olmuş da para sayıyor..."

Gözleri kinle parladı. Sonra baraka kapısına omuzunu çarparak çıktı gitti.

Çeyrek saat sonra lamba sönmüş, derin horultularla uykuya geçilmişti. Kuru bir ayaz vardı. Millet soğuktan tortop olmuştu. Yorganı olanlar yorganlarına iyice bürünmüşler, olmayanlarsa birbirlerine sımsıkı sarılmışlardı.

Pehlivan Ali'yi bir türlü uyku tutmuyordu. Sırtüstü uzanmış sigara içiyor, karanlık kulübede sigarasının ateşi kırmızı kırmızı yanıp sönüyordu: "Fatma gibi avrat var mı? Yusuf'un emmisinin avradı da ne ki? Vızırtı. Lakin şu amele çavuşu olmamalı felekte... Ömer tövbe sevmiyor amele çavuşunu. Benimle arası iyi. Beşliği para günü vermezse vermesin. Feda olsun. İsterse yine veririm, yine isterse yine. Feda olsun. Fatma'nın eri. Fatma gibi avrada ben olsam yemez yediririm, giymez giydiririm. Lakin ne avrat ya!"

Uzandığı yerden kalktı, dışarı çıktı. Buz gibi bir ay vardı. Ortalık çamur içindeydi. Şoförün kulübesine baktı. Pencereleri aydınlıktı. Ne yapıyorlardı acaba? Çevreye kulak verdi, bekçi de meydanlarda yoktu. Bir köşede uyuyup kalmıştı belki de. Şoförün barakasına yeniden baktı: Hâlâ niçin uyanıktılar? İçerde ne yapıyorlardı?

Merakla kulübeye doğru birkaç adım attı. Durdu. Çevreyi dinledi yeniden. Ne ses, ne seda. Bekçiden de çekinmiyor değildi ama, ne olursa olsun. Ayaklarının uçlarına basa basa kulübeye yaklaştı. Kapının ışık sızan çatlağından içeri baktı: Şoför sedire uzanmıştı. Taşeron da yerde, mindere bağdaş kurmuştu. Yanında şoförün karısı Hayriye, şarap içiyorlardı.

Şoför bir ara kalkmak istedi, olmadı. Yeni bir davranış. Kalktı. Sallanıyor, yalpalıyordu. Ayakta durmaya çalıştı, olmadı. Sendeledi. Tekrar denedi. Zorla durdu. Sonra, birbirine dolaşan bacaklarıyla kapıya yürüdü.

Ali kapı çatlağından baraka ardına kaçmıştı.

Şoför dışarı çıktı. Bir şarkı mırıldanarak uzun uzun işemeye başladı. Neden sonra tekrar aynı yalpalarla içeri girdi, kapıyı çarparak kapadı.

Ali yeniden çatlağa gelmişti.

Şoför bu sefer sedire kendini yüzükoyun atmıştı.

Şoförün karısı taşeronun elini bacaklarından iterek kalktı, raftaki gaz lambasını kıstı. Oda birden bulanıklaşıp karardı. Ali önceleri pek bir şey göremediyse de, gözleri bulanıklığa alışınca gördü.

Her şey, adamakıllı görünüyordu. Neden sonra inşaat bekçisi yanına gelip kolundan çekinceye kadar, bekçiyi duymadı bile.

"Ne geziyorsun burda?"

Pehlivan Ali'nin yüzü, kulakları, iri gövdesi sıtmaya tutulmuşçasına kıpkırmızıydı, yanıyordu:

"Suss," dedi.

"Ne var?"

Güldü:

"Hiç."

"Nasıl hiç? Sen bizim yapıda mısın?"

Ali başını salladı. Bekçi kolundan çekti:

"Git yerine yat hadi, ayıp!"

Pehlivan Ali istemeye istemeye barakanın yolunu tuttu. Bu sefer kapıya bekçi geçti, gözünü çatlağa uydurdu. Gözünü bu çatlağa çok uydurmuş, çok seyretmişti "boynuzlu şoför"ün karısını.

***

Pehlivan Ali barakaya gelince gene Yusuf'un yanına uzanmış, bir sigara yakmıştı. İçi kaynıyordu, duramıyordu. Ulan taşeron be, vay taşeron be, aferin be!.. Lakin şoför de, tuuu...

Bir ara Yusuf'u dürttü:

"Kardaşlık!"

Yusuf leş gibi uzanmıştı. Tekrar dürttü:

"Kardaşlık laan! Beri bak hele..." Yusuf derinden inledi.

"Beri bak hele Yusuf, kardaşlık, kardaşlık, beri bak!"

Ürküntü içinde uyandı Yusuf:

"Hııı?"

"Beri bak hele!"

"Ne diyorsun?"

"Kalk da birer cigara içelim..."

Yusuf uykulu uykulu kalkıp oturdu:

"Ne diyorsun?"

"Birer cigara içelim, sana anlatacaklarım var!"

Yusuf kocaman ağzıyla Ali'ye karşı esnedi, yaşaran gözlerini avuçlarının içiyle sildi. Pehlivan Ali, "Beyaz lengerli var ya," dedi, "beyaz lengerli?"

Bu arada sigara paketini de uzatmıştı. Yusuf bir sigara alırken:

"Taşeron mu?"

"Taşeron."

"Ne olmuş?"

Kibriti çaktı:

"Yak hele yak da dinle bak!"

Gülüverdi. Yusuf hâlâ yarı uykulu, esnemek geliyordu içinden. Sigarasını yaktı. Ali kendininkini de yaktıktan sonra çöpü söndürüp fırlattı.

"Aşkolsun herife lan!"

Yusuf hiçbir şey anlamadan, "Niye?" dedi.

Sesini kısıp gördüklerini hızlı hızlı anlattı. Yusuf birden uykuyu filan unutup dikkat kesildi:

"Deme lan!"

"Dinin hakkı için. Aboo..."

"Demek şoför şurda yattı kaldı?"

"Kaldı şerefsizim."

"Sonra?"

"Sonra i..e bekçi geldi, kovdu beni. Lakin şoförün avradı..."

Yusuf huylanarak kasığını sert sert kaşıdı.

11

Toprak kazma işinden sonra temel betonları döküldü, daha sonra da duvar işine başlandı.

Pehlivan Ali gene kireç söndürmedeydi. Bu arada Ömer Zorlu'yla da ahbaplığı iyice ilerletmiş, dost olmuştu. Hatta Ömer Zorlu, üç, beş derken Ali'ye epeyce de borçlanmıştı. Yemeği birlikte yiyorlardı. Fatma şantiye kantininden Pehlivan

138

Ali'nin hesabına yeyinti alıyor, yemeği pişiriyor, Ömer Zorlu da kazandığı parayla kumar oynuyordu.

Bir gün, beş gün, on beş gün... İçi içini yiyen Yusuf dayanamadı, Pehlivan'ı kıyıya çekti: "Ali," dedi, "kardaş. Etme, eyleme. Gurbete beraber düştük. Anca beraber, kanca beraber. Sen işi iyice azıttın. Bu avrat seni cin çarpar gibi çarptı. Avrat dediğin bir esvaplı şeytan. Emmim ne derdi unuttun mu? Şehir yerinde siz siz olun avrat kısmına kulak asmayın demez miydi? Yarın köye varacağız Allah'ın izniyle. Kara gün kararıp gitmez. Koynumuzda üçümüz, beşimiz bulunsun. Sen sözlüsün de Ali. Gözünün yağını yerim senin, vazgeç bu o.....dan..." Ali'nin kulak astığı yoktu. Yusuf'tan da kaçıyordu. Ona nerde rastlasa savuşuyor ya da görmezlikten geliyordu. Geceleri pek de uyku tutmadığından, gözler tavana dikili, tavanda Fatma'nın hayali...

Yusuf ne zaman uyandıysa Ali'yi ya gözleri tavana dikili buluyordu ya da yeri bomboş. Sabaha karşı geliyor, sigara üstüne sigara içerek, karanlıkta uzun uzun, sessiz sessiz oturuyor, çok az uyuyordu.

Yusuf baktı ki Ali'den hayır yok, "Kendi düşen ağlamaz!" dedi "Ne hâlin varsa gör. Gücüm yetmez ki kulağından tutup kenara çekivereyim..."

Yatağını Ali'nin yatağı yanından kaldırdı, duvar ustası Laz Kılıç'ın oraya serdi.

Kırk beşlik Kılıç Usta, sağlam yapılı, kırpık bıyıklı, Tonyalı biri, beş çocuk babasıydı. Her yıl elinde tahta bavulu, bavulunun içinde malası, su terazisi, şakulü, gurbete düşer, yurdun neresinde iş bulursa gider, aylar ve aylarca o işten öteki işe dolaşır, sonra koynunda çocuklarının rızkı, köyüne döner, pek pek bir, bir buçuk ay, sonra tekrar düşerdi gurbete.

Sertti. Öyle her önüne gelenle şakalaşmazdı ama, gözü açık delikanlılara da sanatı öğretmekte kıskanç değildi. Ona harç taşıyan nice delikanlıya zanaatı belletmiş, ellerine mala vermişti.

Sık sık, "Ya olmalı insan," derdi, "vermeli canını insan için, yahut etmemeli kalabalık dünyamızda!"

İflahsızın Yusuf, Kılıç Usta'nın bir dediğini iki etmiyordu. Harç taşıyor, sırtında semer tuğla çekiyor, şakul tutuyor, ustanın yemeğini pişiriyor, bulaşıklarını yıkıyordu. Hatta birinde Kılıç Usta'nın apteshane ibriğini doldurup koşturacaktı ki, usta önlemiş, "Olmaz!" demişti.

"Ne olur be ustacığım! Ustamsın, büyüğümsün, atamsın..."

"Olmaz dedim!"

İşi apteshane ibriğine kadar vardırmasına karşılık, Yusuf'tan memnundu. Zanaatı yavaş yavaş belletmeye başladı. Bugün harç taşıma, yarın şakul tutma, öbür gün usta namaz kılarken acemice duvar örmeye çalışma falan derken, gün geldi, Yusuf eline malayı aldı. Eli de işe pek yatkındı hani.

Hazdan coşan Kılıç Usta bir gün, "Ulan köpek," dedi. "Oldun usta he?"

İçi içine sığmayan Yusuf gözlerini yere indirerek, "Allah'ın sayesinde..." diye mırıldandı.

Kılıç Usta kızdı:

"Değil Allah'ın sayesi. Açtın gözünü, oldun usta!"

O akşam Yusuf sevinçten uça uça barakaya geldiğinde, Pehlivan Ali'yi yorganını dürer buldu:

"Nereye laan?"

Pehlivan Ali yakalanmışların öfkesiyle kıpkırmızı, omuz silkti. Yusuf dayattı:

"Öyle mi? Nereye?"

"Hiç," dedi Ali.

"Nasıl hiç? Nereye gidiyorsun?"

"Gidiyorum işte."

"İyi amma nereye?"

Attı:

"Oda buldum!"

Yusuf inanmadı:

"Yalansın."

"Vallaha."

Yusuf'un kafasında birden şimşek çaktı:

"Yoksa Ömerlerde mi eyleşeceksin?"

Pehlivan Ali sıkıntıyla gözlerini pencereye çevirdi. Kâr etmeyeceğini bildiği hâlde Yusuf, yine de, "Ali," dedi, "kardaş. Gel beni dinle. Onlar adamı yek ekmeğe muhtaç ederler. Adamı yerler yerler de..."

Pehlivan Ali'nin gözleri pencerede dinliyor, tek karşılık vermiyordu. Neden sonra dürülü yorganıyla beyaz torbasını aldı, kapıda dikilmekte olan Yusuf'u göğsüyle itip çıktı gitti.

Yusuf ardından bakıyordu, dalmıştı. Gidiyordu cahil oğlan. Kendi düşen ağlamazdı, emmisi böyle derdi amma, gene de acıyordu. Ağlayacaktı nerdeyse.

Kılıç Usta dikkat ederek sordu:

"Ne dikiliyorsun Yusuf?"

Yusuf derin bir iç geçirdi. Sonra kahırlı kahırlı, "Hiç usta," dedi. "Şu bizim akılsız oğlan..."

"Ali mi?"

"Ali."

"Ne diye vurmuştu yorgani omuzuna? Ayrıldı mı işten?"

"Ayrılmadı, ayrılmadı ya..."

"E?"

"Ömer Zorlulara gitti bellersem. Orada eyleşecekmiş..."

Kılıç Usta güldü. Gergin derili yüzünden ter sızıyordu. Yusuf'a bakmadan mırıldandı:

Martinim omuzumda
Yali giderim yali
Sorarsa beni vali
Tonyali'yim Tonyali

Gözlerini Yusuf'a kaldırdı:

141

"Dolaşirim yirmi beş yıldır gurbette," dedi. "Lakin çözmedim bir kerre bile uçkur harama!"

Yusuf başını salladı:

"Doğru usta. Benim bir emmim vardı, adamın tekesiydi hani senden iyi olmasın, bu bizim Ali bilir, derdi ki, gurbete düştünüz mü siz siz olun, avrada neye kapılmayın derdi. Avrat dediğiniz bir esvaplı şeytan derdi!"

"Amcan mı derdi?"

"Amcam. Öldü gitti fukara, lakin bir avradı vardı. Dudu Abla derdik, bu Ali mali iyisini bilirler..."

"Ne oldu karıya?"

"O da avradın tekesiydi, Osmanlı!"

"Hadi ulan, olur mu tekesi avradın?"

"Hani sözün gelişi ustam. Uçkuruna pek sahaptı. Emmimin yollarını gözlerdi ki, Allah seni inandırsın usta, evine erkek horoz bile sokmazdı!"

"Olur mu horozun dişisi?"

Yusuf anladı, güldü:

"Olur, olmaz. Bilmiyor musun ustam? Sen benden daha iyisini bilirsin!"

"Kadın genç mi, koca mı?"

"Genç daha. Lakin haza Osmanlı. Avrat dediğin öyle olacak. Uçkuruna sıkı!"

Usta esnedi:

"Yap bir pilav da yiyelim..."

Yusuf, ne de olsa arkadaşından ayrılmanın hüznü içinde, Kılıç Usta'nın isten kararmış küçük tenceresini sandıktan aldı. Torbadan bulgur çıkardı, tencereye su koydu. Üç iri taştan ibaret ocağa talaş parçaları doldurdu, çaldı kibriti. Alacakaranlıkta kuvvetli bir alev yükseldi. Yusuf tencereyi bu isli aleve oturttu. Aklında Ali, hep Ali... Kalktı, barakaya girdi.

Kılıç Usta yatağına sırtüstü uzanmıştı.

"Yağ var mı usta?"

"Yok."

"Ne yapacağız?"

"Al bakkaldan."

"Zeytinyağ mı?"

"Al sadeyağ."

Yusuf, Kılıç Usta'nın kirli yağ bardağını aldı, şantiye bakkalının yolunu tuttu. Aklında Ali, daha çok Fatma, Ömer'in Fatması. Ne avrattı ya!

Bir kıskançlık geçti içinden.

Şantiye kantini, tuğla yığınlarının bir köşesinde, paslı saçlarla örtülü, daracık bir dükkândı. Sahibi kısa boylu, şişman, hilekâr bir Arap uşağı, herkesin nabzına göre şerbet vermesini bilirdi.

Uğultulu bir kalabalık vardı kantinde. Beyaz mantar şapkalı taşeronla, amele çavuşu da oradaydılar. Uzun bir tahta sıraya oturmuş, sigara içiyorlardı.

Kaba küfürler, ardından da kahkahalar yükseliyordu arada. Kantinin sakat bacaklı mangalında marsık tütüyor, gözleri yakıyordu. Tavanda sallanan ufacık gemici feneri marsık ve sigara dumanlarıyla yoğunlaşmış kantini zorla aydınlatıyor, harç bulaşıklarıyla ağarmış başlar, sırtlar fenerin sarı ışığında kımıldıyordu.

Pehlivan Ali'yle Ömer Zorlu yarım kilo "İrişkin" denilen et sucuğuyla sekiz yumurta alıp gittiler.

Beton amelesi Laz Ali, "Allah de yavrum," dedi, "Allah de ki açılsın pahtun."

Bir başkası biraz da hınçla ekledi:

"Veli de çok beslediydi o yavruyu..."

Taşeron homurdandı:

"S... ağzına, kovacağum, atacağum işten!"

Amele çavuşu bıyık altından gülerek, kantin kapısında dikilmekte olan iki beton amelesinin yanına gitti:

"Beş lira verir, yedi buçuk alırım!" dedi.

Ameleler dünden razıydılar:

"Canın sağ olsun çavuş ağa, teklif mi var?"

"Eversen sözünden çıkmayız..."

"Bilmem, peşin söyleyim de..."

"Kolay çavuşum kolay. Sen yeter ki elden gel mangırları. Para günü ödeşiriz..."

"Başka oyuncu var mı?"

"Çavuşuma hele. Oyuncudan çok ne var?"

"Kim kim?"

"Kim yok ki? Laz Ali var, Zaza var, Ömer Zorlu var..."

Berideyse kantinin hileli terazisi boyuna işlemekteydi:

"Hamid Ağa, yüz gram şeker!"

"Elli kuruşluk zeytin Hamid Ağa!"

"Helva on beş mi, yirmi mi?"

"On beş Hamid Ağam, on beş..."

"Lan Bolulu, kaşarı kaç kuruşluk aldıydın?"

"..."

"..."

Marsık kokulu duman, ayak kokusu, ter.

İflahsızın Yusuf on iki buçukluk margarini sadeyağ niyetine alıp ocağa geldi. Pilav suyu kaynamaktaydı. Ocaksa körleşmişti. Bir tutam talaş attı, üfledi. Kuru talaş harıltıyla alev aldı. Ocakta ellerini ısıtırken aklında Ali. Avrat zorlu olmaya zorluydu ya, gitmese iyiydi yine de.

Yukarı baktı. Ay yoktu.

Laz Ali, arasında tahin helvası bulunan yarım somununu kuvvetli dişleriyle ısırarak, Yusuf'un yanında durdu:

"Üşüyorum," dedi. "Donuyorum..."

Yusuf'un yanına çömeldi. Ocağın alevi ikisinin de yüzlerine vurmuştu. Laz Ali, "Gitti mi?" diye sordu.

Yusuf içini çekti:

"Gitti."

"Nereye?"

"Ömer'in oraya."

Laz Ali göz kırptı:

"Yaktı desene abayı Fatma'ya."

"Yaktı yakmaya amma..."

144

"Ne amması?"

"Yakmasa iyiydi."

"Evli mi ergen mi bu akılsız?"

"Ergen. Ergen dediysem hani sözlü."

"Sen evli misin?"

"Ben mi? Evliyim."

"Var mı çoluk çocuk?"

"Var."

"Var mı tarlan, sığırın? Ne iş tutarsın?"

"Tarlamız marlamız yok bizim. Şunun bunun yanında çalışırız. Harmana marmana gideriz, çift mift süreriz... N'olacak, köy yeri işte..."

"Desene yaktı abayı bu akılsız?"

Yusuf efkârlanmıştı, içini çekti:

"Valla ne bileyim kardaş? Emmim derdi ki, şehir yerine vardınız mı siz siz olun, şehirlinin ayartmasına kanmayın derdi, şehir uşağı cin derdi bir cin. Doğru. Köyden güya o sözle çıktık. Anca beraber, kanca beraber. Biz esas üç arkadaştık. Üçümüz de bir köylüyüz. Çukurova'ya beraber indik. Hani üçümüz de kardaştan ileriydik. Şurda bir fabrika var, bizim hemşerilerin fabrikası. Bizim köyden değil ya, bizim sancaktan olur sahibi. Fabrikasının çırçırlarında çalışıyorduk, barındırmadılar bizi gözleri çıksın. Güya hemşerimiz. Hemşeri memşeri fosmuş meğer. Herif tomafiline kasılıp gidiyor. Bilmeyen vali beller. Hemşeri umurunda mı? Onu diyecektim, bir de arkadaşımız vardı, adı Köse Hasan. O, ben, bir de bu Ali. Üçümüz beraber gider gelirdik işe, bekâr ahırında da yatar kalkardık. Köse Hasan dedim de aklıma geldi... Dün değil önceki gün, hani hava yağmurluydu, çalışmadıydık ya?"

Laz Ali başını salladı.

"... O gün işte. Bekâr ahırına vardım, baktım, kapı kilitli, hem de mühürlü. Sordum, soruşturdum. Hükümet mühürlemiş. Bir topal vardı, Topal Ağa. Faizci, düzenbaz... Onu boğmuşlar yatağında meğer!"

Laz Ali başını salladı:

"Tanırım Topal'ı... Kim boğmuş?"

"Orasını Allah bilir gayri. Faizci misin, düzenbaz mısın? Boğarlar. Nefsi kardaşın bile olsa boğar. Faizcilik, düzenbazlık gibi kötü var mı?"

"Parası çok muydu?"

"Allah bilir."

"Hem diyorsun faizci, hem diyorsun Allah bilir..."

İflahsızın Yusuf kıs kıs güldü:

"Parayla imanın kimde olduğunu Allah'tan başka kim bilebilir?"

"Orası öyle," dedi Laz Ali.

"Bizim Köse'yi de bildin mi?"

"Onu bilemedim."

"Lakin Topal Ağa... Hey gidi dünya hey! Dünya kalsa Sultan Süleyman'a kalırdı!"

Laz Ali'nin aklında kumar, sıkıntıyla kalktı:

"O Süleyman kuş dilini bilirdi," dedi. "Her Süleyman kuş dilinden ne anlar?"

Avucu içinde bir sigara yaktı. Kantinden yana gitmeden önce, sır verircesine, önemle sıkıladı:

"Söyle Ali'ye, toplasın aklını başına. Fındıkçıdır o kari. Yer yer, koklatmaz!"

Yusuf ardından uzun uzun baktı. Laz Ali kantin kapısından girip çoktan silinmişti oysa. Silinmişti ama, Laz Ali'yi düşündüğü yoktu ki onun. Avrat zorluydu, Ali güçlü. Fındıkçı mındıkçı, şimdi aynı odada oturuyorlardı ya!

İçini dertli dertli çekti, aklından Fatma'nın kara gözleri, yuvarlak kalçaları, uzun boyu, cilvesi geçti.

Pilav neden sonra aklına gelerek baktı. Pişmişti. Baraka kapısından içeri biri giriyordu. Yusuf da döndü. Kılıç Usta uzandığı yerde sırtüstü, tavana bakıyordu hâlâ.

"Usta!"

"Hı?"

"Pilav pişti, getireyim mi?"

Kılıç Usta çevik bir davranışla yatağında oturuverdi:

"Bir de sorar mısın Yusuf?"

12

Ömer Zorluların odası, elci Kürt Cemşir'in göz göz kiraya verdiği, üstü saz örtülü, kerpiç denilen toprak tuğlalarla örülmüş dört evcikten en baştakiydi. Tabanında yer yer delinmiş, rengini atmış eski bir Kırşehir kilimi seriliydi. Bir sedir, şuraya buraya atılı minderler, bir kıyıda Fatma'nın yeşil boyalı tahta sandığı, duvarlarda Fatma'nın entarileri, çiviye bacağından asılıp kalmış kara donu...

Ömer Zorlu, Pehlivan Ali'den yine iki buçuk lira borç alırken, Fatma, örmekte olduğu yün çoraptan başını kaldırdı:

"Nereye ayaklandın?"

Ömer Zorlu aldırış etmedi.

Kadın hırçınlaştı:

"Her gece, her gece bu bok yenmez!"

Ömer Zorlu karısına şaşı gözlerle baktı:

"Ağzına iti sıçırtırım ha!"

"Heye, sıçırtın. Kumar kumar... Ne bu?"

Ömer, Pehlivan Ali'den aldığı iki buçukluğu sallayarak karıya sokuldu:

"Şans işi bu deli, sınayacağız. Belki Arabımız güler bu akşam!"

Kadın alışkındı, bakmadı bile. Örgüsünü sinirli sinirli örüyordu. İnce kara kaşları öfkeyle çatılmış, memeleri basma entarisinin göğsünü sertçe germişti.

Ömer Zorlu yavaşça çıkıp kapıyı çektikten sonra, Pehlivan Ali geçti sedire yanüstü uzandı. Gözleri Fatma'daydı. Fatma'ysa başını eğmiş, örgüsünü hızlı hızlı örüyordu.

Bir ara bitişikten ev sahibi Kürt Cemşir'in kalın sesi duyuldu. Kürtçe bağırıp çağırıyor, kaba kaba sövüyordu. Kürtçe derken, birden Türkçe çok ayıp bir küfür kaçırması Fatma'yı Ali'ye baktırıp güldürdü. Ali sordu:

"Gittiği daha iyi değil mi?"

Fatma hemen ciddileşerek başını işine yeniden eğdi. Ali elini Fatma'nın dizine uzattı:

"Senin gül hatırın olmasa ben ona para mı verirdim?"

Fatma bakmadan mırıldandı:

"Bilmiyor muyum?"

"Biliyorsun da gittiğine ne diye huylanıyorsun?"

Fatma omuz silkti. Ali, "Amele çavuşu da huylanıyor," dedi. "Bir huylanıyor ki..."

"Niye?"

"Ben burda kalıyorum diye..."

"Bana da huylanıyor."

"Beni burda alıkoyuyorsunuz diye mi?"

"Onun için."

Ali içini çekti:

"Hani hiç çekileceği kalmadı herifin ya, ne fayda..."

"Amaan sen de. Eli kulağında. Yarın Cemşir Ağama derim, seni kazmaya götürür, kazmanın ardından da patoz geliyor..."

Birden kızdı:

"O orospu Hayriye'nin oraya da gitmeyeceğim bir daha!"

Pehlivan Ali nedenini sormadı.

"Bana taşerondan ötürü laf vuruyor. Ben eşşek değilim. Benim yaşım küçük ama, aklım büyük. Ben bir insanın şöyle bir bakışından anlarım..."

Tekrar örmesine koyuldu.

Pehlivan Ali sımsıkı göğsüne bakıyordu kadının.

"... Taşeron sana sırt mırt alır diyor. Sürtük. Kendi gibi belliyor herkesi!"

Pehlivan o gece kapının çatlağından gözetlediklerini hatırlayarak ürperdi. Kasığını sert sert kaşıdı.

"... Eri olacak boynuzlu da bana beraber kaçalım diyor!"

Ali'nin içi hop etti:

"Ne diyor ne diyor?"

"Bana var, beraber kaçalım diyor. Aç it. Kendi karnını doyurdu da..."

"Demek kaçalım diyor? Şoför mü?"

"Şoför. Sana hükümet nikâhı kıydırırım diyor. Ömer, hoca nikâhıyla tutuyor, çocuğunuz olursa piç düşer diyor. Dümbük dedim, sen nikâhı orospu avradına kıydır dedim yürüdüm!"

Pehlivan Ali'nin gözleri parladı:

"Demek Ömer'le hükümet nikâhınız yok?"

"Yok. Milletimin içinden aldığıyla kaçırdı beni, sonra kıydırırız dediydi. Benim milletim gibi var mı?"

Ali gözlerini kadının yüklü göğsünden hiç ayırmıyordu. Bir ara sesli sesli esneyince, kadın yavaşça baktı:

"Uykun mu geldi ne?"

"Uykum geldi. Bir yoruluyorum ki... Her yanım ağrıyor dinime imanıma..."

"Yatacak mısın?"

"Vallaha bilmem ki?"

Kadın örgüsünü bıraktı. Esnedi, gerindi. Sımsıkı memeleri entarisinin göğsünü, patlayacak gibi gerdi. Sonra kalktı. Yatağı sermeden önce, sedire yaklaştı. Ali'nin tam önünde durdu:

"Ali bee..."

"Hı?" dedi Ali.

"İki buçuk liran var mıydı?"

"Ne yapacaksın?"

"Lazım."

Ufacık elini Ali'nin sağlam omuzuna koydu:

"Var mı?"

149

Olmasa da yaratırdı. Gözleri yanıyor, yüreği deli deli atıyordu. Titreyen sesiyle, "Var," dedi.

Koynundan cüzdanını çıkardı tam açacaktı, kadın cüzdanı elinden kaptı, oda kapısının oraya kaçtı. Fıkır fıkır gülüyordu. Ali hiç telaşlanmadan oturuyor, atan yüreğiyle sakin bakıyordu gülümseyerek.

Kadın cüzdanı açtı:

"Bakim kaç liran var..."

Paraları çıkardı, saymaya başladı:

"İki buçuk, beeş, oon, on iki buçuk... Başka paran yok mu laan?"

"Yok."

"Dün değil öte gün aldıydınız. Ne yaptın?"

"Kantine verdim, Ömer'e verdim..."

Kadın paraları cüzdana sokup getirdi verdi:

"Al cüzdanını. Bak, paranı maranı ellemedim!"

Ali cüzdanı aldı, bir beş liralık çıkarıp kadına uzattı:

"Al!"

Kadın zaten bekliyordu, aldı:

"Hepsi benim mi?"

"Senin."

Kadın parayı çabucak katlayıp koynuna, memelerinin oluğuna soktu. Yatağı sermeye başladı. Ali'nin yattığı yer kapının arkasındaydı. Ömer Zorlu'yla Fatma da sedirin önünde yatıyorlardı.

Yatağı sererken eğilip kalktıkça yuvarlak kalçaları entarisini geriyor, dağınık kara saçları omuzlarından sarkıyordu.

Pehlivan Ali artık dayanamadı. Killi kocaman eli uzandı, lambayı yavaşça kıstı.

Kadın işi anlayarak:

"Ne o?" dedi.

Ali gülüverdi sinirli sinirli.

"Delirdin mi ne?"

"..."

150

"İlk akşamdan, tööövbe..."

Geldi, lambayı açtı.

Pehlivan Ali öfkelendi:

"Niye?"

"Ömer geliverir. Hem duymuyor musun Cemşir Ağamı?"

Pehlivan Ali kocaman, uysal ama öfkeli bir çocuk hâliyle sedirden kalktı, sırtını değişti. Bilekten ipli, uzun paçalı beyaz donuyla ayakta dikildi. Sonra kıllı göğsünü hart hart kaşıdı, döndü kadına baktı... Kadın kendi yataklarını seriyordu. Eğilip kalktıkça... Pehlivan Ali'nin uykusu kaçmıştı. Yatmak gelmiyordu içinden. Bir ara, "Fatma be," dedi.

Kadın yatağa diz çökmüştü. Döndü:

"Ne var?"

Pehlivan Ali esnedi, yaşaran gözlerini nasırlı avuçlarıyla sildi:

"Fatma!"

"Ne var bee?"

Yatağa yeniden diz çöktü, saçları omuzlarından önüne sarktı. Ali'nin verecek karşılığı yoktu.

Kadın gene döndü, baktı. Ali de bakıyordu. Göz göze geldiler.

"Fatma Fatma," dedi.

"Adımı mı belleyeceksin?"

"Adını belleyeceğim."

"Adımı belleyecekmiş..."

İşine koyuldu.

Ali hâlâ yiyecek gibi bakıyordu. Kadın eğilip kalktıkça... Lakin ne avrattı be!

Tam usul usul yaklaşırken, oda kapısı vuruldu. Ali telaşla yatağına girdi, yorganı tepesine çekti.

Fatma biraz geç, gitti, kapıyı açtı.

Şoförün karısıydı. Odaya çekinerek girdi. Kapıda durdu. Pehlivan Ali'nin yatağına baktı, göz kırptı.

Fatma omuz silkti.

Kadın, "Haydi," diye fısıldadı.

151

"Ne var?"

"Gideceğiz ya!"

"Nereye?"

Kadın tekrar göz kırptı:

"Necibe'nin nişanına!"

Ömer'in karısı, Pehlivan Ali'nin yatağına baktı. Şoförün karısı huysuzlandı:

"Haydi bee!"

"Ömer geliverirse ya?"

Şoförün karısı yine fısıldadı:

"Kâtipten beş lira avans uydurdu taşeron, amele çavuşu da kumara oturttu..."

Ömer'in karısı uykulu uykulu gerindi. Şoförünki elinin tersiyle Fatma'nın yüklü göğsüne vurdu.

"Haydi beee!"

"Ne kız?"

"Gidelim haydi."

Ömer'in karısı birden ciddileşerek Pehlivan Ali'nin yatağına sokuldu.

"Sen yat e mi?"

Pehlivan Ali çarpan yüreğiyle homurdandı, bir yandan bir yana döndü hırsla. "Sen yat e mi"ymiş. Yatmayacaktı işte, yatmayacaktı, yatmayacak! Ne diye yatacakmış? Yatası yoktu...

Dışarda sarhoş naraları, kahkahalar:

"Atalım atalım!"

"Nereye?"

"Herkesi sevdiğinin kucağına!"

Hep birden:

"Eheeeeeeyyyyyyyy!!!"

Fatma korkuyla şoförünkinin yanına geldi, sığındı. Şoförünki koluyla sardı:

"Fellahlar,"dedi.

"Biliyorum."

"Şıh Mus, Kebapçı Selim, Dahrik mahrik..."

Sarhoşlar tam da pencerenin önünde durmuşlardı. Çoktandır işitiyorlardı Fatma'yı. "Şu, Ömer'in avradı. Avrat yolluymuş. Tabii yahu... Herkese şapur şupur da bize yarabbi şükür mü?"

Kara şalvarının paçası yukarılara çemirlenmiş Şıh Mus, yani Şeyh Musa, coşarak, Fatma'nın oda penceresinin tahta kapağına dışardan yumruk attı, sonra da sarhoş, cıvık, kusmuklu bir nara: "Ooooooooof Allah!"

Bir başkası karmakarışık bir Arapçayla, "Yardeyke aleyk!" gibi bir şeyler homurdandı. Daha başkası da sertçe kısa bir "Ooof!" çekti. Fatma sövdü.

Sıkı sıkıya çekili tahta kapaklar yine, daha hızlı yumruklandı. Fatma kendini kaybederek, korkuyla bağırdı: "Cemşir Ağa be!"

Kahkahalar arasında biri, "Cemşir Ağası," dedi. "Gel yavruyu kurtar!"

Fatma:

"Dert!"

"Karnına!" dedi dışardaki.

"Sizi Ömer'e dersem!"

Yakınlarda mahalle bekçisinin düdüğü ötünce, pencere önündekilerin ayak sesleri uzaklaştı.

Ömer'in karısı titriyordu. Gözleri büyük büyük açılmıştı: "Pis," dedi. "Ne var bende bilmem, uğruma çıkar iki de bir... Ömer'e bir desem, tozunu atar onun!"

Pehlivan Ali iri gövdesiyle yatakta oturuverdi. Ömer'in karısı söylediğine pişman, yanına gitti:

"Yat Ali," dedi. "Yat sen. Yat babam, tövbee..." Ali öfkeden soluyordu. Yatağının yanında kaba çuha pantolonunu aldı, cebinden parlak demirli sustalısını çıkardı. Fatma'nın aklı giderek aldı elinden sustalıyı:

"Deli mi oldun Ali?"

Ali, "Ver," dedi, "ver kız!"

"İt ürür kervan yürür Ali, yat sen. Onlar elli olsa... Tövbe. Senin neyine gerek? Ben onları Ömer'e derim, yat sen, yat babam, yat haydi!"

Ali'yi yatağına sırtüstü yıktı. Sonra kalktı, sustalıyı götürdü, yeşil boyalı tahta sandığındaki bohçaların en dibine sakladı.

Pehlivan yorganı tepesine çekmişti bile.

Ömer'in karısı sinirli sinirli, "Biz gidiyoruz," dedi.

Ali'de hiçbir kımıltı olmadı. Kadın az bekledi, sonra yine, "Öyle mi lan, gidiyoruz biz!" Ali yorganın altında omuz silkti. İki kadın kapıyı çekip çıktılar.

Güçlü rüzgâr saz örtülü kerpiç evlerin çatılarında ıslık çalıyor, parçalanmış kirli bulutların ardında ay yanıp söndükçe çevre yaş yaş parlıyordu.

İki kadın birbirine sokularak, yapının bulunduğu yana hızlı hızlı yürüdüler.

Gecenin içinde yarım duvarları, çatılarıyla yapı yükseliyordu. Elektriklerin sarı ışıkları rüzgârda titriyor, rüzgâr coşkun bir sevinçle gecenin içinde alabildiğine koşuyordu.

Saçları uçuşarak, yapının sınırından girdiler.

Şoförün karısı öne geçti. Barakanın koyu karanlığında iri bir gölge sabırsızlıkla beklemekteydi. Yanına gittiler. Adamın sigarası kırmızı kırmızı yanıp sönüyordu.

Şoförün karısı Fatma'nın elini tuttu:

"O," dedi usulca.

Ömer'in karısı da anlamıştı.

Yanına iyice sokulunca beyaz mantar şapkasını seçtiler. Tam yanına gelince şoförünki, "Al," diye elinden itti Fatma'yı.

Beyaz mantar şapkalı sigarayı attı:

"Nerde kaldınız?"

"Cehennemin dibinde," dedi şoförünki. Onları yalnız bırakıp evin arkasına dolandı. Beyaz mantar şapkalı titreyerek elini tuttu Fatma'nın. Kadın direndi:

"Ömer..."

154

Adam hırsla, büyük bir isteğin verdiği hırsla, sertçe çekti: "Başlarım Ömerinden..."

Kadın inatçı keçi, direnmek istedi, yeni bir çekiliş, direnmesi filan kâr etmedi.

Şoförün barakasından içerinin karanlığına girdiler, kapı yavaşça kapandı.

Pehlivan Ali sustalıyı bulmuştu yeşil boyalı sandığın dibinde. Kadın bir şey saklamak istedi mi oraya saklardı. Parlak demirli sustalısının da oraya saklandığını yüzde yüz bilmiş, bulmuş, almıştı. Şoförün karısı nişana mı götürmüştü gerçekten?

Dışarı çıktı. Sert rüzgâr ablak yüzünde parçalandı.

Uzaklarda bir köpek uluyordu.

Yere tükürdü, sonra karşı yapıya hızla gitti, durdu. Çevresine, çevresindeki elektrik ışıklarıyla sarı sarı aydınlanmış karanlıklara baktı baktı, yere yeniden tükürdü.

Rüzgâr fırtına hâline gelmekteydi.

Pehlivan Ali parlak demirli sustalısını katlayıp pantolonunun cebine soktu. Belki de gerçekten gitmişlerdi nişana. Avuçlarına hohladı. Nişana gitmeseler...

Yoksa şoförün barakasında mıydılar?

Barakaya uzun uzun baktı.

Neden olmasınlar? Beyaz mantar şapkalı taşeron ardında dolanıp duruyordu. Aklına yattı. Sustalısını yeniden çıkardı cebinden, açtı, şoförün barakasına doğru birkaç adım attı, durdu, çevreyi dinledi. Yapının bekçisi ortalarda mıydı acaba?

Şoförün barakasında ışık yoktu. İçerde olsalar lamba yakarlardı. Karanlıkta oturacak değillerdi ya!

Uzun uzun baktı barakaya. En küçük bir kımıltı yoktu. Geri döndü, yattığı evin yolunu tuttu. Ev içine sinmedi.

Bakındı çevreye... Fatma'nın yeşil boyalı tahta sandığı. Demin sustalısını alırken gördüğü, tutup kaldırdığı bohçalar... İçi bir hoş oldu. Fatma'nın çamaşırları vardı içlerinde, donu monu. Donu! Güldü hafiften. İçi geçti, yüreği çarpmaya başladı. Donu!

Kısacık mıydı? Sandığa gitti, diz çöktü önünde. Hafifçe kısılı gaz lambasının sarı ışığında diz çökmüş iri bir ayıyı hatırlatıyordu. Kapağını açtı sandığın. Bohçalar... Mor çiçekler işli bohçayı çıkardı açtı, Fatma'nın çamaşırları... Mavi pazen entarisi, paçaları dörder parmak dantelli beyaz donu, söküğü mor iplikle dikilivermiş fanilası, dantelsiz, kısacık donu... Don, donu, Fatma'nın donuydu elindeki! Evirdi, çevirdi. Elleri titriyordu. Fatma'nın donu, don, donu Fatma'nın, donu. Yüzüne gözüne sürdü, kokladı. Hafifçe sabun kokuyordu sadece. Ama o başka kokular almıştı, yummuştu gözlerini. Donuydu Fatma'nın, Fatma'nın donu!

İçini çekti.

Dışarda ayak sesleri. Sakın Ömer olmasın?

Fatma'nın donunu filan bohçaya çabucak koyup sandığa kaldırdı. Örttü kapağını. Örtülü kapağın üzerine oturdu. İri başını etli kocaman avuçları arasına aldı.

Ömer'in karısı örselenmiş, yorgun döndüğü zaman Ali'yi hep böyle oturur buldu. Şaştı:

"Yatmadın mı daha lan?"

Ali memnun, ama dargın dargın, "Cık," yaptı.

"Ne diye?"

"Ne diyeyse ne diye. Nerden geliyorsun?"

"Ben mi?"

Dudağının acıyan diş yarasını eliyle bastırdı. Ali, "Sen," dedi. Kadın omuz silkti. Ayı gibiydi herif be. Hayvan gibi. Ömer hiç öyle değildi, Bakkal Hamid Ağa, amele çavuşu bile. Bir beterdi taşeron!

Ali sandıktan kalktı, dalgın dalgın, daha çok da suçlu suçlu dikilip duran kadının yanına gitti:

"Hı?"

"Ne?"

"Nerdeydin?"

Kadın birden sinirlendi:

156

"Amaaan..."

"Niye?"

"Nerdeydin nerdeydin. Nişandaydık, nerdeydini var mı?"

Ali baktı baktı baktı, inanmadı. Neden sonra, "Yalansın," dedi.

Kadın büsbütün sinirlendi, tuttu kendini gene de:

"Vallaha nişandaydık."

Yatağın kıyısına oturdu.

"Mileci Kürt var ya, Resul Emmi?"

"E?"

"Kızını Necib'e sattıydı, şerbeti içildi."

"Vebalim, günahım boynuna mı?"

"Vebalin, günahın boynunda kalsın," dedi kadın. Vebalim günahım boynuna mıymış. Deli soyka. Bana ne senin vebalin günahından?"

Lakin şu taşeron... Parası batsındı. Ayı. Kasıkları ağrıyordu tekmil. Soluğunun kokusu ya! İt ölüsü gibi, leş gibi.

İyi para veriyordu evet ama, parası batsındı. İçi bulanıyordu hâlâ soluğundan.

Pehlivan Ali gözlerini ayırmıyordu kadından.

"Şu lambayı az daha kıs," dedi. Kadın omuz silkti:

"Kendin kıs!"

Yatağa sırtüstü uzandı.

Pehlivan Ali çarpan yüreğiyle gitti, lambayı kısıp geldi kadının yanına. Fatma, Fatma'ydı yatan. Donu, beyaz donu vardı Fatma'nın. Atıldı üzerine. Kadın eliyle karnını korumak istedi. Ali abandı, koluna yatırdı.

"Doğru dur," dedi kadın. Etli kocaman el doğru durmadı. Donu, donu kısacıktı, beyazdı.

Kadın bacaklarını dikti:

"Doğru dur beee..."

"..."

"Ulan doğru dur domuz, doğru dur işte!"

"..."

"Ömer geliverir, vallaha Ömer geliverir. Ulan Ömer geliverir diyorum deyyusun oğlu, dur işte!"

Adamı üstünden hırsla itti. Adam yatağa devrilip yeniden, daha büyük bir hamleyle atladı kadının üstüne. Vahşi bir kurt, kocaman bir ayı, bir fil, bir kaplandı artık. Avını hiç ama hiç kimse elinden alamazdı. Zaten kimsenin aldığı da yoktu alacağı da. Kadın az öncekinden yorgundu ama, bunun soluğu kokmuyordu. Hoş bir ağırlığı vardı, sonra öteki gibi yırtıcı hayvanlığı da yoktu.

Kısılı lambanın sarı ışığı kerpiç duvarda Ali'nin kocaman ayı gölgesini kımıldatıyordu. Sonlara doğru oda kapısı vuruldu. Sıçradılar. Kadın çok çevik, çok güçlü bir davranışla adamı atmıştı üstünden. Dağınık saçlarını elleriyle çabuk çabuk düzeltirken adama iri gözleriyle bakıyordu.

Ali yorganı tepesine çekince, Fatma, "Kim ooo?" dedi uykulu uykulu.

Dışardan Ömer'in sesi, alışkın sesi:

"Aç!"

Uyuyormuş da uykusundan uyandırılmışçasına homurdandı:

"Açmaz olaydım. İnsanı tatlı uykusundan..."

Gitti, kapıyı biraz geç açtı.

Adam şaşı gözleriyle neşeli, içeri girdi:

"Ne söyleniyorsun kız kancık ayı gibi, homur homur?"

"Dert," dedi Fatma.

"Deli soyka dert karnına. Arabımın nasıl güldüğünü biliyor musun? Öyle bir güldü ki deme gitsin. Bak, para derler buna. Altmış iki buçuk kayme. Şu taşeron iyi adammış be. Beş lira borç uydurdu bana, uğurlu geldi parası..."

Kısılı lambayı açtı:

"Altmış iki buçuk! Arabım bir güldü ki... Ben sana demez miydim benim Arabım gibi yok diye? Bir güldü mü tövbe durmaz!"

Paralarını şaşı gözleriyle saymaya başladı:

158

"Kırk, elli, altmış, altmış iki buçuk... Topal Durmuş'un iflahını kestim. Topal it. Lakin bizim taşeron gibi yok. Ne adam ya! Ben adam diye ona derim. Ulan ben istemeden uydurdu parayı şerefsizim..."

Paraları yeniden saydı:

"... Altmış iki buçuk. Yarın gece de, öbür gece de oturup birer altmış iki buçukar ütersem, eh. Belki de daha çok üterim. Ütünce..."

"Yeter!" dedi Fatma. "Yeter. Uykumu da gâvur ettin tekmil!"

"Ziyanlarımı biraz çıkardım. Lakin yarın, öbür günde üttüm mü... O topal it var ya topal it? Onu yek ekmeğe muhtaç etmezsem bana da Ömer Zorlu demesinler!"

Fatma yanına şeytan gibi sokuldu, elini adamın boynuna attı:

"İki buçuk vermeyecek misin bana?"

Ömer şaşı şaşı baktı:

"Ne olacak?"

"Lazım."

"Neye lazım?"

Sinirlendi:

"Ben kadın değil miyim? Para lazım olmaz mı bana? Olunca gidip elin yadırgı heriflerinden mi alayım?"

Ömer karısına şaşı şaşı baktı, baktı.

"Ağzına iti sıçırtırım ha," dedi. "Orospu, o nasıl laf? Elin yadırgı heriflerinden miymiş. Biz öldük mü lan? Postal! Bak, bunlara para derler para! Kanını satın alırım senin..."

"Ver haydi!"

"..."

"Vermiyor musun? Demek iki buçuk liralık kıymetim yok yanında? Peki. Ben de bilirim bundan sonra..."

Küsme numarası yaparak, arkasını döndü Ömer'e. Ömer arkadan kucakladı. Kadın silkindi:

"Bırak hadi bırak!"

"Dur kız..."

"Bırak be, bırak işte, ohooo..."

Ali'nin yatağına huylu huylu baktı.

Ömer de baktı. Kadını kucaklayan elleri gevşedi:

"Uyuyor mu?"

Kadın omuz silkti:

"Ne bilecekmişim ben?"

Adam karısını bıraktı:

"Bu oğlanı da dehliyelim gitsin lafa söze kalmadan..."

Paralarının tomarını elinde hazla sıktı, yeniden saydı, sonra cebine soktu.

Fatma yatağa girmişti bile.

Ömer de lambayı üfledi. Hâlâ paranın sevinci içinde, soyundu, karısının yanına girdi. Hiç uykusu yoktu. Sabaha kadar oynayabilirdi. Lakin Arabı tam başlamıştı gülmeye. Yarın da, öbür gün de, daha öbür gün de oynayacak, altmış altmış, iflahlarını kesecekti. Parayı demetledi mi, biliyordu yapacağını. Bir tahta araba, pazardan sebze, meyve... Ondan sonra... Karısına sırtını döndü, bir sigara yaktı... Ondan sonra Allahını şaşırtacaktı ortalığın. Şoförlük yaptığı yıllardaki gibi. İyi bir lacivert takım, altına sivri burunlu sarı bir yumurta ökçe, boynuna yeşil ipek mendil. Bir de sarı kopya kalem uydurur, kopçasından taktı mıydı sol üst cebine... Köye gitmeliydi böyle, şu Fatmaların köyüne. Fatmaların köyüne gitmeliydi ama, bir de güzel tabanca isterdi. Fatma'nın milleti, çiğ çiğ yerdi yoksa. Ata para vermezdi bak. Çalıştığı yapının ardında Fellah Kâmil'in zorlu bir doru atı vardı, kaçağına yiğit, tırıs. Onu bir gece çardağın altından hop etti mi... Kim bilecekti? Herifin kum gibi düşmanı vardı. Kim bilir hangisi çaldı diye düşünür, Ömer aklına tövbe gelmezdi. Tanımıyordu ki zaten!

Bir duvar ötedeki Cemşir Ağaların ordan çimdiklenen bir kadının kısık, şehvetli sesi. Gülizar'dı besbelli. Lakin armudun iyisini gerçekten de ayılar yerdi ha. Ulan o hayvan Cemşir'e layık mıydı o karı? Fatma'dan daha boylu, daha diri, daha cilveli...

Kadının yeniden kişnercesine gülüşü.

Ömer birden huylanarak sigarasını eski kilimde söndürüp karısına döndü. Yuttuğu paraları unutmuştu. Kadını güçlü kollarıyla sımsıkı sardı.

Kadın hırpalanmış, yorgun ama uysaldı.

"Fatma," dedi usullacık.

"Hı?"

"Dön bana!"

"N'olacak?"

"Ananın dini olacak!"

"Uykum var, bırak beni..."

"İki buçuk vereceğim ama?"

"Hani, bakayım..."

"Allah canını almaya, vallaha vereceğim kız!"

"Ver sonra."

Titreyen elleriyle pantolonunu yatağın yanından aldı, paralarını buldu, iki buçuk ayırıp uzattı:

"Al!"

Duvarın ötesindeki kadın tekrar kişnerce gülmüştü. Fatma, "Dert," dedi. Avratta utanma da yok!" Ömer kadını altına çekti.

13

Taşeronla arası açılan Kılıç Usta, bir gün öteberisini toplayıp şantiyeden ayrılmadan önce İflahsızın Yusuf'u kıyıya çekti:

"Ben gidiyorum," dedi. "Koyarlar yerime belki de seni. Olma kula kul, öpme el ayak, kirlenmesin ağzın. Ya ver canını insan için ya da etme kalabalık dünyamıza!"

Çekti gitti.

Ustasının ardından yaşlı gözlerle bakakalan Yusuf, içini çekti.

Laz Ali yanına sokulmuştu:

"Ağlıyor musun?"

"Nasıl ağlamam?" dedi Yusuf. "Ne adamdı ya!"

Laz Ali başını salladı:

"Ya vermeli canını insan için, ya da etmemeli kalabalık dünyamıza!"

İflahsızın Yusuf'u ustasının yerine geçiren taşeron, gündeliğini beş liraya çıkardı:

"Aç gözünü," dedi. "Alırdı ustan on lira net!"

Yusuf gözünü açtı. Az zamanda Kılıç Usta'yı aratmayacak kadar iş çıkardığı hâlde on lira net alamıyordu, vermiyorlardı.

Bir öğle paydosunda yoğurt, ekmek, taze sarmısakla karnını doyurduktan sonra, tuğla yığınlarının oraya yanüstü devrilmiş, sıcacık güneşin altında gözlerini yummuştu. Sinirleri öyle gevşemişti ki, az sonra uykuya geçiverdi.

Omuzunun dürtülmesiyle uyandı. Hidayet'in oğluydu. Gene her zamanki gibi yılışık yılışık gülüyordu.

Yusuf doğruldu, gözlerini yumruklarıyla ovaladı.

Hidayet'in oğlu yanına çömelmişti.

Yusuf huzursuzlukla sordu:

"Dedikleri doğru mu lan?"

Hidayet'in oğlu güldü:

"Ne dediler?"

"Topal Emmi'yi sen boğasıymışsın..."

Yere tüküren Hidayet'in oğlu tükürüğünü ayağıyla ezdikten sonra, "Diyorlar a, kulak asma..." dedi.

"Niye?"

"Boğsam hükümet salı mı verirdi?"

"Demek hapisteydin?"

"Ohoo... Neler geldi başıma... Bir araba dayak yedim, tabanlarım somun somun şişti."

"Niye?"

"Dövdüler. Ben boğdum desem dövmezlerdi..."

"Demek sen boğmadın?"

"Tövbe vallaha. Ben günahı sevabı bilirim Yusuf..."

Gülüverdi.

Yusuf, "Yalancı," dedi.

"Niye?"

"Ne demiye güldün ya?"

"Güldüğüme ne bakıyorsun? Ben boğsam salı mı verirlerdi?"

Gene güldü. Sonra kendini topladı:

"Güldüğüme bakma, ben boğmadım, tövbe vallaha... Dur hele Yusuf, senin haberin var mı Köse Hasan'dan?"

Yusuf birden ilgilendi:

"Sahi ne oldu fukara?"

"Haberin yok demek?"

"Nerden olsun?"

"Sen sağ ol..."

"Deme be..."

Yusuf sapsarı kesildi. Gözleri karardı. Köse Topal'ın odasından ayrılırken, Hasan'ın yorganını kaldırıp kıpkırmızı gözleriyle bakarak, "Kardaşlar, benim iflahım kesik, kesik olmaya... Ben buralarda kalırsam, siz de köye möye varırsanız sağlıcağla, kızım Emine'nin kara gözlerinden bir güzel öpün..."dediğini, sonra kızına verilmek üzere uzattığı saç tokasıyla tarağı hatırladı. Gözleri doldu

Hidayet'in oğluysa, çömeldiği toprağa birtakım çizgiler çekerek ağır ağır anlatıyordu:

"... yanı başımda öldü fukara. Memleket hastanesindeydik, birlikte. Ölürken 'Eminem Eminem' dedi durdu. Sonra bir titredi, bir daha... Üçüncüde sen sağ ol. Lakin ölüm, kötü şey be. İnsan bir tuhaf oluyor. Tüylerim dikeldi. Bırak, ölünce biz de mi onun gibi olacağız?"

Yusuf ağlıyordu, duymadı. Hidayet'in oğlu, "Hiç arayıp sormadınız fukarayı," dedi. "Hemşerilik böyle mi olur?"

Yusuf içini çekti:

"Aaaah ah! Yokluğu görüyor musun? El işinde eyleşen adam, o.....dan beter oluyor. Fabrikada hemşerimiz oyun etti. Tuttuk yapıya gittik biz de. Ne yapalım? Hepimizinki de bir ekmek derdi, gözü çıksın. Sonra kardaş?"

"Sonra, ölüsünü kaldırdılar ölü odasına. Ölü odası dedimse, karanlık bir yer, mağara gibi. Öleni sürüyüp atıyorlar. Fukara Hasan'ı da atmışlar. Ölüler üst üste. Burnunu kulağını sıçanlar yemiş bütün..."

Yusuf derin bir iç geçirdi:

"Vay kardaşlık Köse vay!"

"Hastane bu. Birazcık yemek veriyorlar, tövbe doymuyor insan. Onu diyecektim... Pehlivan da burada mı?"

"Buradaydı," diye başını salladı Yusuf, "buradaydı ya, kulak asma. Bir orospuya uydu. Hani avrat da zorlu bir şey az buçuk... Bizim ayı alevlendi..."

"Şimdi nerde?"

"Vallaha ne bileyim kardaş? Kendi düşen ağlamaz. Bir insan ya insan olmalı, insanlar için canını vermeli, ya da kalabalık etmemeli dünyamıza! Ben bunu bilir bunu söylerim. Tuttu elin avradını kaçırdı tekmil..."

Birden gözüne Ömer Zorlu ilişti. Kantin kapısına omuzunu dayanmış, somununu dişliyordu. Hidayet'in oğluna gösterdi.

"Ta orda somunu dişleyen uşak var ya? Gördün mü?"

"Gördüm. Ne olmuş?"

"Avradın eri o işte. Ben onu bunu bilmem. Neme gerek elin boynuzlusu? İnsan olan bir insan harama tövbe uçkur çözme-yecek!"

Hidayet'in oğlu yılıştı:

"Haramdaki tat nede var ki?"

"Haramı batsın, sen de. Harama uçkur çözdün mü, bırak!"

"Demek zorluydu avrat?"

"Zorlu da söz mü? Zorlu ya, bırak. Avrat dediğin, emmimin avradı gibi olacak. Dudu Ablam gibi. Avrat ona derim ben. Bir tabur askerin içine sal, korkma. Bu avrat, Ömer Zorlu'nun bu Fatması, bırak canım. Avrat mı bunlar be? Bizim taşeron epey geçindi. Amele çavuşu bile..."

Çenesiyle Ömer Zorlu'yu işaret etti:

"Bu var ya bu? Dümbüğün biri. Hem de kumarcı!"

"Kanına dokunmadı mı boynuzlunun?"

"Ne dokunacak? Nikâhlısı değil ya? Bor'un köylüğünden kaptığıyla kaçmış..."

Hidayet'in oğlu, yere çizgiler çizdiği taşı fırlatıp attı.

"Öyle mi?" dedi. "Sen burda ne iş tutuyorsun?"

Yusuf gururla:

"Ben mi? Usta oldum tekmil..."

Hidayet'in oğlu şaştı:

"Sahiden mi lan?"

"Sahiden tabii."

"Ne ustası?"

"Duvar ustası."

"Yaşa be!"

"Sen de yaşa. Bir örüyorum ki..."

Umutla baktı baktı, sonra:

"Ben öremem mi Yusuf?"

Yusuf'un neşesi kaçtı. Kendini onunla bir mi tutuyordu yani?

"Öremezsin," dedi.

"Niye?"

"Kılıç Usta'nın yanında çalışmadın ki..."

"Kılıç Usta mı?"

"Kılıç Usta ya. Duvarcılıkta bu dünyada tövbe üstüne yok. Bana o belletti işte!"

"Herkese Kılıç Usta mı belletir?"

Bu sırada amele çavuşunun düdüğü.

Yusuf oturduğu yerden fırladı:

"Haydi, eyvallah bana!"

Hidayet'in oğlu, "Öyle mi kardaş?" dedi. "Hastaneden yeni taburcu oldum. Varsa bir ekmek parası versen... Vallaha kaç gündür kursağıma bir şey girmedi..."

Yusuf'un canı sıkıldı. Onu görünce lafı evirip çevirip buraya getireceğini kestirmişti. Herkes çalışıyorsa Hidayet'in oğluna çalışmıyordu ya!

"Vallaha," dedi, "bizim işler de... Dün para alacaktık, almadık. Alsaydık kolaydı. Madem açsın, sana yarım somun alayım kantinden de nefsini körlet..."

Kantine gitti, borca yarım somun aldı. Parası vardı, mahsustan çıkarmadı.

Yarım somunu alan Hidayet'in oğlu, "Eksik olma," dedi. "İşbaşınıza söylesen de bana da bir iş uydursa burda... Sayende sebeplenirdik hey Yusuf!"

Bu da işine gelmedi Yusuf'un.

"Kendin niye söylemiyorsun?"

"Senin sözün daha iyi geçer. Madem usta olmuşsun..."

Yusuf'un gururu okşanmıştı:

"Doğru," dedi. "Kılıç Usta'nın yerini tuttum evvel Allah'ın izniyen..."

Ani bir kararla yürüdü:

"Varıp söyleyeyim, dur sen!"

İnşaatın alt başında dikilmekte olan taşeronun yanına gitti. Gitti ya, biliyordu ki Hidayet'in oğlu haylaz, kumarcı, ipsizin biridir. İnkârdan gelmesine karşılık, Köse Topal'ı boğduğu, gülmesinden anlaşılıyordu.

Başına dert mi satın alacaktı?

Taşerona, "Taşeronum," dedi. "Bir Köse Topal vardı hani... Biz fabrikada çalışırken sen geldin adımızı yazdıydın..."

Taşeron sertçe baktı. Hatırladı mı, hatırlamadı mı?

"E..." dedi, "ne olmuş?"

"Bildin mi o Köse Topal'ı?"

"Canım bildim, bilmedim... Ne olmuş?"

"İşte o Köse Topal'ı boğan uşak gelmiş, işbaşınıza de de bana da bir iş versin burda diyor. Diyor ya..."

Taşeron hemen ilgilendi:

"Kim bıraktı onu serbest?"

"Hükümet. Lakin iş gözü yok adamda. Üç gün burda, beş gün orda..."

Taşeron kızdı:

"Madem yok iş gözü, ne tavsiye ediyorsun? Yok iş!"

Arkasını döndü.

Yusuf Hidayet'in oğlundan yana baktı. İşin olmadığını gidip kendisinin söylemesi hesabına gelmiyordu.

"Taşeronum," dedi. "Vallaha bana garaz olur. Kendin çağır, söyle, aklına daha uygun gelir. Neden dersen..."

Taşeron şöyle bir baktı, sonra Hidayet'in oğlundan yana yürüdü.

Yusuf rahatlamıştı: Duvara çıkmaya başladı. Duvar hayli yükselmişti. Malasını aldı. Taşeron ta aşağıda, Hidayet'in oğluyla konuşuyordu. Bir ara Hidayet'in oğlunun kasketini çıkardığını, taşeronu selamlayıp yola indiğini gördü.

Yoldan, yüklü kamyonlar geçmekteydi. Kadın, erkek, çoluk çocuk, kazan, leğen, kilim, kap kacak yüklü kamyonlar. Her kamyon ardında toz bulutları kaldırıp gidiyor, art arda geçen kamyonlardan kalkan toz bulutlarıysa ortalığı görünmez hâle getiriyordu. Hidayet'in oğlu da toz bulutları içinde kaybolmuştu.

14

Bahar patlamıştı.

Şimşek yüklü bulutları, aydınlık yağmuru, kancık kokusu almış eşek anırtılarıyla Çukurova baharı harikadır.

Lastikleri kırmızı çamur içinde kamyonlar gelir, kamyonlar gider. Demir ya da tank tekerlekli traktörler, mazot kokulu homurtularıyla parke döşeli caddeleri sarsarak geçerler.

Tesviye etmekte olduğu krank'ın başından öfkeyle kalkan eli yüzü kara bir makinist, Ziraat Bankası'nın henüz açılmamış kapısı önünde sabırsızlıkla bekleyen ağasına çıkışır. Ağa bu mevsim, yalnız bu mevsimde eyvallah eder. Bilir ki usta haklıdır. Gerekli yedek parçaların alınması lazımdır. Susar, bankayı bir an önce açmayanlara söver.

Şoför muaviniyse, müthiş güneşin altında seğirtir durur. Çoğu sefer sigarasını bile tamamlamaya vakit bulamadan, köye hemen hareket edecek kamyonun radyatörüne su koymak için koşarken, şoför de Çaycı Nadir'in ufacık kahvesinde bir demli çay olsun içemediğine küfrederek direksiyona geçer, az önce çiğneyip geldiği tozlu yollara yeniden düşer.

Bu mevsim "çiğit" denilen pamuk tohumunun toprağa atıldığı mevsimdir. Karakazma'ya dört beş hafta vardır daha. Büyük toprak sahipleri doğu illerimize elciler gönderip tellallar çağırtırlar ki:

"... Çukurova'da bu yıl iş çoktur. Haftalıklar yüksek, bildikleri gibi değil!"

Pek pek birkaç hafta sonra "Urumdan Şamdan"çekilip çekilip gelen ırgat kafilelerinin akını başlar. Binlerce kadın, erkek, çoluk çocuk, genç, yaşlı, paramparça üstbaşlarıyla pis pis kokarak, Ötegeçe'deki mezarlığa yığılırlar. Kıçı çıplak çocuklar mezar taşlarına inip biner, tevekkül içindeki kadınlar, Taşköprü'nün bu geçesindeki ırgat pazarından iş ve ekmeğin sevinciyle gelecek erkeklerini bekleşirler.

Kul acımaz bunlara, Allah acımaz. Allah'ın unuttuğu insanlardır bunlar! Peygamberler kitaplar dolusu sabır, tevekkül, kanaat getirmişlerdir bunlara. Hiçbir işe yaramayan, hiçbir işe yaramayacak olan sabır, tevekkül, kanaat!

Taşköprü'nün bu yakasında, yüzyıllar görmüş ırgat pazarının ırgat kaynaşan kalabalığına sigaralarının neşeli dumanlarını salarak kahve, çay, nar, koruk şurubu, limonata, buzlu ayran içen "ağa"lar memnundurlar. Irgat boldur, Çukurova tarlalarındaki işe yetecek insan gücünün çok üstündedir. Haftalıklar düşecek, pamuk ucuza elde edilecektir.

"Irgata hele ırgata!"

"Heye kardaş..."

"İtoğlu itleri şımartmıyak giden yıllar gibi ha!"

"Tövbe demen mi?"

"İt kapıda zebun gerek hemşerim..."

"..."

"..."

Değdiği yeri köz gibi yakan güneş tam tepededir. Irgat adı altındaki birtakım insanlar değil, paçavra yığınları beklemekten usanır. Birden deli bir sağanak... Ortalık sel sele gider. Ardından güneş. Tırnağına kadar sırılsıklam paçavra yığınlarından dumanlar tütmeye başlar.

Peygamberler kitaplar dolusu sabır getirmiştir Allah adına! Yağmurda ıslana, güneşte tüte kururlar. Torbalardaki tandır, yufka dürümleri tükenip çarşı ekmeğine verilecek son kuruşlar da suyunu çektikten sonra, aç çocukların feryadı göğe yükselir. Önemli değildir. Peygamberler Allah adına sabır getirmişlerdir ya, hiç önemli değildir aç çocukların göklere yükselen feryadı. Ölseler bile ne? Öte dünya vardır, birer kuş gibi uçacaklardır Cennet-i âlâ'ya. Cennet-i âlâ'da yağdan, baldan dağlar, sütten ırmaklar...

Analar, bir deri bir kemik analar, kucaklarında açlıktan ölen yavrularına kana kana gözyaşı bile dökemezler. Peygamberler mi, hacılar hocalar mı, öyle demiş: Allah verdi, Allah aldı. Kul ne ki Allah'ın iradesi karşısında? Ondan daha mı iyi bilecekler? Hikmetinden sual edilir mi? Yarın onlar ellerinde bakraç bakraç Cennet-i âlâ suları, analarını Cennet kapılarında bekleyecekler. Analar kucaklarında ölü ölüveren yavrularına ağlamamalı, sevinmelidirler. Bu yalan dünyada yaşayıp da günahların çeşitleriyle kirleneceklerine, henüz günah çağına varmadan ölerek Cennet'e uçmuşlardır kuş gibi. Allah'ın sevgili kullarıdırlar onlar!

Analar, erkek yüzlü analar, avuçları nasırlı analar, gözlerinde dökecek yaş kalmamış kupkuru analar, iş ve ekmek haberiyle dönecek erkeklerinden yana dikmişlerdir gözlerini. O yana, kocalarının her sabah, daha şafak sökmeden gidip omuz omuza doldurduğu "ırgat pazarı"na!

Erkekler de kadınları gibi bir deri bir kemiktirler. "Değdiği yeri köz gibi yakan güneşin altında aç, terli ama sabırla bekleşirler. Irgatbaşılar ırgat pazarının mutlak hâkimleridirler. Rızkların sahibi! Şöyle bir görünüveren bir ırgatbaşının çevresi hemencik umutla alınıverir. Ağzından çıkacak her söz kerametmişçesine dinlenir.

İnsanlar aç ama umutsuz değillerdir!

Kadınlar bilirler ki erkekleri er geç gelecektir. Gözbebeklerinde "ekmek"in müjdesi, gelecektir erkekleri.

Günler geçer, sonra haftalar. Yaşlılarla aç çocuklar ölür. Yağmurla güneşin acıması yoktur. Çukurlarına gömülü gözleriyle kadınlar, çocuklarının feryadı ve ölüm acısına kanıksamış kadınlar çok az konuşarak beklerler.

Erkekleri gelecektir, er geç gelecektir erkekleri!

Haftalıkların daha çok düşürülemeyeceği günler gelir çatar.

Kara kazma vakti.

Tilkiden çok daha kurnaz elciler, ırgatbaşılar aç insanların arasına dağılırlar:

"Irgadın da hani pek bir gereği yoktu ya, neyse..."

"Ağamız acıdı halınıza acıdı!"

"Ağamız gibi var mı? Herifte vicdan tonla. Baktı hâlinize yüreği parçalandı. Yesinler, içsinler sevabıma, kazmalarıyla da tarlada şöyle bir dolansınlar dedi..."

Çoğunlukla yaya düşülür yollara. Yukarda güneş, aşağıda çamur, toz. Yalınayaklarla kilometreler tepelenir.

"Buna da şükür"dür gene de. Kitap öyle söylemiştir, şükredecek, kendinden yukardakine değil, aşağıdakine bakacaksın, bakacaksın, gene bakacaksın sonra gene. Her baktıkça da şükredeceksin!

Kuru, taş gibi birer kara somun karşılığı, tarlada sabahtan akşama kadar çapa çapalamaya hazırdırlar.

Çukurova'da bahar harikadır! Gök masmavi, kırmızı topraklar yemyeşildir! Çukurova'nın bereketli toprağına dört kilo çiğit at, seksen kilo kütlü, yani tohumlu pamuk versin!

15

Çiftliğin arkasındaki ulu dutların gölgesinde, altları harıl harıl yanmakta olan yan yana üç küçük çamaşır kazanında çapa ırgatlarının yarma pilavı* pişmekteydi.

Evdecinin karısı Senem Bacı kırklık, kalın kemikli bir kadın, pilav kazanlarının başında dikiliyordu. Kara şalvarının uçkurluğuna sokulu kirli paçavrayla terini sildi. Yanı başındaki dut ağacının gövdesine çakılı çivide asılı "Zafer" marka saate baktı. Alaturka ayarlı saat üçü gösteriyordu (Alafranga dokuz).

Az beride sakız çiğnemekte olan Pehlivan Ali'nin Fatmasına, "Vallaha bıçaklarım diyor," dedi. "Karışmam!" Fatma sakızını çiğnerken, sinirli sinirli karşılık verdi:

"Bıçaklar evet, yağma vardı..."

Senem Bacı genç kadına erkek gibi hallenerek güldü:

"Yangın sana anam. Yangınlık gibi var mı? Herifi deli etmişsin!"

"Heye deli etmişim. Erim yok mu benim? Aslan gibi erim var! Kaldım kaldım da o kara ite mi kaldım?"

Senem Bacı göz kırparak, "Laf aramızda," dedi, "Pehlivan Ali esas erin değilmiş!"

Fatma irkildi:

"Deli mi ne karı? Esas erim değilmiş de neyimmiş ya?"

"Hovardan!"

"Kim diyor?"

"Bilal."

---

* İkiye kabaca kırılmış buğday pilavı.

"Ne diyor?"

"Ben soruşturdum, esas eri değilmiş, diyor."

Fatma ağzındaki sakızı şişirip patlattıktan sonra, "Öyle bellesin o," dedi.

"Nasıl yani?"

"Esas erim değil bellesin..."

Birden sinirlendi:

"Beye dersem onu!"

Senem Bacı güldü:

"Ah fallik* ah! Dayandığın yer sağlam olmasa böyle kabadayılık edemezsin ya..."

"Vaaay... Edemezmişim. Korkum mu vardı?"

Üçüncü ocak gene körlenmişti.

Senem Bacı eğildi, uzun uzun üfleyerek parlattı. Fatma şüpheyle sordu:

"Kimden duymuş?"

Senem Bacı'nın gözüne duman kaçmıştı. Ovalarken:

"Neyi kimden duymuş?"

"Ali'nin esas erim olmadığını?"

"Bilal bu anam, duyar. Kırk tarakta bezi var. Hani şu öbür kafilede çapa çapalıyor, parlaktan bir oğlan var ya, mapis ne yatmış..."

Fatma şöyle bir düşündü, hatırladı:

"Bildim. Hidayet'in oğlu derlermiş ona, adam boğmuş dediydi bizim Ali. O mu demiş?"

"O demiş."

"Ne demiş?"

"Senden ötürü demiş ki, onun esas eri Adana'da, inşaatta kireç karıyor demiş. Bu Ali seni ayartıp kaçırasıymış..."

Fatma karşılık vermedi.

Senem Bacı sözünün ardını getirdi:

---

* Şırfıntı, kaltak.

172

"Erin demiş ki, elbet bir gün onu gözüm görür, demiş."

"Görünce ne olacakmış?"

"Sağ komam demiş."

"Hidayet'in oğluna mı demiş?"

"Heye."

Fatma uzaklara sıkıntıyla baktı. Göz alabildiğine uzanan kahverengi topraklarda birer karış boy atmış pamuklar ovayı hafif yeşile boyamıştı ama Fatma'nın gördüğü yoktu. Aklında eski kocası, Ömer, Ömer Zorlu. Şaşı gözleriyle içinden ona bakıyor, "Eh Fatma," diyordu, "... Ben de Ömersem... Elbet elime geçersin. Seni lokma lokma doğramazsam bana da Ömer Zorlu demesinler!"

Hafifçe ürperdi. Gözü karaydı itin doğrucası. Vur elli. Ama nerden eline geçecek? Bugün burda, yarın başka yerde olacaklardı. Sonra...

Birden bir motosiklet sesi. Fatma silkindi:

"Bey geldi!"

Sol kaşına düşürdüğü kâkülünü yeni baştan tokalayarak, huğ denilen kerpiç evlerin arasında gözden yitip gitti.

Deminden beri onları karşı ahırın penceresinden gözetlemekte olan Kâtip Bilal, yemenilerini sürüyerek Senem Bacı'nın yanına geldi. Elleri arkasındaydı. Kara şalvarının sağ paçasını dizine kadar çekmişti, killi kapkara, sırım gibi bacağı gözüküyordu.

Sordu:

"Ne diyor?"

Üçüncü ocak gene körlenmişti. Senem Bacı'nın tepesi attı:

"Zıkkımın dibini diyor! Üfle şu cenabeti de harlasın!"

Başka zaman olsa yaralı parmağa bile işemekten kaçınan Bilal, Fatma'nın ne dediğini öğrenebilmek için, Senem Bacı'nın sözünü ikiletemezdi. Ocağı üfleyip doğruldu:

"Sahi ne diyor?"

"Ne diyecek, beye derim diyor!"

Bilal omuz silkti:

"Desin. Bey olmakla Allah mı? Yarın değil öbür gün Adana'ya gidecek, ordan da İstanbul'a, mektebe. Bir daha da gelmez. O zaman elime kalmayacak mı? Anam avradım olsun sokarım onu kazmaya... Beyin sayesinde avantadan beleş ekmek yiyor. Kızdırmasın deli kafamı... Güneş vurunca nasıl geberiyordu?"

"Namuslu geçiniyor tekmil. Benim erim var diyor, aslan gibi erim var benim diyor."

Bilal güldü.

"Aslan gibi erine tilki gibi aptal kızını tebelleş* ettim ki... Aptal kızını bilmez misin? Tarlada yan yana kazma kazıyorlar. Aslan gibi erine bir iki el atmış, senin aslanın ciciği gevşeyivermiş!"

"Kaldım kaldım da ona mı kaldım diyor senden ötürü..."

"Sahi mi?"

"Dinime imanıma..."

"Benim neyimi beğenmiyormuş?"

"Orasını bilmem gayri. Kaldım kaldım da o kara ite mi kaldım diyor!"

"Kara it" sözü Bilal'ın kanına dokundu, sövdü. Yemenisinin tekini çıkarıp sinirli sinirli çırptı. Sonra ta karşılara, çapa çapalamakta olan ırgat saflarına baktı. Güneşin alev alev titrediği gökyüzünden tek kuş uçmuyordu.

Yere tükürdü:

"Eh ulan o....u... Ben de Bilalsem... Gösteririm sana. Bey gidecek iki gün sonra. Alacağın olsun..."

Senem Bacı'ya döndü:

"Esasta bey de fos ha. Ağanın yanında tövbe piyasası yok. Ağa dedi ki, bizim yeğen kitaplarını okuyor mu, dedi. Okuyor ağa dedim, başını kitaptan tövbe kaldırmıyor. Deseydim ki motordan indiği yok, elin avradını çiftlikte koyuyor, beleşten yedirip içiriyor deseydim... Onun tozunu attırır mıydı attırmaz mıydı?"

---

* Musallat.

Senem Bacı dutun gövdesindeki çivide asılı saati aldı, kurdu, yerine tekrardan astı.

"Beyin odasını süpürüyorum, herkes kötülüğüne çekiyor diyor!"

Bilal gene sövdü:

"O....u. Daha dün gözetledim!"

"Gözetledin mi?"

"Gözetledim ya, gözetlemem mi? Lakin laf aramızda, oğlanda iş yok. Avrat dersen tatlı. Onu şöyle bir saracaksın ki..."

Sırım gibi kollarıyla Senem Bacı'yı sımsıkı sardı. Kadın huylu huylu silkindi:

"Tuh, edepsiz!"

"Edepsiz ya. Edep dediğin ne? Ayıp mı?"

"Ayıp tabii."

"Bir nokta koydun mu kaybolup gider bre Senem..." Senem Bacı gene de, "Hem ayıp, hem de günah!" dedi. "Cahilsin, aklın ermiyor, lakin çok günah. Adam boyuyla günaha girermiş. Bizim orda bir mescit vardı, oranın hocası, tekmil âlim ulema adam, sütbeyaz sakallı... O söylediydi vaazda. Adam boyuyla günaha girermiş!"

Bilal yere tükürdü:

"Ben p......k miyim kız? Herkese şapur şupur da bize yarabbi şükür mü?"

"Tuh, utanıp arlanmaz!"

Tam bu sırada Fatma, huğların arasında göründü. Bilal'in yüreği oynayarak, "Geliyor," dedi.

Senem Bacı döndü, baktı.

Bilal mahsustan kaşlarını çattı, ellerini arkasına koydu, gözlerini Fatma'ya dikti.

Fatma dargın dargın geldi, Senem Bacı'nın yanında durdu.

Bilal'e bakmadan, "Seni bey çağırıyor," dedi.

Bilal anladığı hâlde anlamazdan gelerek:

"Kimi?"

175

"Seni."

"Ben kimim?"

Fatma hep bakmadan, "Kimsen kim," dedi.

Bilal'e arkasını döndü. Senem Bacı'ya:

"Tutacak iş var mı?"

Pek bir iş yoktu şimdilik.

Bilal fitili almıştı, homurdanarak gitti.

Ağanın İstanbul Hukuk'ta okuyan kara, kuru, upuzun yeğeni tifo geçirdiği için bu yıl fakülteye gidememişti. Gezip eğlensin, kendini toplasın diye dayısının satın aldığı motosikletle her gün dolaşıyor, canı isterse, daha doğrusu aklı hükmederse, gece yarısı motosikletine atladığı gibi şehirdeki barların yolunu tutuyordu.

Külot pantolonu, gıcır gıcır rugan çizmeleri, incecik kapkara bıyığı...

Çiftlik avlusunun ortasında, motosikletinin yanında dikiliyordu.

Bilal, "Buyur bey," diye sokuldu. "Beni istetmişsin..."

Bey sertçe baktı:

"Sen bu avrada niye takılıyorsun?"

Anlamazlıktan geldi:

"Hangi avrada?"

Tepesi attı genç adamın:

"Hangi avrada mı? Numara mı yapıyorsun? İt! Hangi avradaymış. Bıçaklarım, yok bilmem ne... Kimi bıçaklıyorsun lan? Serseri! Dağ başı mı burası? Koca çiftliği geneleve çevirdin! Mahalleli dedik, komşu dedik, fakir dedik, acıdık, tuttuk iş verdirdik..."

Bilal'ın kulakları vınlıyordu:

"Neyse bey," dedi. "Sana karşı süngüm düşük..."

Beyin de tepesi attı:

"Ne demek o?"

"Hiç. Süngüm düşük. İki de tokat atsan atabilirsin mesela amma, bir o....u için değmez!"

"Ne o.....su?"

"Ben soruşturdum. Esas eri değil bu yanındaki..."

"Sana ne?"

"Bana göre hava hoş. Ben tekmil seni kayırdığımdan. Dün değil dünden önceki gün ağa seni benden sordu. Bizim yeğen nasıl dedi, kitaplarını okuyor mu, yoksa okumuyor mu, dedi. Ben seni kayırdım..."

Bey birden ilgilendi:

"Ne dedin?"

"Okuyor dedim. Kitaptan başını tövbe kaldırmıyor dedim!"

Bey yumuşadı:

"Ben sana avrat için kızmadım ki. Biliyorsun, iki gün sonra basıp gidiyorum buralardan. Ondan sonra ne hâlin varsa gör!"

Bilal boyun kırdı:

"Sağ ol beyim. Bilmiyor muyum?"

Bey gözlerini çiftlik avlusunda gezdirdikten sonra, "Tosbağalar nerde?" diye sordu.

"Burda bey. Getireyim mi?"

"Getir."

Tosbağa dedikleri kaplumbağalar karşıda, tavuk kümeslerinin yanında, üstü saçla örtülü el arabasının içindeydiler. Bilal gitti, el arabasını güvercin kutularının bulunduğu örtmenin altına sürdü. Saçı kaldırdı. İrili ufaklı bir sürü kaplumbağa kımıldanıp duruyordu. Bunlar, çiftliğin ardındaki karpuz tarlasından toplattırılmışlardı.

Belindeki palaskaya geçirili sarı meşin kılıfından kara, pırıl pırıl tabancasını çıkaran bey, şarjörü yoklarken, "Yığ!" emrini verdi.

Bilal kaplumbağaları her zamanki gibi dörder dörder yığdı. Beş küme oldu.

"Çekil kenara!"

Bilal kenara çekildi. Tabanca sesinden ödü kopardı. Arkasını döndü.

177

Bey baştan birinci kümedeki kaplumbağanın kabuğuna bir karış yaklaştırdığı tabancasını ateşleyince, sıcak havaya kuru bir gümbürtü yayıldı, küme devrildi. Sırtlarından delinen dört kaplumbağanın dördünden de pembe birer kan sızmaya, hayvanlar yılana benzeyen başlarını uzatıp, iki tuğla parçasının birbirine sürtünmesini hatırlatan sesler çıkarmaya başladılar. Ürken güvercinlerse, kutularından dutun dallarına uçuşmuş, şaşkınlıkla bakışıyorlardı.

Bey öteki kümelerdeki kaplumbağaları da tıpkı bu biçim öldürdükten sonra, tabancasını kılıfına sokmaya hazırlanıyordu ki, Bilal karşı kümesin üzerinde duran karalı beyazlı bir kediyi göstererek, "Güvercin cücüklerini yiyen bu kâfir işte!" dedi.

Bey kediye hınçla baktı:

"Bu demek?"

"Bu."

"İyi ya..."

Elinde tabanca, kümese sokuldu. Su varillerinin arkasından nişan aldı, iki el ateş. Kedi kurşunu tam karnından yemişti. Acı acı bağırarak havaya sıçradı ilkin, sonra da kümesin damından yere düştü.

Tabancasını kılıfına sokan bey, "Göm!" dedi. "Kokmasın..." Pencereleri beyaz perdeli toprak eve girdi.

Bilal, ölü kediyi kuyruğundan tutup çiftliğin arkasına götürdü, Fatma'nın önüne attı. Fatma'nın kaşları çatıldı. Bilal, "Ne o?" dedi. "Koynumda yatmış gibi ne surat ediyorsun?"

Fatma, "Dert," diye homurdandı.

"Karnına," dedi Bilal.

"Senin karnına. Beye dersem!"

Bilal az daha sokuldu:

"Dedin de ne oldu? Git gene de!"

Araya Senem Bacı girdi, kediyi işaret etti:

"Tabanca sesi buna mıydı lan?"

"Bunaydı," dedi Bilal.

"Fukara Samur... Şuna hele şuna. Bu senin halt etmen. Güvercin cücüklerini yiyor deyip duruyordun. Beye de böyle mi dedin?"

Bilal'in gözleri hep Fatma'da:

"Dedim. Niye yiyordu cücükleri?"

Senem Bacı, Samur'un yanına çömeldi. Hayvanın aldığı kurşuna baktı. Kurşunlar karnını delip geçmişlerdi.

"Vay yavrum vay, vay Samurum vay..."

Ayağa kalktı. Bilal'e, "Acımadın mı?" diye sordu. "Yüreğin sızlamadı mı?"

Bilal omuz silkti:

"Cücüklere yazık değil mi?"

"Boyunla beraber günaha girdin!"

"Amaaan sen de..."

"Aman ya. Cami yaptırsan günahını ödeşemezsin!"

"Günahı bana değil ya!"

"Kime ya?"

"Vurana..."

"Vurana ne bakıyorsun? Bey o. Ona günah olur mu?"

Bilal'in derdi başka olduğu için, arkasında elleri, gene Fatma'ya takıldı:

"Demek böyle?"

Fatma sert bir bakış fırlattı:

"Nasıl?"

"Gittin beye gammazladın beni ha?"

"Gammazlarım tabii. Ardımda ne dolanıyorsun?"

"Bey yarın değil öbür gün gidiyor ama?"

"Gitsin. Ne olacak?"

Başını salladı:

"Ne olacak ha? Peki. O zaman da böyle kuyruğu dik olmalısın..."

Fatma aldırış etmez göründü.

Senem Bacı onları yalnız bırakmak için tuvaletten yana gidince, Bilal, "Bey gidince görüşeceğiz," dedi.

Fatma hâlâ sert:

"Gidince ne olacak?"

"Seni gene kazmaya savayım da gör. Güneş vurunca nasıl hastalandıydın?"

"Senin elinde ne var ki?"

Bilal'ın gözleri parladı:

"Ne mi var? Benim elimde her şey var. Bugüne bugün ben buranın kâtibiyim. Irgatbaşıya desem ki Fatma'nın işi bitti, al götür kazmaya desem, bir iki etmez..."

Fatma korktu. Gerçekten de, böyle böyle dese, imansız ırgatbaşı gözünün yaşına bakmadığı gibi, zaten gözü de var, haydi bakalım... Onun için, Bilal'e yumuşakça baktı, gözden geçirdi onu.

"Bey sahiden gidecek mi?"

Bilal anlamıştı kadının yola geldiğini:

"Gidecek," dedi. "Mektebe gidecek. Beyden meyden hayır yok sana. Bey seninle oynar oynar sonra da basar gider. Beye boş ver sen bana bak. Bir insan sevildiği yeri bilmeli!"

"Sen istersen beni her zaman burada alıkoyabilir misin?"

"Bak hele bak!"

Fatma gülüverdi.

"Ne güldün?" dedi Bilal.

"Hiç."

"Sahi ne güldün kız?"

"Hiç bee..."

"Demezsen ölü yüzümü öp!"

"Tövbe de..."

"Niye?"

"Yazık değil mi sana?"

Bilal'in içinde bir kaynama, bir sevinç.

"Demek acıdın bana? Senin o dillerini yerim!"

Fatma kızmadı, önüne bakmakla yetindi. Neden sonra, "Ali bir kızıyor ki!" dedi.

"Kime?"

"Bana."

"Niye?"

"Çiftlikte kalıyorum diye. Günde günde bu bok yenmez diyor. Gece öyle bir sıkıladı ki..."

"Seni mi?"

"Beni. Ben de dedim ki, ayı dedim, sen kendi uçkuruna sahip ol dedim. Beni çiftlikte koyuyorlarsa kötülüğüne değil ya dedim. Ya niye dedi. Ortalığı süpürüyorum, aşa maşa el atıyorum, kapları mapları yıkıyorum, dedim."

"O ne dedi?"

"Hiiç, kanıverdi. Ayı be. Gövdesine bakma, çocuk gibi. Bi kandı ki!"

Bilal yere tükürdü:

"Kanmaya kanmaz ya, mesele başka..."

Fatma huylandı:

"Başka mı? Ne meselesi?"

Bilal gülüverdi. Fatma büsbütün fitili aldı.

"Sahi ne meselesi?"

"Aptal kızı var ya?"

"E?"

"İş bildiğin gibi değil..."

Bilal gene gülüverdi.

Fatma büsbütün fitili alarak ta karşılarda çapa çapalamakta olan ırgatlar safına baktı öfkeyle. Bilal, "Sen uyu!" diye körükledi. "Uyu sen. Onlar bildiğin gibi değil. Ne yapacaksın onu, dokuzu? Beyden de hayır yok sana, Ali'den de. Bey yarın çeker gider mektebine, Ali de zaten Aptal kızıyla..."

Fatma bakışlarını uzaklardaki ırgat safından ayırmıyordu. Neden sonra bakmadan, soruverdi:

"O mu Aptal kızına dolanıyor, yoksa Aptal kızı mı ona?"

181

Bilal gene attı:

"O ona, o da ona..."

"İlkin hangisi hangisine dolandı?"

"Ali."

"Vebalim boynuna mı?"

Bilal'in canına minnet:

"Vebalin de, bütün günahın da boynuma deli. O ayı senin kıymetini ne bilir? Aptal kızı dediğin bir Çingen. İnsan senin gibi avratların şahını öyle beş paralık Aptal kızına değişir mi? Senin şerefin var bugüne bugün. Onda erkeklik olsa, senin şerefini ayak altına almayacaktı. İnsan senin gibi avrada yemez yedirir, giymez giydirir!"

Fatma memnun, şiştikçe şişti. Bunu anlayan Bilal ateşe devam etti:

"... Seni temelli çiftlikte alıkorum. Bedavadan yer içersin, haftalığın da gene haftalık!"

Fatma içini çekti, sonra yüzü sert, aksi hâl aldı:

"O Aptal kızı esas kerhaneden çıkmaymış... Doğru mu?"

Bilal sokuldu, elini tuttu:

"Doğru ya, boş ver Aptal kızına. Bugün tamam mıyız?"

Fatma elini çekti:

"Ne tamam mı?"

"Şu ahıra giriverelim!"

Fatma ahırdan yana baktı, omuz silkti. Bilal elini gene tuttu:

"Seni çiftlikte korum. Bedavadan yer içersin, haftalığın da haftalık!"

Fatma elini çekti. Bilal kolunu tuttu bu sefer. Fatma huylandı:

"Bırak."

Bilal bırakmadı:

"Bırak be!"

"..."

"Bırak kolumu..."

"Niye?"

"Bir gören oluverir..."

"Kim görecek? Güneşin altında herkesin Allahı şaşıyor..."

"Bana ne?"

Kolu daha kuvvetle sıkan Bilal, kadını kendine çekmek istedi. Kadın direndi. Eliyle Bilal'ın elini itti, kolunu kurtardı. Bilal gene tuttu, sarstı:

"Haydi kız!"

"Ne?"

"Ahıra diyorum..."

"Senin elinde sahiden bir iş var mı?"

"Ne için?"

"Beni çiftlikte koyabilir misin?"

"Senem'e sor da bak!"

Fatma inanmadı:

"Gâvur... Söz birliği ettiniz değil mi?"

"Irgatbaşıya sor!"

"Heye, sor."

"Sor ya. Ne var? Ben istedikten sonra benim elimden uçan kurtulur. Haydi!"

"Bırak kolumu..."

Bilal tövbe bırakmıyordu. Sarstı yeniden:

"Hadi bee!"

"Senem geliverir..."

"Gelmez."

"Heye gelmez..."

"Vallaha gelmez!"

"Ne biliyorsun gelmeyeceğini?"

"Allahımı inkâr edeyim gelmez kız, vallaha gelmez. Şimdiye kadar girdik de çıktıydık... Amma da korkakmışsın. Ben de seni kabadayı avrat bellediydim..."

Kadını tam çekerken, Senem'in geldiğini gördüler.

Fatma telaşla silkinip kurtuldu.

Bilal, "Gece bekleyeceğim ha," dedi.

Fatma dilini çıkardı. Bilal, "Yerim," dedi. "O dilini yerim anam avradım olsun!"

Fatma gene çıkarınca Bilal'in gözleri karardı:

"Kız çıkarıp durma o dilini, Allahına kurban olurum senin kız!" dedi. "Feleksiz!"

Senem Bacı geldi, saate baktı, telaşlandı:

"Abooo... dörde geliyor. Kız Fatma, bırak konuşmayı da haydi. Şimdi nerdeyse gelirler. Karavanalar hazır mı?"

Fatma davrandı.

Bilal, Fatma'nın dolgun kalçalarına bakıyordu. Ne avrattı ya! Ulan ah be, akşam gelse, ahıra çekse, dilini dişlerinin arasına alıp...

Senem Bacı gözucuyla ona bakıyordu. Bir ara sözde çıkıştı:

"Lan Bilal, defolup gitsene şurdan!"

Bilal içini çekti:

"Ah Senem ah!"

Senem Bacı haberi yokmuşçasına, "Ne o?" dedi. "Hayrola?"

"Yanıyorum!"

"Kime?"

"Allah'ın bir tavuğuna!"

"Tavuk da sana yanıyor mu?"

"Eh artık, orasını Allah bilir. Hani bir bilsem yandığını..."

"Ne yaparsın?"

"Yemez yediririm, giymez giydiririm anam avradım olsun!"

Fatma kıkırtıyla gülüverdi. Senem bu sefer ona çıkıştı:

"Kişneyip durma kız, azgın orospu kişneyip durma ha!"

Fatma ciddileşti:

"Kişnediğim nerde? Tövbee..."

Bilal Fatma'ya bakıp göğsünü yumruklayarak gitmeden önce, "Döşüme sıç," dedi. "Döşüme sıç sen benim..."

Ne Fatma duydu bunu ne de Senem Bacı. Zaten tam o sırada ırgatların yiyeceklerini almaya biri gelmişti. Çavuş diyorlardı:

"Bacı," dedi Senem'e, "kurban bacı. Millet kırıldı acından vallaha!"

Senem kan ter içindeydi.

"Hazır babam hazır," dedi. "Yanaştır arabanı!"

Hereni denilen pilav dolu üç küçük kazanla bakır karavanalar, tahta kaşık desteleri, adam başına birer tane kara, bayat somunlar öküz arabasına yüklendi. Araba tarlanın yolunu tuttu.

16

Çapa ırgatları kazmalarını bırakmış, kızgın güneşin altında beşer beşer oturmuş yemek bekliyorlardı.

Elci yemeklere bakıyordu. Herenilerin çevresinde yalınayak dolaşan çocuklardan gözünü ayıramıyor, kazanlara fazla sokulanları tekmeyle kovuyor, ele geçirebilirse tokatlıyordu.

Bu çocuklar çapa çapalayan ırgatların çocuklarıydı ki, çiftlikten onlara ayrıca yiyecek verilmez, babaları, anneleri kendi yiyeceklerinden pay çıkarırlardı.

Pehlivan Ali, Aptal kızıyla diz dize oturmuştu. Yanında Kürt Hürü'nün kocası, onun yanında Kürt Hürü, Kürt Hürü'nün yanında da Hürü'nün dokuz yaşındaki kızı.

Altlarındaki toprak fırın kadar sıcaktı. Tepeden olanca gücüyle vuran güneşse milleti su gibi terletiyordu.

Bakır karavanalarda pilavlarla ekmekler geldikten sonra, tarlaya beşer beşer dağılmış ırgatların iştahlı ağız şapırtıları, bakır karavanalarda takırdayan tahta kaşıkların sesi ortalığa yayıldı. Takırtı, ağız şapırtısı. Konuşulmuyordu. Hiçbiri enayi değildi. Konuşan, ötekilerden daha az yerdi. Zaten ne vardı konuşacak?

Pehlivan Alilerin pilav karavanasına birden bir çekirge sıçradı.

Aptal kızı, "Dert," dedi. "Kahpe dölü!"

Bir pençe vuruşuyla çekirgeyi pilavın içinde bastırdı, pilavı avuçladı, çekirgeyi pilavla birlikte ezip attı. Elini kara şalvarına sildi.

Olağandı. Kimse ne iğrendi, ne de hatta iğrentiyle yüzünü buruşturdu. Karavanalara çalakaşık gidiliyor, güneşin altında dinmeyen bir ağız şapırtısı sürüp gidiyordu.

Pehlivan Ali sağlam dişleriyle kuru somununu dişliyor, koca bir kaşık pilavla da ağzını şişire şişire, iştahla yiyordu. Aptal kızı Pehlivan Ali'nin dizine dirseğiyle dayanmıştı. Ara da bakışıp, neye olduğu belirsiz, gülüşüyorlardı.

Yanlarında oturan Hürü ise, dokuz aylık karnıyla rahatsız oturuyor, rahat edemediği için de boyuna sağına, soluna yanlıyordu. Bu arada sancı yoklayıp gidiyorsa da kocasının korkusundan sesini çıkaramıyordu. Namahreme sesini duyurmak günahtı. Zehir oluyordu yediği.

Pehlivan Ali, henüz yirmi dördünde, ama kırklık bir erkeği hatırlatan kara kuru yüzüne baktı Hürü'nün. Aptal kızı bu bakışı yakaladı, kıskanmadığı hâlde, kıskanmışçasına bir çimdik attı Pehlivan Ali'nin baldırına. Ali memnun, ıslak ıslak parlayan hayli uzamış sakallarıyla güldü.

Aptal kızı Ali'nin dizine iyice yaslandı.

Tam bu sırada Hürü gene sancılanarak iki kat oldu.

Aptal kızı sordu:

"Günün tamam mı kız? İşaret geldi mi?"

Hürü utançla baktı, sıkıldı. Kocası Kürtçe sövmüştü. Ne diyecekti Aptal kızına? Herif yatırıverirdi bıçağın altına. Tepeden ıslanmış kara saçları şakaklarına yapışmıştı. Gözleri yanıyor, baktığı yerde sanki karaltılar uçuşuyordu.

Aptal kızı sorusunu yineledi:

"Ha? Yakın mı sence?"

Hürü gene aldırış etmedi. Yeni bir sancı, iki kat oldu, saç örgülerinden biri omuzundan karavanaya sarktı. Kocası bu saçı hoyratça tutup başındaki yemeninin altına soktu.

Hürü ise tahta kaşığının sapını olanca gücüyle sıkıyor sıkıyordu. Öyle bir an geldi ki, sancıya dayanamadı, derinden derine inledi. Bu inleyiş, yani sesini namahreme duyuruş kocasını deliye çevirdi bir an. Kendini deyyus, pezevenk yerinde görmekten gelen bir öfkeyle karısına öyle bir baktı ki, kadın artık orada durmaması gerektiğini anladı. Ne yapabilirdi? Bacaklarının arasında ılık ılık bir sızıntı. Kan. Sancı da durmuştu. Az sonra yeniden, hem de öncekilerden daha güçlü geleceğini biliyordu. Fırsattan faydalanarak karavananın başından fırladı, çiftliğe doğru koşmaya başladı.

Kontrol ardından düdük çaldı. Aptal kızı, "O ne?" dedi. "Ne istiyorsun avrattan?"

"Nereye gitti?"

"Tövbe estağfurullah... Doğurmaya gitti!"

Hürü'nün kocası yeni bir küfür daha salladı. Ulan ne boktan avrattı şu be. Irz, namus bırakmamıştı herifte!

Pehlivan Ali'nin aldırış ettiği yoktu. Boyuna atıştırıyordu. Aptal kızı baldırına yeni bir çimdik atınca, canı yandıysa da sesini çıkarmadı. Akları kızarmış iri gözleriyle sadece baktı:

Aptal kızı, "Gâvur!" dedi.

Ali güldü.

"Avurtlara hele. Doymadın mı lan?"

"Doymadım ya, doyulur mu?"

"Doymadınsa ecik ye, derelerde böcük ye, kaynananın etini ye, kayınbabanın götünü ye!"

"Sen ye!"

"Öyleyse beni ye lan!"

"Yerim," dedi Ali.

"Yermiş. Ye hadi!"

"Burada olur mu?"

"Erkeklik burda yemek oğlum. Tenhalarda nenem karı da yer!"

Ali'nin bacağına basıp kalktı.

Boy atmış pamukların göz alabildiğince uzandığı güneş dolu tarlada leylekler, uzun turuncu gagalarıyla dolaşıyorlardı.

Karavanaların başından karnını doyuran çekildi, doyuran çekildi. Yemekten sonra paydosun bir saat olması gerekirdi ama, en insaflı kontrol pek pek yarım saat verirdi.

Bulgur pilavının ağırlığıyla birer kıyıya çekilinmiş, toprağa devrili devriliverilmişti.

Pehlivan Ali de kalktı, Aptal kızının yanına gitti.

Aptal kızı kızgın toprağa sırtüstü uzanmıştı. Ali başucunda dikilerek kızı gölgesine aldı.

"Ooooh," dedi Aptal kızı. Gölgene de kurban olayım sana da lan!"

Ali çömeldi:

"Ben de sana!"

"O dillerini yerim tekmil..."

"Ben de senin."

Gözlerinden isteğin baygınlığı geçen kadın, inledi:

"Aliii..."

"Hıı?" dedi Ali.

"Ali beee!"

"Ne beee?"

"Aliiii..."

"De soyka. Ali Ali. Ne var?"

"Ali işte zorla mı? Ali!"

"Kız anladık kız!"

"Beni..." .

"Eee..."

"Su dökmeye götür!"

Ali'nin içinde bir an alevden bir fırtına. Titreyen sesiyle, "Kalk!" dedi.

"Tut elimi!"

Pehlivan Ali, kadının kazma sapı tutmaktan nasır bağlamış esmer elini cinsel bir hırsla tutup kaldırdı. Tarlanın alt başındaki hendeğe yan yana yürüdüler.

Aptal kızı yolda gene, "Ali be," dedi.

"Hı?"

"Ihı ıhı..."

"Ne ıhı ıhısı?"

"Ayıya bak..."

"Niye?"

"Ihı ıhı diyorum tekmil lan!"

"Anlamıyorum ki..."

"Dert!"

"Karnına!"

"Senin karnına."

"Senin karnına işte!"

"Adam ıhı ıhıyı bilmez mi?"

"Bilmiyorum."

Hendeğe gelmişlerdi. Aptal kızı geniş omuzlu, iriyarı adama bir bakış fırlattıktan sonra hendeğe atladı. Güldü. Kara şalvarını sıyırıverip çömeldi.

Ali kadına bakıyordu. Sonra bakışlarını boy atmış pamukların uçsuz bucaksız kara topraklarında gezdirdi. Irgatlar uzaklardaydı. Herkes kendi havasında.

Aptal kızının yanına atladı.

***

Hendekten yorgun çıkarlarken, kontrolün düdük sesi günün sarı sıcağına hınçlı hınçlı yayılıyordu. Tarlada yan yatmış, bağdaş kurmuş, sırtüstü uzanmış kadın, erkek, çoluk çocuk istemeye istemeye kalkıp kazmalarına yeniden sarıldılar.

Hürü'nün kocası dokuz yaşındaki kızına, "Geç ananın yerine," dedi.

Çocuk zaten bekliyordu. Anasının kazmasını aldı, safa geçti.

Pehlivan Ali safın sol başındaydı. Yanında Aptal kızı, onun yanında Hürü'nün kızı, onun yanında Hürü'nün kocası, sonra sırasıyla Kel Meryem, İncirlikli Asiye, Adıyamanlı Fatma, Hüseyin Boşboğaz, Çocuk Fethi ve başkaları.

189

Boy atmış pamukların ince uzun sapları arasındaki zararlı otları çapalayan kazmaların keskin ağızları kupkuru toprağa hep birlikte inip hep birlikte kalkarken, kuru toprak kazmaların altında haş haş haş ediyordu.

Kazmaların hep birlikte kalkıp inebilmesi için hep birlikte söylenen türkü ise ovaya yayılıyordu:

Kalanın ardına eherler dâri
Eherler biçerler sararlar yâri
Yar bana göndermiş ayvaynan nari
...
...*

Pehlivan Ali kan ter içindeydi. Aptal kızına, "Bilmiyor muyum?" dedi. "Günde günde çiftlikte koyuyorlar. Ben eşşek değilim. Zaten ne olacak, o....unun biri!"

Aptal kızı taşı gediğine koyuverdi:

"O....u olduğunu biliyorsun da ne tutuyorsun bile bile? Sende hiç mi delikanlılık yok? Sana boynuz taktırıyor tekmil..."

"Nikâhlım değil ya. Erinin koynundan aldığım gibi kaçtım!"

Aptal kızı şaştı:

"Sahi mi lan?"

"Vebalin boynuma..."

"Nasıl kaçtın?"

"Kaptığım gibi kaçtım. Eri inşaatta kireç karıyor. Beni yanına yardımcı verdiler. Kumarcının biri. Borçlandırdım borçlandırdım..."

"Sonra da?"

"Sonra da avradını..."

"Kaptığınla kaçtın ha?"

"Kaçtım."

---

* Kalenin ardına ekerler darı / Ekerler biçerler sararlar yâri / Yâr bana göndermiş ayvayla narı / ... / ...

Güneşin korkunç sıcağından korunmak için kara şemsiyesinin gölgesinden ırgatlara bakan ırgatbaşı, Pehlivan Ali ile Aptal kızının usul usul konuştuklarını gördü, bağırdı:

"Kız Aptal kızı, gelirsem kızlığına sıçarım ha!"

Aptal kızı umursamadı:

"Ne var?"

"Kozaya vuruyorsun tekmil!"

Adama dilini çıkardı, Ali'yi dirseğiyle dürttü:

"Sonra?"

"Sonrası sağlığın," dedi Ali çekinerek.

"Demek avradı ayarladın?"

"Ne yapayım? Zaten bir odada yatıyorduk. Avrat esasta yollu. El attım bir iki. Baktım yatkın. Zaten erini de sevdiği yok. Bildiğin gibi işte. Tabii elin ağzı durmaz, herifin kulağına gitti. Huylandı. Beni odadan kovdu. Esasta huylandığından değil, para kalmadı bende mesele o. Yoksa ne diye kovsun? Bir beyaz lengerli vardı, taşeron. O da işinden atınca, tamam. Bakma, çok yamandır bu Fatma. Elci Cemşir'i görmüş, demiş ki bizim Ali'yi kazmaya sav demiş. Beni kazmaya savacağı gün, avrat beni de götür dedi. Ben de..."

Aptal kızı gözüne düşen kâkülünü başının bir davranışıyla arkaya atarken, "O....u," dedi. "Beni de götür demiş... Sen de..."

"Ben de eh dedim, sen istedikten sonra... Omuzumda yerin var!"

Aptal kızının içinden yeni bir kıskançlık bıçak gibi geçti. Ali'nin baldırına bir tekme attı. Irgatbaşı bunu da görmüştü:

"Aptal kızıı, Aptal kızı!"

"Ne be?"

"Kişneme!"

"Sen kişneme!"

"Gelirim yanına ha, oynak o....u!"

Şu an ırgatbaşı filan umurunda değildi. Aklı fikri Ali'de. Ters ters baktı:

"Ayı!" dedi.

"Niye?"

"Omuzumda yerin var demiş..."

"Sen daha o zaman..."

"Koparırım o dilini ha!"

"Kız sen daha yoktun anam, sen yoktun ki o zaman!"

"Yok muşum..."

"Var mıydın?"

"Bana olsa demezsin..."

"Demem mi? Sana da demiyor muyum?"

"Demiyorsun ya, diyor musun?"

"Hendekte dediklerim neydi?"

"O başka!"

"Heye başka."

"O sıra herkes der, dilsizler bile. Marifet... Kim bilir daha neler dedin Fatma'ya?"

"Sana dediklerimi demedim ki!"

"De de bak..."

"Ne yaparsın?"

"O bakan gözlerini oyarım senin!"

Ali kıs kıs güldü. Memnun. Lakin yukardaki güneş işi gittikçe azıtıyor, dayanılmaz bir sıcak ovayı durulmaz hâle getiriyordu. Öyle ki, hep birlikte inip kalkan kazmaların kuru toprakta çıkardığı hışıltı yavaşladı.

Saatler gene de akıp geçiyordu.

Güneş devrilmiş, ırgatların gölgesi doğuya uzamış, sıcak kırılmıştı. Hafif pembeleşen gökten tek tük kuşlar geçiyordu. Arada da yaban ördeği sürüleri.

Safın öbür başındaki Haydar bir ara birden bir yaban ördeği kafilesini görerek heyecanlandı:

"Ula ula ula ula! Ördeklere hele ördeklere... Vay babanızın canına be!"

Herkes işi bırakıp gökyüzünden geçmekte olan yaban ördeği sürüsüne baktı.

Haydar iştahla, "Ah bir çifte olmalı şimdi," dedi.

Bir başkası:

"Dördü bir arada be!"

"Bir tarihte efendi, bir çiftem vardı, kız gibi! Ben, Zekeriya, Selim, Yusuf Mert tazılarımızı aldık yaban ördeği avına gittiydik..."

Irgatbaşı su içiyordu. Suyunu içmeyi bırakıp çıkıştı:

"Lan Haydar... Ördeğinin avradından başlatırsın ha!"

Haydar, "O beleş," dedi. "N'olmuş?"

"Ananın dini olmuş. Kozaya vuruyorsun tekmil!"

"Hani? Nerde? Vurduğum nerde? Senin gözlerin yoğurt yemiş!"

Çekişme uzayabilirdi. Kontrolün düdüğü gene. Kazmalar bırakıldı. Terli, yorgun, bitmiş insanlar gene beşer kişilik mangalar hâlinde toprağa oturdular. Ayran dolu tahta yayıklar öküz arabalarıyla gelmişti, indiriliyordu. Makineden geçirilip kreması alınmış yoğurttan yapılma "İmansız ayran"dı.

Tekrar karavanalarla tahta kaşıklar dağıtıldı. Akşam serinliğinde millet tahta kaşıklarla ayranlara saldırdı.

Bir ara Kâtip Bilal koşarak geldi. Nefes nefeseydi:

"Halo Cafer nerde?"

Irgatbaşı ayağa kalktı: "Buyur Bilal Efendi..."

"Nerde Halo Cafer?"

"Burda. Ne var?"

"Avradı doğurdu!"

Hürü'nün kocası gene Pehlivan Ali'nin mangasındaydı. Asık yüzüyle öfkeli görünüyor, Bilal'in söylediklerini işittiği hâlde hiçbir tepki göstermiyordu. Irgatbaşıyla Bilal yanına sokuldular. Bilal, "Lan Cafer," dedi.

Cafer, kıl içindeki yüzü, ufacık gözleriyle baktı.

"Avradın doğurdu tekmil lan, dümbük!"

193

Ne kızdı, ne de oğlu mu kızı mı olduğunu sordu. Onun yerine Aptal kızı sordu. Bilal, "Oğlu," dedi.

Bir oğlunun olduğunu işiten Halo Cafer'in kıllı, sert, asık yüzünde memnunluğa dair bir yumuşama oldu. Sevinç, bir su gibi yayıldı yüzüne, heyecanlandı:

"Oğlum!" diye bağırdı. "Oğlum mu?"

"Oğlun ya!"

"Benim oğlum hı?"

Elinde ayran bulaşığı içinde tahta kaşık, yerinden fırladı. Çiftlik huğlarından yana baktı baktı... Sonra daha büyük bir heyecanla kaşığı atıp deli gibi koşmaya başladı.

Herkes güldü ardından. Aptal kızı, "Fukara," dedi. "Kız, kız, kız... bıkmış!" Halo Cafer'in kızı ise, bir oğlan kardeşinin olması umurunda bile değil ayranı iştahla kaşıklıyor, eğilip kalktıkça, anasını hatırlatan kirli örgüleri sallanıyordu.

Irgatbaşı, "Senem Bacı pekmez içireydi bari," dedi.

Hâlâ Halo Cafer'in ardından bakmakta olan Bilal, "İçti," dedi. "Beyin haberi oldu. İki bardak pekmez verdik, yağ da verdik..."

Irgatbaşı, "Yaşasın ağamız!" dedi. "Görüyor musun ağayı? Ulan bu Çukurova'da ağamızın tövbe bir eşi yok ha!"

Öteden Haydar, "Öhö öhö..." yaptı.

Irgatbaşı, "Aman ağamıza dört elle sarılalım" diyecekti, olmadı. Bozularak döndü:

"Kimdi o? Sen miydin Haydar Bey?"

"Bendim ama bey olamadık daha..."

"Balık yemişsin galiba, boğazında kılçık kalmış..."

"Kaldı. Gel çıkar!"

Irgatbaşı duymazlıktan geldi.

Karnını doyuran kalkıyor, doyuran kalkıyordu. Pehlivan Ali ile Aptal kızı da karavananın başından kalkıp bir kıyıya çekildiler. Ali uykusuzluktan bitiyordu. Irgatlara su dağıtan çavuşlardan biri yanından geçerken seslendi. Su çavuşu paslı tenekedeki suyu iri tasa doldurup uzattı. Pehlivan Ali kocaman avuçlarıyla tası kavradı, gurt gurt gurt diye içmeye başladı. Sonra ikinci tası. Irgatbaşı öteden, beygir suluyormuş gibi ıslık çalıyordu.

Ali ırgatbaşının inadına üçüncü tası da doldurup son damlasına kadar içti.

Su çavuşu, "Çüüüş," dedi, "ayı..."

17

Irgatların akşam yemeği hazırlanıyordu.

Senem Bacı, fıkır fıkır kaynamakta olan herenilere yarmaları saldı. Tuzla tatlı kırmızıbiber atarken Bilal geldi. Düşünceliydi. Senem Bacı'nın yanında durdu.

Ter içindeki Senem, elindeki paçavrayla terini silerken, "Ne o?" dedi.

Bilal o kadar dalgındı ki, duymadı. Yanlarına Fatma'nın sokulduğunu bile seçemedi. İçini çekti, sonra, "Yahu," dedi, "bu avratlık zanaatı tekmil zormuş be!"

"Deeeert," dedi Senem.

Fatma güldü:

"Hangi avratlık?

Bilal döndü, gördü:

"Avratlık," dedi. "Sizin avratlığınız."

"Niye?"

"Zor dinime imanıma!"

"Niye be?"

Bilal dalgın dalgın mırıldandı:

"Hürü'yü doğururken gördüm de..."

Senem irkildi:

"Tuh, görmüş. Şuna hele..."

Bilal omuz silkti:

"Ne var ki?"

"Ne var ki'si var mı? Hem ayıp, hem günah. Ne var ki'y-miş..." Bilal aldırış etmedi:

"... Doğururken damarları nasıl oluyor avradın, oklava okla-va. Hayvan yemliğini tutmuştu fukara, ıkın ha ıkın. Bu yaşıma geldim, doğuran avrat görmediydim. Bir bu. Kısrak mısrak gördüydüm ya, insan başka. Adam iğreniyor. İçim bulandı tek-mil. Kana hiç yüzüm yok. Gözümün önünden tövbe gitmiyor. Yemek memek yiyemem gayri..."

Senem Bacı içini çekti:

"Erkeklere göre ne var... Değil mi Fatma?"

"Hiç canım. Onlar Allah'ın cennetlik kulu!"

Bilal hâlâ Hürü'nün doğumunu düşünüyordu. Birden sordu:

"Bütün kadınlar Hürü gibi mi doğurur?" Senem de güldü, Fatma da. Senem:

"Nasıl doğuracaklar ya deli? Yatıyor mu?"

"Kim?" dedi Bilal.

"Hürü."

"Yatıyor. Akşama kadar yatarsa yarın kalkar."

"Bey ne dedi?"

"Acındı. Beye bakma. Yarın, öbür gün çalışmasın diyor. Akıl işte. Biz çalışma, yat desek bile bizi dinlemezki..."

Senem biraz da hırslı:

"O kendi anası, bacısı belliyor fakir fukarayı!" dedi.

"Amma ne. Kırk gün yataktan çıkmazlar."

Fatma:

"Pekmezi tüm içti mi?"

"Su gibi içti hem de."

"Ben tövbe içemem, bir kahve fincanı bile içemem. Yüreğim bulanır."

Bilal, "Fukara Hürü," dedi. "Gözünün pekmez mi gördüğü var? Lıkır lıkır lıkır içti."

"Benim içim bulanır," dedi Senem. "Bak hele, Halo Cafer ne yaptı?"

"Neyi ne yaptı?"

"Oğlunu görünce?"

"Ne yapsın fukara... Ahıra seğirterek girdi. Ne yaptı bilmem."

Bilal Fatma'ya göz kırptı:

"Ahırda ne yapılır Fatma?"

Fatma kıkırtıyla güldü.

Senem Bacı döndü, baktı:

"Ne güldün kız?"

Fatma, "Hiç," dedi.

Bilal Fatma'ya yiyecek gibi bakıyordu. Ah gene girselerdi ahıra. Bunu hisseden Fatma ise gözlerini boyuna kaçırıyordu Bilal'den. Bilal birden ani bir kararla Hürü'nün doğurduğu ahıra yürüdü. Kadınlar ardından bakıyorlardı. O, ahırdan içeri girdi, kapının içinde durdu. Hâlâ fışkının üstünde yatmakta olan Hürü'ye baktı. Ilık ılık gübre ve kan kokuyordu ahırın sıcak havası. Yerlerde kanlı çaputlar... Hürü'nün çocuğu paçavralar arasında mosmordu. Yüzüne sinekler inip kalkıyordu. Çocuğun yanı başında ise iri başlı erkek bir kedi, çocuğa yalanarak bakıyordu. Sonra bir koku almışçasına çevreyi kokladı, kadının öbür başına gitti, dışkıyı eşeledi. Çocuğun iyice gömülmemiş eşini çıkarmaya başladı. Bilal gördü bunu, hayvanın yanına usul usul gitti, bir tekme. Hayvan top gibi fırladı karşı duvara ama, gene de gözü çocuğun dışkıya gömülü eşindeydi.

Yerdeki kanlı, paslı bir jilet birden Bilal'e kediyi unutturdu. Demek kadın doğurduktan sonra çocuğun göbeğini bu paslı jiletle kesmişti?

İçi bulanarak kapıdan çıktı.

Hürü kendine geldiği zaman kızını yanı başında buldu. Dokuz yaşındaki kız anasının yerine çapa çapalamaktan ter içindeydi, yorgun görünüyordu. Ama aldırdığı yoktu. Yeni doğan kardeşinin yüzüne konan sinekleri kovalıyordu.

Hürü Kürtçe sordu:

"Baban oğlanı gördü mü?"

"Gördü," dedi kız gözlerinin içleri gülerek.

"Sevindi mi?"

"Deli oldu."

Kadın ferahladı.

"Git çağır gelsin!"

Kız ahırdan çıplak ayaklarıyla fırladı.

Babası, tarladan dönen ırgatlarla birlikte, çiftliğin arkasında, ağılla kerpiç damların bulunduğu meydanlıktaydı. Yorgun ırgatlardan çoğu şuraya buraya dağılmışlardı, yemek bekliyorlardı.

Hürü'nün kocası Halo Cafer, elinde çinko bir kap, karısına yiyecek alabilmek için Senem Bacı'yla Fatma'nın yanında bekliyordu. Kızı yanına gelince:

"Ne o?" dedi Kürtçe.

Kız da Kürtçe karşılık verdi:

"Anamın yanından geliyorum."

"Nasıl?"

"İyi. Seni çağırıyor!"

Birden tepesi attı:

"Ne yapacakmış?"

"Bilmem."

Kadın oğlan doğurmamış olsaydı gitmez, gitmedikten başka da onu ayağının altına alırdı ama, oğlan doğurmuştu bu sefer. Çinko kabı kızına verdi, karısının yatmakta olduğu ahırın yolunu tuttu.

Fatma, yanı başında dikildiği Senem Bacı'yı dürttü:

"Seninkine bak!"

Senem çöken akşamın içindeki turuncu alevler kaynaşan ocağın aydınlığıyla aydınlanan Halo Cafer'in ardından baktı, güldü:

"Oğlanı doğurunca avrat kıymetlendi!"

"Aman kıymetlensin fukara..."

"Hadi hele şu pilavları karavanalara kotaralım!"

Yarma pilavları herenilerden bakır karavanalara kotarılıp ırgatların önüne sürüldüğü sıra ortalık iyiden iyiye kararmıştı. Bakır kızılı kocaman bir ay doğuyordu uzaktaki sırtların ardında. Yorgun ırgatların iştahlı ağız şapırtılarından başka köpek havlamaları duyuluyordu uzaktan uzağa. Gecenin içinde ateşböcekleri yanıp sönüyor, ayın alt kenarı sırttan kurtulmaya çalışıyordu.

Böyle de bir zaman geçti.

Karnını doyuran kalkıyor, doyuran kalkıyordu. İçlerinde ellerini, ağızlarını yıkayanlar da vardı. Sabun yerine toprak, çeti otu, ayrık kullanıyorlardı.

Pehlivan Ali sırtını bodur bir incir ağacına dayamıştı. Aptal kızı ayakucundaydı. Kim bilir kaçıncı sefer aynı şeyleri tekrarladı:

"Ondan sana vallaha da hayır yok, billaha da. Bey onu günde günde ne diye çiftlikte koyuyor?"

Pehlivan Ali gözlerini ta karşılara dikmişti. Kapkaranlıktı karşılar. Koyu. Ali bakıyor, görmüyordu. Beyin Fatma'yı ne için günde günde çiftlikte koyduğunu düşünüyordu. Eşek değildi Ali. Biliyordu. Aptal kızı da ha bire bunu söylüyordu. Aptal kızının ne diye durmadan söylediğinin de farkındaydı. Günde günde çiftlikte... Ne vardı bunu bilmeyecek?

Bir ara yuvarlak bir ışık belirip söndü uzakların koyu karanlığında. Yeniden yandı, ikileşti, yitti, meydana çıktı, gene yitti, gene çıktı. Bunun bir otomobil olduğunu anladı Ali. Geliyordu. İnişli yokuşlu yolda ışığı yitmemecesine geliyordu. Çukurova'ya inerlerken trende rastladıkları Yunus Usta'yla Veli'yi hatırladı, güldü. O zaman amma da cahildi ha! Ne otomobili biliyordu, ne gazocağını, ne de biri ölünce nereye atılacağını...

Hidayet'in oğlu aklına geldi. Köse Hasan hastanede ölünce ölüsünü ölü odasına atmışlar da burnunu kulağını fareler yemişti.

Aptal kızına baktı:

"Bir insan hastanede ölünce ölüsünü ne yaparlar bil bakalım!"

Aptal kızı beklemiyordu ama, gene de, "Götürür gömerler!" dedi.

"Bilemedin."

"Ne yaparlar ya?"

"Ölü odasına atarlar. Gece sıçanlar çıkar, ölünün burnunu, kulağını yer!"

Aptal kızını hiç de ilgilendirmezdi bu ama yine de sordu:

"Ne biliyorsun?"

"Ben mi?"

Aptal kızı sinirlendi:

"Ben mi, ben mi... Senden başka kim var burada?"

Ali güldü:

"Alışkanlık işte..."

Birden Fatma ortaya çıktı, yanlarında dikildi. Elleri belinde, Ali'ye baktı, Aptal kızına baktı, tekrar Ali'ye.

Sordu:

"Ne yapıyorsun burda?"

Ali kıpkırmızı kesilmişti. Duyduğu hâlde aldırmadı. Fatma sinirlendi:

"Sana diyorum!"

Ali bakmadan:

"Ne diyorsun?"

"Ne yapıyorsun diyorum."

Ali baktı, gözlerini yeniden yere indirirken omuz silkti:

"Hiiç oturuyorum..."

Fatma hırslı hırslı baktı baktı, sonra, "Gel biraz," dedi.

"Ben mi?"

"Sen!"

Gitmemesi için Aptal kızı, Ali'nin ayak parmağını sıktı. Ali ne demek istendiğini anladıysa da, gitmemezlik edemedi.

Az uzaklaştılar. Fatma, "O avrat niye yanında oturuyor?" dedi.

Ali şaşırdı:

"Hangi avrat?"

"O avrat işte, yanındaki!"

"Aptal kızı mı?"

"Aptal kızı..."

"Vallaha ne bileyim Fatma? Gel yanımda otur demedim ki kendine ben..."

"Demedin de ne demeye oturuyor? Hem sen onu su dökmeye götürmüşsün..."

Ali irkildi:

"Kim dedi?"

"Kim dediyse dedi. Ne diye götürdün?"

"Ben mi?"

"Sen."

"Vallaha Fatma... Hani kötülüğüne değil. Sevabına..."

"Ben olsam götürmezsin amma!"

"Götürmem mi?"

"Götürmezsin ya, götürür müsün?"

"Götürürüm, seni de götürürüm vallaha... Sevabına bir şey, ne var?"

Sonra birden içini döküverdi:

"Seni günde günde ne diye çiftlikte koyuyorlar?"

Fatma, "Aş'a muşa el atıyorum," dedi, "bulaşıkları yıkıyorum..."

"Heya, bulaşıkları yıkıyormuş..."

"Ne yapıyorum ya?"

"Elin adamı neler diyor..."

Fatma birden öfkelendi:

"Elin gözü çıksın! Ele ne bakıyorsun sen? El senin ardından da neler diyor!"

"Neler diyor?"

"Neler demiyor ki? Ele ne bakıyorsun?"

"Heye ne bakıyorum... Ne bakıyormuşum... Herkes diyor ki, beyin odasında, beyle şöyle böyle diyor!"

"Senin ardından demiyorlar mı?"

"Diyorlar mı?"

"Diyorlar ya!"

"Ne diyorlar?"

"Aptal kızına dolanıyor diyorlar!"

Pehlivan Ali karşılık vermedi. Buna mim koyan Fatma üsteledi:

"Laf ver laf. Niye susuyorsun?"

Ali yutkundu, hart hart kaşındı. Ne "laf verecek"ti? Yalan değildi ki.

"Laf versene lan!"

"Kaşınıyorum, isilik olmuşum tekmil..."

"Aptal kızına dolandığın doğru mu?"

"Amaan sen de..."

"Aman mı? Aman demek? İnşaatta it gibi dolanıyordun ardımdan amma. Amanmış. Unuttun o günleri değil mi? Fatma, döşüme sıç kııız dediklerini unuttun değil mi? Başını dizime koyup da bitlerini kırdırdıklarını... Ben gene o Fatma'yım. Elimi sallasam ellisi, başımı sallasam tellisi gelir ardımdan. Beni bir Aptal kızına değişiyorsun. Değiş. Bundan böyle git de bitli Aptal kızı başının bitini, sirkesini kırsın!"

Çekilip gitmesi gerekirken gidemiyor, Ali'ye bakıyordu boyuna. Herif domuz gibi, gözlerini yere dikmiş, iyiden kötüden bir şey söylemiyordu.

Fatma hıçkırdı:

"Vay bana, vay başıma gelenler benim. Ben de seni adam belledim de aslan gibi erimi tepip ardından yürüdüm..."

Ali kocaman başını yerden kaldırdı:

"Nikâhlısı değildin ya!"

"Olmayım, olmayınca ne var? Erimdi ya, sen ona bak!"

"Şimdiye seni kumara basardı tekmil..."

"Kumara basar, basmaz. Erimdi. Demek sen şimdi Aptal kızıylasın ha?"

Ali'ye baktı, baktı, baktı. Sonra yıkılırcasına oradan uzaklaştı. Söyleniyor, hayır homurdanıyordu: "... Kumara basarmış. Bassın. Erimdi ya! İt, itoğlu it. Deli kafamı daha çoook vuracam

202

taştan taşa. Sen tut, aslan gibi erini tep, yazının aç itinin ardına
düş. Vay bana, vaylar bana tuuu..."

Ocakların yanında durdu.

"Demek Bilal'in dedikleri doğruymuş?"

Deminden beri uzaktan uzağa onları gözetleyen Bilal yanın-
da bitiverdi:

"Ne dikiliyorsun kız?"

Fatma irkilerek döndü, yabancı değil, Bilal'di.

"Sen miydin?" dedi.

"Ne dikiliyorsun?"

"Dediklerin essahmış..."

"Hangi dediklerim?"

"Aptal kızıyla dediydin ya!"

Bilal üzerinde durmadı. Fatma'nın hafifçe esmer, ufacık elini
tuttu. Kadın her zamanki titizliği göstermedi, uysaldı:

"Ne olacak?" dedi. "Kerhaneden çıkma... Kerhaneden çıkma
avrattan hayır mı gelir?"

Bilal eli avucunda sıktı:

"Gelmez."

Eli ahırdan yana çekti. Fatma en küçük bir direnme göster-
medi. Erkeğin ardından düşünceli düşünceli gitti. Tam ahırın
kapısında durdu.

Bilal, "Ne o?" dedi.

"Hürü içerde değil mi?"

"Yok canım."

"Nerde ya?"

"Eri aldı çiftliğin öte başına götürdü..."

Ahır hâlâ kan kokusu karışık fışkı kokuyordu. Bilal kadına
sarılmak istedi. Kadın elleriyle göğüsledi adamı:

"Dur!"

"Niye?"

"Bir laf ver bana..."

"Ne lafi?"

"Beni temelli çiftlikte koyacaksın değil mi?"

Heyecandan Bilal'ın sesi titriyordu:

"Koyacam," dedi.

"Söz mü?"

"Söz!"

"Yalancının?"

Adamın konuşmaya vakti yoktu, kadına bir daldı, kucakladı. Kadın çırpınıyordu:

"İlaha gözün kör olmaya azgın," dedi. "Dur lan, valla ha gelen olur. Abooo... Şuna hele..."

Fışkıların üstüne sırtüstü yatırıldı. Hâlâ çırpınıyor, hâlâ debeleniyordu. Bir ara, "Şu kapıyı," dedi, "şu kapıyı ört bari deli cenabet!"

Bilal dizleri üzerinde uzandı, kapıyı itti.

***

Senem Bacı bulaşık karavanaların yanına geldi, durdu, çevresine bakındı. Fatma yoktu görünürlerde. Ocaklar körlenmiş, bulaşık suyu soğuyordu. Tam seslenecekti, ayın su gibi parlattığı çizmeleriyle bey, ağılın köşesinden çıktı, Senem Bacı'nın yanına geldi:

"Doğuran kadın nasıl oldu?"

Senem, "Sayende top gibi," dedi.

"Yağla pekmez içti mi?"

"Bak hele bak. Lıkır lıkır hem de..."

"Yarın yatıp dinlense iyi olur. Bir terslik olmasın. Başımıza iş çıkabilir. Gerçi hava ama, itin köpeğin ağzına laf düşmesin. Çalıştırdılar çalıştırdılar şöyle böyle..."

Senem, "Hiçbir şey olmaz," dedi. "Bunlar ite benzer. Şurda yatar, şurda kalkar gezer dolaşırlar. Sen yat desen bile yatmaz onlar be!"

"Biliyorum, biliyorum amma, mesele, baş ağrısı olmasın!"

Gecenin derinliklerinden kurbağa vıraklı geliyordu.

Derinden derine bir çocuk viyaklaması...

Irgatlardan birinin yedi aylık çocuğu. Sol kolu yorgun anasının altında kalmış, çocuğun canı yanmıştı. Viyaklayınca, kadın uyandı. Öyle uykusu vardı ki, "Dert," dedi. "Dert soyka!" Çocuğun kolunu koparırcasına çekip öteye attı. Bu sırada kocası, bir yandan bir yana dönerken sayıkladı:

"Doymadım, vallaha da billaha da doymadım..."

Kadın yıldız ışığıyla hafiften aydınlanmış yüzüne baktı kocasının. Uykulu bakış çok hafiften aydın, sakallı yüzde, koyu bir karanlıktan başkasını görmedi. Ta uzaklara kaydı bakışı. Hendekten bir ışık çıkıyordu. Üzerinde durmadı, kocasının yanına devrilip yattı.

Gerçekten de, kalın camlı bir gemici feneri çıkmıştı tarlanın öbür başındaki hendekten. Önce ışık çıkmış, sonra titreşen gölgeler, insan gölgeleri. Fenerin sarı ışığında başları deftere eğik, o geceki kumarda borçlandırılanları adlarıyla yazmaya başladılar.

"Yaz, yarım liralık esrarla iki çay yaz!"

"Kime?"

"Kürt Haydar'a."

"Ahaaan ahan, yazdım. Başka?"

"Veli'ye esrar yaz bir liralık!"

"Başka?"

"Keko'ya iki çay."

"İki çay..."

"Deli'ye de iki çay."

"..."

"..."

Fenerli adam defterini kapatıp cebine soktu. Aklına bir şey gelmişçesine, "Ha," dedi, "şu mesele tamam. Yarın çağır, sav gitsin patoza!"

"Demek avrat razı oldu?"

"Bak hele bak..."

"Ne diyor?"

"Ne diyecek? Seni çiftlikte korum dedim, inandı..."

"Desene işin iş."

"Öyle."

"Herif gitmek istemezse ya?"

"Nasıl istemezmiş? Burası paşa babasının çiftliği mi? Kuyruğundan tutar atarsın. Gitmek istemez ne kelime? Sen söylerken ben de üstünüze gelirim, iyice pekiştiririm. Nikâhlısı değil ya!"

"Doğru."

Ayrıldılar.

Fenerli adam fenerini üfledi.

Böcek çıtırtıları yüklü gecede birer kıyıya serilmiş uyuyan ırgatların iniltileri geliyor, yarasalar ay ışığıyla kalaylanmış gecenin içinde bir baştan bir başa kurşun gibi akıyorlardı.

Fenerli adam çiftliğin saz örülü toprak huğları arasında karanlıklara karışıp gitti.

Toprak sıcak, toprak yorgun ve uykuluydu.

Kaynaşan yıldızların arasında bazen bir yıldız pırıl pırıl eğri bir çizgi hâlinde akıp derinliklerde sönüyordu.

Çok uzaklarda bir köpek havlaması.

Bir beygir kişnemesi, bir öküz böğürtüsü.

Sabah uzak dağların ardında kirli bir grilikteydi.

Grilik ağara ağara iniyordu ovaya.

Böylece de bir zaman geçti. Kadınlı erkekli, çoluk çocuklu yorgun ırgatlar uyandırılmaya başlamıştı. Uykuya doyamayan insanlar uyansalar bile uykunun ağdalı, yapışkan karanlığına yeniden yuvarlanıyorlar, ama bu çok tatlı uçurumda keyiflerine bırakılmıyorlardı:

"Ayıya hele ayıya!"

"Kalk lan!"

"Kumar oynayacağına bütün gece yataydın, i..e!"

"Şamar geliyor ha!"

"..."

"..."

206

Tanyerinde grilik iyice ağarmıştı.

Irgatbaşı, elinde uçkuruyla dikilen Pehlivan Ali'nin yanına geldi. Ali su dökecekti, esniyordu kaba kaba. Irgatbaşı, "E..." dedi. "Ne dikiliyorsun?"

Ali omuz silkti.

"Seni patoza salacağım," dedi ırgatbaşı. "Gider misin?"

Ali şaştı. Bu ırgatbaşı şimdiye kadar onunla hiç böyle senli benli konuşmamıştı.

"Beni mi?" dedi.

"Seni."

"Patoza mı?"

"Patoza."

"Patoz ne ki?"

"Patoz işte... Harman makinesi!"

Ali, elini gömleğinin altına sokup terli gövdesini tırnaklaya tırnaklaya kaşıdı. Bir yandan da düşünüyordu. Irgatbaşı, "Ne düşündün?" dedi.

"Vallaha ne bileyim çavuş ağa?"

"Bir sapçıyla bir koltukçu lazımmış. Seninle Hidayet'in oğlunu salacağım..."

Ali sıkıntıyla baktı:

"Fatma ne olacak ya?"

"Sen Fatma'yı düşünme. Evvel Allah'ın izniyle Fatma benim bacım. Benim canım sağken Fatma'nın tırnağına bile zarar gelmez, düşünme. Onu çiftlikte koyacağım. Aşa muşa el atar, ortalarda fırlanır. Parası gene de para. Lakin sen esaslı koltukçu olursun. Şu bedene hele bedene... Ben seni düşündüğümden hep. Parası da bol. Bol parayı ne diye yazının yadırgıları alsın?"

Fatması aklından çıkmayan Ali, adamın yağcılığına dikkat ederek, "Sen benim hemşerim değilsin a!" dedi.

"Bir insan bir insanı hemşeri diye mi düşünür?"

"Ne diye düşünür ya?"

"Bakıyorum bedenli, pehlivan adamsın... Oldu mu?"

"Vallaha ne bileyim?"

"Sen bilmezsen kim bilir senin işini lan?"

"Fatma da gelseydi..."

"Avrada iş yok ki patozda. Fatma burda kalır, aşa muşa el atar, parası da para! Sen Fatma'yı düşünme, Fatma benim bacım dedim ya. Hem ne? Fatma'yla göbeğin bitişik değil ya!"

Pehlivan Ali diretti:

"Fatma gelmezse ne yapayım?"

Irgatbaşı kızdı:

"Ulan tam öküzmüşsün be! Fatmanı ağzımıza atacak değiliz oğlum. Fatma burada kalır, aşa muşa el atar, parası da gene para!"

Kâtip Bilal yanlarına sokuldu:

"Ne o?"

Irgatbaşı durumu kısaca anlattı. Bilal, "İyi ya," dedi. "Niye gitmiyor?"

"Ne bileyim ben? Fatma da Fatma, Fatma burada kalır, aşa muşa el atar, parası da gene para diyorum, yok..."

"Ne olmalıymış ya?"

"Fatma da gelsin diyor? Aha kâtip efendi, aha sen!" dedi. "Benden söylemesi. Ne hâliniz varsa görün..."

Bilal sinirlendi:

"Onun demesiyle mi? Savarsın gider!"

Pehlivan Ali Kâtip Bilal'e şüpheyle baktı.

"Ne bakıyorsun?" dedi Bilal. "Seninle sekiz haftalığına pazarlık etmedi mi ırgatbaşı?"

"Öyle," dedi ırgatbaşı.

Ali de başını salladı:

"Cemşir Ağamla sekiz haftalığına kesişmişler..."

"Bitti. Madem kesiştiniz, her nerede iş gösterirse gitmeye mecbursun. Gitmem ne demek? Senin keyfine mi?"

Pehlivan Ali, "Ben gitmem demiyorum," dedi. "Giderim gitmeye ya.."

"Ee?.."

"Fatma da..."

Bilal kesti attı:

"Fatma burada lazım! Senem Bacı'ya yardım edecek. Hem ne? Fatma neyin senin?"

Pehlivan Ali, "Avradım," dedi.

"Nerden avradın oluyor?"

"Neyim ya?"

"Hiiç, öyle..."

"Tövbe," dedi Ali. "Öyleymiş..."

"Madem avradın, çıkar bakalım izinnameni!"

Pehlivan Ali şaşırdı. İri, ablak yüzüyle Bilal'e baktı, sonra ırgatbaşıya, daha sonra gene Bilal'e. Karşılık vermedi.

Bilal üsteledi:

"Göstersene!"

Ali omuz silkti.

"Gördün mü? Gösteremiyorsun! Avradın olsa izinnamesini birde çıkarıp gösterirdin. Hem Fatma seni istemiyor!"

Ali yumruk yemişçesine sarsıldı:

"Fatma... Beni hı?"

"Seni ya. Ben onun avradı mavradı değilim, beni erimin altından kaptıynan kaçtı diyor!"

"Fatma mı diyor?"

"Fatma diyor."

"Demez, Fatma tövbe demez. Ben bilmem mi Fatma'yı?"

Kıpkırmızı kesilmişti.

Bilal, ırgatbaşıya, "Çağır şu Fatma'yı," dedi.

Irgatbaşı koşarak gitti. Az sonra Fatma'yla döndü. Bilal:

"Bu Ali seni erinin altından alıp kaçmadı mı kız?"

Fatma küskün küskün, "Aldı kaçtı da rezil etti tekmil," dedi.

Ali heyecanlandı:

"Ne rezili Fatma? Ben seni rezil mi ettim? Tövbe vallaha..."

"Heye, tövbe vallaha..."

"Tövbe vallaha ya. Seni nerde rezil ettim?"

"Herkes ne diyor?"

"Ne diyor?"

"Aptal kızıyla diyor..."

"Herkese ne bakıyorsun Fatma? Herkes senden ötürü de diyor ki..."

Fatma yumruklarını beline dayadı:

"Ne diyor?"

"Günde günde çiftlikte niye koyuyorlar, diyor!"

"Ben kötülüğüne kalmıyorum ya. Aşa muşa el atıyorum..."

Araya Bilal girdi, Fatma'ya:

"Kendisini patoza salacağız, ille Fatma da gelsin diyor. Patozda avrat işi yok ki!"

Fatma kesti attı:

"Olsa bile gitmem. Yerim rahat benim!" Oradan hızla uzaklaştı.

Pehlivan Ali sıkılı kocaman yumruklarıyla kıpkırmızı, ardından uzun uzun baktı. Kadın kerpiç huğların arasında gözden silinmişti.

Irgatbaşı, "Haydi," dedi.

Pehlivan Ali'nin bakışı Fatma'nın silindiği huğlardan yanaydı.

"Haydisene be!'

Bilal, "Avrat değil mi?" dedi. "En iyisinin Allah belasını versin. İstemiyor işte seni. Ben senin yerinde olacağım da avrat beni istemeyecek... Şerefsizim ardından döner bakarsam benden kötüsü yok. Alt tarafı avrat be. Şuna bak, kapı gibi delikanlısın!"

"Hiç canım," dedi ırgatbaşı. "Delikanlı ki delikanlı. Avrat dediğin de ne? Dört parmak sidikli bağırsak. Öyle elli avrat feda olsun sana!"

Ali'nin kulağına söz girmiyor, söylenenleri duymuyordu. Ateş düşmüştü yüreğine. Aptal kızı bile vız gelirdi. Yürüyüp gitmişti Fatma. Demek yürüyüp gitmişti ha? Uzaklarda kalmış geceleri düşünüyordu. Uzaklarda, çok uzaklarda kalmış geceler.

Şıh Muş'la ötekilerin nara attıkları, pencerelerin tahta kanatlarını yumrukladıkları, of çektikleri geceler. Paçaları dörder parmak dantelli donunu sıyırıp çıkardığı geceler, "Domuzun oğlu!" dediği, "Öldürürüm seni. Hele beni bırak!"

O etini büktüğü, omuzunu yumrukladığı, boynunu koklayıp etini dişlediği? Ne olmuştu şimdi bütün bunlar? Soluğunu, sımsıcak soluğunu duyuyordu. Ağladığını duyuyordu. Ağlamıştı. "Beni bu şaşı ayının elinden kurtar Ali," demişti.

Birden Bilal'e dikkat etti:

"... Burası şehir, köy değil. Burada izinnamesiz avrat taşınmaz, cezası pek büyüktür!"

"... Bu şaşı ayının elinden kurtar Ali, al götür beni buralarda. Kurban olurum yoluna Ali, Alim benim, birtanem, aslanım. Beni kaçır buralardan, buralardan kaçır, kurtar beni. Allah aşkına kaçır Ali. Beni orospu yapacaklar. Beni kurtar. Anam da sensin Ali babam da. Benim bu dünyada senden başka kimsem yok. Beni ellerin elinde koma..."

Ani bir kararla bağlardan yana yürüdü.

Bilal ardından seslendi:

"Nereye? Heey, nereye gidiyorsun?"

Ali duymuyor, başını almış gidiyordu.

Irgatbaşı ardından koştu, kolundan tutup durdurmak istedi. İriyarı oğlan bir silkinişte ırgatbaşının elinden kurtulup yoluna koyuldu.

Irgatbaşıyla Bilal her ihtimale karşı koştular ardından.

Fatma ocakların orada, çömelmiş bulaşık yıkıyordu. Senem Bacı da yanındaydı.

Ali öfkeli bir çocuk gibi Fatma'nın tepesine dikildi:

"Demek benimle gelmiyorsun?"

Fatma bakmadı bile.

Ali bir şeyler söylemesini bekliyordu.

Bilal, ırgatbaşı, Senem de aynı şeyi bekliyorlardı.

Fatma işine koyuldu.

Ali uzun uzun dikildikten sonra gene ani bir kararla gitti, torbasıyla yorganını alıp geldi.

Çapa ırgatları pamuk tarlasının yolunu tutmuşlardı. Bir ara Aptal kızı da önünden geçti. Meseleyi bildiğinden, şaşmadı. Sonra Hürü, Hürü'nün kocası, kızı, yanında kardeşleri, kucağında da en son doğan oğlan kardeşi, geçip gittiler.

Irgatbaşı ortalarda görünmeyen öteki uşağa seslendi:

"Haydi eeeey... Hidayet'in oğlu!"

18

Sarı boyası yer yer dökülmüş, "dört buçuk ayak"lık kocaman harman makinesi, rüzgârın esme durumuna göre doğu-batı durmuştu. Az ilerdeki bir traktörün deli deli döndürdüğü kalın ve uzun volan kayışıyla sertçe çalışırken çok büyük bir ağustosböceğini hatırlatıyordu. Tıpkı tıpkısına bir ağustosböceği! Ağustosböceği de günün kim bilir hangi saatinde, kim bilir nerde, hiç durmamacasına, biteviye öter öter ya, harman makinesi de öyle. Şakırtılı ama hep aynı ölçülü şakırtılı sesiyle çalışıp duruyordu.

Güneş ağır ağır yükseliyordu doğudan.

Güneş ağır ağır yutuyordu sabahın serin nemini.

Yirmi desteci harman makinesinin doymak bilmeyen ağzına buğday destelerini koşar adım, hücumla taşırlarken, daha şimdiden kan tere batmışlardı. Gecenin birinden beri durup oturmadan didinen toprak yüzlü bu insanlar, zırıl zırıl terlemekten kupkuru kalmışlardı sanki. Çoğunun çatlak dudakları irin bağlamıştı beyaz beyaz. Gözlerinin akları damar damar kızarmış, tükrükleri ağızlarında koyulaşmıştı.

Mal sahibine göre gördükleri iş, harmandan buğday demetlerini omuzlayıp omuzlayıp, harman makinesine koşturmaktan ibaretti. Koşturuyor, patozun üzerindeki "kol-

212

tukçu"lara veriyor, sonra yeni desteler getirmek üzere harmana dönüyorlardı. Koltukçularsa, desteci denilen bu demet taşıyıcılardan aldıkları desteleri harman makinesinin ağzından içeriye sokuyor, zırıltı makinenin doymak bilmeyen karnını doyurmaya çalışıyorlardı.

Koltukçuların işi destecilerden de zordu. Yüzleriyle boyunlarını bezlerle sıkı sıkı sarmışlardı. Gözlerinde, onları pilotlara benzeten toz gözlükleri... Gene de savrulan incecik tozdan, samanın tozundan kurtulamıyorlardı. Yaldız kadar inceydi bu toz. Bezlerin korumaya çalıştığı terli, ıslak boyunlara, gerdana, sırtlara girip yapışıyor, çıldırtan bir kaşıntı yaratıyordu.

Koltukçuların kaşınmayla vakit geçirmeye hakları yoktu!

Bir an, hücumla deste taşıyan destecilerin getirdiği desteleri almalarındaki bir anlık gecikme, hemen iş dengesini bozuyor, her şey altüst oluyordu. Böyle anlar korkunç kazalara da yol açtığı için koltukçuların bir makine düzeniyle çalışmaları gerekiyordu. Ne kaşınmak, ne düşünmek, ne de başka şey! Böyle olduğu hâlde, destelerin saldırısı karşısında çoğu zaman iş düzeni gene de bozuluyor, başlıyordu karşılıklı küfürler. Koltukçular destecilere sövüyorlardı, desteciler koltukçulara ama, harman makinesinin güneş altındaki o kocaman ağustosböceği sesi, iki tarafın küfürlerini yutuyor, yutuyordu.

Patozun ağzından içeri verilen desteler, dakikada bin iki yüz devir yapan parmak demirlerinin arasında parçalanıp ufalanıyor, harman makinesinin tahta böğürlerine takılı çuvallara altın sarısı bir su gibi buğday akıyordu. Samansa, o da incecik, sapsarı, yaldızı hatırlatan tozuyla makinenin bir başka yanından yere pırıl pırıl kaypak birikiyordu.

***

Irgatbaşı güneşe baktı. Çoktan paydos vermesi gerekiyordu. Biliyordu bunu ama mahsustan ağır alıyor, işi uzattıkça uzatıyordu.

Patoz ustasının yanına gitti. Kısa boylu, kalın biri, su varillerinin gölgesine yanüstü uzanmış, makine yağıyla kirli yaprakları yıpranmış bir "motor" kitabına uykulu uykulu bakıyordu.

İrgatbaşı yaklaşınca, doğruldu:

"Gel bakalım ağa," dedi.

İrgatbaşı sordu:

"Paydos verek mi?"

Usta güldü:

"İnsafına kalmış bir şey..."

İrgatbaşı yeniden güneşe baktı, ağlamayı hatırlatarak güldü. Gülünce de güneşten meşine dönmüş yüzünde derin kırışıklar belirdi Olduğundan çok daha çirkinleşmişti. Patoza, insan gücünün üstünde iş görmekte olan insanlara bakıyordu görmeden. Görüyordu belki ama, kafasında tarlalarla harmanın sahibi, çok iş görüp önce aferin, sonra da bahşiş almayı düşündüğünden, ırgatlar umurunda değildi. Birden dikkat etti: Desteleri taşırken itişip kakışıyor, belki de birbirlerine sövüp sayıyorlardı yine.

Düdüğünü çıkarıp hırsla öttürdü. Düdük sesi de harman makinesinin yuttuğu öteki gürültüler gibi günün aşırı sıcağıyla birlikte makinenin şakırtısı arasında eridi.

"Hele biraz daha işlesin dümbükler!" dedi ustaya bakarak.

Usta kızmıştı bu insafsızlığa:

"Allah size kel versin de tırnak vermesin!" dedi. "Elinize fırsat geçti mi firavundan farksızsınız!"

İrgatbaşı tekrar sinirli sinirli güldü, sonra, "Peki öyleyse," dedi. "Hatırın için paydos edek!"

"Benim hatırım için ne kıymeti var?"

"Ne olacak ya?"

"Heriflerin hakları olduğu için vereceksin paydosu. Ağır işçi bunlar. İnsafsızca, çok çalıştırmakla daha fazla mı randıman alacağını sanıyorsun?"

Kara cahil ırgatbaşının anlayacağı sözler değildi.

"Ne bileyim ben?"

"Bilmediğin işin başına ne geçiyorsun?"

Gene madara olmuştu. Öyle içerliyordu ki şu usta mıdır, ne karın ağrısıdır herife. Yalnız ırgatbaşı değil, ağa da kızıyordu çok. Kızıyordu ama kaldırıp atamıyordu. Atsa ne? Bu işe nasıl olsa bir usta gerekliydi. Bu giderse bir başkası gelecekti ki, ustalar, "usta milleti", ne hikmetse hem ağadan, hem de başkalarından çok daha akıllı oluyorlardı.

Kara şalvarının cebinden fırıldaklı düdüğünü çıkarıp üfledi. Öyle olduğu hâlde, koşar adım iş gören terli insanlar bir süre hızlarını alamadılar gene de. Neden sonra iş ağırlaştı. Bu sırada usta muavini de harman makinesini çalıştıran traktörü stop etmişti.

İş durdu.

Patozun üstündeki koltukçu Halo Şamdin'le* Kürt Zeynel boyunlarını boğazlarını saran paçavraları çekip attılar, toz gözlüklerini alınlarına kaldırdılar. Yüzleri kaynar suda haşlanmışa benziyordu. Dudakları patlamıştı. İkisi de kalın kemikli, aksi şeylerdi. Irgatbaşı ikisinden de çekinirdi.

Genci, Zeynel, güneşe baktı:

"Şuna bak," dedi. "Güneş nerelere çıkmış. Paydosu yeni veriyor!"

Böyle şeyleri pek de umursamaz görünen arkadaşı, kırkını aşkın bir Kürt, çok az Türkçe biliyordu. Arkadaşı Zeynel ne derse hemen uyar, sözünden çıkmazdı. Zeynel'e baktı. Zeynel, ırgatbaşıdan ötürü, "Git, temizle şu deyyusu!" dese, bir iki demezdi.

Zeynel, "Allahsız vicdansız!" dedi.

Halo Şamdin hâlâ Zeynel'e bakıyordu.

İki arkadaş ekmek çuvallarının yanına yürüdüler.

Irgatlar olanca yorgunluklarına karşılık gene de ekmek çuvallarını çevrelemişlerdi. Zeynel'le Şamdin gelince açıldılar. Zeynel çuvallardan birine sokuldu. Kara, kupkuru, takır takır bir ekmek aldı:

---

* Şemsettin.

"Şuna bak," dedi. "Taş anam avradım olsun taş. Hem de küflü. Lan size Müslüman diyenin..."

Ekmeği çuvala attı.

Gerçekten de ekmekler hem taş gibi sert, hem de küflüydü. Böyle olduğu hâlde aç ırgatlar gene de birer tane alıp çekildiler. Çaycı Karamaça Veysel'in oraya gidiyorlardı. Irgatbaşının yeğeni olan Karamaça Veysel, alabildiğine "politik" biri; tarlanın kesimbaşındaki bodur dutun gölgesine yerleştirdiği teneke semaverinin başında, ırgatlara çay satıyor, ilkokulun dördüncü sınıfından ayrılmış oğlu Yasin de, karton kapağında süslü harflerle "Not" yazılı ufacık cep defterine veresiyeleri geçiriyordu.

Karamaça Veysel, Zeynel'le Halo Şamdin'i görünce fırladı:

"Vay, Zeynel Ağa, Şamdin Ağam... Buyurun!"

Oğluna:

"Yasin, çay demle ağalara!"

Zeynel yemedi:

"Aho," dedi. "Ağa... Ağa kim lan?"

Veysel:

"Sennen Şamdin Ağam!"

Şamdin homurdandı.

Zeynel, Karamaça Veysel'in ağasına sövdü. Sonra bodur dutun altına çöktüler.

Karamaça Veysel semaverinin başına yeniden geçmişti.

Bardaklar doldurulup koşturuluyor, boşlar çabucak toplanıp yeniden dolduruluyordu. Veysel'in oğluysa veresiyeleri ha bire yazıyordu küçük defterine.

Arada kumar için de gelenler oluyordu.

Nezir Dümenci üç arkadaşıyla geldi:

"Öyle mi Veysel... Şu zarları verecen mi?"

Kumar oynatmak canına minnetti Veysel'in ama, dayısı, kısa paydoslarda kumar istemiyordu.

"Vakit yok," dedi. "Öğle paydosuna saklayın iştahınızı... Çay içecek misiniz?"

Kısa, sert sakalı kara kara parlayan Nezir, "Çayına sokim," dedi. "Akşam sekiz buçuk ütüldük..."

Veysel:

"Sekiz buçuk ütüldün de kumarı neyle oynayacan?"

"Veysel ağamızın canı sağ olsun bre herif..."

Veysel yeniden sordu:

"Çay içeceksiniz değil mi?"

Nezir'le arkadaşları dutun altına, Zeynel'le Şamdin'in oraya gidip oturdular. Nezir, "Verirsen içerik," dedi.

Koynundan somununu çıkardı, ortadan ikiye böldü. Birbirine vurdu:

"Taş," dedi, "anam avradım olsun taş!"

Zeynel homurdandı:

"Taş ya. Marifet bununla ağanın mağanın kafasını gözünü yarmak. Deyyuslar kendileri yerler mi?"

Nezir'in bir arkadaşı, "Tövbe demen mi?" dedi.

"Süvari" denilen uzun bacaklı bardaklarla çaylar geldi. Veysel getirmişti. Çay getirdiklerinin en azılı, gözlerini budaktan en esirgemez insanlar olduklarını bildiği için politika yapmadan edemedi:

"Buyurun bakalım efendiler!"

Zeynel hınçla baktı.

Nezir, "Ağzını bozma," dedi.

"Niye?"

"Efendi sensin, efendi senin ebu ceddin!"

Zeynel'e baktı:

"Nasıl?"

Zeynel içini çekti:

"Efendi onun dümbük dayısı!" dedi.

Karamaça Veysel her zamanki gibi şakaya vurdu:

"Yazının pezevengine dümbük deme Zeynel Ağa!"

217

"Ben ağa da değilim..."

"Niye?"

"Ağa olsam dayın gibi, millete söver sayar, sopadan geçirir, esrar satar, çay kaynattırır, kumar oynatırım yeğenime!"

Birden öfkesi taştı:

"... Ağaya, yeğenine meğenine avrat bulurum, bulamazsam kendi öz kızımı avradımı..."

Veysel, "O kesik!" dedi.

"Niye? Yalan mı? Zoruna mı gitti yoksa?"

Halo Şamdin gözlerini yerdeki yeşil bir kertenkeleye dikmiş, sinirli sinirli bakıyordu.

Veysel kısa kesmek için uzatmadı. Zeynel de üstelemedi. Nezir'le arkadaşları çaylarını içip boş bardakları uzattılar. Nezir sağa baktı, sola baktı... İçinde bir boşluk, bir eksiklik... "Veysel be!" dedi.

Çaycı Karamaça Veysel döndü:

"Ne var?"

"Şu şeyleri verseydin..."

"Neyleri?"

"Zarları."

"Verilmez."

"Niye?"

"Bu paydoslarda kumar yasak!"

"Kumar için istemiyorum be Veysel..."

"Ya?"

"Hiç. El alıştıracağız bir iki..." Veysel iri bir çift zarı cebinden çıkarıp önlerine attı. Nezir zarları iştahla kaptı. Sonra terli avuçlarını toprağa sürüp kuruttu. Arkadaşları da çevresini almışlardı. Nezir zarları salladı salladı attı: Düşeş!

"Gâvur!" dedi. "Essahtan olsa gelmezsin..."

Zeynel'le Şamdin kalktılar.

Irgatbaşı, patoz ustası, ustanın muavini oturmuş kahvaltı yapıyorlardı. Harman ağalık olmadığı, yani patoz kirayla başkasının harmanında çalıştığı için, ustalarla ırgatbaşıya ikram etmek âdetti. Onun için süt, peynir, has ekmekti kahvaltıları.

Zeynel yanlarından geçerken ters ters baktı:

"Dürzüler," dedi. "Fakir fukaranın nefsi çeker diye de düşünmüyorlar..."

Halo Şamdin sakindi. Zeynel ekledi:

"Allahsızlar... Kör bıçakla enselerinden kesmeli!"

Halo Şamdin Kürtçe sordu:

"Ustayı da mı?"

"Yok canım. Usta iyi adam, fukara babası. Irgatbaşı olacak dümbüğü..."

Bütün bunlardan habersiz ırgatbaşı, sütünü tepesine dikti:

"Oooh!"

Deminden beri onlara imrenerek bakmakta olan Kemal Cesur, "Afiyet şeker olsun başefendi," dedi.

Usta nefretle baktı bu sarı bıyıklı, solucan yapılı genç adama. Yağcılığından dolayı hiç sevmezdi onu.

"Başefendi kim?" dedi.

"Irgatbaşımız ustam..."

"Onun içtiği sütten sana ne?"

Sinsi, çıyanı hatırlatan gülüşüyle mırıldandı:

"Bana, hiiç..."

"Daha ne?"

"Sizin yediğiniz de bizim için!"

"Sahi mi söylüyorsun?"

"Aboo... Beni bilmez misin?"

Irgatbaşıya döndü:

"Öyle mi ağa, bilmez misin beni?"

Irgatbaşının usulüne geliyordu, başını salladı:

"Kemal iyi oğlandır usta. Kemal'e öl de, bir iki demez! Kemal gibi yok. Irgatın içinde olanı biteni, dönen fırıldakları ben hepsini ondan öğrenirim. Kemal gibi yok!"

Usta, Kemal Cesur'dan bunun için nefret ederdi zaten.

219

Irgatbaşı kalktı:

"Haydi gidip birer demli çay içelim usta..."

Usta da kalktı. Muavinine, "Sen şu patozu yağlayıver," dedi.

Karamaça Veysel'in oraya gittiler. Az önce Zeynel'le Halo Şamdin'in oturdukları dutun gölgesine devrildiler. Irgatbaşı, "Haydi Veysel," dedi. "Göster adaletini de görek!"

Veysel davrandı:

"Derhal... Sen ağır içerdin değil mi ustam?"

Usta başını salladı. Tam bu sırada bir ırgat, "Vay limini bâvee..." diye Kürtçe bağırdı. "Kurtlara hele kurtlara!"

İkiye bölünmüş somununun içinde beyaz beyaz kıvrılan kurtları gösteriyordu.

Bir başkası, "İdare et," dedi. "Kıyma niyetine idare et."

Daha bir başkası:

"Allah ağamızın yokluğunu vermesin..."

Sağdan soldan başlandı:

"Vermesin ki vermesin. Bizi etsiz koduğu yok!"

"Gözü gönlü tok deyyusun hâli başkadır..."

"..."

"..."

Irgatbaşı hırsla sordu:

"Kim o?"

Kimse karşılık vermedi.

Elinde kurtlu ekmeği tutan da söylediğine pişman olmuştu. İki yanına bakındı. Böyle şeyleri mimleyen ırgatbaşının ilk fırsatta öç almaya kalkacağını, hiçbir şey yapmasa, bir daha sefere iş vermeyeceğini biliyordu.

Ucunu bırakmayan ırgatbaşı gene sordu:

"Kimdi o lan?"

"Hiç ağa," demek zorunda kaldı kurtlu ekmeğin sahibi. "Sağlığın."

Irgatbaşının öfkesi yekinmişti bir sefer:

"Herifler," dedi, "size lokantadan has ekmekle yemek mi getirecekler?"

Burun delikleri kocaman kocaman açılmıştı hırstan, soluyordu. Daha bağırıp çağıracak, sövüp sayacaktı ki, Halo Şamdin'le Zeynel çıkageldiler.

Kısa kesti:

"Götür değiştir!"

Irgat, elinde kurtlu ekmek, çuvallardan yana gitti. Zeynel, ırgatbaşının inadına, yere diz çöküp şarıl şarıl işedikten sonra, Şamdin'le birlikte çekildi gitti. Zaten pek anlamamıştı ne olduğunu. Anlasa, hele ırgatbaşı da oradayken, çenesi mümkün değil durmazdı. Arkalarından nefretle bakan ırgatbaşı, "Bok!" dedi. "Suratını görmüyor muyum, tekmil cinlerim tepeme toplanıyor!"

Bunun nedenini gayet iyi bilen usta, bıyık altından gülerek, "Neden?" dedi.

"Muzır kerhaneci. Irgadın arasına fit sokuyor her zaman..."

Veysel de yanlarındaydı, sordu:

"Senden ne istiyor bu herif be dayı?"

Irgatbaşı homurdandı:

"Belasını!"

"Kurtlu ekmek dalgası da onun başının altından çıktı herhal!"

"Tabii. Onu bilmeyecek ne var?"

"Neden dersen, sen bağırmaya başlayınca, zıp, çıkıverdi..."

"Tabii canım. O olmasa benim ırgadım kuzu gibidir!"

Birden patoz ustasına dikkat etti. Gene bıyık altından gülüyordu. Buna da usta diye ses çıkarmıyordu, çok şişiyordu hani. O muzır Zeynel'in yaptığı, söylediği şeylerden memnun oluyormuşa benziyordu. Hani böyle olduğunu bir bilse, ağaya, ağadan jandarmaya, ondan sonra da kurtarabilirse kurtarsın kendini!

Düdüğünü çıkarıp öfkeyle kalktı.

Veysel, "Ne o?" dedi. "Birden ateş aldın?"

"İşbaşı yapacağım..."

"Birer çay daha içseydiniz..."

"Boş ver. Bu millete, bu itoğlu it millete iyilik yaramaz!"

Düdüğünü kuvvetle üfledi.

Her günden daha kısa süren paydos, yorgun ırgatları sinirlendirmişti. Homurtular oldu.

"Ne o be? Ne oluyor be?"

"Vay kerhaneci vay... Ulan zaten doğru dürüst bir soluk aldırmaz..."

"Firavun, deyyus firavun!"

"..."

"..."

Sırtüstü uzandığı yerden doğrulup düdük sesinin geldiği yana bakan Zeynel, "İşbaşı mı ne?" dedi.

"İşbaşı ya," dedi biri.

"Ne çabuk yahu?"

"Bunun yaptığı çok oluyor arkadaş..."

Düdük daha kuvvetle yeniden öttü.

Irgatlar Zeynel'in çevresini almışlardı:

"Şuna bir meram anlat Zeynel Ağa," dedi içlerinden biri.

Zeynel kesti attı:

"Meramı müramı yok. Çalsın çalabildiği kadar, boş verin!"

Irgatbaşı düdüğünü beşinci, altıncı sefer öttürüp de beş, altı kişiden başkasının işbaşı yapmadığını görünce, müthiş küfürlerle sokuldu.

Karşısında birden Zeynel'i buldu. İki eski arkadaş sertçe bakıştılar. Irgatbaşı, "Gene mi sen?" dedi.

Zeynel ellerini arkasına koymuş, bir adımını öne atmıştı. Dişlerinin arasından bitirimce tükürdükten sonra, karşısındakini küçümseyerek, "'Gene ben!" karşılığını verdi.

"Ne demek istiyorsun yani?"

"Sen ne demek istiyorsun?"

"Ben ırgadı işbaşına çağırıyorum..."

"Onlar da gelmiyorlar işte!"

Halo Şamdin, kıl içindeki ablak yüzüyle Zeynel'in omuzu üzerinden ırgatbaşıya kinle bakıyordu. Bu bakışı, bir an yakalayan ırgatbaşı beğenmedi. Bu bakışta kin, kan, kurşun, ölüm vardı. Ürktü. Gene de, "Gelirler," dedi. "Benim ırgadım kuzu gibidir!" "Çağır da gelsinler bakalım!"

Gelmeyeceklerini, sıkıştırırsa belki de işi bırakacaklarını, hatta daha da ileri gidip kendisini döveceklerini, çekip vuracaklarını biliyordu. En iyisi yumuşamış gözükmekti:

"Size on dakika müsaade," dedi saatini çıkarıp.

Zeynel'i bir kıyıya çekti. Zeynel sertçe sordu:

"Ne o?"

Irgatbaşı güldü:

"Bu ırgat milletine arka olma Zeyno. Bunlar çalmadan oynarlar, önlerine düşme. Sonunda sen kötü kişi olursun..."

"Bana ne yahu?" dedi Zeynel. "Heriflerin hakkını yeme, başkaldırmasınlar!"

"Senden arka almasalar başkaldıramazlar!"

Kısa kesilmesi için araya giren Halo Şamdin, Zeynel'i kolundan çekti götürdü. Irgatbaşı donmuş kalmıştı. Arkalarından hırslı hırslı baktı. Sonra ilk fırsatta bir biçimine getirip ikisini birden sepetlemeye karar vererek, Karamaça Veysel'in oraya döndü.

Usta hâlâ yanüstü yatıyor, bıyık altından gülüyordu:

"Ne oldu?" diye sordu. "Niye işbaşı yaptıramadın?"

Irgatbaşının tepesi attı:

"Bırak yahu... Yaptıramadım değil..."

"Ya?"

"Zeynel, o dürzü yok mu..."

Ustanın gülmesi arttı:

"Demek o mani oldu?"

"Ne mani olacak?"

"Olmayacak da hani? Niye işbaşı yaptıramadın ırgada?"

Doğru söylüyordu, haklıydı. Ustaya karşılık vermeden, Veysel'e döndü.

"Bir çay yap bana Veysel!"

İçini çekti, hırslı hırslı başını salladı, homurdandı:

"Görür o..."

Usta:

"Kim?"

"Kimse kim."

"Zeynel mi?"

"Zeynel, Şamdin, Ali, Veli... Kim muzırlık ederse..."

Veysel'in getirip uzattığı çayı aldı. Usta, "Demek yol vereceksin?" diye sordu.

Beriki hınçla:

"Bir iki demeyeceğim amma, yerlerine koyacak adam yok! Yerlerine koyacak adam olsa, ben bilirim!"

Çayını öfkeyle yudumladı.

Usta işin alayında gibi, ufacık bıyığıyla hep gülüyordu. Irgatbaşıysa en çok da buna tutuluyordu. Kendisiyle birlik olup onu destekleyeceğine, ya karışmıyor, ya da Zeynel'den yana gibi, gülüyordu.

Gene de ustayla arayı açmak işine gelmezdi tabii.

"Veysel," dedi. "Ustanın çayını da tazele!"

Usta yerinde doğruldu:

"İstemem."

"Niye?"

"Çayla başım hoş değil..."

Ağır ağır uzaklaştı.

Veysel dayısının yanına sokuldu. Ağır ağır uzaklaşmakta olan ustanın ardından bir süre baktılar. Sonra Veysel, "Ne biçim usta bu be dayı?" dedi. "Senden yana olacağına..."

Irgatbaşının yarasına parmak basmıştı:

"Gidiyor da ırgatlardan yana oluyor!"

"Pis pis gülmesi var bir de..."

"Öyle gıcığıma dokunuyor ki..."

"Demek ırgadı işbaşı yaptırmayan Zeynel'miş?"

224

"Tabii, bilmem mi ben?"

"Pasaportunu ver gitsin!"

"Dur bakalım..."

Uzaklara, ta uzaklara baktı. İri bir köpek, güneşin altında üç ayağıyla tarlayı bir baştan bir başa geçip gidiyordu. Irgatbaşı onu gördüyse de üzerinde durmadı. Aklında Zeynel, usta, Zeynel. Sonra Halo Şamdin. Zeynel olmasa Halo Şamdin hava. Lakin o mikrop, o yılan Zeynel... Bir şey değil, oğlanın vur elli, sakar, gözünü budaktan sakınmaz olduğunu gayet iyi biliyordu. Atacaktı işten ama, bir çalımına getirip... Yoksa insanı boğazlardı o be!

Saatini çıkardı.

19

Öğle paydosunu hiç değilse bir saat geç veren ırgatbaşı, memnundu. Sabah paydosundaki on dakika gecikmenin acısını almış, yüreği soğumuştu.

Irgatlar yarma pilavı karavanalarının başına geçtiler. İştahlı bir ağız şapırtısıdır başladı. Konuşulmuyordu. Ellerde tahta kaşıklar, gözler karavanada, sıcağa, yorgunluğa boş verilmiş, yeniyor, durmadan yeniyor, döke saça yeniyordu. Ekmekler kuru, küflü, hatta kurtlu; yarma pilavı yağlı, yağsız... Vız geliyor, karınları daha, daha çok doyurmaya bakılıyordu.

Kürt Zeynel'in dişleri arasında birden bir taş kütürdedi. Paydosun da, bir saat geç verildiğinin de farkındaydı zaten. Taş vesile oldu. Müthiş bir küfürle kaşığını karavanaya attı.

Küfür gerçekten de korkunçtu.

Bir ihtiyar, "Tövbe estağfurullah..." diyecek oldu.

Zeynel öyle bir baktı ki, adam söylediğine pişman, başını önüne eğdi. Halo Şamdin sanki emir bekliyordu. Küçük, küçücük bir işaret ya da...

225

Zeynel, "Ne tövbe estağfurullahı?" dedi.

İhtiyar korku içindeydi:

"Hiç," diye mırıldandı. "Sağlığın..."

Zeynel homurdandı:

"Tövbe estağfurullahmış... Küfrün adını günah koymuşlar. Günahsa günahı bana! Dişim kırılsaydı bana yazık değil miydi? Günde yirmi saat çalış, bir de dişinden ol. Onların balı neresinde? Ekmeğin hasını, yemeğin etlisini, sütün yağlısını yer, içerler. Biz? Pilavın yağsızı, ekmeğin kurtlusu, ayranın imansızını!"

İhtiyar sinmişti ama hak da vermiyor değildi. Doğru konuşuyordu Zeynel. Onun "Tövbe estağfurullah" dediği, Allaha küfretmesindeydi.

Sarı bıyığıyla çıyanı hatırlatan Kemal Cesur:

"Doğru," dedi. "Kitap gibi laf. Zaten boğaz tokluğuna çalışıyoruz, bir de..."

Zeynel aldırış etmeden kaşığını yeniden aldı.

Ama Kemal Cesur susmadı:

"... Ekmeğin hasını, yemeğin etlisini, ayranın yağlısını yiyip içtikleri yalan mı? Bizden farkları ne? Onlar da dokuz aylık biz de!"

Kavurucu göz alıcı güneşin altında vıcık vıcık yağlı gibi görünen pilavı işaret etti Zeynel:

"Şuna bakın. Yağdan geçilmiyor beller bilmeyen..."

Gerçekten de pilav, yağdan geçilmiyor gibiydi. Taşıyla, toprağıyla suya salınmış yarma pilavında ot yağının en düşüğü bir parçacık kullanılır, pilavı parlak göstermek için de, herenilere azıcık ayran akıtılırdı.

Zeynel sözünün ardını getirdi:

"Gidin bakın, etli pilava bağdaş kurmuşlardır şimdi. Allah oğlu Allahsızlar. Bu Allah da hep onların Allahı mıdır nedir? Fakir fukaraya garaz tekmil..."

İhtiyar bu sefer içinden "Tövbe estağfurullah..." dedi.

Ama Zeynel'in sözleri doğruydu. Usta, usta muavini, ırgat-başı gene kalaylı sahanlardaki etli pirinç pilavıyla buzlu ayrana bağdaş kurmuşlardı. Patoz ustası, "Yallah ya satır!" diye kaşığını aldı.

Irgatbaşı cep saatini gümüş kösteğiyle çıkarıp yanı başına koydu, sofraya az daha sokuldu. Üç adam iştahlı ağız şapırtı-larıyla atıştırıyorlar, lokmalarının üstüne de soğuk ayranı kaşık-lıyorlardı. Kaşıklıyorlardı ama, ırgatbaşının aklında Zeynel, hep Zeynel. Şimdi burada, etli pirinç pilavı, yağlı, buzlu ayran yiyişlerini de laf ediyordu muhakkak. Bilmez miydi onu. "... Güttüğüm domuzun huyunu bilmem mi? İtoğlu it, hem de o cahil ırgatların yanında atar tutar ki, heriflerin gözleri açılsın..."

Dayanamadı:

"Şimdi Zeynel gene nutuk çekiyordur!"

Patoz ustası yıllarca öncenin bir etli pirinç pilavına, oradan da pirinç pilavını ikram eden çiftliğin genç evdecisine aklı git-mişti. Kezban'dı adı. Kocası mocası vız gelirdi karıya. Patoz ustası, muavini, ırgatbaşı, ırgatlar...

"Niye?" dedi.

"Onlar yarma pilavı yiyor, biz etli pirinç..."

Irgatbaşının maksadını anlayan usta, "Haksız mı?" dedi.

Irgatbaşı da ustanın böyle bir karşılık vermesini bekliyordu.

"Haksız tabii," dedi.

"Niye?"

"Niye olacak, onlar ırgat, amele!"

"Nefisleri yok mu?"

"Olsun."

"Senin yediğini onlar yiyemez mi?"

"Bulurlarsa öte bile geçerler!"

"Bitti. Bulamayınca laf edecekleri gayet tabii!"

Bu herife de adamakıllı içerlemeye başlamıştı. Yazının ırgat, maraba takımını kendileriyle bir tutuyordu. Bugüne bugün ırgatbaşıydı o. Kendi de usta. Amelelerle nasıl bir olabilirlerdi?

Lafı uzatmak için ortaya başka bir şey atacaktı ki, Pehlivan Ali ile Hidayet'in oğlunu çiftlikten getiren kupkuru adam sofraya sokuldu:

"Boğazınız olsun!"

Adama baktılar, hemen hemen hep bir ağızdan:

"Hoş geldin, buyur!"

Kupkuru adam yabancı değildi:

"Nereye buyurayım? Yemeği tüketmişsiniz tekmil."

Irgatbaşı kaşığını etli pilava daldırırken, "Tez geleydin zırto," dedi. "E... hayrola?"

Kupkuru adamın elleri arkasındaydı:

"Bilal Efendi'nin selamı var. Sana iki adam savdı, patozda iş verecekmişsin..."

Bir can sıkıntısı ırgatbaşıyı yalayıp geçti. Ne biçim adamlardı bunlar? Laf mı, patoz işçiliği bu. Kâtiplik değildi ki, sokaktan çevir, eline kalemi kâğıdı ver, geçir masanın başına.

Irgatbaşının böyle düşüneceğini kestiren kuru adam, "İkisi de güçlü uşak," dedi. "Zeynel'le Şamdin'in yerine adam istiyordun dedi. Alıştırıp... ötekileri... cız..."

Irgatbaşı unutmuştu bunu. Gerçekten de, Zeynel'le Şamdin'in yerlerine konulabilecek adamları o istemişti kâtip Bilal'den.

"Demek ikisi de güçlü?"

"Bak hele bak!"

"Koltukçuluk yapabilirler mi?"

"Öte bile geçerler... Geçerler ya, tabii ikisi de acemi. Yetiştirmek lazım."

"Hani nerdeler?"

Kuru adam, tarlanın altbaşında dikilmekte olan Pehlivan Ali ile Hidayet'in oğlunu gösterdi.

Irgatbaşı, ötekiler, dönüp baktılar. Irgatbaşı, "Çağır gelsinler," dedi.

Kuru adam ellerini ağzına siper ederek bağırdı:

"Ayılar heeeey... gelin!"

Koşarak geldiler. Irgatbaşı ikisini de alıcı gözle süzdükten sonra Pehlivan Ali'yi daha çok beğendi. Geniş omuzlu, kalın, sımsıkı biriydi ki, ustalaşırsa ne Zeynel'i aratırdı, ne Şamdin'i.

"İyi," dedi. "Sağ olsun Bilal Efendi..."

Kuru adam ırgatbaşının kulağına eğildi, bir şeyler fısıldadı. Irgatbaşı şaşarak Pehlivan Ali'ye baktı:

"Yaaa! Bu mu?"

Kuru adam, "Bu," dedi.

Pehlivan Ali huylanmıştı:

"Ne bu'su arkadaş? Beni ne gösteriyorsun? Açıkla da ne dediğini belliyek!"

Kuru adam üzerinde durmadı. Yalnız, "Zorlu koltukçuluk yapar!" dedi.

Irgatbaşı kafa kaldıran "ayı"nın gözünü yıldırmak için, tersledi:

"Şu ayılığına bakmadan avratlara mı dolanıyormuşsun?"

Ali bozuldu.

"Ne avratları? Kim dolanıyormuş?"

"Sen!"

"Hangi avrada dolanmışım?"

Kuru adam, "Aptal kızına dolanmadın mı?" dedi.

İçini çekti Ali:

"Heye ya... dolanmışım... Ben mi ona dolandım, o mu bana?"

Irgatbaşı nereli olduğunu sordu. Ali elini mintanından içeri sokmuş hart hart kaşınıyordu:

"Ben mi?"

"Yok, komşunun kırığı. Ben miymiş. Sen tabii!"

"Sivas taraflarından..."

"Patozda çalıştın mı hiç?"

Pehlivan Ali, "Cık," yaptı.

"Hiç mi çalışmadın?"

"Hiç çalışmadım."

229

"Niye lan?"

Pehlivan Ali iki yanına baktıktan sonra, "Biz bu yıl Çukurova'ya siftah indik," dedi. "Üç arkadaştık esasta. Fukara Köse, sen sağ ol. Yusuf'sa mala almış eline. Bu diyor, Hidayet'in oğlu..."

Irgatbaşının uzun uzun dinleyecek vakti değil, merakı da yoktu. Üzerinde durmadı. Patoz ustasına dönerek, "Sahi ha," dedi. "Zorlu koltukçuluk yapar dinime imanıma..."

Usta onun gibi düşünmüyordu:

"Yapamaz," diye başını iki yana salladı. "Koltukçuluk deyip geçiyor musun?"

"Hemen şimdi değil tabii... İlerde!"

"İlerde... Belki. Ustalaşırsa..."

Irgatbaşı, Ali'yi yeniden gözden geçirdikten sonra sordu:

"Sen yoksa pehlivan mısın?"

Ali terli terli güldü:

"Eh işte... Az buçuk yakıştırırız..."

"Güreş tutar mıydın?"

"Tutardım."

"Seni koltukçu yetiştireceğim. İster misin?"

Usta gene, "Yapamaz!" dedi.

Irgatbaşı kızdığını belli etmeden, hırslı hırslı, "Canım biliyorum şimdi yapamayacağını..." (Ali'ye) "İş çetinse de, parası bolcadır!"

Pehlivan Ali hiçbir şey anlamadığı hâlde, "Sağ ol!" dedi.

Kuru adamın işi bitmişti:

"Ben gidiyorum..."

"Güle güle," dedi ırgatbaşı. "Bilal Efendi'ye selam. Senem'in de gözlerinden öperim, bizi hatırdan çıkarmasın!"

Kuru adam güldü:

"Essahtan böyle söyleyeyim mi?"

"Söyle ya ne var?"

"Dellenir şerefsizim!"

"Dellensin."

"İyi ya, elçiye zeval yok. Haydi hoşça kalın!"

"Güle güle," dediler.

Kuru adam kızgın güneşin altında, çiftliğin yolunu tuttu.

Irgatbaşı neden sonra, "Demek Bilal'in dostuna el attınız..." dedi.

Usta ile muavini güldüler. Usta, "Niye olmasın?" dedi. "İkisi de aslan gibi!"

Aslan gibiydiler ama, yoktu böyle şey. Pehlivan Ali şaşkınlıkla Hidayet'in oğluna baktı, sordu:

"Doğru mu aslanım? Bilal'in dostuna mı dolandıydık?"

Hidayet'in oğlu acı acı güldü:

"Ne avradı hemşerim? Avrat kim biz kim? Bizimki bir geçim derdi. Avrada mavrada dolanan olmadı!"

Pehlivan Ali hırslanmıştı:

"Tuuu..." dedi. "Desene ki bize oyun etti? O Bilal'in gözü göz değildi amma, neyse..."

Irgatbaşı öfkelendi:

"Hangi Bilal?"

"Kâtip Bilal."

"Kâtip Bilal mi? Bilal Efendi desene ayı! Bilalmiş... Bilal senin babanın oğlu mu? Defolun burdan, yallah!"

Arkalarından homurdandı:

"Eşşoğlueşşekler!"

İki arkadaş öteki ırgatlardan yana gittiler. Herkes boğaz derdindeydi.

Kemal Cesur başını karavanadan kaldırdı, iki arkadaşı gördü. "İki tane yadırgı ırgat geliyor," dedi. Zeynel'in arkası dönüktü.

"Hani? Nerde?"

"Arkanda dikiliyorlar!"

Zeynel döndü, baktı. Gözlerinin karavanaya dikili oluşundan anladı ki karınları açtır!

"Buyurun arkadaşlar," dedi.

Pehlivan Ali açlıktan geberdiği hâlde omuz silkti. Zeynel üsteledi:

"Buyurun yahu..."

Ekmeğinin yarısıyla kaşığını uzatıp kalktı. O kalkınca Şamdin de onun gibi yaptı. İki arkadaş boşalan kaşıklarla boşalan yerlere geçip atıştırmaya başladılar. Bu arada karınlarını doyurmuşlar, sağdan soldan sorulanlara da karşılık vermeye başlamışlardı. Hidayet'in oğlu değil de Ali, nasıl bir oyunla çiftlikten uzaklaştırıldıklarını yana yakıla anlatıyor, derin derin iç geçiriyordu:

"... Doğru izinnamemiz yoktu ya, avradımdı. Avradım olmasa ne demeye ardımdan gelsin çapaya? Ah o Bilal ah. Şurda biri var, Bilal Efendi de diyor. Kurban olsun efendiliğe. Kâtipmiş. Öyle kâtip yerin dibine geçsin. Avradı günde günde çiftlikte koydu, sonrada... Lakin ne fayda, akıl işte. Ona iyi bir karakucak dalmak vardı ya, akıl dedim ya... Kâfir!"

Güneşin altında, bulgurun şişirdiği karınlarıyla ırgatların dinlemeye hiç de hevesleri yoktu. Birer ikişer çekildiler. Pehlivan Ali hiçbir şeyin farkında değil, Fatma'ya dalmış, anlatıp duruyordu. Bir ara Hidayet'in oğlu, "Yeter bre herif," dedi. "Milleti kaçırdın tekmil!"

Pehlivan Ali çevresine baktı, gerçekten de kimse kalmamıştı.

Hidayet'in oğlu da kaşığını bırakıp kalktı:

"Haydi kalk gayri. Bak, millet şu dutun altına birikmiş ne varsa orda, biz de gidelim!"

Ali de kaşığını bırakıp kalktı. Karamaça Veysel'in oraya geldiler. Teneke semaverin başı iyice kalabalıktı. İki arkadaş, alabildiğine yadırgı, bir kıyıya oturdular.

Nezir Dümenci iştahla geldi:

"Ver bakalım zarları Veysel!"

Karamaça Veysel semaverin altını üflüyordu. Doğruldu. Kara şalvarının cebinden iri zarları çıkardı:

"Hani? Tamam mısınız?"

"Tamam kardaş!"

232

"Kim kim?"

"Ben, Salman, Haydar, Şamdin, Zeynel, Kurban, Kadir, Ferho Üzeyir..."

Karamaça zarları uzattı. Nezir aldı. Ardında kumarcılar, uzaklaştılar. Nezir'le Ferho'nun paraları yoktu. Geri döndüler. Veysel'den borç alacaklardı. Borç ama para değil. Çünkü kumarlarda kumarcılara para verilmezdi. Tespih, çakı, emzik denilen sigara ağızlığı, tarak... Bütün bunlara ayrı ayrı değer biçilmişti. Kumarlarda elden ele para gibi dolaşırdı.

Veysel kara şalvarının cebinden bir alay öteberi çıkardı: Sarı, kara iki tespih, kemik saplı üç çakı bıçağı, yeşil, beyaz, kırmızı, mavi dört ağızlık, kirli üç tarak...

Kehribar ağızlık on liraydı. Tespihler beşer, bıçaklar ikişer buçuk, taraklar birer lira.

Kumar sırasında elden ele dolaşan bütün bu öteberiler, sonunda gene Karamaça Veysel'in cebine girerdi. Çünkü bugün yutan nasıl olsa yutulacağı için, yeniden borçlanacaktı.

Veysel, Nezir'le Ferho'yu borçlandırdıktan sonra, oğluna, "Yaz oğlum," dedi, "Nezir'e on, Ferho'ya beş!"

Küçük Yasin alışkın ellerle karton kaplı küçük defterin yapraklarını çevirip yazdı. Babası gururla, "Topla da herkes borcunu bellesin," dedi.

Yasin çabucak topladı:

"Nezir Dümenci otuz lira..."

"Demin aldığı esrarla iki çayı da yazdıydın değil mi?"

Çocuk, "Bak hele bak," dedi gururla.

"Aferin."

Kumar başlamıştı. Hendekten kumarcıların sesi geliyordu. Bir ara ırgatbaşı ile patoz ustası da geldiler, dutun altına bağdaş kurdular. Kumarcıların sesini duyan ırgatbaşının yüzü gülüyordu. Kumar, çay, esrar satışlarında ortaktı yeğeniyle. Dişlerinin arasına sıkışan et parçalarını kirli elinin kapkara tırnağıyla çıkardıktan sonra, yeğeninin oğluna seslendi:

"Yasiiin!"

Cin gibi oğlan semaverin başından seslendi:

"Hop!"

"Baban nerde?"

Çocuk, kumarcıların barbut attıkları hendeği eliyle gösterdi:

"Orada!"

"Ne yapıyor?"

"İp topluyor!"*

"Yoksa o da mı oynuyor?"

"Ayıp ettin dayı... Babam deli mi? Oynar mı hiç?"

"İki sağlam çay yap bize..."

"Şimdi."

Irgatlardan çoğu hendeğin başına, hendeğin içine, şuraya buraya uzanmış dinleniyorlardı. İçlerinde çay içenler de vardı. Çayın müthiş hararetî kestiğine inanıyorlardı.

İnanıyorlardı ama güneş, açık kalmış bir fırın ağzı gibi, çıplak ovayı kaplamış, yakıyor, alabildiğine yakıyordu. Sıcaktan göğün mavisi bile rengini atmış, soluklaşmıştı.

İncecik, sapsarı bıyığıyla çıyanı hatırlatan Kemal Cesur, bir ara ırgatbaşıya sokuldu:

"Kılçıkçı Resul'ün sıtması tuttu gene ağa!" dedi. Irgatbaşı inanmadı:

"Şimdi varır sopayı çekersem..."

"Vallaha yalan değil ağa, tir tir titriyor!"

"Tir tir titriyormuş. Sıtma da ne be? Hiç, hava. İnsan sıtma oldu diye yatar mı?"

Kemal Cesur güldü. Maksadı başkaydı. Irgatbaşıya az daha sokuldu. Çevresini koklarcasına kolladıktan sonra, "Senin Zeynel var ya?" diye fısıldadı.

Irgatbaşı ilgilendi:

"Ne olmuş?"

---

* Mano almak.

"Gene attı tuttu..."

"Ne gibi?"

"Demin, yemek yerken. Pilavında taş çıktıydı, demediğini komadı!"

"Ne dedi?"

"Sövdü saydı... Allah mallah karıştırdı. Bir şey değil, duyan da boyunca günaha girer. Tepem bir attı. İnsan zaten böylesi kerhanecilerin yüzünden belaya girer... Size de attı tuttu!"

"Ya!"

"Onlara etli pirinç pilavı, bize taşlı, yağsız bulgur, dedi. Milletin aklına iş düşürüyor... Her zaman böyle. Lan diyecektim, yeter senin ettiğin, lakin kör şeytana uymadım..."

Irgatbaşı:

"Sakın ha! Uyma, sen onunla başa çıkamazsın. Dediklerini bana gel söyle yeter. Ona çatma sakın!"

"Niye be ağa?"

"Sen onunla başa çıkamazsın dedim ya!"

"Ben mi?"

"Kabadayılığı bırak. Zeynel derler ona..."

Kemal Cesur bayağı sinirlendi:

"Boş ver be ağa. Ona Zeynel derlerse biz de boş gezmiyoruz ya!"

"Olsun, beni dinle..."

Usta söze karıştı:

"Canım bırakın çekişmeyi. Ne olmuş?"

Irgatbaşı, "Senin Zeynel," dedi.

"Anladık. Ne olmuş?"

"Hiç. Bizden ötürü atmış tutmuş da..."

"Ne demiş?"

"Kerhaneciler demiş. Onlara etli pirinç pilavı, bize taşlı bulgur."

"Yalan mı?"

Irgatbaşı tuhaf tuhaf baktı:

"Ne yalan mısı?"

"Bizim etli pilav yediğimiz?"

"Doğru amma..."

"E?"

"Canım ondan mı sorulur?"

"Elin ağzı torba değil arkadaş. Söyler. Onda da nefis var sendeki gibi. O da insan. En az senin, benim kadar!"

"Var, doğru..."

"Yemeğin, ekmeğin hasını yiyoruz. Onlarsa bizden çok daha ağır iş altındalar. Hem yiyoruz, hem de heriflere laf ettirmiyoruz. Bu kadarına hakkımız yok!"

"Onlar amele," dedi ırgatbaşı, "ırgat!"

"Sen? Ben?"

"Sen ustasın, ben de ırgatbaşı!"

"Sen, ben hatta ağa olmasa da işler yürür amma, onlar olmasa yürümez!"

"İyi. Onlara da lokantadan yemek getirtsin ağa öyleyse..."

"Lokantadan değilse bile, bizim yediğimiz gibi..."

"Söyle ağaya da dediğini yapsın. Çukurova'ya âdet mi getireceksin? İcat mı çıkaracaksın? Bunca yıl böyle gelmiş böyle gidiyor!"

"Böyle gelmiş ama böyle gider mi bilmem..."

Irgatbaşı uzun uzun baktı ustaya. Evet, sözleri doğruydu, çok da mert adamdı ama ne lüzum vardı bu kadar mertliğe? Her koyun kendi bacağından asılırdı. Irgadı tutmakla, ırgattan yana olmakla başa mı çıkılırdı? Onların keyfine göre köy yapmaya kalksan, bugün etli pilav; etli pilav verirsin, yarın yanına etli fasulye, yağlı ayran, öbür gün de baklava börek isterlerdi.

"Neyse," dedi. "Bunlar senin benim bileceğim işler değil. Biz şurda birer ameleyiz, köleyiz. Mal sahibinin atı, itiyiz..."

Ustanın da tepesi attı:

"Beni karıştırma!"

"Sen de maaşlı değil misin?"

"Maaşlısı, evet. Atı, iti, amelesi, kölesi..."

"Değilsin ha?"

"Değilim tabii. Emekçiyim ben, köle değil!"

Irgatbaşı kızgın güneşin altında göz alabildiğince uzanan tarlaya baktı. Canı iyice sıkılmıştı. Tadını kaçırıyordu bu adam artık! Terini elinin tersiyle sildi. Güneşin çiğ aydınlığı dağı taşı eritmiş duman hâline getirmişti sanki. Mırıldandı:

"Kuzu gibi ırgadın aklına iş düşürüyor, herifleri bozuyor tekmil..."

Usta hınçla, "Kov," dedi. "Madem ırgadı bozuyor, madem tehlikeli, madem muzır, kov gitsin. Ne duruyorsun?"

Irgatbaşı içini çekti:

"O da olacak, o da olacak ya..."

"Ne zaman?"

"Korkuyorum!" demeyi kendine yediremedi.

"Bir tarihte bir harman yaktıydı bu," dedi.

Usta meraklandı:

"Harman mı yaktı?"

"Harman yaktı..."

"Sebep?"

"Hiiç... Zeynel bu. Aklı esti mi babasına yüzü yoktur. Hem de öyle gaddardır ki..."

"Durup dururken mi yaktı?"

"Durup dururken..."

"Deli mi bu?"

"Aklı tam da değil."

"Mutlaka bir sebebi olmalı..."

"Sebebi var tabii... On iki yıl oluyor. Bununla Dolusap'ta çalışıyorduk. Esas mesele haftalıklardan çıktı. Harman ağalıktı, haftalığımızı kestiler, işimizden de attılar..."

"Siz de?"

"Biz de huylanıp yaktık!"

"Demek birlikte yaktınız?"

237

Irgatbaşı pişmanlıkla, düzeltmeye çalıştı:

"Canım bakma, o zaman çok cahildim. Uydum ona..."

Gözüne ilişen ufak tefek bir ırgata adeta çıkıştı:

"Lan Kürdo? Ne dolanıyorsun buralarda?"

"Ne yapayım?"

"Çay iç, esrar iç, kumar oyna deyyus!"

Kürdo utançla güldü:

"Param yok ağa..."

"Paran mı yok? Niye yok?"

"Vardı ütüzdüm!"*

"Ne zaman?"

"Geceki kumarda ütüzdüm ağa."

"Yasin!"

Karamaça Veysel'in küçük oğlu, "Hop," dedi.

"Kürdo'ya bedel et** de çay içsin, kumar oynasın..." Çocuk makineli tüfek gibi başladı:

"Borcu çok dayı. Çay borcu, esrar borcu, kumar borcu... Babam dedi ki..."

Irgatbaşı sözünü kesti:

"Bırak babanı. Kürdo bizimdir!"

Kürdo gururla, kıllı kıllı güldü.

Çocuk Yasin hâlâ huzursuzdu. Babasının dayısına karşılık veremiyorsa da sonunda babasından azar işitmekten korkuyordu

Irgatbaşı sertçe, "Kime diyorum Yasin!" dedi.

Yasin babasının bulunduğu hendeğe koştu. Anlatmış olacak hendekte Karamaça Veysel'in başı gözüktü:

"Ne diyorsun dayı?"

"Kürdo'ya bedel et de kumar oynasın!"

Kıllı Kürdü omuzundan itti:

"Git haydi, verecek!"

---

* Yutulmak.
** Borç vermek.

Kürdo sevinçle hendeğe yöneldi. Usta harman yakma meselesinin sonunu öğrenmek istiyordu:

"Sonra?" dedi.

Irgatbaşı unutmuştu:

"Ne sonrası?"

"Paranızı kestiler, işten de attılardı..."

"Haa," dedi Irgatbaşı. "O mesele mi? Canım canı yanan eşşek, attan ileri gider!"

"Tamam. Demek ki şimdi Zeynel haklı?"

"Niye?"

"Niyesi var mı? Canı yanıyor herifin!"

Irgatbaşı neden sonra, "Onu bunu bilmem," dedi. "Böyle kerhanecileri ırgatın içinde tutmamalı. Neden dersen, bir tarihte bir çiftlikte çalışıyordum. İşim nasıl? Ekspres! Irgatım da, ensesine vur, ağzından lokmasını al; kuzu gibi. Baba Kürtler ki dini imanı torbaya koy, yirmi dört saat çalıştır, gık demezler. Bırak gık demeyi, karşında el ovalarlar. Kenefe mi gideceksin? İbriği kapar, senden önce koşarlar... Irgat dediğin öyle olur!"

"Sonra?"

"Sonra, bu Zeynel gibi bir i..e girdi içlerine, üç günde baştan çıkardı herifleri..."

Boş çay bardaklarını, o sıra yanlarından geçmekte olan çocuk Yasin'e uzattı:

"Tazele şunları lan!"

İri Bafon tabakasından kalın bir sigara sardı, tabakayı ustaya uzattı:

"1928'de elci Hallaç Memet'le bir posta ırgat götürdüktü. Hepsi de kuzu gibi. Enselerine vur, ağızlarından al lokmalarını. Ama nasılsa bir muzur sızmış aralarına... Bir baktım dan dun ediyor. Yemek beğenmez, içmek beğenmez... Irgatın gözünü açacak. Çektim kenara, oğlum dedim vazgeç bu ayaklardan, ırgatın aklını çelme! Yok. Herif muzur, durmaz. Baktım kuzu gibi amele mızırdanmaya başladı. Eee... dedim günah gitti benden..."

"Ne yaptın? Yol mu verdin?"

"Dur ki... Ağaya dedim, böyle böyle... Ver terbiyesini dedi. Öyle mi, öyle. Kendirle bir güzel bağladım, çuvala da soktum mu? Ondan sonra yer misin yemez misin? Vururken vururken... Baktım herifin sesi soluğu kesildi. Birden aklım başıma geldi. Herifi bir çıkardım ki ne çıkarayım..."

"Ölmüş mü?"

"O saat. Besnili'ydi herif. Gök çürük içinde kalmış tekmil!"

Usta'nın yüzü nefretle buruştu:

"Sonra?"

"Sonrası sağlığın. Ağanın haberi oldu. Baktım etekleri tutuşmuş, geldi. Ne o, dedim. Niye böyle yaptın, ne cevap vereceğiz hükümete, dedi. Kendimi bir topladım, dedim sen hiç merak etme ağa, senin canının bülbülü sağ olsun... Allah'ın çok, kulun az olduğu yerler... Gelin lan buraya, dedim. Geldiler. Baba Kürtler ki canavar gibi her biri. İcabını icra edin..."

Gözleri gururla parlıyordu.

Usta'nın nefreti taşmak üzereydi. Tuttu kendini, sordu:

"Ettiler mi?"

"Derhal!"

"Yani?"

"Taş bağlayıp ırmağa..."

"Ee?"

"Cup..."

"Kokusu çıkmadı mı?"

Irgatbaşı gene gururla güldü:

"İlahi usta... Ne çıkacak? Allah'ın çok, kulun az olduğu yerler diyorum sana. Kim kime? Diyeceğim o ki, ırgatbaşısına böyle bağlı ırgatlar vardı. Üç gün sonra jandarmalar geldi, ırgatları sıkıştırdılar filan, hava. Görmedik, bilmeyiz, duymadık, haberimiz yok!"

"Jandarmanın nerden haberi olmuş?"

240

"Cesedi su sürüklemiş. Hikmeti hüdâ... Bu su nedense sır saklamıyor, leş de kabul etmiyor!"

Saatine baktı. Paydosun kırk beş dakika olması gerekiyordu, beş dakika vardı daha. Beklemedi. Düdüğünü öttürdü.

20

Pehlivan Ali ile Hidayet'in oğlu "desteciliğe" verilmişlerdi.

Görevleri, buğday demetlerini patozun üstündeki koltukçulara, Zeynel'le Halo Şamdin'e aktarmaktı. Ne Pehlivan Ali, ne de Hidayet'in oğlu bu işte zorluk görmediler. Beden iriliğindeki demetleri omuzlayıp aktarıyorlardı. İlk zamanlar öyle canlı, öyle güçlüydüler ki... Sonraları, saatler saatlerin ardından akıp güneş yükselince işin rengi değişti. Terden sırılsıklam koşuyor, durmak bilmeden koşuyorlardı. Bu arada savrulan saman tozunun terli bedenlerine yapışıp yakması olmasa! Nerdeyse patlayacak hâle geliyorlardı.

İşe ilk başladıkları günün tersine, işi tavsattıklarını gören ırgatbaşı basıyordu ana avratlı küfrü!

Güneş, saman tozu, ter, kaşıntı... derken Fatma'dan ayrılışın acısı da yüze çıkmaya başlayınca patlayacak duruma geliyordu Ali. Kaşıntı çoğu zaman Fatma'nın yokluğundan da beterleşiyordu. Birinde sırtının kaşıntısına dayanamadı, demeti omuzundan atıp kaşınmaya, gidişen yeri tırmalamaya başladı. Patozu siper almıştı, ırgatbaşı patozun ardındaydı ama, gene de görmüştü. Sopasını çekip yürüdü.

"Ne yapıyorsun burda lan?"

"Sırtım gidişti de çavuş ağa..."

"Vaziyet al karşımda, i..e!"

Ali çevresine bakındı: Bu da ne demekti? Vaziyet nasıl alınırdı?

"Vaziyet alsana lan!"

"Ne vaziyeti çavuşum?"

241

Omuzuna bir sopa, bir sopa daha:

"Kerhaneci. Vaziyet almayı bilmiyor daha!"

Sonraları işe alıştı. Yalnız alışamadığı, Fatma'nın yokluğu! İçi yanıyordu. Daha çok da gece, kaynaşan yıldızlara bakarak Aptal Kızı'nı da düşünmüyor değildi ama, Fatma'nın tadı daha başkaydı. Fatma'yı erinin altından alıp kaçmıştı. İnşaatta, abooo... Hık mık, hişt pişt... Ömer Zorlu'ya borç iki onluk. Giderdi kumara, bütün gece... Ne diye buralara gelmişti? "... Fatma beni tepmezdi ya tepti işte. Teptirdiler. Ah Bilal, gözün çıksın Bilal. Beni buraya saldı, avrat da n'örsün? Burada avrat işi olsaydı kesin gelirdi. Ben Fatma'yı bilmem mi? Gâvır derdi bana, domuz derdi, etimi bükerdi. Lakin topacık eli vardı kancığın. Aptal Kızı'nın eli de topacık. Aptal Kızı'nın kıvırması başkaydı ya, Fatma gene de başka. Lakin Aptal Kızı da... O niye gelmedi benimle? Fatma'yı bırak, Fatma'yı bırak. Bıraktıydık. Çağırmadım diye mi? Sahi ha, çağırsam... Çağırsam gelirdi efendi. Tuuu, ayıp ettik. Fatma'ya böyle böyle dedim, ona demedim. Gönül koydu herhalde. Ayıp ettik, tekmil ayıp. O da iyi avrattı..."

O gece, gene yıldızların kaynaştığı bir geceydi. Soğanların içine yatırmıştı Aptal Kızı'nı sırtüstü. Yatmış, uzanıp kalmıştı. Sonra dizlerini çekip toplamıştı ayaklarını. Birden gülüvermişti kahpe. Gıdıklamamıştı oysa...

Ali bunu demetin başında düşünürken, tuhafına gitmiş, gülüvermişti.

Irgatbaşının gene dikkatine çarptı. "Ne gülüyorsun lan, ayı?" diye bağırdı.

Ali silkindi, kendine gelmişti. İşe sarılmak istedi, ırgatbaşı yaklaştı:

"Ha?"

"Hiç çavuşum, öyle."

"Nasıl öyle?"

"..."

"Adam kendi kendine güler mi?"

242

Ali demeti omuzlayıp patoza koşturdu. Irgatbaşı, Ali'nin emirsiz koşup gitmesine içerlemişti. Yanından geçerken seslendi:

"Gel buraya!"

Gitti:

"Buyur çavuş ağa..."

"Niye güldün?"

Omuz silkti:

"Hiç, öyle..."

"Öyle olur mu? İnsan boşu boşuna güler mi? Deli misin sen?"

Öfkesini almıştı. Gürledi:

"Yörü işinin başına, haydi!"

Ali koşarak uzaklaşırken ekledi:

"Bir daha güldüğünü görmeyim!"

Ali'nin kaşıntılı, sıkıntılı işi yeniden başladı. Bir süre düşünmedi Fatma'yı da, Aptal Kızı'nı da ama olmuyordu. Ne kadar düşünmek istemese, gene de ikisi iki yandan kafasında canlanıyor, ikisi iki yandan kıvranıyorlardı kafasında. O gece işte canım, Aptal Kızı'nı soğan ekili tarlaya sırtüstü yıktığı gece. Boydan boya bir yıldız akmıştı da oynak karı, "Yıldıza hele yıldıza!"demişti. "... Biliyor musun, bu dünyada herkesin bir yıldızı var. Adamın yıldızı aktı mı işi tamam. Allah insanın yıldızını akıtmasın."

İçini çekti. Lakin Fatma da bir başkaydı gerçekten. Aptal Kızı gibi yatıp kalmazdı. Değirmen taşı gibi dönerdi zilli!

Ömer Zorlu'ya iki buçuk lira borç verip savdığı geceyi hatırladı: "İki buçuk be, alt tarafı iki buçuk," diye geçirdi. "... Adam avradını iki buçuk için el adamının yanında koyup gider mi? Herif dümbüktü canım, belli bir şey. Ben olsam, tövbe büyük sözüme amma, avrat bu, karısı demek. Tövbe..."

Birde şu vardı ki, Fatma'nın eti sıcacıktı, körpe. Ağzı da kokmuyordu Aptal Kızı gibi. İçinde bir dert varmış da, doktorlar tövbe çaresini bulamamışlar da. Laf. Bilmeyecek ne vardı? Soğuklatmıştı herhalde. Bir sürgü, üstüne koyuca bir çay...

243

Yeni bir demeti omuzlarken Aptal Kızı'nı unuttu. Fatma şimdi çiftlikte, bu güneşin altındaydı. Lakin Fatma, Fatma gibi yoktu be!

Demeti düşünceli düşünceli koşturdu patoza. Ötekilerin arasında uzattı, Zeynel alışkın ellerle kavrayıp patozun ağzındaki Şamdin'e aşırdı. Şamdin o anda kavradı, bastırdı makinenin ağzından...

Çok iri, çok kocaman bir ağustosböceğini hatırlatan harman makinesi çevresine yaldız sarısı saman tozları tozutarak alabildiğine çalışıyor, ses kalabalığı günün sarı sıcağına yayılıyordu.

Ali demetlerin yanına varmıştı. Yeni bir demet alırken, ırgatbaşıyı düşündü: "... Bacım dediydi, Fatma benim bacım dediydi. Gâvur olmalı bir insan ki bacısına dolansın. Yok canım, dolanmıyorlardır, Fatma işe mişe el atıyordur mutlaka. İnsan bacım dediğine... Hele bey, bey amma, kocaman çizmeleri var, motoru var. Dolanmaz canım. Ne diye dolansın? Beye göre şehirde avrat mı yok? Şehir avrat dolu. Şehirdeki avratlar daha güzel. Dudakları boyalı, süslü fistanları var. Onlar dururken bey Fatma'ya, yok canım, tövbe estağfurullah. Günahlarına girmeyelim sabah sabah. Burada iş olsa savarlardı. Avrat işi olmadığı doğru. Yalan mı? Ben Fatma gibi avradı bir daha nerde bulurum?"

Irgatbaşı'nın öfkeli sesi gene parladı:

"Lan kerhaneci oğlu kerhaneci. Varırsam ananı, avradını hepsini..."

Pehlivan Ali'nin kafasındakiler gene silindi. Omuzunda demet harman makinesine koştu.

Bu böyle, bütün bir iş boyunca sürüp gitti. Irgatbaşı da fena takmıştı. Ne zaman gözlerini kaldırsa, ırgatbaşıyı sert sert bakar buluyordu.

İkindi paydosunda ayranlarını içmiş, hıyarlarını da yemişlerdi. Tarlaya, biçilmiş buğdayların kısa, sert sapları üzerine yan yana uzandılar.

244

Hidayet'in oğlu sırtüstü uzanmış, ellerini başının altına kenetlemiş, hayli yumuşamış gökyüzüne bakıyordu. Yorgunluk sel gibi akıyordu bedeninden.

Pehlivan Ali ise, karnının üstüne uzanmış, çenesini ellerine dayamıştı. Uzaklara bakıyordu, ta uzaklara. Çiftlik uzaklardaydı, uzaklardaki çiftlikte de Fatma! Mırıldandı:

"Şimdi n'örüyor ola?"

Hidayet'in oğlu iyice doymayan karnını düşünüyordu.

"Kim?"

"O!"

"O kim?"

"Cin çarpar gibi çarptılar. Bacım dediydi bir de..."

Hidayet'in oğlu üzerinde durmadı. Koynundan para çıkmaya-cağını bilse tövbe boğmazdı Köse Topal'ı, deli mi? Ne diye canına kıysın? "... Lakin, paralıydı i..e herif ya, parası koynundan çıkmadı. Kim bilir nerde saklı? Biz boğduk, ellere yarar. Bir gün biri saklı olduğu yerde bulur, ooh. Biz? Yediğimiz dayakla kaldık. Lakin karakolda... İlle de o kalın kaşlı polis. Ulan kitaba el bastırdılar, şart ettirdiler de gene söylemedim. Söylemedim ya, o kurumsak efendi yemedi. Gözünü gözümden ayırmadı. Ayırmasın! Ne oldu sonunda? Boğduğumu söyletebildiler mi? Lakin fukara Topal, ümüğüne çökünce gözleri nasıl da pörtlediydi..."

"Ne diyorum biliyor musun?"

Kızdı ama belli etmedi:

"Ne diyorsun?"

"Bir gece diyorum, yolu tutsam..."

"Hangi yolu?"

"Şu, çiftliğe giden yolu."

"E?"

"Çiftliğe varsam..."

Öfkeyle:

"Fatma'nın yanına varsan ha?"

Ali'nin gözlerinin içi gülüyordu:

245

"Varsam, heye. Beni görünce, vay ağam gelmiş diye..."
Yüzüstü uzandığı toprakta heyecanla doğrulup bağdaş kurdu.
"... Boynuma sarılırdı ki deme gitsin. Vallaha sarılır, billaha
sarılır. Derim ki, Fatma derim, anam seni büyülediler derim,
seni mutlaka büyülediler. Doğru ağam der, büyülediler der..."
Hidayet'in oğlu sinirli sinirli güldü. Bıkmıştı bu oğlanın bu
türlü sayıklamalarından ama, yuttu gene de.
"... Gülme," dedi Ali, "söz temsili. Dese yani. Beni bura-
lardan kaçır dese. Ben de eh desem, çiftlikten sürüne sürüne
çıksak, yolda onu omuzuma vursam... Bilal'in haberi olur mu?"
Hidayet'in oğlu duymuyordu onu. Duymasına duyuyordu
ama, anlamıyordu. Köse Topal'ı o boğmuştu da saklı parasını
eller mi bulup yiyecekti? Keşke önceden dostluk edip parasını
sakladığı yeri bellese, sonra boğsaydı. Biliyordu günahtı yaptığı,
yarın öte dünyada Allah hesabını soracaktı bunun amma, bir
cahilliktir etmişti işte. Cahillik ettiğine, cehennemde yanacağına
göre bari parayı eline geçirseydi! "... Sakladığı yeri şimdi bil-
sem de varsam, çıkarsam, alıp köye gitsem. Desteyle para. Köy
yerinde, boğduğumu kim bilecek. Bunca zamandır gurbetteyim
derim, çalıştım kazandım derim. Sonra da Hafız Ali'nin dükkânı
gibi bir dükkân... Ooh! Dükkânım olunca, dayım Hediye'sini
de bir iki demez verir gayri. Sakalı boklu, it dediydi, uğursuz
kumarcı dediydi. Ulan uğursuz senin ebu ceddin..."
"Fatma'yı seninle gider alırız değil mi?"
"..."
"Öyle mi kardaş? Fatma'yı diyorum, seninle... Fatma gibi
avrat mı var? Bizim İflahsızın Yusuf, enayi... Emmisinin avradını
över durur. Çerçiyle bastırdığımız gece... Çerçi bir kaçtıydı ki.
Dudu kaçmadı. Bak kaçmayışı erkekliğinden, Osmanlılığından.
Köse'yle bana Gâvurlar dediydi, kimseye derseniz öldürürüm
sizi dediydi." Köse'yi hatırladı:
"Demek Eminem, Eminem diye diye..."
Gözleri Hidayet'in oğluna kaydı, gülümsüyordu. Sordu:

"Ne gülüyon lan?"

"Hiç be," diye omuz silkti beriki.

"Hiç olur mu ayı? Adam hiçe güler mi?"

"Gülmez mi?"

"Gülmez ya!"

"Gülesi varsa bir güler ki, öte bile geçer!"

"Doğru, doğru ya, köye varınca diyorum, Köse'nin kızıyla avradına ne diyeceğiz bakalım..."

Hidayet'in oğlu bunu da duymadı. O kendi bildiğini okumaya koyuldu:

"... Hastalandı, Köse Topal'ın odasında koyup inşaata gittik denmez. Erkekliğe sığmaz. Sığmaz a... Ne yapalım biz? Allahtan bir hastalık. Öyle değil mi amma? Bize de oyun ettiler. İşimizden olduyduk... Öldüyse Allah öldürdü, biz öldürmedik a! Alınyazısı. Onu bunu bırak ya, burda işimizi bitirdik mi, koyunlarımızda iyi kötü harçlıklarımız. Varırız Fatma'nın oraya. Haydi derim. Üçümüz, varırız şehre. Dinliyor musun?"

Dinler gözüküyordu ya, anladığı yoktu. Hediye ile evlenmiş, çocukları olmuş, kaynatası ölmüş, Hediye'nin hissesini de alıp Kayseri'ye göç edip iyi bir pastırmacı dükkânı açıyordu.

Pehlivan Ali yeni bir heyecanla, "İyi bir külot pantolon, acar* bir yemeni, içlik miçlik, ceket meket, kasket masket..." dedi. "Bir de gazocağı! Anam bir şaşar ki, fukara. Oldu olacak, ona da yazma ile iyi bir entarilik... Mutlaka olmalı. Ana demek ata demek. Sevindirmeli fukarayı, ille gazocağı! Yılan beller-ler, bellesinler, şaşsınlar. Yusuf'un emmisi sılasına gelince, bir kasılırdı ki. Yusuf'un emmisi deyince, fukara Köse, Yusuf'un emmisi gibi gurbette kaldı..."

Bir ara gene çiftlikteki ırgatbaşıyı hatırladı.

"Öyle mi?" dedi, "Fatma'dan ötürü bacım dediydi. Bacım dediğine kötü gözle bakar mı?"

---

* Yeni.

Sorusuna karşılık bekledi, alamayınca yeniden sordu:
"Sen olsan, bacım dediğin avrada..."
"..."
"Öyle değil mi?"
"..."
"Hı?"
Hidayet'in oğlu öyle dalmıştı ki, gözünü kırpmadan bakıyordu. Ali sarstı:
"Öyle değil mi lan?"
Hidayet'in oğlunun dalgası bozuldu:
"Ne diyorsun be?"
"Bacım dediğin bir avrada diyorum..."
"Ee?"
"Kötü gözle bakar mısın?"
Hidayet'in oğlu hiçbir şey anlamadı:
"Ne kötü gözü?"
"Fatma'dan ötürü ırgatbaşı dediydi ki, Fatma benim bacım dediydi..."
"Ne olmuş dediyse?"
"Kötü gözle bakmaz tabii!"
Hidayet'in oğlunun tepesi attı:
"Öküz!"
Ali şaştı:
"Niye?"
"Bir de niye der. Niyesi var mı lan? Fatma'yı Bilal'e kandıran tekmil ırgatbaşı!"
"Irgatbaşı mı?"
"Irgatbaşı ya!"
"Demek ırgatbaşı?"
"Çok öküzsün be Ali, hani hatırın kalmasın amma..."
"Bacım dediydi..."
Ali'nin gözlerindeki umudun canlı, pırıl pırıl ışıltısı sönüvermişti. Sanki bir lamba kısılmıştı içinde. Boynunu büktü:

"Bacım dediydi, Fatma'yı düşünme, Fatma benim bacım dediydi. Şuncacık düşünme Fatma'yı dediydi..."

Uzaklara, ta uzaklara, Fatma'yı koyup geldiği uzaklara hazin hazin baktı. Demek bir insan "bacım" dediğine kötü gözle bakabilirdi? "Vay şehir," diye geçirdi. "... Gözün çıksın şehir. Kırdın kanadımı kolumu şehir, vay şehir, vay kahpe şehir... Adam bacım dediğine... Tövbe tövbe... Ben şu cahil başımla bacım desem birine tövbe eğri bakmam. Ben ben iken bakmam da, koca bir ırgatbaşı, bir kâtip... Vay şehir vay!"

Şimdi de Fatma'yla yattığı gecelerin alacakaranlığı içinde Fatma'nın kadınsı kokusuyla kıvranışlarını hatırlamıştı. Fatma o biçim inilti, o biçim kıvranışlarla demek Bilal'in kolları arasındaydı?

"Şehir, vay şehir..." diye başlayacaktı ki, birden ırgatbaşının kalın, hırslı sesi:

"Siz niye kumar oynamıyorsunuz lan?"

Dönüp baktılar, sonra Hidayet'in oğlu ayağa kalktı. Irgatbaşı, Pehlivan Ali'ye ayağının ucuyla vurdu:

"Bir insanın amiri, memuru gelir de ayağa kalkılmaz mı ayı?"

Ali kıpkırmızı kesilerek kalktı. Irgatbaşı yeniden sordu:

"Hı? Niye kumar oynamıyorsunuz?"

Hidayet'in oğlu, "Ben oynarım ağa ama," dedi, "param yok!"

"Paran mı yok?"

"Bilmez değilsin a..."

Irgatbaşı onu uzun uzun gözden geçirdikten sonra, "Sana bedel etsem," dedi. "Ha?"

"İyi olur ağa..."

"İşi mişi bırakıp kaçmaz mısın?"

Hidayet'in oğlu, "Aboo," dedi. "Ağama hele!"

"Niye? Ne var ağanda?"

"Kaçılır maçılır mı? Ayıp değil mi ağam? Sen bana bir iyilik yapacaksın mesela, tövbe... Sılamızı koyup da ne demeye geldik? Kaçılır maçılır mıymış? Biz öyle senin bildiğin yadırgı ırgatlardan değiliz ağam. Yanımızda adam boğazla, hazineni muzineni ko git!"

Irgatbaşının hoşuna gitmişti, sevdi birdenbire bu mert uşağı.

"Git Veysel'in oraya, geliyorum," dedi.

Pehlivan Ali'ye döndü:

"Sen?"

"Ben oynamam ağa!"

"Niye?"

"Oynamasını beşir edemem. Etsem bile kulak asma, harçlığım tükenir..."

Irgatbaşı kızdı:

"Kumar oynamazsın, esrar içmezsin, çay may dersen hak getire. Kara gözlerine mi âşığım senin lan?"

Pehlivan Ali hiçbir şey anlamadığı hâlde, "Sağ ol!" dedi.

Irgatbaşı, Veysel'in semaverinin bulunduğu yana doğrulmuştu, duymadı. Pehlivan Ali ardından uzun uzun baktı. Sonra yere, biçilmiş tarlanın kısa, kesik sapları üzerine sırtüstü uzandı. Gözlerini göğün mavi boşluğuna dikti. Bir yaban ördeği sürüsü geçiyordu ağır ağır. Sürü uzaklarda eriyip yok oluncaya kadar baktı. Hey gidi kuşlar hey! İnsan olacağına kuş olsaydı keşke. Uçar giderdi kuşların gittiği yöndeki çiftliğe, çiftliğin üzerinden geçerken Fatma'ya bakardı. Şimdi belki de ırgatların aşını hazırlıyordu Senem'le!

İçini çekti.

Keşke o kuşların arasında olsaydı insan olacağına!

Gözlerini yumdu.

Ya da kanadı olsaydı insanların, kuş misali, uçsalardı, uçabilselerdi. Gece. Herkes uykuya vardıktan sonra, Fatma'nın yanına bir solukta uçardı. Yanına uzanır, kolunu üstüne atardı. Sabaha kadar. Ortalık ışımadan geri uçar gelirdi.

Bir sigara yaktı.

Gece, tabana kuvvet, yolu tutsa nasıl olurdu acaba? Bir saat, iki saat, üç saat... Koşardı be, bacaklarının var gücüyle koşar, koşardı. Varırdı sonunda yanına. "Kız" derdi, "... Kız Fatma. Ben ettim sen etme anam. Kulun kurbanın oluyum, kapında

250

itin, atın oluyum Fatma, kurban Fatma. Gâvur bile imana gelir. Aklımdan tövbe çıkmıyon. İmana gel anam, imana gel. O i... lere uyma, seni perişan ederler hemen..."

Aklı yatar gibi olmuştu. Sırtüstü uzandığı yerden doğrulup oturdu. Sigarasının külünü sinirli sinirli çırptı. Karşısında birisi varmış gibi iri iri söylendi:

"Giderim, hem de giderim, giderim işte. Fatma derim, kurban Fatma derim, ben ettim sen etme derim, eline ayağına kapanırım, öperim elini ayağını. Irgatbaşı, Bilal milal sırtarırlarsa bir karakucak, bir karakucak daha... Onlar ne ki? Onlar bana vızırtı. Onların ağası mağası da vızırtı bana. Fatma'yı bileğinden çekip atarım omuzuma. Atarım işte, hemi de atarım, vallaha da atarım, billaha da. Koynumda birkaç kuruşum var..."

Birden aklına başka bir şey geldi: Hidayet'in oğlu da onunla birlikte gider miydi acaba? Uzaklara göz kırptı:

"Gelir," dedi. "Mutlaka gelir. Beraber gideriz, Fatma'yı alırız, şehre döneriz yeni baştan. Yusuf madem duvar ustası oldu, bize birer iş uydurur..."

Birden Ömer Zorlu'nun burun köklerine akmış, şaşı gözlerini hatırladı. Neşesi kaçtı. Bunu hiç hesaba katmamıştı. Sigarasından üst üste duman aldı. İyi ama, bakalım Ömer Zorlu orada mıydı hâlâ? Belki de işi bırakmıştı. Fatma'yı aramaya çıkmış da olabilirdi. En iyisi, Hidayet'in oğlunu yollardı inşaata. Onlar Fatma'yla beklerlerdi. Yoksa ne âlâ, varsa...

Irgatbaşının işbaşı düdüğü Ali'nin düşüncelerini sildi. Davranıp kalktı. Az sonra da iş, olanca ağırlığıyla yeniden başladı. Bir yandan buğday demetlerini koşturuyor, bir yandan da Ömer Zorlu yapıda değilse, Yusuf'un onlara vereceği işi düşünüyordu. Ömer Zorlu başını almış gitmişse...

Bir ara yanı başında Hidayet'in oğlu. Sordu:

"Öyle mi?"

"Ne o?" dedi Hidayet'in oğlu.

Yüzü iyice asıktı. Anladı, sordu:

"Ne yaptın kumarda?"

"Neyi ne yaptım?"

"Üttün mü, ütüldün mü?"

"Ütüldük Allah belasını versin. Bizde talih mi var? Talih olsa, anamız kız doğururdu da rahat bir ekmek yer herifin suyuna giderdik..."

"Ne kadar ütüldün?"

"On lira."

Irgatbaşı gene yakalamıştı konuştuklarını:

"Lan lan hayvan oğlu hayvanlar... Varırsam yanınıza eğri dininizden başlarım ha!"

Çeneyi bırakıp seğirttiler.

İş, ortalık kararıncaya kadar sürdü. Kuvvetli ay olsaydı daha da sürebilirdi. Lakin ay geç doğacağı için, dokuza doğru işe son verilmişti.

İri bir ağustosböceğini hatırlatarak bütün gün cırlayıp duran harman makinesi, yarasaların kurşun gibi aktığı geceye son gürültüsünü de saldıktan sonra, tozlu, alabildiğine yorgun sustu.

Yorgun ırgatlar mırmırık çorbası dolu karavanalara bağdaş kurdular. Mırmırık çorbası, yarmadan yapılma bir çeşit çorbaydı. Tatlı kırmızıbiberle kızartılmış, suyuna şöyle bir margarin yağ gezdirilivermişti.

Tahta kaşıklar karavanalara dalıp dalıp çıkıyor, ırgatların ağız şapırtıları, yıldızların çoğalmaya başladığı serin geceye yayılıyordu.

Patoz ustası, muavini, ırgatbaşı, küçük gemici fenerinin titrek sarı ışığında yemek yiyorlardı. Has ekmek, kalaylı kaplarda etli taze fasulye, ayran gelmişti gene.

Gürültüyle sümküren ırgatbaşı elini kara şalvarına sildikten sonra yemesine koyuldu. Bu sırada derinden derine bir motor homurtusu duyulmaya başlamıştı. Homurtu gittikçe güçlendiğine göre, kamyon, taksi ya da bir motosiklet geliyor olmalıydı. Irgatbaşı kulak verdi, patoz ustasına baktı, usta başını salladı:

"O," dedi.

Küçük ağaydı gelen. Nitekim çok geçmeden hızla gelmiş, tarlanın alt başında durmuştu. Projektörünü tarlaya tuttu. Kuvvetli bir ışık sütunu tarlayı birkaç sefer tarayıp durdu. Durduğu yerde ırgatbaşı aydınlanmıştı. Koşarak geliyordu. Koşup gelirken sendeliyor, soluyordu. Bir ara küçük ağanın spor arabasının yeniden çalıştığını, tarlaya girdiğini, ağır ağır yürüdüğünü gördü, durdu. Küçük ağa da görmüştü onu zaten. Yanında durdurdu arabayı:

"Merhaba," dedi.

"Merhaba ağa!"

"Ne var ne yok?"

"Sağlığın ağa..."

"Nasıl gidiyor işler?"

"İstediğinden âlâ. Az önce paydos ettik..."

"Geçende söyledim, gene söylüyorum, buranın işini yirmi günde bitirirsen, dile benden ne dilersen!"

Irgatbaşı başını salladı:

"Senin canının bülbülü sağ olsun. Beni bilmez misin? Bir şeye heye demeyeyim. Dedim mi, elimden uçan kurtulur bes..."

"Irgadın tamam mı?"

"Tamam. Korkma ırgattan yana. Irgat pazarı ırgat dolu şükür. Ben işimi bilirim. Eğer bu ekini yirmi güne korsam, bana da insan demesinler. Amma sen de adaletini göstereceksin gayrı!"

"Merak etme."

Küçük ağanın spor arabası, patoz ustasıyla muavininin yemek yedikleri kalın camlı gemici fenerinin titrek ışığına ağır ağır yürüdü.

Ustayla muavin ayağa kalktılar. Ağa, "Boğazınız olsun," dedi.

Usta bir şeyler mırıldandı. Küçük ağa duymadı:

"Nasıl gidiyor işler?"

"Fena değil. Elimizden geldiği kadar gayret ediyoruz."

"Yirmi güne kadar biter mi dersin?"

Usta, ırgatbaşıya baktı. Irgatbaşı, "Sen hiç merak etme," dedi. "Irgada soluk aldırdığım yok sayende. Senin canının bülbülü sağ olsun!"

"Pekâlâ... Gayret edin de..."

"Merak etme. Ustayla el ele verdik mi..."

"Haydi bakalım..."

Arabasına girdi. Spor araba tarlada geniş bir eğriden sonra yola çıktı, ağır ağır uzaklaştı. Irgatbaşı ustanın yanına geldi:

"Şu yeni gelenleri Zeynel i...siyle Şamdin'in yerlerine alıştır da o kerhanecileri dehleyelim gitsinler. Bir kaygım bunlar. Gittiler mi, bırak. Ne diyorsun?"

Usta ne şöyle dedi, ne böyle.

Yemeğe yeniden oturdular.

Karınlarını doyuran ırgatlardan çoğu birer yana dağılmış, üçü beşi yorgun bedenlerini harmanın kuru sapları üzerine atmış, hemen de uykuya geçmişler, keyifçilerse Karamaça Veysel'in orayı boylamışlardı.

Karamaça'nın semaveri geceye neşeli dumanlar salarak kaynamakta, hendeğin alt başından kumarcıların sesi gelmekteydi.

Pehlivan Ali ile Hidayet'in oğlu da semaver yakınında birer yana uzanmışlardı. Pehlivan Ali, "Demek," dedi, "bir beşliğin olsa gene oynardın?"

Hidayet'in oğlu içini çekti:

"Aaaah, ah... Bir iki demezdim vallaha Ali."

"Ben bilsem ki üteceğim, mutlaka üteceğim. Gene oynamam."

"Sen de adam mısın lan?"

"Değil miyim?"

"Değilsin ya!"

"Niye?"

"Atın aptalı rahvan, adamın aptalı pehlivan olur. Sen de pehlivansın, aptalsın yani..."

Ali yanüstü uzandığı yerde yüzükoyun döndü, dirseklerini yere dayadı, ablak yüzünü iri avuçları içine aldı:

"Onu bunu bırak ya, ne düşünüyorum biliyor musun?"
Hidayet'in oğlu kulak asmadı. Aklı fikri kumardaydı. Bir beşliği olsa, ah bir beşliği olsa da dünkü kaybını çıkarsa!
Pehlivan Ali, "Öyle mi?" dedi.
"Neyle mi?"
"Ne düşünüyorum biliyor musun?"
"Ne düşünüyorsun?"
"Adam kuş olmalı diyorum, bildiğin kuş. Kanatlı. Uçmalı bir güzel. İstediği yere..."
Hidayet'in oğlu:
"Sen tabii Fatma'nın yanına..." dedi.
Ali kıkırtıyla güldü. Çocuksu bir gülüş.
"Ne bildin kalbimdekini lan?"
"Bilmeyecek ne var ayı? Aklını fikrini Fatma almış senin. Delikanlı adam avrada tapmaz!"
"Neye tapar ya?"
"Avradı kendine taptırır. Delikanlılıkta marifet, avradı kendine taptırmaktır!"
Birden değişti:
"Bu Karamaça'da çok para var bellersem... Ne diyorsun?"
Ali huylanarak baktı:
"Sana ne?"
"Bana ne, hiiiç..."
Birden yekindi:
"Sen ne yapacaksın şimdi onu, dokuzu... Bir erkeklik yapabiliyor musun bana?"
"Ne gibi?"
"Bir beşlik bedel ediyor musun?"
Ali anlamıştı ama anlamamazlıktan gelmiş, gözlerini Karamaça'nın kızarıp duran semaverine dikmişti. Ne lanet oğlandı şu be!
"Öyle mi?" dedi beriki.
Ali'nin gözleri hep semaverde:
"Neyle mi?"

255

"Bir erkeklik edip beş lira bedel edebiliyor musun? Para günü paran fazlasıyla gene para!"

Ali omuz silkti. Hidayet'in oğlu öfkelendi:

"Niye?"

"Ütülürsün."

"Ütülürsem ben ütülürüm arkadaş, sana ne? Senin paran gene para!"

Ali karşılık vermedi.

Hidayet'in oğlu uzun uzun bekledi, sonra:

"Demek vermiyorsun?"

Ali omuz silkti. Hidayet'in oğlu görmedi bunu ama, vermek istemediğini anlamıştı. İki bıçakta haklamak geçti içinden ama çok güçlüydü oğlan.

"Vermezsen verme..."

Kalktı, kumarcıların barbut attıkları hendeğe gitti.

Ali üzerinde durmadı. Kalktı. Aklında Fatma, tarla içinde uzun yürüdü, durdu. Ateşböcekleri yanıp yanıp sönüyorlardı. Toprağa oturdu. Sımsıcaktı toprak. Sımsıcaktı ya, umurunda bile değildi. Bir gün tek başına yolu tutup gitmeliydi Fatma'ya!

Fatma'nın şu sıra bulunduğu çiftlikten yana baktı. O yanlar koyu karanlıklar içindeydi.

Çevresinde vınıltıyla dolaşan sivrisinekler rahat bıraksa, Fatma'yı düşünecekti ama bırakmıyorlardı. Sinekler iri iriydiler, insafsızdılar. Boyuna kovalamasa, kuvvetli iğnelerini batırıp kötü kötü yakıyorlardı. Kaşınsa bir dert, kaşınmasa dayanılmıyor. Kaşıyınca, kaşıdığı yer mercimek gibi kabarıyordu.

Bir ara arkasında ayak sesleri işiterek döndü: Kısa kalın bir gölge ağır ağır geliyordu. Tam yanında durdu. Eğildi, Ali'nin yüzüne baktı, "Sen kimsin lan?"demek istedi.

"Sen kimsindir lo?"

Pehlivan Ali adını söyledi. Beriki:

"Kibritin vardır?"

"Var."

Çıkardı, kibrit kutusunu uzattı.

Adam kibriti aldı, çaktı. Ali, çakılan alevin aydınlığında Zeynel'in arkadaşı Halo Şamdin'in sert sakallı, azgın yüzünü tanıdı.

Halo Şamdin kibriti geri verirken üç çöp ayırıp avucunda saklamıştı. Tarlanın altbaşına gitti, savan denilen iplik çulunu biçilmiş sert sapların üzerine yaydı, geçti bağdaş kurup oturdu. İlkin içliğini çıkardı. Su gibiydi. Bir kenara serdi. Sivrisinekler çevresinde oğul verircesine vınıldayıp duruyorlardı.

Uzun, içleri kirli tırnaklarıyla hart hart kaşınmaya başladı. Sırtı, omuzları, göğsü kıl içindeydi. Hele göğsü, kara bir pöstekiyi hatırlatıyordu. Gündüz bütün gün harman makinesinden savrulan saman tozları kıl diplerine işlemişti. Ne saman tozuna aldırış ediyordu, ne de savrulan sivrisineklere.

Yirmi yıllık koltukçuydu. O da arkadaşı Zeynel gibi bekârdı, ne bir kadın ne de ayak dolaşıklığı edecek çocuklar!

Nasırlı kocaman avucunda ufaladığı esrarla kalın bir çifte kâğıtlı sigara sardı. Pehlivan Ali'den aşırdığı kibritlerle sigarasını ateşledi, sonra da yıldız dolu göğe yan gelerek, bozuk Türkçesi'yle bir türkü tutturdu:

Kez saçlarem saçlarem
Yooor, yooor, yor ammen
Hoynar homiz başlerem
Yooor yoor yor ammen.

Kez sizi aler kaçerem
Yoor yoor yor ammen
Kıyl olmaz kardeşleren
*Yoor yoor yor ammen**

---

*	Kız saçların saçların	Kız seni alır kaçarım
	Yar yar yar amman	Yar yar yar amman
	Oynar omuz başların	Koymuyor kardeşlerin
	Yar yar yar amman	Yar yar yar amman

Birden arkadaşı Zeynel'in kaba öksürüğünü duyarak türküsünü kesti, sesin geldiği yana baktı. Zeynel ağır ağır geldi. Kürtçe, "Ne yaptın kardaş?" dedi. "Keyfete hoşe?"

Şamdin, "Hoşe kardaş," karşılığını verdi.

Zeynel iplik çula yanladı.

Şamdin esrarlı sigarayı uzattı. Zeynel aldı. Hemen içmedi. Soğumasını, yani kül bağlamasını bekledi. Çok düşünceli görünüyordu. Bir ara, "Bu usta," dedi, "şerefsizim sapına kadar erkek adam. Ağırlığınca altın eder!"

Halo Şamdin yorgun gözlerini Zeynel'in ağzına dikmişti.

Zeynel sözünün ardını getirdi:

"Senin Kemal Cesur var ya?"

"Var."

"Bizim palamızı sallar biliyorduk..."

"Sallamıyor mu?"

"Gitmiş bizi ırgatbaşıya gammazlamış!"

Halo Şamdin, "Kimden duydun?" dedi.

"Ustadan. Beni bir kenara çekti, dedi bu oğlanın yanında paldır küldür konuşma Zeynel..."

Şamdin sigarasından duman aldı:

"Ne olurmuş? Belle ki konuştun, o ırzı kırık da gitti gammazladı..."

"Hiç yani..."

Birden sinirlendi:

"Demek arkadaş sohbetinde gizli bir laf konuşmayacağız? Halbuki, öl desem ölür bellerdim. Zeynel Ağa derdi, senin yoluna kurban olmazsam anam avradım olsun derdi!"

Dişlerini gıcırdattı:

"Eh ulan Kemal, ben de Zeynelsem... Alacağın olsun!"

Şamdin sordu:

"Niyetin ne?"

Zeynel başını salladı:

"Bakalım. Ne yapacağımı ben de bilmiyorum..."

"Yalansın!"

"Vallaha. Yoksa niye söylemeyeyim? Senden gizli neyim var?"

Esrarlı sigarayı uzattı. Şamdin aldı:

"İstersen bana bırak..."

"Neyi?"

"Kemal'i."

"Yok kardaş, sen dur..."

"Vallaha bırak Zeyno..."

"Yok yok... İcap ederse ben sana icabını icra et derim. Lakin ona öyle bir iş yapacağım ki, Allah da beğenecek, kul da..."

Şamdin, "Bilmem," dedi. "Bana düşen bir vazife varsa emret!"

"Eksik olma. Ben esas o dümbük ırgatbaşıya kuruyorum. Akıl ne diyor biliyor musun? Boş böğrüne iki bıçak, itiver harmana, çal kibriti. Harmanla birlikte yansın deyyus..."

"Sonra?"

"Sonrası sağlığın. Memleket bir pezevenkten kurtulur. İcap ederse, vururum Gâvur Dağı'na, oradan da atlarım Suriye'ye. Ardımda bekleyenim mi var? Nerde akşam orda sabah. Lakin ustaya aferin! Yiğit adammış. Irgatbaşı demiş ki, bir tarihte harman yaktı demiş benden ötürü. Doğru. Yaktım. Deli kafam kızarsa gene de yakarım! Ustaya dedim ki, ben arkadaş canlısıyım dedim, yiğit uşak gözümün yağını yesin dedim. Harman yaktığım doğrudur. Haftalığımızı kestiler, ipe un serdiler, canımızı yaktılar, canlarını yaktım!"

Esrarlı sigara yerdeki bir keseğin üzerinde soğuyordu. Şamdin başını salladı:

"Doğru."

"Benden ırgatbaşıyı sordu..."

"Anlataydın her şeyini..."

"Anlattım. Bu Çukurova'da ondan daha adi, daha ırz düşmanı yoktur dedim."

"Kızlarını sattığını söyledin mi?"

"Söylemem mi?"

"Büyük kızı Selvi'nin kerhanede olduğunu?"

Zeynel şaştı:

"Selvi mi?"

"Selvi ya."

"Kerhaneye mi düştü?"

"Haberin yok mu?"

"Yook..."

"Ohoo, Selvi de, bacısı Seyran da..."

Zeynel'in içi burkuldu. Selvi ile aralarında bir şeyler geçmişti, ama Seyran?

"Yahu," dedi, "Seyran şimdi olsun olsun da on beş, on altısında olsun!"

"İyi ya."

"O yaştaki bir çocuğu kerhaneye alırlar mı?"

"Elinde nüfus kâğıdına bak sen. Yirmi dört, yirmi beş..."

Zeynel inanamıyordu bir türlü.

"Daha dün, öte gün çırçırlara, bacısına yemek götürür getirirdi de harçlık verirdim. Vay Allah vay!"

Gözleri daldı. Tosbağa mahallesinin çarpık, eğri sokaklarını, ayı inine benzeyen kerpiç evlerin kapısında güneşe karşı kirli saçlarını tarayan kızları, çocuklarını kapı önlerinde herkese karşı yıkayan kadınları, etekleri şakıldaklı çocukları düşündü. Selvi değilse bile, Seyran da bunlardan biriydi. Elinde beştaş ya da ip, bütün gün sokaklarda ip atlar, beştaş oynardı. Ne zaman boy atmış, ne zaman gelişmişti de baştan çıkmış, şimdi de geneleve düşmüştü.

Selvi'ye aklı yatıyordu bak. Aynı çırçır fabrikasında çalıştıkları yıllarda, hemen her gece yarısı, işten dönerlerken bir işaret, alır Alman fabrikasının arkasındaki hendeklere götürürdü. Çok uysaldı. Nereye çeksen oraya giderdi. Gel derdi, gelirdi. Git derdi gider, yat der yatar, kalk der kalkardı. Ağzı var, dili yoktu.

Birinde elinden para zarfını çekip almıştı da kızcağız hiç sesini çıkarmamış, boynunu büküvermişti.

Zeynel içini çekti:

"Vay Selvi vay!"

Kirpikleri ıslanmış, yaş yaş parlıyordu yıldız ışığında. Halo Şamdin'se, gözlerini ta uzaklara dikmişti. Kıpkırmızı bir ay doğmaktaydı. Gecenin içinde daha karanlık dağların kıyısından ayın kızıl tekeri çıkmıştı bile.

Zeynel yeniden içini çekti.

"Fukara Selvi!"

Onunla hendeğe ilk girdikleri geceyi hatırladı. Paydosa doğru, "Beni dışarda bekle," demişti. Bekleyeceğine pek de umudu yoktu. Beklemese beklemezdi. Lakin beklemişti. Elinden tutup karanlık sokaklardan Alman'ın arkasına götürmüştü. Hava serin, hatta rüzgârlıydı. Ortalıkta in cin hak getire. Kızı kendine çekmiş, canavar gibi sıkmıştı. Başkası olsa cıyak cıyak bağırırdı oysa.

"Fukara Selvi!.."

Sonra hendeğe inmişlerdi. Ipıslaktı hendek. Yukarda ay, yıldızlar, savrulan soğuk rüzgâr, altında Selvi'nin sıcacık, çocuksu dişiliği.

Zeynel birden korkunç bir küfür kaçırdı.

Şamdin döndü:

"Kime sövdün?"

"Irgatbaşıya," dedi Zeynel. "Kime belledin?"

Şamdin kime bellediğini de bilmiyordu. Zeynel küfretmişti. Demek küfredilecek, zararlı biri vardı. Gerekirse döver, Zeynel isterse de çekip vurabilirdi.

"Ha? Kime belledin?"

"Ne bileyim ben canım?"

Uzandı, esrarlı sigarasını keseğin üstünden aldı. Baştan başa nasır bağlamış sert avuçları içinde sigarayı uzun uzun emdi. Sonra dumanın zerresini dışarı çıkarmamaya çalışarak, sigarayı aldığı keseğin üstüne yeniden bıraktı.

Zeynel'in kafasında Selvi, hep Selvi. Seyran'ı bile düşünmüyordu artık. Seyran küçüktü ama, Selvi zavallıydı. Demek kim bilir hangi vicdansız kahpe dölünün eline düşmüş, ordan da bir baskın, haydi geneleve!

Derin derin içini çekti.

Şimdi artık Selvi ile doluydu. O kadar ki, esrarlı sigara içtikleri şu yazının yüzünden kalkıp kilometrelerce yolu çiğneyip Adana kerhanesine varmayı, Selvi'yi bulup oradan kurtarmayı düşünüyordu.

Esrarlı sigarayı keseğin üzerinden aldı.

21

Ay silinmişti, yıldızlar daha iri, daha parlaktılar.

Bir yerlerde bir ishakkuşu içini çekerek ötüyordu.

Zeynel tarlayı sine sine geçti, Kemal Cesur'un uyuduğu harmana geldi. Durdu. Çevreyi dinledi uzun uzun. Sonra eğildi, hızla Kemal Cesur'un yanına sokuldu.

Sarı bıyığıyla çıyanı hatırlatan genç adam sırtüstü serilmiş uyuyordu. İri yıldızların ışığıyla hafifçe aydınlanan yüzü, açık sarı bıyığı... Sivrisineklerse çevresinde oğul veriyorlardı.

Zeynel yere diz çöktü. Yüzüne hışımla baktı uzun uzun. Şu anda onu oracıkta, uyurken boğabileceği gibi, sustalısını çekip kellesini bedeninden de ayırabilirdi.

Kemal Cesur yattığı yerde bir yandan bir yana döndü.

Zeynel omuzundan sarstı.

Uykudaki adamın gövdesinde dinler gibi bir bekleme oldu.

Zeynel az sonra gene sarstı.

"Kemal!"

Sonra gene:

"Kemal, Kemal lan!"

Sarı bıyıklı sapsarı yüz buruştu. Başı boynuyla ilgili değilmiş-çesine iki yana gitti geldi. Zeynel daha kuvvetle sarsınca, "Hıh!" dedi, yorgun, uyku dolu gözleriyle Zeynel'e zavallıca baktı.

"Gel ardımdan!" dedi Zeynel.

Beriki anlamadı:

"Ha?"

"Ardımdan gel!"

Zeynel'i birden tanıyarak yekindi:

"Sen miydin Zeynel Ağa?"

"Yavaş konuş. Gel ardımdan!"

Kemal Cesur korku içinde, Zeynel'in ardından gitti. Yüz metre ötedeki hendeğe önce Zeynel indi, ardından Kemal. Yüreği kötü kötü çarpıyor, işin içinde bir pislik olduğunu anlıyordu.

Zeynel birden kara şalvarının cebinden parlak demirli sustalısını çıkardı, şakırtıyla açtı.

Kemal Cesur'un yüreği oynadı:

"Kurban olayım Zeynel Ağa, bana ne edeceksin?"

Zeynel, "Sus," dedi. "Allahsız oğlu Allahsız! Bunu görüyor musun bunu?"

Kemal Cesur havaya kalkmış bıçağa dehşetle baktı.

"..."

"Görüyor musun lan?"

"Görüyorum Zeynel Ağa..."

"Sorduklarıma doğru cevap vermezsen, Allahımı inkâr edeyim gırtlağına sokarım, köküne kadar!"

"Kurban olayım Zeynel Ağa!"

"Sorduklarıma doğru cevap verecek misin?"

"Vereceğim Zeynel Ağa..."

Zeynel hırsla kavradığı yakasından sarstı:

"Benden ne kötülük gördün şimdiye kadar lan?"

"Ben mi? Ben mi Zeynel Ağa? Senden tövbe vallaha hiçbir kötülük görmedim..."

Zeynel yakayı yeniden sarstı.

"Hani yalan söylemeyecektin?"

"Vallaha yalan değil Zeynel Ağa, billaha yalan değil..."

"Ulan benim kulağıma kadar geldi, silik! Bize de mi lololo?"

"Tövbe Zeynel Ağa. Vallaha her zaman derim ki, şu Zeynel Ağa olmasa, bizim tekmil Allahımızı şaşırtacaklar derim. Allah Zeynel Ağa'dan razı olsun, her tuttuğunu altın etsin derim. İnanmazsan sor. Senin hepimize faydan dokunuyor mesela. Sen olmasan o ırgatbaşı bizi günde yirmi saat, daha çok çalıştırır şerefsizim!"

Zeynel, yalan söyleyenin anasına, avradına, beşikteki zürriyetine filan uzun uzun sövdü. Kemal Cesur zangır zangır titriyordu Çeneleri vururken, "Heye Zeynel Ağa," dedi. "Yalansam anamı da, bacımı avradımı da, beşikteki zürriyetimi de..."

Zeynel artık bunca alçaklığa dayanamayarak, yalancıyı bir yumrukta hendeğe yıktı:

"Hergele! O....dan da aşağılıkmışsın sen. Kalk!"

Kemal Cesur beli kırık yılan gibi yerde sürünüyor, Zeynel'in ayaklarına kapanıyordu.

"Zeynel Ağa, kurban Zeynel Ağa..."

Bir tekme.

"Kalk lan!"

"Zeynel Ağa..."

"Lan kalk!!"

Yumruk yiyen ağzını tutarak kalktı.

Zeynel:

"Cevap ver. Bu bıçağı görüyorsun ya? Anam avradım olsun sapına kadar gömerim ciğerine!"

"Tövbe Zeynel Ağa. Dinim, Allahım hakkı için tövbe. Eğer senin gıyabında bir kimseye bir şey dediysem avradım boş düşsün. İki çocuğum var, ikisini bir teneşirde yıkayayım!"

Zeynel dayanamadı:

"Ulan, ırgatbaşıya gidip, Zeynel Ağa sövdü saydı, tepem attı, lan diyecektim filan demedin mi?"

Kemal Cesur sarsıldı. Söylemişti, hepsini söylemişti. İnkârdan gelmenin faydası yoktu. En iyisi susmak. Susmak ama Zeynel hışım gibiydi karşısında. Sorusunun karşılığını bekliyordu: "Ha?" dedi bir ara. "Söyledin mi söylemedin mi?" Kemal'in gözleri kararıyor, ince bacakları gövdesini taşıyamıyordu. Öyle ki, yere diz çöktü elinde olmayarak:

"Zeynel Ağa, kurban Zeynel Ağa... Kimden duydun bunları?"

"Cevap ver: Söyledin mi, söylemedin mi?"

"Allahını seversen, kimden duydun?"

"Ulan söyledin mi, söylemedin mi diyorum sana!"

Yeniden ayaklarına kapandı Zeynel'in. Tozlu yemenilerini öpmek istedi, yüzünü gözünü sürdü:

"Zeynel Ağa, kapında itin olayım Zeynel Ağa. Küçükten kusur büyükten af Zeynel Ağa. Ben ettim sen etme Zeynel Ağa!"

Zeynel iğrenerek, "Kalk!" dedi.

Adam zorla kalktı.

"Söyledin demek?"

"..."

"Niye söyledin?"

"Bir cahillik ettim Zeynel Ağa. Aklımca belledim ki..."

"Irgatbaşının gözüne..."

"Heye, girerim de üç beş kuruş faydalanırım dedim aklımca..."

"Irgatbaşından nasıl faydalanırsın?"

"Akıl işte dedim ya Zeynel Ağa."

"Bırak şimdi akılı. Nasıl?

"Hiç. Gelecek haftalar da iş verir diye... Gözü çıksın yokluğun. Çoluk çocuk derdi. Yoksa ben senin gibi bir insanı... Öl de, ölmeyenin..."

"Bırak," dedi Zeynel.

Beriki coşmuştu:

"Tecrübe et Zeynel Ağa, eğer senin yolunda ölmezsem, itten rezil olayım! Ama bundan sonra..."

Karşısında titreyip küçülen adama acımıştı Zeynel. Bütün bu ikiyüzlülük, yokluktan kurtulabilme umuduyla, para içindi. Elini kaldırdı:

"Neyse, kısa kes!" dedi. "Koskoca erkeksin, ayıp. İki yüzlülük erkekliğe sığmaz. Vazgeç bu huydan. Bak, şurada kulun kıt, Allah'ın bol olduğu yazının yüzündeyiz. Öyle değil mi?"

"Doğru Zeynel Ağa..."

"İstersem sana her kötülüğü yapabilir miyim, yapamaz mıyım?"

"Yapma değil öte bile geçersin Zeynel Ağa!"

"Boş böğrüne iki bıçak..."

"Tamam."

"İtelerim harmana, çalarım kibriti. Hem harman yanar, hem de sen. Çok çok ne derler? Irgatlardan biri cigara içerken attı izmariti, yandı..."

"Doğru Zeynel Ağa. Lakin iznin olursa sana bir şey soracağım."

"Sor bakalım."

"Böyle böyle dediğimi kimden duydun?"

Zeynel'in eli gene kalktı havaya:

"Sana ne?"

"Allahını seversen söyle, kimden duydun?"

"Kimden duydumsa duydum..."

Kemal Cesur uzun uzun yalvardı. Zeynel'in ellerine sarılıp öptü.

"Vallaha gidip demem, billaha demem kimseye bir şey!"

"De ulan, dersen de..."

"O kadar. Dersem ne olur? Nasıl olsa senin kulağına gelmez mi?"

"Gelir tabii."

"Bitti. Sen de bana her istediğini yap o zaman!"

"Bundan sonra ne dersem yapacak mısın?"

"Yapacağım."

"Kendini minareden at desem?"

"Atarım Zeynel Ağa. Gözümü kırparsam gözüm çıksın!"

Zeynel şöyle bir düşündükten sonra, sordu:

"Kimden duyduğumu bil bakalım!"

Kemal Cesur düşündü, mırıldandı:

"O gün ustabaşıyla ırgatbaşı vardı... Usta demez. Irgatbaşı..."

Zeynel güldü. Kemal Cesur şüphelendi:

"Yoksa ırgatbaşı mı?"

Zeynel "o" anlamına, başını salladı:

"Senin ırgatbaşı dediğin, benim yirmi senelik mahallelim, komşum. Ne bakıyorsun suyumuzun akmadığına? Halo Şamdin'le nasılım? Onunla da öyleydik. Daha bile ileri!"

"Demek ırgatbaşıdan duydun?"

"Ne diyorum sana? Halo Şamdin'den ileriydik. Bes içtiğimiz su ayrı giderdi..."

Kemal Cesur iyice efkârlanmıştı:

"Vay gidi insanoğlu vay! Oysa ki her zaman senin ardından atar tutar ha..."

"Bakma sen, nağme yapıyor. Kendi atar tutar ama, başkasına da toz kondurtmaz. Bundan sonra sen sen ol, arkadaşını ele verme. Bak yemekler kurtlu, ekmekler küflü, bayat. Benim derdim zorum ne? Ekmeklerle yemekler... Bir de patoz dalgası. Kırk beş kişilik patozda otuz beş kişi çalıştırıyor. Günde yirmi saat çalışıyoruz. Ne bu? Makine miyiz? Ben sövüp sayıyorsam, hepimizin menfaatına. Ben de ses çıkarmasam, sonra?"

"Doğru Zeynel Ağa. Allahımızı şaşırır..."

"Şaşırır tabii. Yarından tezi yok, gir ırgadın arasına, ufaktan ufaktan... Çakıyorsun ya?"

Kemal anlamıştı. Kesinlikle, "Tamam," dedi. "Bundan sonra alacağı olsun. Madem iyilik yaramadı, ben de bilirim yapacağımı..."

"Bu hafta geçti. Gelecek hafta işbaşı yapalım, iki gün geçsin. Karavanayı yallah edip devireceğim. Siz bana arka olun, karışmayın gerisine..."

Kemal Cesur'un birden aklı başına geldi, korkudan karnı guruldadı. Zeynel'in ne yapmak istediğini anlamıştı. Bununla beraber, Zeynel, "Oldu mu?" diye sorunca "Oldu ağa!" dedi. Lakin olacak şey değildi.

Zeynel sözünün ardını getirdi:

"... Irgadın arasına gir, böyle böyle... Zeynel de karavanayı devirecek, arka olalım, de. E mi?"

"Eh."

"Irgatbaşıyla da aranı sakın bozma, diline sahip ol!"

Bak bu işine gelirdi:

"Sen hiç merak etme Zeynel Ağa," dedi. "Evvel Allah'ın izniyle."

Sarı bıyığını burdu. Titremesi falan geçmiş, eski hâlini almıştı.

Zeynel parlak demirli sustalısını katlayıp cebine soktu:

"Ben gidiyorum."

"Güle güle Zeynel Ağa..."

Zeynel hendekten sıçrayıp çıktı, hızla uzaklaştı.

Az sonra da Kemal Cesur çıktı ama... Olacak şey değildi ki! Jandarmaların tövbe şakası yoktu. Dayağa yatırdılar mı, Allah Allaaaaah...

Durdu, çevresine bakındı, sonra yere diz verip şarıltıyla işedi. Kalktı, harmana doğru yürüdü. "Allahımızı şaşırırlar!" diye söylendi. Harmana geldi. Herkes serildiği yerde horultu, diş gıcırtılarıyla uyuyordu hâlâ. Kendini kuru sapların üzerine bıraktı. Yukarda yıldız dolu gökyüzü. Görmüyordu. Jandarmaları düşünüyordu. Yok canım olacak şey değildi: "... Allahımızı şaşırırlar ki şaşırırlar. Zeynel'e göre ne? İpiyle kuşağı... Benim çocuklarım var. Yarın, milleti ayaklandırır, sonra da basar gider. Kabak bizim başımızda patlar!"

Esnedi. Yaşaran gözlerini avuçlarının nasırlı içleriyle sildi. Kaşındı uzun uzun... Sabaha kaç saat vardı acaba? Çevresindeki saatli birinden bunu öğrenecekmişçesine bakındı, sonra gözlerini yeniden gökyüzüne çevirdi. Kaynaşan yıldızları gördü bu kez. Yıldızlar kaynaşıyordu gökte. Yedi kardeşleri aradı, buldu. Kırık leğençeyi* aradı. Derken Samanyolu. Samanyolu'ndan aklı bir zamanlar nenesinin anlattığı Uğru Abbas'a gitti. Nenesinden duyduğuna göre Uğru Abbas hırsızdı. Bir kalbur saman çalmış, kaçarken samanlar saçılmış, gökteki saman yolunun esası buymuş. Nenesi anlatmıştı, bir gece Adana'da, yazın, damda. Babası sağdı o zamanlar. Kâtipti hapishanede. Kendi gibi. Geceleri mahpusları dövüyoruz derdi arada. Uğru Abbas da yakalansa mahpus olurdu. Kim bilir, belki de minare gibiydi boyu. Elleri, ayakları kocaman kocaman. İnsana bir vursa... Zeynel'den yediği yumruğu hatırladı, "Kenef!" diye geçirdi. "... Bizi bir yumrukta yıktı. Lakin ırgatbaşı da eşşoğlueşşeğin biriymiş. Böyle böyle dediğimi tut söyle hayvan oğlu hayvana. Amma dur, ırgatbaşı niye söylesin? Ne çıkarı var? Yok canım, ırgatbaşı değil, belki de usta söylemiştir. Tamam canım, usta. Bana kaç vakittir aykırı bakıyordu!"

Ne olursa olsun, gene de Zeynel'in anasına avradına sövdü. Bir yumrukta yıkmıştı! Karşılık verse, o da ona bir tane atsaydı... Atsaydı ama leşi çıkardı ordan. Elinde sustalı. Pırıl pırıl. Gerçekten de keser mi keserdi. Kesemezdi belki be. Kolay mı? Bağırır, çağırır, ortalığı yaygaraya boğardı. Irgatlar uyanır koşarlardı. Halo Şamdin de uyanıp koşsa bile ırgatlar bir duydular ki Zeynel adam boğazlayacak...

Doğrulup oturdu.

Zeynel'e karşı gelirler miydi? Yoksa her biri bir yana savuşup... Kendisi olsa öyle yapardı. Nesine gerek? Şimdi şu Zeynel'in dediği işte. "... Ne kızı veririm, ne dünürü küstü-

---

* Leğenin küçüğü.

rürüm. Bana ne? Irgatbaşıya da söylemem. Zeynel sorarsa, bak hele bak ağa, derim. Derim tabii. Ondan yanaymışım gibi gözükürüm. Karavanayı devirdi mi, ben yallah. Ne hâlleri varsa görsünler. Jandarmalar geldiği zaman görmedim bilmem, duymadım haberim yok. Bana ne? Bana dokunmayan yılan bin yaşasın. Heye, karavanalar da hiç yenilecek gibi değil amma, devirince düzelecek mi? Zeynel'e hay hay, ırgatbaşıya vay vay..." Yeniden devrildi sapların üzerine.

22

Tanyerinde sabaha dair henüz hiçbir belirti yoktu. Hâlâ yıldızlarla dolu gökyüzü şıkır şıkır uzanıyor, tarlanın içine, harmanlara serilmiş uyuyan ırgatların iniltileri, diş gıcırtıları, sayıklamaları duyuluyordu.

Sivrisinekler ortalığa sanki avuç avuç saçılmışlardı. Yorgun ırgatların çevrelerinde vınıltıyla uçuşuyor, güçlü iğnelerini tuzlu derilerine acı acı batırıyorlar, arada uykulu, yorgun biri sineklerin avradına sövüyor, sonra hart hart kaşınıyordu.

Bir baştan bir başa kurşun gibi akan yarasalarsa öyle çoktular ki!

Delikanlı bekçi, patozun yanındaki cibinliği içinde uyumakta olan ırgatbaşıya sokuldu. Cibinliğin bir ucunu kaldırıp adamı sarsmaya başladı:

"Ağa, hey ağa!

Irgatbaşı uykusunun derin karanlıklarından yüze çıktı:

"Hıh?"

"Kalk ağam kalk, vakit!"

"Ne vakti lan?"

"İş vakti."

"Saat kaç ki?"

Yastığının altından fosforlu saatini aldı, trahomlu gözlerine yaklaştırdı: Üçü çeyrek geçiyordu.

270

Sesli sesli esnedi, gerindi. Her yanı dövülmüşçesine ağrıyordu. Bir sigara yaktı.

Bekçi hâlâ cibinliğin önünde dikilmekteydi.

Irgatbaşı sordu:

"Halo Şamdin'i uyandırdın mı?"

Bekçi, "Git kendin uyandır," dedi.

"Niye?"

"Korkuyorum ben o heriften. Adama deli camız gibi bakıyor. Esrar çalgını pezevenk!"

Irgatbaşı güldü:

"Zeynel'e göz kulak ol sen," dedi. "Oluyor musun?"

"Oluyorum."

"Aman deyim ha. Gece mece dikkat et. Gene mızırdanmaya başlamış. Bizi yek ekmeğe muhtaç eder anam avradım olsun..."

Bu kez bekçi güldü:

"Gözünü amma da yıldırmış ha!"

"Yıldırmış değil, sen bilmezsin, çocuksun daha. Nene gerek. Sen benim dediğime bak..."

"Ateş olsa düştüğü yeri yakar bre herif..."

"Ulan oğlum, dik kafalılığı bırak!"

Sigarasını cibinliğin dışında söndürüp kara şalvarını çabuk çabuk bacağına çekti, dışarı çıktı. Sivrisinekler hemen çevresini aldılar. Alışkındı. Cibinliğinin iplerini çözdü, topladı, yastığının altına sokup döşeğini katladı. İplik çulla sıkı sıkı sardı.

Tarlanın alt başından seslendiler. O yana baktı, anladı:

"Ekmekler gelmiş!"

Bekçiyle birlikte ekmeklere gittiler. Su varillerinin yanında, birtakım çuvallar yüklü bir öküz arabası duruyordu, öküz arabasına yüklü çuvalların içindeydi ekmekler.

"Ne haber lan?" dedi ırgatbaşı.

Arabacı ikiyüzlü karşılık verdi:

"Canının sağlığı ağa. Şunları indirelim, teslim al!"

"Haydi indirin bakalım..."

Çuvallar indirildi.

Araba yollanırken ırgatbaşı, bekçiye, "Halo Şamdin'i uyandırmaya gidiyorum ben," dedi.

Doğudaki dağların tepeleri usul usul ağarmaktaydı.

Irgatbaşı, Halo Şamdin'in yanında durdu. Ters Kürt, sivrisineklerden korunmak için çuluna sımsıkı sarınmış, tarlanın ortasında tortop yatıyordu. Su gibi de terlemişti.

Irgatbaşı tepesine dikildi, önce ayağıyla dürttü:

"Şamdin!"

Yorgun koltukçu tınmadı bile. Çömelip sarstı. Beriki gene oralı olmadı. Yeniden, sonra daha sert sarstı, sarstı... Adam bir yandan bir yana döndü. Her zaman böyle, çok zor uyanır, kendine gelirdi. Uyanınca da yuvalarından fırlamış gözleriyle müthiş öfkeli, söver sayardı.

Gene öyle oldu. Sarındığı çulu hırsla açtı. Büyümüş kıpkırmızı gözleriyle ırgatbaşıya uzun uzun baktıktan sonra yeniden devrildi, hemen de uykuya geçti.

Irgatbaşı yarı şaka, yarı ciddi, "Şamdiin," dedi. "Oooo Şamdin! Şamdin loo! Kalk, kalk babam, kalk! Sen kalk ki, Şamdin Ağa kalkmış diye millet de kalksın. Kalk babam!"

Halo Şamdin terli·ve ağır, gene döndü.

"... Kalk, kalk babam. Sen kalk ki..."

Halo Şamdin sonunda doğruldu. İri yumruklarıyla gözlerini uzun uzun ovdu. Kürtçe sövüp saydı. Hâlâ dalgadaydı. Akşamki esrardan dili ağzında şişmiş, paslanmıştı sanki. Tükrüğü yapış yapıştı. Susuzluktan yanıyordu. "Saat kaç?" karşılığı, yarı Türkçe, yarı Kürtçe sordu:

"Sahat ne çiye?"

Irgatbaşı, "Dörde geliyor," dedi.

Halo Şamdin şaştı:

"Arrrrr!!"

Artık iyiden iyiye uyanmış, kendini toparlamıştı. Sıçrayıp kalktı. Tarlaya, biçilmiş buğdayların kısa sapları üzerine serili içliğini aldı. Çiyden nemlenmişti. Hâlâ acı acı gidişen kıllı gövdesine giyindi. Toz gözlüğünü, boynunu boğazını sıkı sıkıya sardığı paçavraları aldı, çulunu omuzuna atıp patozun yolunu tuttu.

Doğudaki uzak dağları kül renkli bir aydınlık yalayıp geçti. Yıldızlar yavaş yavaş siliniyor, yarasaların akışı seyrekleşiyordu. Serin bir rüzgâr esti hafifçe. Bir ırgat uykulu uykulu sayıkladı.

Yorganına sarınmış uyumakta olan Pehlivan Ali'ye sinekler üşüşmüştü. Homurdanarak bir yandan bir yana döndü. Hidayet'in oğlu da yanı başındaydı. Toprağa yüzükoyun serilmişti. Bir ara sayıkladı:

"Zar tutma arkadaş, iyi salla!"

Tam bu sıra ırgatbaşı yanlarına sokulmuştu. İlkin Hidayet'in oğlunu ayağıyla dürterek, "Kalk lan kalk," dedi. "Şunlara bak; gün öğlen oldu. Şamdin Ağa bile kalktı kerhaneciler!"

Sonra da Ali'yi dürttü. Daha sonra daha başka ırgatları da dürterken, hep aynı şeyleri tekrarladı:

"Gün öğlen oldu kerhaneciler. Bu vakte kadar yatılır mı? Ulan Şamdin Ağa bile kalktı be! Yarın sıra paraya geldi mi gözümü oyarsınız!"

Tekme, küfür...

Usta muavini de uyanmış, esniyordu. Ustaya, "Tövbe uykumu alamadım be usta..." dedi. "Sıcak bir yandan, sinek bir yandan..."

Usta, "Bey babanın gözü kör olsun," dedi.

"Niye?"

"Okuyup adam olsa da..."

"Bana hanlar, apartmanlar mı bıraksaydı?"

"Nasıl da bildin?"

"Benim babam bey mey değildi..."

"Ya?"

"Benim gibi baldırı çıplağın biriydi."

"Öyleyse ananın yakasını destele!"

"Babama vardı diye mi?"

"Öyle ya..."

273

Muavin karşılık vermedi. Makine yağı bulaşıkları içindeki keten pantolonunu bacağına çekerken, "O, bu değil ya," dedi, "ne düşünüyorum biliyor musun?"

"Nerden bileceğim?"

"Gece diyorum, paydostan sonra, güzel duşlar, banyolar olmalı. İnsan güzelce yıkanıp arınmalı, pijamasını giymeli, karyolasına uzanmalı, ooh... Öyle değil mi?"

Usta da bunun hasretindeydi, içini çekti. Muavin karşılık alamayınca asıldı:

"Ha usta, öyle değil mi?"

"Öyle oğlum öyle..."

"En çok da hamam..."

Usta kurnazca baktı:

"Gusül için mi?"

"Tabii ya..."

"Yoksa gece rüyana gene köroğlu mu girdi?"

"Yok canım."

"Ya?"

"Başkası."

"Güzel miydi?"

"Valla ne bileyim?"

"Demek su gerekti? Peki ne yapacaksın şimdi?"

"Hiiç."

"Pis pis işbaşı ha?"

"Ne yapayım?"

Usta alayla, "Günah değil mi?" dedi.

"Günahsa, günahı bana mı?"

"Kime ya?"

"Su olsa da dökünmesem, işbaşına cünup cünup gelsem neyse. O karıyı rüyama kendim sokmadım ya!"

Usta birden ciddileşerek, "Aldırma," dedi.

Muavin yatağını dürdü, büktü. Sonra, gusül aptesti alıp cenabetlikten kurtulamamanın huzursuzluğuyla traktöre yaklaştı. Traktör, her günkü traktör, sanki büyümüş büyümüş, kocaman olmuştu. On sekiz saat sürecek makine şakırtılı koca günün ağırlığı daha şimdiden içine olanca ağırlığıyla çökmüştü. Traktöre karşı esnedi. Makinenin ağır demir sessizliğine uzun uzun, sinirli sinirli baktı. Avucunun içiyle demir bedenine vurdu makinenin, onu icat edene sövdü. Sonra da pişman, tövbe üstüne tövbe çekti.

"Ekmeği senden yiyorum. Sen olmasan..."

Yukarıya baktı. Yıldızların iyice silindiği gökyüzü doğuya doğru ağarıyordu.

"Sen günah yazma yarabbi. İşe cenabet cenabet başlayacağız..."

Birden sinirlendi:

"Avradı rüyama kendim sokmadım ya!"

Yanı başında ustanın sesi.

"Kendi kendine mi konuşuyorsun ne?"

Döndü, gördü, güldü.

Usta, "Çalıştır bakalım!" dedi.

Muavin kolçakla traktörün önüne geçti, soktu, yarım tur. Sabahın nemli havasına motorun egzozundan çıkan mazot kokulu bir duman yayıldı. Usta gaz çubuğunu indirdi. Motor ambale olarak sabahın sakin havasını kuvvetli gürültüsüyle altüst etti. Sonra usta, traktörü harman makinesine bağlayan uzun kayışı silindire itince, tozlu kayış deli deli dönmeye başladı. Patozun ovayı dolduruveren şakırtılı sesi, motorun sesini falan yutuverdi.

İş, olanca sıkıcılığıyla başlamıştı. Harmandan beden kalınlığında desteler kapılıyor, durulmayan, bitip tükenmek bilmeyen bir karınca kaynaşmasıyla harman makinesine koşturuluyor, harman makinesinin üzerindeki Zeynel'le Halo Şamdin'e atılırcasına teslim edilip harmana yeniden, yeni bir demet omuzlanmak için koşuluyordu. Bu bir koşuydu gerçekten de. Durmak bilmeyen, uçsuz bucaksız bir koşu. Hemencik kan tere batılıve-

275

rildiği için, harman makinesinden savrulan saman tozları içinde çıldırtan bir kaşıntı, bir gidişmedir başlıyordu.

***

Pehlivan Ali de gece rüyasında Fatma'yı görmüştü. Omuzundaki demeti harman makinesine koştururken, geceki rüyanın etkisiyle memnun, gülümsüyordu. Ne avrattı şu Fatma be! Ulan nasıl da kadrini kıymetini bilememişti! Orman gibi, sulak bir yerde olurlarmış. Birden Fatma, ağaçların arasından çıkıp gelmiş.

"Vay, Fatma. Sensin hı?"

Fatma dargın dargın bakmıştı.

Yanına koşmuş, kucaklamıştı.

"Bana küs müsün yoksa kız?"

"Küsüm."

"Niye anam?"

"Beni o i...lerin elinde kodun da geldin!"

"Ne yapayım? Beni zorla savdılar..."

"Heye savdılar. Savdılarmış..."

"Savmadılar mı? Yalan mı? Sen de orda değil miydin?"

"Değildim ya, orda mıydım?"

"Ordaydın..."

"Ben Fatma değildim ki..."

"Ya?"

"Aptal Kızı'ydım."

Uyanıvermişti birden. Lakin bir iş vardı bu rüyada. Ben Fatma değildim demişti. Bilmiyor mu Fatma olup olmadığını. Yanına varmıştı da kaşlarını yıkıvermişti. Gel demişti gelmemişti. Biliyor Fatma olduğunu. Lakin ne olursa olsun, bir iş vardı bu rüyada! Hidayet'in oğlunu birden yanında buldu.

"Bak hele laan," dedi.

Hidayet'in oğlu yeni bir desteyi omuzlamıştı bile. Sertçe baktı. Konuşmayacaktı bu i...yle gayri. Ulan insan bir beşlik bedel etmez miydi?

"Kimi gördüm rüyamda bil!"

"Sen mi?"

"Ben ya."

"Kimi?"

"Fatma'yı!"

Hemen her gece gördüğünü biliyordu.

"İyi bir bineydin gayrı," dedi.

Ali anlamadı.

"Dedi ki, ben Fatma değildim dedi. Aptal Kızı'ydım dedi. Öyle mi? Aptal Kızı'ydım dedi lan!"

Irgatbaşının kuvvetli düdüğü, arkasından da:

"Laaan lan i....ler... Varırsam yanınıza şimdi!"

Hidayet'in oğlu fırlayıp koştu. Irgatbaşının yanında durdu:

"Vallaha ağa benim suçum yok. O Ali i...si çeneye tuttu beni..."

"Çenelerinizi kırıcam bir gün ya dur bakalım..."

"Çiftlikte koduğu avradını görmüş üryasında..."

"Kim? O mu?"

"O ağa. Her gece her gece görüyor. Hem de tövbe su dökünmüyor ha. Sen ona bir şey de, ya görmesin, görürse su dökünsün. Cünup cünup işbaşı yapılır mı?"

Irgatbaşı, "Ürya görmek de ne demek?" dedi. "Görmesin efendim. Burda gusül suyu mu var?"

Ali yanından geçerken, "Lan ayı," dedi.

"Buyur ağa!"

"Vurdum mu yıkarım ha. Ürya görmek de ne oluyor? Hayvan! Sen kim ürya kim? Üryayı hamamı, suyu muyu olan, evinde yatağında rahat rahat yatan görür. Aç it. Yimeğe ekmek buldun da üryan mı eksik kaldı?"

Ali omuzunda demet:

"Sağ ol," dedi.

23

Bir haftalık iş beş buçuk gün sürmüş, "dağılım" denilen çarşamba günü öğleden sonra saat ikiden itibaren ırgatlar para almak için şehrin yolunu tutmuşlardı.

Irgatbaşı da paydostan çeyrek saat önce küçük ağanın pırıl pırıl otomobiliyle şehre inmişti. Harmanla şehir arasında epeyce uzun bir yol vardı. Irgatlar yaya dökülmüşlerdi yollara. Tozlu yollar, beş buçuk iş gününün yorgunluğuyla harap ırgatların yemenili, ya da çıplak ayakları altında tozuyup duruyordu. Başka harmanlarla pamuk tarlalarından şehre para için akın hâlindeki ırgat kafileleri kalabalığı gittikçe artırıyordu. Yukarda gözleri alan kızgın güneş, aşağıda fırın külü gibi ısınmış tozlu yollar... Yol boyunca ah'lar, of'lar yükseliyordu. Arada öfkeli bir küfür, bazen hiç hesapta olmayan yanık bir gazel.

Dudakları patlamış, ağızları köpük içinde, yorgun, yılgın insanlar bir haftalık emeklerinin karşılığını almaya gidiyorlardı. Gözler çökmüş, yüzler buruşup kararmış. Sıtmadan zangır zangır titreyen ırgatlardan biri arada kafileden ayrılıyor, ya bir hendek kıyısı, ya da koyu gölgeli bir ağacın altına kendini atıyor, toprağa kapanıyordu. Hiç kimse başkasına yardım edecek hâlde değildi. Kalan kalıyordu. Ölen ölecekti, gidebilense gidecek!

Çukurova'nın bereketli topraklarında şehre karıncalar gibi çekilen ırgatlar, oraya, Taşköprü'nün oradaki ırgat pazarına birikmek için canlarını dişlerine takmışlardı.

Gidilecekti, çaresiz gidilecek, haftalıklar alınacak, sonra da gelecek hafta için yeniden kapılanırlarsa, ağır hantal kamyonlara dolunup, beş buçuk gün çalışmak üzere, çiftliklere yeniden dönülecekti.

Pehlivan Ali ile Hidayet'in oğlu yan yana yürüyorlardı. Hidayet'in oğlu, Ali'nin koluna asılmıştı. Bir ara, "Gözlerim kararıyor," dedi.

Ali de tıpkı onun gibiydi:

"Vallaha benim de kardaş..."

"Hepsi hepsi ya, karnım da guruldamasa bari..."

"Niye gurulduyor?"

"Acımdan lan. Ekmeğin yok muydu?"

"Ekmek ne gezer bende?"

"Şunlarda yok mu ki?"

"Vallaha ne bileyim?"

"Bir parça olsa da nefsimi körletsem... İstiyek mi?"

"Kimden?"

"Kimden olursa..."

"Verirlerse durma. Acımdan benim de gözlerim kararıyor. İki lokma da ben yerdim..."

Gerilediler.

Pehlivan Ali, Halo Şamdin'i gördü:

"Aha," dedi, "şu herif benden kibrit aldıydı..."

Yanına sokuldu:

"Öyle mi kardaş... Epmeğin müpmeğin yok muydu?"

Halo Şamdin yolda sarıp sarıp içtiği esrarlı sigaraların dalgası içindeydi. Ürkerek baktı. Ali'nin ne dediğini pek de anlamamıştı. "Cık" yaptı.

Pehlivan Ali kızdı:

"Ben sana kibrit verdiydim amma..."

Halo Şamdin çekti gitti.

Pehlivan Ali bozularak Hidayet'in oğluna baktı:

"İ..e herife hele," dedi. "Benden kibrit aldıydı da şimdi epmeğe yok diyor. Bilsem vermezdim kibriti..."

Hidayet'in oğlu üzerinde durmadı.

Ali, hiç tanımadığı birine sordu ekmeği olup olmadığını. Yokmuş. Sonra bir başkasına, daha sonra daha bir başkasına. Yok, yok, yoktu. Hidayet'in oğlu guruldayan karnıyla yolun kıyısına bıraktı kendini. Ali de yanına gitti, ayakta uzun uzun dikildi. Bomboş gözlerle yola bakıyorlardı. Kendilerinden pek de farklı olmayan insanlar geçiyordu önlerinden. Yol kıyısında kesi-

lip kalan Ali'yle Hidayet'in oğluna bakmıyorlardı bile. Yollarda
açlıktan, yorgunluktan, çeşitli hastalıklardan kesilip kalan o kadar
çok insan vardı ki... Bu yollarda gemisini kurtaran kaptandı.
Yukarda güneş, aşağıda yolun güneşte fırın külüne dönmüş kız-
gın toprağı. Arada kamyonlar, otomobiller gelip geçiyordu. Her
gelip geçen araçtan toz bulutları kalkıyor, göz gözü görmüyordu.
Ali de Hidayet'in oğlunun yanına bıraktı kendini. Başka ne
yapabilirdi? Köpürmüş ağzı, ferini yitirmiş gözleri...
Birden sordu:
"Bunların içinde Fatma da varmola?"
Hidayet'in oğlunun canı burnuna gelmişti zaten:
"Şimdi," dedi, "şimdi Fatmandan başlarım ha!"
"Niye?"
"Tövbe estağfurullaaah..."
Bütün açlığı, yorgunluğuna karşılık Pehlivan Ali'nin bütün
umudu bugündeydi. Para almak için Fatma da şehire inecekti
nasıl olsa. Rast getirirse tamamdı. Öbür çiftlikteki ırgatbaşı,
"Fatma" demişti, "Fatma benim bacım!" Bir insan bacısına
kötü gözle bakar mıydı hiç? Baksa bile, tükenecek değil ya
Fatma. Fatma, taş gibi Fatma, hep o Fatma'ydı. Fatma gibi
avradı nerden bulacaktı bir daha? Aklına başka bir şey geldi,
Hidayet'in oğlunu dürttü:
"Beri bak hele lan!"
Hidayet'in oğlu akları pembe pembe gözleriyle baktı:
"Ne var gene?"
"Şehre inince, bizim Yusuf'un oraya varak mı?"
"İnşaata mı?"
"İnşaata."
"Varak."
Ali sevindi:
"Hemi de varak. Ben geri dururum, sen varır bizim Yusuf'u
çağırırsın!"
"Sen niye varmıyon?"

"Ne olur ne olmaz."

"Fatma'nın erinden mi korkuyon?"

"Korktuğumdan mı?'"

"Korktuğundan değil de beni ne diye savıyon ya?" Pehlivan Ali karşılık vermedi. Verecekti, yanlarına Kürt Zeynel sokulmuştu. O da ötekiler gibi hâlsiz, yorgundu, onun da dudakları patlamıştı beyaz beyaz.

"Yoruldunuz mu ne?"

Hidayet'in oğlu, "Yorulduk vallaha..." dedi.

Pehlivan Ali:

"Epmeğin müpmeğin var mıydı? Acımızdan soluk alamıyoruz, gözlerimiz kararıyor vallaha..."

Zeynel:

"Epmeğinizi yemeden mi çıktınız?"

"Yemedik. Vermediler ki..."

"Zaten yenecek yeri yoktu. İte atsan yemez!"

"İnsan işten çıkınca bi tuhaf oluyor..."

"Doğru, algınlaşır. Canı yemek istemez..." Mendiline çıkınlı ekmeğini ortadan böldü, yarısını Ali'ye, yarısını da Hidayet'in oğluna uzattı:

"Nefsinizi köreltin. Aç acına yol yürünmez. Adam kötü olur. Yol adamın ayağının altından kayar. Öyle değil mi?"

Ne Hidayet'in oğlu farkındaydı sorunun, ne de Pehlivan Ali. Ellerindeki ekmeklere aç kurt gibi saldırmışlar, kuvvetli dişleriyle çiğnerken gözlerini hazla yummuşlardı.

Zeynel hâlden anladığı için üstelemedi. Yanlarına çömelip yiyişlerine bakmaya başladı. Öyle iştahla, öyle oburca yiyorlardı ki... Pehlivan Ali son lokmasını da çiğneyip yuttuktan sonra, "Oooo," dedi. "Dünya varmış. Nefsim köreldi be!" Zeynel'e çocuksu gözlerle, minnetle baktı:

"Allah senden rızı olsun kardaş, iki cihanda aziz olasın..."

"Aman kardaş, yarım epmek, kupkuru epmek..."

"Olsun," dedi Hidayet'in oğlu. "Canımız üstümüze geldi!"

"..."
"..."
Sonra kalktılar, tozlu yolu tuttular yeni baştan. Bir ara Zeynel sordu:

"Bu hafta da çalışacak mısınız?"

Pehlivan Ali, "Şansımıza," dedi. "İş verirlerse..."

"Verirlerse çalışırız," diye ekledi Hidayet'in oğlu.

"Verirler," dedi Zeynel. "Niye vermesinler? Amma bana vermez o keşiş herhalde..."

Pehlivan Ali, "Bana da," dedi.

"Niye?"

"Kumar oynamıyorum, esrar içmiyorum... Pek huylanıyor!"

Zeynel Kürtçe sövdü:

"Vermezse vermesin be. O yemekler nedir öyle? İt yemez vallaha. Pilavlar taşlı, ekmekler kurtlu. Az daha dişimi kıracaktım. Başka harmanlarda ırgadın gözü açık arkadaş. Böyle yemekleri yemez!"

Pehlivan Ali merakla sordu:

"Yemez mi?"

"Yemez ya!"

"Aç mı kalır?"

"Yok canım. Karavanaları devirir!"

Pehlivan Ali bir hayret ıslığı çaldı. Hidayet'in oğlu da şaşmıştı. Ali'yle bakıştılar. Zeynel, "Bir iki demez devirirler," dedi.

"Devirince suçlu düşmezler mi?"

"Düşmezler."

"Cenderme menderme koşup gelmez mi?"

"Gelse bile kendileri suçlu düşer. Bırak ki gelmez böyle ufak işlere..."

"Niye suçlu düşerler?"

"Millete taşlı pilav, kurtlu ekmek yediriyorlar diye. Cenderme dediğin de insan. Bir bakar, haa der, dimek millete kurtlu ekmek, pilav yedirmişler. Milletin de tepesi atmış..."

Pehlivan Ali coşkunlukla, "Aşkolsun cendermeye!" dedi.

"Yimekler düzelir mi sonra?"

"Düzelir."

Hidayet'in oğlunu dirseğiyle dürttü:

"Duyuyon mu, düzelirmiş!"

Hidayet'in oğlu:

"Şu Sarı Kemal de diyor ki..."

Zeynel birden ilgilendi:

"Hangi Sarı Kemal? Kemal Cesur mu?"

"Heye."

"Ne diyor?"

"Karavanaları devirince cendermeler gelirmiş, pek döverlermiş, kötü döverlermiş!"

Zeynel'in kaşları çatıldı: O gece, hendeği hatırlamıştı.

"Ne zaman dedi bunları?"

Hidayet'in oğlu:

"Dün gece. Veysel'in orda çay içerken..."

Zeynel öfkeden mosmor kesildi bir an. Sakalı hayli uzamış yüzüyle korkunçlaşıvermişti. Demek Kemal Cesur hâlâ bildiğinden şaşmıyordu? "O gece keşke ağzını burnunu kırsaydım!" diye geçirdi. Çevresine bakındı, görünürlerde yoktu. Gene de, "O size gözdağı vermiş," dedi. "Sizi korkutmuş yalandan..."

Ama Kemal'in şu kancıklığı koydukça koyuyordu. Onu bulmak üzere ayrıldı.

Hidayet'in oğlu göz kırptı:

"Zeynel'in meramını anlıyor musun?"

Pehlivan Ali, "Anlamıyorum," dedi.

"Onun meramı, karavanaları devirtmek ırgada. Irgadı ayaklandırmak. Cendermeler dövmez diyor. Dövmese bile, Kemal Cesur diyor ki, ağanın tabancası var, bir iki demez, çeker vurur diyor. Vurmasa bile, şuraya niye indik? Üçün beşin sahibi olalım diye. Öyle değil mi?"

Pehlivan Ali'nin aklı başka yerdeydi:

"Yemeklerin de tövbe yenecek hayrı yok..." diye mırıldandı.

Hidayet'in oğlu kaygıyla baktı:

"N'olacak yani? Zeynel'le birlik mi olacaksın?"

"Zeynel, yiğit uşak. Yiğit uşaktan hiçbir vakit kötülük gelmez!"

"Cenderme kötü dövermiş lan!"

Pehlivan Ali omuz silkti. Hidayet'in oğlu büsbütün telaşlandı:

"Dövmese bile ağanın tabancası... Deli misin?"

Pehlivan Ali sanki inadına, "Zeynel yiğit uşak," dedi.

"Demek Zeynel'le birlik olacaksın?"

"Yemeklerin düzeleceğini bilsem..."

"Amman Ali, akıl var, yakın var. Koskoca bir ağa mesela... Ağaların ırgada ne eyvallahı olacak? Seni, beni atar, yerimize başkalarını alır. Buraya ne diye geldik? Karavana devirek diye mi? Yoksa üçün beşin yoluna bakak diye mi? Sen Zeynel'e kulak asma. Kemal ne dediydi? Zeynel'in ipiyle kuşağı dediydi. Ona uymayın demedi miydi?"

Ali'yi uzun uzun gözden geçirdi, sonra, "Fatma," dedi, "Fatma'yı unuttun mu? Karavanayı devirdin mi, seni hapse atarlar. Fatma ne olur? Ortada kalır."

Ali'nin en zayıf yanıydı:

"Doğru," diye başını salladı. "Fatma ortada kalır. Fatma'yı şehirde buluruz değil mi?"

Hidayet'in oğlu kurnazca güldü:

"Tabii deli. Bulunmaz olur mu? Karavanayı devirdin mi, ne Fatma, ne de bir şey. Avrat ortada kalır. Yazık. Delikanlılığa sığar mı?"

"Sığmaz, doğru. O da haftalığını şehirde alır öyle ya!"

"Öyle."

"Bir görürsem..."

"Ne yaparsın?"

Ali'nin terli yorgun yüzü yumuşamıştı. Gözleri daldı:

"Ah bir görsem," diye mırıldandı. "Yanımdan tövbe ayırmam bir daha. Bizim Yusuf, usta olmuş madem... İsterse bize yanında iş uydurur değil mi?"

"Bana uyduramadı!"

"Sana uyduramadığına ne bakıyorsun? Biz onunla kardaştan ileriyiz."

"Kardaştan ileriydiniz de Hasan'ı ne diye öldürdünüz?"

"Biz mi öldürdük?"

"Kim öldürdü ya?"

"Allah öldürdü..."

"Allah öldürdü, amenna amma, siz el atsaydınız kurtulurdu. Oğlanı bırakıp gittiydiniz..."

Pehlivan Ali'yi efkâr bastı:

"Ne bakıyorsun Hasan'ın öldüğüne?"

Aklı Köse Hasan'a kaymıştı. Onu hasta hasta bırakıp inşaata gittikleri günü hatırladı. Gerçekten de... Hasta hasta bırakıp gitmişlerdi fukarayı. Gitmeseler ya da alıp birlikte götürselerdi...

"Taşeron istemezdi ki!" dedi.

Hidayet'in oğlu duymadı.

Karanlık basıncaya kadar yürüdüler. Sonunda pırıl pırıl ışıklarıyla şehir gözüktü. Hava yumuşamıştı. Sık sık homurtularla geçen buğday çuvalları yüklü kamyonlar ortalığı toza boğuyor, yorgun ırgatlar tóz bulutları içinde kayboluyorlardı.

Şehre yaklaştıkça kamyonlarla arabalar çoğalıyordu. Irgatlar yolun iki kıyısında yürüyerek, şehrin ucundan Seyhan Nehri'nin bu geçesindeki mezarlığa girdiler. Mezarlık daha önce gelmiş ırgat yığınlarıyla doluydu. Kadın, erkek, çoluk çocuk...

Pehlivan Ali'yle Hidayet'in oğlu da kalabalığa karıştılar.

Mezarlığın kalın bedenli ağaçları hışıldıyordu.

İki arkadaş bir kıyıdaki yatık mezar taşının üstüne yan yana oturdular. Şakakları sıcak sıcak atan terli başlarını avuçları arasına alarak, hâlâ akın akın gelmekte olan yorgun ırgatları seyre daldılar.

285

Pehlivan Ali bir ara, "Şunlara hele," dedi. "Karıncalar gibi!"

Hidayet'in oğlu başını salladı:

"Karıncalar gibi ki karıncalar gibi. Dağ, taş insan!"

"Bunların içinde Fatma da var mı ola?"

"Olmaz mı?"

"Bulabilemem mi?"

"İmkânı yok, bulamazsın!"

Ali içini çekti:

"Burda olduğumu bilse... Değil mi? Bilse gelir ha! Bir iki demez, ben ettim sen etme Ali, dese, tövbe dese elime ayağıma kapansa... Değil mi? Hı? Hemen peki demem, yüzümü azdırırım ilkin. Ne derim biliyor musun? İstemiyorum seni, git derim. Bilal'in yanına git derim..."

Hidayet'in oğlu güldü. Ali huylandı:

"Niye güldün?"

"Hiç, öyle..."

"Canım öyle dediğime ne bakıyorsun? Söz temsili. Yoksa Fatma... Bir görsem, abooo... Fatma gibi avrada kurban olurum hemen!"

Hidayet'in oğlu içini çekti:

"O bu değil ya, gece rüyamda kimi gördüm bil bakalım!"

"Kimi gördün?"

"Köse Topal'ı."

Ali bir an Fatma'yı unuttu:

"Nasıl gördün?"

Boğmak için odaya girdiği anı görmüştü rüyasında. Köse Topal, boğulduğu geceki gibi, yatağında, yorganı tepesine çekmişti. Hidayet'in oğlu yatağa yaklaşınca yorganı atmış, tam bağıracakken beriki gırtlağına çöküvermişti.

Bunları sakladı.

"Vebalime girdiler, günahımı aldılar, beni boşuna hapis yatırdılar!"dedi.

Ali unutmuştu. Bambaşka bir şey sordu:

"Fatma'nın esas eri Ömer Zorlu beni görse ne der ola?"

Hidayet'in oğlu sinirli sinirli, "Senin," dedi, "aklından zorun var mı?"

"Benim mi?"

"Senin."

"Niye?"

"Ben ne diyorum, sen ne diyorsun!"

Bir süre herkes kendi kafasındakine daldı, uzun uzun düşündüler. Hidayet'in oğlu birden, "Adamda para olmalı para!" dedi.

"Olsa ne yapar?"

"Sıcacık somunla peynir alır yer!"

"Erik mürük de alır!"

"Tahinle pekmez yahut..."

"Helva melva..."

İkisinin de ağzı sulanmıştı. Sulu sulu tükürdüler.

Mezarlığın önündeki yoldan gelip geçen yüklü kamyonların homurtusu, arabaların geceye ses veren çıngırakları dinmek bilmiyordu. Donuk bir ay mezarlığın tam tepesinden vurmaktaydı.

"Aya hele," dedi Ali. Hidayet'in oğlu baktı.

"Ne var ayda?"

"Allahımız..."

"Tövbe, estağfurullah," dedi Hidayet'in oğlu.

"Niye?"

"Allahımız ne arasın ayda?"

"Niye?"

"Niyesi var mı lan? Allahımız kaşmer mi?"

"Kaşmer ne ki?"

"Soytarı..."

"Allahımız mı?"

"Tövbe estağfurullah..."

"Allahımızı karıştırma arkadaş, bak ana avrat dümdüz giderim!"

"'Karıştıran sensin!"

"Dümdüz giderim dedim, giderim. Karıştırma Allahımızı. Allahımız gibi var mı?"

"Allahımız gibi kimse olamaz!"

Küçük ağayı hatırlayan Ali, "Tabancası var mı Allahımızın?" diye sordu.

"Olmadığına ne bakıyorsun?"

"İstese olur değil mi?"

"Bak hele bak..."

"Allahımıza kurban oluyum... Sen?"

"Ben de, abooo..."

"Allahımız istese Fatma'yı birde bulabilir değil mi?"

"Birde."

"Bulsa, ah bir bulsa..."

"Ne verirdin Allahımıza?"

"Allahımız ne yapsın bendeki öteberiyi? Onun hazineleri var Kafdağı'nın ardında. Allahımız bu..."

Sonra uykuya yattılar. Hidayet'in oğlu hemen horlamaya başlamıştı. Ali'nin aklında Fatma, o da uzandı. Sırtını bir şey acıtıyordu. Taş sandı. Çekti aldı. Bir kemik parçası, toprağa saplanmıştı

Gözlerini yıldız dolu, berrak göğe kaldırdı.

Haftalığını aldıktan sonra Hidayet'in oğluyla inşaata, Yusuf'un yanına varıyorlar. Yusuf temelli usta olmuş... Ömer Zorlu da Fatma'yı aramak için gitmiş, dönmemiş bir daha. Birde bakıyorlar ki Fatma orda!

Bunu beğenmedi.

Fatma inşaata onlardan önce varmış, Yusuf'tan Ali'yi sormuş. Yusuf da, "Vallaha hiç haberim yok bacı. Buraya gelmediler!" demiş. Fatma ne yapacağını şaşırmışken, Ali, hızır gibi yetişiyor. Fatma dönüp de Ali'yi görünce, "Vay Alim, Alim benim," diye sarılıyor boynuna, ağlıyor. Ali'nin kaşları çatık. "Bilal'i bana değiştin!"diyor. "... Bilaline git!" diyor. Lakin Fatma'nın iki gözü iki çeşme. "Ali" diyor, "... Ben ettim sen etme. Bir daha yoluma altın dökseler senden tövbe ayrılmam!"

Bir sigara yaktı. Ağız dolusu dumanlar bırakarak düşüncelerine kaptırdı kendini. Mezarlığın boy atmış iri sıtma ağaçları ağır ağır sallanıyor, sivrisinekler yorgun ırgatların çevresinde vınıltıyla dolanıyorlardı.

Ali hiçbirinin farkında değildi. Yukardaki kalabalık yıldızlara bakıyor, görmüyordu. Hatta bir ara göğü bir baştan bir başa geçen parlak bir yıldızın akışını bile fark etmedi. Fatma'ya öyle diyecekti de gülüvermeyecek miydi? Kim demiş? Fatma gibi avrat mı vardı? Kaşlarını çatacağı doğruydu, yalvarınca da...

Titredi.

Kollarının arasına alacak, sıkacak, sonra alıp insanlardan uzak bir kuytuya götürecekti. Bilal milal... Avrattı bu, taş gibi avrat. Ne olurdu avrada? Genç, taze, körpecik... Lakin biliyordu yapacağını. "Kahpe," diyecekti, etini metini bir güzel morartacak, canını yakacak, bağırtacaktı. Görürdü o. Ali'yi Bilal'e değişmek ne demekti? Soracaktı hepsini... Aptal Kızı mızı mı dedi? Desin. Hani nerdeydi Aptal Kızı? Aptal Kızı'nı Fatma'ya değişse, yanında olurdu!

Sigarasının dibini bir fiskeyle fırlatmadan önce yenisini yaktı. Aptal Kızı'nın leş gibi kokuyordu ağzı. Fatma, Fatma başkaydı. O zaman Hidayet'in oğlu midayetin oğlu havaydı. Ona neydi ondan canım. Fatma olduktan sonra... Bir de Yusuf. Yusuf mutlaka iş verirdi ona. Ömer Zorlu da cehennemin dibine gitmişti belki de. Gitmediyse kapışırlardı çok çok. Ne korkusu vardı yani? Fatma yanında olduktan sonra...

Sigara üstüne sigara içti. Bu arada Fatma'yı alıp köye gitti aklında. Anası, sonra sözlüsü. Sahi, sözlüsü... Düşünmüyordu sözlüsünü. Dünya bir yana, Fatma bir yanaydı. Anası hık mık etse bile bir bakardı, tamam. Canım düşünmüyordu anasını manasını. İş, yarın inşaatta Fatma'yı rast getirmek!

Gecenin çok ileri bir saatinde gözleri kendiliğinden kapandı. Fatma düşündeydi artık. İnşaata gelmiş, Ali'yi aramış. Yusuf omuz silkmiş. Derken arkasından usul usul gidip kucaklayıvermiş...

Ali düşünde bunları görürken, yeni bir ırgat kafilesi yorgun argın geldi, kendini mezarlığın nemli toprağına bıraktı, hemen uykuya geçti.

Yalnız bir kadın, Ali'nin Fatması, Pehlivan Ali'yle Hidayet'in oğlunun yattıkları yerin üç adım ötesine, yosunlu bir mezar taşının yanına diz çöktü, sıcak sıcak zonklayan başını taşa dayadı.

Sıtmanın yangınından gözlerini açamıyor, inliyordu.

Az ötede esrar çeken iki kişinin konuşmaları geliyordu:

"Aya bak!" dedi biri.

Öteki aya baktı:

"Ne var ayda?"

"Yağmur var mutlaka..."

"Ne bildin?"

"Ay iyice harmanlamış!"

"Aya bak!" diyen, uzun boylu, ince adam sigarasının izmaritini atıp kalktı, gerindi. Birden gözüne ilişen Fatma'ya dikkatli dikkatli baktı. Sonra yanındakine eğildi:

"Avrada hele avrada!"

Öteki, kısa, kalın biri, baktı:

"Hasta mı ne?"

"Herhal..."

O da kalktı. Birlikte Fatma'nın yanına gittiler. Uzun boylu adam sordu:

"Ne o kız? Ne oluyorsun?"

Fatma umutla, "Geberiyorum vallaha..." dedi.

"Niye? Neyin var?"

"Bilmem."

Adam çömeldi. Fatma'nın bileğini tuttu. Yanıyordu.

"Isıtman var, "dedi.

Kısa adam:

"Isıtması mı var? Bende hap olacaktı. Dur bakayım..."

Cebinden kibrit kutusunu çıkardı, açtı. Sarı Atebrin hapları... İkisini ayırıp Fatma'ya uzattı:

"Al. Isıtma hapı ki Allah gibi, yut. Birde keser!"

Fatma hapları aldı:

"Nasıl yutulacak?"

"Suyla yutacan. Isıtmanı birde keser!"

Uzun boylu adam, kadın isteğiyle dolu bir fısıltıyla, "Götür," dedi. "Götür de yuttur sevabına!"

"Sen götür," dedi beriki.

Uzun boylu adam Fatma'nın bileğini tuttu. Sıcacık bilek avucunda yürek gibi atıyordu. Çekti:

"Kalk, yörü!"

Fatma direnmeden kalktı. Böyle şeylere öylesine alıştırılmıştı ki çiftlikte, bileği hep uzun adamın kuru avucunda, mezarlıktan çıktılar. Yolun karşısına geçtiler. Taşköprünün yanından nehir kıyısına indiler. Boz bulanık sular ağır ağır, derin derin akıyordu. Çömeldiler. Adam, "Hapları dilinin üstüne koy," dedi hırslı sesiyle.

Fatma hapları dilinin üstüne koydu.

Adam iki avucuyla su verdi. Fatma içti, hapları yutmuştu bu arada. Yüzü hapların acısından buruştu. Adam hep o istek dolu, hırslı sesiyle, "Şifadır!" dedi.

Yeniden su verdi. Fatma uzun uzun içti. Adam avucundaki suları Fatma'nın yüzüne serpti. Sonra yüzünü güzelce yıkadı. Yıkarken her yanı titriyordu. Kadının şakaklarını kuru avuçlarında sıkarken, Fatma hazla inledi.

"Ooooooh, aman ooooh... Ölülerinin canına değsin. Vay başım vay. Bir ağrıyor ki!.."

Adam yere oturdu, kadını göğsüne çekti. Başını sımsıkı tuttu. Bir süre güçlü güçlü sıktı. Kadın öylesine kendini bırakmıştı ki. Adamın gerdana, sonra göğse inen elini itmedi bile. Adam, karının hazır olduğunu anlamıştı. Çevreye bakındı. Bir karartı görür gibi oldu. Belki de kısa boylu arkadaşıydı ama olsun. Buradan çekip gitmeliydiler. Kalktı. Kadının eli elinde, Memleket Hastanesi'nin tozlu yoluna saptılar. Karşıda hastanenin aydınlık pencereleri.

Yolda adam sordu:

"Senin kimin kimsen yok mu?"

Fatma "cık" yaptı.

Adam duymadı. Zaten duyacak hâlde de değildi. Hiç kimsenin olmadığı, görülmeyecekleri bir kuytuluğa götürmek istiyordu. Buldu böyle bir yer. Ağaçlarla fundalıkların kalabalığı. Önden girdi, kadın ardından gitti. Bir düzlükte yere oturdular. Adam bir sigara yaktı. Az önceki sorusunu yineledi:

"Kimin kimsen yok mu senin?"

Fatma bu sefer "cık" yapmadı, içini çekti.

"Var var ya, yok şimdi..."

Adam başını iki yana salladı:

"Var da seni böyle hasta hasta ne diye kapıp koyuvermişler?"

"Suç onlarda değil, benim deli kafamda. Deli kafamın cezasını çekiyorum hep... Gül gibi erimi teptim de..."

Ardını getirmedi.

Adam, "E?.." dedi.

"Biriynen yürüdüm gittim senin anlayacağın!"

"Genç miydi?"

"Gençliği batsın. Ben akran."

"Sonra?"

"Sonra sağlığın."

"Seni bırakıp yürüdü mü?"

"Beni bıraktığı nerde fukaranın? Ben onu teptim. Deli kafa dedim ya işte!"

"Demek erini teptin, sonra da..."

"Sonra da... Benim kıssam uzundur. Esas erim burda, Adana'da inşaattaydı. Pehlivan Ali derler güçlü bir uşak vardı, girdi zihnime, onunla yürüdüm. Dursam a! Nerde? Bir çiftliğe geldik. Bilal diye bir i..e zihnime girdi, seni çiftlikte korum morum dedi, pehlivanı da alıp patoza attı..."

"Çiftlikte kodu mu sonra?"

"Nefsini köreltene kadar."

"Sonra?"

"Kazmaya savdı. Bu ısıtmayı hep kazmada aldım..."

Adam Fatma'ya acıyarak baktı. Kuruya kalmıştı fukara. Ne olursa olsun eli ufacık, sımsıcaktı. Avuçları arasına aldı önce, okşadı, sıktı öptü.

"Geçer," dedi. "Taş gibi avratsın. Atebrine devam et, ne ısıtma kalır, ne şeytan!"

Fatma güldü:

"Şimdi taş gibiliğim mi kaldı? Sen beni inşaatta görecektin!"

Aklından beyaz mantar şapkalı taşeron geçti.

"Beyler, taşeronlar ardımdan koşarlardı!"

"Gene koşarlar. Taş gibi avratsın dinime imanıma..."

Adamın kıllı kocaman eli kadının koltukaltından geçip sağ memeyi avuçladı.

Fatma kaçınmadı:

"Sen beni ezelden göreydin," dedi.

Adam duydu, üzerinde durmadı. Ter kokan yorgun kadını göğsü üzerinde güçlü güçlü sıktı. Fatma inledi, sonra, "Dölek dur," dedi.

Adam duymadı bile.

"Dölek dur laan!"

"..."

"Dölek dur gâvur, biri geliverir şordan!"

"..."

"Biri geliverir diyorum işte, biri geliverir..."

Adamın kolları mengene gibiydi. Kuvvetle sıktı. Kadın razı, sadece inledi. Bir şey söyleyecekti, vazgeçti. Öyle uykusu vardı ki... Adamın göğsüne yaslandı. Başı indi. Kulağının altında adamın hızla atan yüreği.

Sonra birden kaldırıldı. Güçlü kolların arasındaydı. Dev ağaçların ardındaki koyu karanlığa götürülüyordu. Gözlerini yumdu açtı. Aydınlık pencereleriyle uzaklarda Memleket Hastanesi. Gözlerini gene yumdu, başını adamın sert göğsüne yeniden bıraktı. Alışmıştı Pehlivan Ali'den, Bilal'den, daha sonra ırgatbaşı, Keloğlan, Hamza, Yusuf'tan. Birden Yusuf'un altın dişiyle sarı sarı gülüşünü hatırladı. O da çiftlikte, böyle bir gece, tıpkı böyle kucaklayıp götürmüştü uzak karanlıklara.

Kulağının altında adamın yüreği, gittikçe hızlanarak, saat gibi atıyordu.

24

Kalekapısı'ndaki ırgat pazarı, sabahın çok erken saatlerinden beri omuz omuzaydı. Çukurova'nın bereketli topraklarını çapalayan, patozlarında durup dinlenmeden, yorulup usanmadan didinen binlerce insan, beş buçuk günlük müthiş yorgunluğun karşılığını bekleşiyorlardı. Kuruyup kararmış yüzleri, patlamış dudakları, kırk yamalı paramparça üst başları... Ama gözlerinde hiçbir zaman sönmeyen pırıl pırıl umutlarıyla bekleşiyor, daha doğrusu, çiğ güneşin altında boyuna kımıldayıp uğuldayan omuz omuza bir kalabalık, tek istek, tek umut, çokluk da tek öfke hâlinde bekleşiyordu.

Bekleşenler yalnız ırgatlar değildi. Irgatların sırtından sebeplenip, ev geçindirecek yığınla esnaf da bekleşiyordu. Ayrancı, limonatacı, aşlama denilen meyankökü şerbetçileri, gezgin köfteciler, eski üst baş satıcıları, yankesiciler, üçkâğıtçılar, hatta orospular...

Saatler geçiyordu. Tam tepeden vuran kızgın güneşin alabildiğine yaktığı insanlar terden sırılsıklamdılar; haftalıklarını getirecek ırgatbaşıları bekleşiyorlardı. Beş buçuk gün, bereketli toprakları fırına çeviren güneşin altında koşaradım iş görmek kadar yorucu bir şeydi para almak. Çünkü toprak sahipleri, başlayacak yeni haftanın ırgadını bulmadan, çalışmış ırgatlara para vermezlerdi. Bekleşiliyordu onun için. Sabırla, kinle, homurtuyla bekleşiliyordu!

Halo Şamdin'le Zeynel, Çiftçi Birliği'nin duvarı dibine çömelmiş, sigara içiyorlardı.

Bir ara Halo Şamdin, arkadaşına Kürtçe sordu:

"Ne düşünüyorsun?"

Zeynel düşüncesinin içinde doğruldu:

"Şu, Kemal Cesur deyyusunu... Vur öldür, değmez; öldürme, mikropluk ediyor. Halbuki ben ne diyorum, ırgadın gözü açılsın, devrilsin karavanalar yem yiyecek düzelsin. Bu tutuyor beni yalancı tanıtıyor ırgada!"

Şamdin, yorgun, kanlı gözlerini Zeynel'e çevirdi:

"Dün arıyordun, buldun mu?"

"Buldum."

"Ne diyor?"

"Ne diyecek... Beni görünce dilini yuttu. Yakasını bir desteledim, lan dedim, sen böyle böyle demişsin gene. Hık mık... Ben gene hep o Zeynelim ha, dedim. Hendekte ayaklarıma kapanıp, beli kırık yılan gibi yalvardığını unutma. Seni lokma lokma doğrarım anam avradım olsun dedim. İnkârdan geldi, kul köle oldu. Oldu ama, bu oğlandan bize zarar gelecek gibi geliyor bana!"

Halo Şamdin birden vahşileşerek dikildi:

"Ne gibi yani?"

"Ne gibisini bilmem. Bir kötülük eder, bizi işten attırır..."

"Attırsın. Basar Tarsus toprağına gideriz!"

"Mesele o değil, ben eşek olduktan sonra, palan vuran mı bulunmaz? Mesele şu ki, bunlara zarar vermeden gitmek olmaz. Mutlaka zarar vermeli!"

Irgatbaşı göründü. Çatık kaşları terden yaş yaş parlıyordu. Aralarında Hidayet'in oğluyla Pehlivan Ali'nin de bulunduğu bir kalabalığın önünde öfkeli öfkeli yürüyordu.

Zeynel, "İ...nin çalımına bak!" dedi. Şamdin sövdü:
"Parayı babasının kesesinden verecek sanki..."
Irgatbaşıyla ardındaki kalabalık önlerinden geçerken, Zeynel
dayanamadı, öksürdü. Zeynel'in öksürüğünü tanıyan ırgatbaşı
döndü, gördü. Hemen yumuşayarak yanlarına sokuldu:
"Vaaay," diye bağırdı. "Şamdin Ağam da burdaymış. Haydi
lan, gelin!"
Zeynel bu sahte içtenliği yemedi:
"Ne var? N'olacak?"
"Para istemiyor musunuz?"
"Gel ver burda. Bizi de onlar gibi ardından mı dolandıra-
caksın, geyik?"
Irgatbaşının içi içini yiyordu ama, gene de bozmadı:
"Peki Zeynel Ağa, emret. Dediğin gibi olsun..."
Ardındaki kalabalığa döndü:
"Gidin, geliyorum, haydi!"
Irgat kalabalığı, Caferiye Camii'nin yer yer pislenmiş, sidik
kokan, loş aralığına doğru yürüdü. Gidenlerin ardından bakan
Zeynel, "Zavallılar!" dedi.
Irgatbaşı şüpheyle sordu:
"Niye?"
"Niye olacak, seni adam belliyorlar da ardından gidiyor-
lar..."
"Adam değil miyim?"
"Adamsın, hem de adamın tekesi!"
Birden hatırlayarak sordu:
"Öyle mi lan? Senin küçük kız da kerhaneye düşmüş, doğru
mu?"
Irgatbaşının yüzünde hiçbir değişim olmadı:
"Adaaam sen de..."
"Adam sen de ha?"
"Ne yapayım Zeynel? Benim elimde ne var? Ere verdim,
doğru durmadı!"

"Verdim deme, dedesi yaşındaki adama sattım, de..."

"Tabii birkaç kuruş aldıydık... Durmadı. Ondan ona, ondan ona..."

Zeynel başını salladı:

"Sen bu dünyada insanım diye gezme!"

"Ben onu evlatlıktan reddettim tekmil!"

"Ablası ya?"

"Küçüğü esas baştan çıkaran o zaten!"

"Senin hiç suçun yok değil mi?"

"Canım Zeynel..."

"İçin de sızlamıyor tabii..."

"Ohoo bre Zeynel, ne diyorum ben sana..."

Zeynel kısa kesti:

"Neyse ver şu paramızı da cehennem ol git!"

Irgatbaşı, yeğeni Karamaça Veysel'in hazırladığı borç listesini cebinden çıkarıp önüne yaydı.

"Ne o?" dedi Zeynel.

"Borcunuzu hesaplayacağım."

"Hangi borç lan, Allahsız!"

"Şamdin Ağamla esrar aldınız, çay içtiniz..."

"Aldıksa aldık lan, içtikse içtik. Milletten aldığın haraç yetmiyor mu?"

"Peki, ne olacak?"

"Es geçeceksin bitecek..."

"Peki," dedi ırgatbaşı. "Sizden de es geçelim bu seferlik..."

"Ne bu seferliği? Her zaman es geçeceksin. Allah'tan bile haraç yiyorsun kitapsız!"

"Siz de benden mi yiyeceksiniz?"

"Tabii oğlum. Dinsizin hakkından imansız gelir!"

Irgatbaşı karşılık vermedi ama, içi içini de yiyordu. Ulan belayı berzah'tı şunlar be!

Paralarını kesintisiz verdi.

"Oldu mu ağalar?"

Şamdin ters ters baktı:

"Ağa sensin," dedi. "Ağa diye senin gibi boynuzlulara derler!"

Irgatbaşı şakaya vurmak istedi.

"Oşt!"

Zeynel, "Yörü," dedi. "Soğan erkeği!"

Irgatbaşı çekti gitti. Gitti ya, biliyordu yapacağını şu hergelelere. Öyle bir iş yapmalıydı ki, tereyağından kıl çeker gibi, kimsenin ruhu duymamakla beraber, kazığın ondan geldiğini anlayamasınlar!

Pehlivan Ali ile Hidayet'in oğlunun önlerinden geçti.

İki arkadaş, sırtlarını Caferiye Camii'nin duvarına dayamış, dikiliyorlardı. Hidayet'in oğlu, "Gidiyor boynuzlu," dedi.

Ali başını salladı. Hidayet'in oğlu içini çekti:

"Benim elime para mara geçmez bellersem," dedi. Ali kaygıyla sordu:

"Niye?"

"Borcum çok. Kumar, esrar, çay..."

"Benim borcum morcum yok şükür..."

"Sen akıllılık ettin. Benim deli kafayı görüyor musun? Kafa kafa değil ki. İki taşın arasına sokup ezmeli böyle kafayı!"

"Doğru. Ne diye oynuyorsun? Oynama!"

"Oynadık işte. Bir daha tövbe olmasın amma... Sen onu bunu ne yapacaksın... Gelecek paraya kadar bana bir beşlik bedel eder misin?"

Pehlivan Ali'nin canı sıkıldı.

Karşılık alamayan Hidayet'in oğlu üsteledi:

"Sana diyorum!"

"Ne diyorsun?"

"Para gününe kadar bir beşlik..."

"Ne yapacaksın?"

"Para ne yapılır? Karnım da bir aç ki..."

"Karnımızı birlikte doyururuz. Ne yapacaksın parayı..."

Hidayet'in oğlu güldü. Ali huylandı:

"Ne güldün?"

"Hiç, öyle..."

"Essah ne güldün be?"

"Hiç. Kızlara giderdik..."

Pehlivan Ali'nin gözleri parladı:

"Demek orda her bir yanları açık otururlar? Utanıp sıkılmazlar mı lan?"

"Ne sıkılacaklar? Senden, benden yürekli onlar. Gidelim de gör. Senin Fatman kaç para eder yanlarında!"

Pehlivan Ali kabullenmedi bunu:

"Tuuu," dedi. "Fatma gibi olabilirler mi?"

"Gidelim de gör oğlum. Fatma kaç para yanlarında? Ellerine su dökemez şerefsizim. Dilleri bir tatlı ki, ne kadar dinlesen tövbe doyaman!"

"Demek en zorluları iki buçuk kâğıt?"

"İki buçuk amma, ne avratlar!.."

"Dudaklarını neyle boyuyorlar?"

"Kırmızıyla."

"Demek dilleri..."

"Baldan, pekmezden tatlı. Konuşmuyorlar mı? Adamın içi bir geçiyor ki, yanından ayrılasın gelmiyor tövbe. Ah dersin, o dillerini dişlerini yiyeyim dersin. Kurban olasın gelir..."

Pehlivan Ali, ağzı açık, dinliyordu.

"... Elbiselerinin hepsi ipek. Al, yeşil, beyaz... Pul pul ışıl ışıl..."

Yanlarına Kemal Cesur sokuldu:

"Ne konuşuyorsunuz?"

Hidayet'in oğlu, "Kerhanedeki kızları!" dedi.

"Bilmiyor mu?"

"Bilmiyor, gitmemiş..."

"Gitmedin mi?"

"Cık" yaptı Ali.

Kemal Cesur, "Gideriz," dedi. "Paramızı alınca gidelim de gör. Bir gördün mü bir daha ayrılamazsın..."

Uzun uzun anlatıyordu, ırgatbaşı çatık kaşlarıyla geldi. Cami duvarının köşesine sırtını dayayıp çömeldi, borç listesini önüne yaydı. Borçluların borcu listede belli olduğu için, borçları kesip paraları kolaylıkla dağıtıyordu.

Pehlivan Ali'nin ne esrar, ne kumar, ne de çay borcu vardı. Parasını tamam alacaktı, ırgatbaşının sinirine dokundu bu. Ne demek oluyordu? Kumar oynamayan, esrar çekmeyen, çay içmeyen ırgat mı olurdu?

"Bir daha sefere böyle istemem lan," dedi.

Ali şaştı, çevresine bakındı, saf saf sordu:

"Ya nasıl olacak ağa?"

"Nasıl olacağı masıl olacağı yok. İnsan değil misin sen? Ayı! Kumarı, esrarı, çayı nefsin çekmez mi senin? Yabani!"

Ali güldü.

"Niye güldün?"

"İçmem içmem ağa," dedi. "Keyfim misin?"

Irgatbaşı ters ters baktı, lahavle çekti. Ağzını tam bozacaktı ki, iki arkadaş yan yana uzaklaştılar. Irgatbaşı gene de, "Eşşek," dedi ardından. "Eşşoğlueşşek!"

Yanına başkaları geldi. Hırslı, borçlarını kesip alacaklarını suratlarına atar gibi verdi. En son gelen Kemal Cesur'a gözü takılınca oğlanın şüpheli hâline uzun uzun baktı, sonra göz kırptı. "Ne haber?" gibilerden.

Kemal Cesur'un tuhafına gidiyordu ırgatbaşıyla Kürt Zeynel'in birlik olmaları. Bir çalımına getirip bunun esasını öğrenecekti. Irgatbaşının yanına teklifsizce çömeldi:

"Zeynel'le Şamdin aldılar mı?"

Irgatbaşı hâlâ öfkeli, "Sana ne?" dedi.

"Hiiç. Sordum."

"Al paranı da Allahına şükret. Nene gerek onun bunun alıp almadığı..."

Parasını alıp saydı. Sonra sidik kokulu aralıktan ağır ağır çıktı. Çiftçi Birliği'nin yanındaki derme çatma bakkallardan birinde karnını doyurmak niyetindeydi. Lakin şu ırgatbaşının Zeynel'le söz birliği etmesi aklından çıkmıyordu. Demek bu ırgatbaşı da az namussuz değildi! "... Adam belledik kendini, Zeynel böyle böyle diyor dedik. Sen tut herife yetiştir. Vay namussuz vay! Belli zaten... Zeynel'le Şamdin paralarını aldılar mı dedim, beni tersledi. Onlarla söz birliği hâlinde olmasa neden terslesin? Ama dur, ben bilirim işimi. Yaz var, güz var demişler. Deveden büyük fil var. Ben de Kemal Cesursam..."

Bakkallardan birine girdi. Haftalıklarını almış ırgatlar uzun, kirli masalara çevrelenmiş karınlarını doyuruyorlardı. Ekmek peynir, ekmek turşu, ekmek yoğurt ya da kara zeytinle tahin helvası...

Boş bir yer bulup oturdu. On kuruşluk ekmek aldı, on kuruşluk yoğurtla on kuruşluk cıvık pekmezi karıştırıp ekmeğini banmaya başladı. Görürdü o ırgatbaşı da Zeynel de. Herifin hem ekmeğini yiyorlar, hem de çanağına sıçıyorlardı. Bir şey değil, ikide bir de yakasına yapışıyor, tehdit geçiyordu. O gece uyurken kaldırmış, götürmüştü hendeğe. Ya deli kafası kızar da sustalıyı deh ediverirse?

Dükkâna Pehlivan Ali ile Hidayet'in oğlu girdiler:

"Boğazınız olsun," dedi Hidayet'in oğlu.

Sağdan soldan sesler yükseldi:

"Hoş geldin!"

"Hoş geldin kardaş..."

"..."

"..."

Oturacak uygun bir yer aranırlarken, gözlerine Kemal Cesur ilişti:

"Ooo... Bizim Kemal de burdaymış..."

Yanına geldiler:

"Boğaz ola. Ne yiyon lan?"

Kemal Cesur oturduğu yere az daha yerleşerek, "Cıvık pekmezle yoğurt," dedi.

Ali yutkundu:

"İyi olur mu ki?"

Hidayet'in oğlu, "Bak hele bak," dedi. "İyi olur mu da söz mü?"

Ali'nin kulağına eğildi, gülerek, kızlara gitmeden önce cıvık pekmezle yoğurt ekmek yemenin erkekliği şahlandıracağını fısıldadı. Ali de güldü. Kafasına fena takılmıştı şu kerhane kızları. Fatma'dan nasıl güzel olabilirlerdi? Mümkünü var mıydı? Görecekierdi...

Hidayet'in oğlu, "Ne yapak?" dedi.

Ali omuz silkti:

"Vallaha bilmem ki..."

"Ağa sensin bugüne bugün. Beni biliyon, tafranım. Sayende nefsimizi köreltirdik bir iki..."

Tam bu sırada iki kişilik yer boşaldı Kemal Cesur'un karşısında. Geçip oturdular. Bakkal kart sesiyle sordu:

"Emredin ağalar!"

Hidayet'in oğlu Ali'ye baktı. Ali, Kemal Cesur'un yediğini işaret edince, hemen, "Ekmek, cıvık pekmez, yoğurt!" dedi.

Çok geçmeden sırları dökülmüş mavi birer çinko sahanla pekmez yoğurt karmaları, ekmekleri geldi. Başladılar öteki işçiler gibi büyük birer ağız şapırtısıyla döke saça yemeye. Kaplara adeta yumulmuşlar, kaplarını biri geliverip kapacakmışçasına boş elleriyle kucaklamışlardı sanki. Bir ara doğruldular. Kemal Cesur'la göz göze geldiler. Sordu:

"Demek niyetiniz kötü bu gece?"

Ali hiçbir şey anlamadı. Hidayet'in oğluysa çaktı:

"Haa, şu mesele mi? Kötü kardaş. Ali Ağa inanmıyor diyorum diyorum da... Huri melek gibi değil mi ordaki avratlar?"

"Doğru."

Ali'ye döndü:

"Şerefsizim dille tarifi gayri mümkünsüz lan!"

Kemal Cesur'un sağındaki ufak tefek bir yaşlı, beğenmemişti bu sözleri. Ters ters bakıyordu. Hidayet'in oğlu birden mim koydu. Köse Topal'a benzetmişti. Adamın bakışlarıyla karşılaşınca, "Ne o?" dedi. "Ne bakıyon öyle bet bet?"

Yaşlı adam homurdandı:

"Huri meleğe kurban olsunlar. Camiye gidip namaz kılak demiyonuzda..."

Kemal Cesur tersleyiverdi:

"Sana ne? Her şeyin bir vakti var. Hiç mi genç olmadın?"

"Oldum, oldum amma..."

"E?"

"Ben sizin yaşınızdayken..."

Hidayet'in oğlu, "Tazısız tavşan mı tutardın," dedi.

Ufacık ihtiyar kızdı:

"Marifet tavşanı tazısız tutmak. Tazıynan herkes tutar. Cenab-ı Allah'ın doğrusunu koyup eğrisine varıyorsunuz. Başımıza taş yağacak taş!"

"Aman deyim," dedi Hidayet'in oğlu, "kafanı sakın adamım. Taş yağarsa senin gibi ham sofuların kafalarını kırmak için yağar. Kendine dikkat et!"

Ufacık ihtiyar yerinden öfkeyle kalktı, çalımla çıkıp giderken Hidayet'in oğlu sokuşturdu:

"Allah'ı bildiğinden turşuyla ekmek yiyorsun bizden beter!"

Borcunu verirken laf yetiştirdi:

"Allah'ın sevgili kulu parayla oynayan mı?"

"Oynamayan mı ya?"

"Oynamayan ya ne belledin? Onların zenginliğine ne bakıyorsun? Onlar bu dünyada zenginse biz öte dünyada!"

Çekti gitti. Pehlivan Ali, "Bizim Yusuf'un emmisi de bunun gibiydi," dedi. "Teke sakallı. O, bu değil ya, biz ne yapalım şimdi biliyor musun?"

"Ne yapalım?" dedi, Hidayet'in oğlu.

"Burdan bizim Yusuf'un yanına varalım!"

"Varalım..."

"Yusuf oğlanı bulalım!"

"Bulalım."

"İş miş diyelim..."

"Bakalım Fatma gelmiş mi? Ha?"

Ali'nin gözleri parladı, güldü, ablak yüzü kızardı.

"Gâvıır," dedi Hidayet'in oğlu. "Tilki gibi gülersin!"

"Canım Mıstık, bilmez değilsin a?"

"Fatma gelmemişse ya?"

Ali'nin ablak yüzünden sarı bir dalga geçti. "Gelmemişse" ne yapacağını nereden bilecekti? Hidayet'in oğlu, "Kerhaneye gideriz," dedi. "Orada öyle Fatma'lar var ki... Sen dediğime kulak ver. Öyle Fatma'lar var ki orda, huri melek, huri melek!"

Kemal başını salladı:

"Doğru söylüyor."

Hidayet'in oğlu Kemal Cesur'a yaranmak için, "Bu Zeynel," dedi. "Tövbe aklı yok efendi!"

Kemal Cesur şüpheyle baktı:

"Ne gibi yani?"

"Karavanaları devirelim diyor. Akıl mı şu? Allah'ın nimeti mesela... Adam çarpılır be! Basılan, işenen yere nimet devrilir, dökülür mü?"

Kemal Cesur'un şüphesi uçup gitmişti. İki yanını kolladıktan sonra, "Boş verin," dedi. "Cendermeler gelir, Allahınızı şaşırır tekmil. Nenize gerek..."

Son lokmayla kabı iyice sıyırıp ağzına attıktan sonra kalktı:

"Gece beni Çiftçi Birliği'nin köşesinde bulursunuz, kızlara gideriz!" dedi.

Borcunu verip dükkândan çıktı.

Çiftçi Birliği kahvesine geldi. Kahvede gene ağalar neşeli ama sıkıntılı kahkahalar atıyorlardı arada. Sigara dumanı bulutları arasında bazen bir sıra altın diş sarı sarı parlıyordu. Dışarda ise meydan, ırgatlarla kaynaşmaktaydı. Gazoz, ayran, aşlamacılar, eski gömlek, elbise satıcıları, üçkâğıtçılar...

Yüklü kamyonlar homurtularla gelip geçtikçe ortalık toz içinde kalıveriyor, sonra uçuşan tozlar, açıkta satılan yiyeceklerle, omuz omuza insanlara ağır ağır çöküyordu.

Kemal Cesur birden küçük ağanın mavi özel otomobilini gördü. Korna çalarak meydanlığı geçen araba, köşe başındaki benzincinin önünde durdu. Küçük ağa benzinciye bir şeyler söyleyip arabadan indi, Çiftçi Birliği kahvesine girdi.

Kemal Cesur'un kafasında Zeynel, Şamdin. Daha çok da Zeynel'in o gece hendekte şakırtıyla açtığı sustalı!

"... Söylerim," diye geçirdi. "... Babamın oğlu değil ya! Ya bir gün gene hendeğe indirir de çeker vurursa? Ya çeker vurur da harmana iter, çalarsa kibriti? O ırgatbaşıyı söylemeli asıl! Yazık değil mi bana? Ağamıza yazık değil mi? Koynunda ne diye yılan beslesin? Biz onu adam belledik, gittik böyle böyle dedik, o tuttu Zeynel'e söyledi bizim dediğimizi. Demek Zeynel'le ağız birliği. Ağamıza yazık. Ağamız gibi yok. Mavi tomofiline de yazık ağamızın..."

Elinde olmayarak kahve kapısına yürüdü, durdu, içeriye baktı. Ürktü. Aklına Zeynel gelmişti birden: Ya şu anda onu gözetliyorsa?

Geriledi. Çevresine bakındı. Yoktu görünürlerde kimseler ama gene de korumalıydı kendisini. Kurt gibi adamdı. Bir görse ki küçük ağayla konuşuyor, tamamdı canım.

Kapıdan çekildi. Çevreyi yeniden, uzun uzun gözden geçirip hiçbir tehlike olmadığına inanınca, yeniden yaklaştı. Burada durmakla olmayacaktı. Ne yapacaksa hemen yapmalı, sonra da çekip gitmeliydi.

İç kapıya geldi. Küçük ağayı gördü. Büyük ağayla konuşuyorlardı. Masaların arasından geçip yanlarına gitti. Ellerini önünde kavuşturmuştu, süklüm püklüm. Yanı başlarında durduğu hâlde görmediler. Neden sonra küçük ağanın dikkatine çarptı. Küçük ağa birden huylanmıştı bu sarı bıyığıyla çıyana benzeyen adamdan. Kaşları kötü kötü çatılmıştı. Elinin altındaki iskemleyi arkalığından kavradı. Ne olur ne olmazdı. Bir tarihte haftalık meselesinden bir ırgadın Şafak Kahvesi'nde ağasını tabancayla vurup kahvenin arkasından geçen Seyhan Nehri'ne atlayarak kaçtığını biliyordu. Öfkeyle sordu:

"Ne var? Ne istiyorsun?"

Kemal Cesur titriyordu:

"Sağlığın," dedi. "Size söyleyeceğim vardı da..."

İki kardeş bakıştılar.

Büyüğü daha göbekli, daha kalın, daha geniş omuzluydu:

"Söyle bakalım," dedi.

İki ağayı bir süre gözleriyle tartan Kemal, bir sır verircesine, "Siz," dedi, "koynunuzda yılan besliyorsunuz!"

Kendi işçileri olduğunu anlamışlardı. Küçük ağanın çatık kaşları yumuşadı, merakla, "Ne gibi yani?" dedi.

"Senin ırgatbaşın yok mu ırgatbaşın?"

"Hangisi?"

"Aşağı harmandaki patozun ırgatbaşısı..."

"Cemo mu?"

"Cemo."

"Ne olmuş?"

İçini çekti, dişlerini mahsustan gıcırdattı, durdu, dışarlara baktı:

"Daha ne olsun," dedi. "Kürt Zeynel'le birlik olmuşlar..."

Hiçbir şey anlamayan iki ağa bakıştılar. Büyük sordu:

"Zeynel de kim?"

"Patoz'un koltukçusu canım. Şamdin'in arkadaşı. Kurt gibi herifler. İnsana deli camız gibi bir baktı mı belinin ipliğini kırıyor tekmil! İşte onlarla ağız birliği etmiş, ırgadı kışkırtıyorlar!"

İrkildiler ama tuhaflarına da gitmişti. Niye kışkırtacaktı Cemo ırgadı? Kırk beş kişilik patozda otuz iki kişi çalıştırıyor, on üç kişilik farkı cebine atıyordu. Sonra dilediği gibi esrar sattırıyordu yeğenine, çay sattırıyor, kumar oynatıyordu. Bütün bunlara göz yumdukları hâlde, ne diye kışkırtacaktı yani? Ne faydası vardı ırgadı kışkırtmasında?

Küçük ağa, "Hiçbir şey anlamadım," dedi.

Büyük, "Ben de," diye baktı Kemal Cesur'a. "Cemo ırgadı niye kışkırtsın? Ne istifadesi var?"

Kemal Cesur dayattı:

"Kışkırtıyor işte!"

Büyük ağa:

"Ne diyor?"

"Cemo Ağa mı? Kendi bir şey demiyor, Zeynel diyor..."

"Ne diyor?"

"Ne diyecek? Aş'tan taş çıksa, çıktığı yok ya, Zeynel'dir hemen atılır, ekmekten kurt çıksa, çıkmaz ya, söz temsili... Gene Zeynel. Ayran azıcık ekşiyse... O kadarı da olacak tabii Ama gel de anlat!"

"Yani ne der mesela?"

"Ne demez ki kurban olduğum ağam? Sırasına göre, ne ananızı kor sövmedik, ne avradınızı!"

Böyle şeylerden adamakıllı huylu ağalar fitili almışlardı:

"Anamıza avradımıza mı söver?"

Kemal Cesur memnun:

"Tabii ya ağa, ne belledin?"

"Vay anasını," dedi küçük ağa.

"Hem ananıza avradınıza söver, hem de Allah'ı karıştırır!"

Büyük ağa:

"Allah'ın da mı anasına avradına söver?"

"Allah'ın ne haçını bırakır, ne putunu, ne de Kâbesini!"

Büyük ağa öfkeden mosmor oldu birden:

"Söver de siz necisiniz lan i...ler? Niye ağzını burnunu öfelemezsiniz?"

Dosdoğru bir laftı. Şöyle bir düşündü, çıyanı hatırlatan sarı bıyığını elinin tersiyle sildi:

"Doğru," dedi. "Biz neciyiz? Ekmeğini aşını yediğimiz ağamızın anasına avradına, Allahına kitabına sövdüğü sıra biz neciyiz? Niye öfelemiyoruz? Çok doğru ağam. Lakin görüyor musun sen o ırgatbaşı olacak deyyusu! Yoksa bilmiyor muyum? O küfürleri eden kadar, duyup da ses çıkarmayan da boyuyla günaha girer. Geçende pilavda taş çıkmış. Çıkar ya... Âdet, usul... Babalarımızın, dedelerimizin pilavında da çıkarmış mesela. Pilav bu, taşsız olur mu? Olmaz. Çıktı diye hemen sövmek mi lazım? Kendini bilen sövmez. Bize Şafak Lokantası'ndan yemek getirecek değilsiniz ya!"

Küçük ağa sabırsızlandı:

"Peki, sonra?"

"Sonra sağlığın... Senin Zeynel'dir size sövdü. Bir dinledim, iki dinledim... Baktım millet tavuk gibi pısmış. Cevher yok ki heriflerde, kanları çekilmiş. Lan sus, yeter senin ettiğin desem, boşum, üstümde değil bıçak, iğne bile taşımam. Dedim, Kemal kendine gel, uyma i...ye. Gittim ırgatbaşıya. Dedim, bana bak arkadaş, sen burda necisin? Dedi ırgatbaşıyım. Dedim, madem ırgatbaşısın vazifeni bil, yoksa elimi kana bulaştırma! Beni iyi tanır çekinir benden. Dedi, ne olmuş Kemal Ağa? Dedim, hâşâ. Ağalık benim gibi köpeğe kalmamış. Niye? Çünkü büyüğünü bilmeyen Allahını da bilmez!"

"Peki canım, kısa kes şunları..."

"Dur ki ağa, ne diyordum? Allahını da bilmez. Şu Zeynel midir nedir, Allah'a küfrediyor, hem de ağamızın ne anasını bıraktı ne avradını sövmedik. Bak, seninle külahları değişiriz sonra dedim. Sen tut bütün bunları Zeynel'e yetiştir hemen!"

Ağaları gözden geçirdi. Sözleriyle yaptığı etkiyi anlamak istiyordu.

Büyük ağa iyice sinirlenmişti:

"Sonra?"

Küçükse sakin görünüyordu.

Kemal Cesur ateşe devam etti:

"Sonra... Hiçbir şeyden haberim yok tabii, uyuyorum. Senin Zeynel'dir gelmiş tepeme dikilmiş. Bir gözümü açtım ki, ohooo. Bir elinde bir bıçak, öbür elinde tabanca. Ardında Halo Şamdin. Onun elinde de bıçak, tabanca... Bıçaklar yarımşar metreden ziyade. İnsana bir vursalar kılıç gibi, ikiye biçerler. Gerçi kıymeti yok, ufacık bir sustalı olsaydı elimde, onların bıçak değil otomatik tabancaları olsun isterse..."

"..."

"Dedim, ne o Zeynel? Dedi, seninle cenkleşmeye geldim Kemal Ağa! Dedim, niye? Dedi, böyle böyle, ne demişsin ırgatbaşıya? Çaktım tabii o saat. Dedim, sok o süngüyü yerine de öyle konuşak. Bilirsin bize işlemez o! Soktu yerine tabii süngüyü. Dedi, ona beni şikâyet eden sen değil de bir yadırgı uşak olsaydı, Allahımı inkâr edeyim işi tamamdı. Lakin sen, dedi. Çünkü çekinir benden az buçuk. Dedim, peki Zeynel belle ki dedim; kaçtan aşağı olmayacak şimdi? Dedi, benim maksadım malum, ırgadın gözünü açmak. Seninle birlik olalım, bize Cumhuriyet ordusu bile karşı koyamaz. Şöyle bir düşündüm, haaa, herifin niyeti kötü. Kendine gel Kemal, yediğin çanağa sıçma, insanlığa yakışmaz..."

Küçük ağa çıyana benzeyen uşağın lüzumundan çok övündüğünü anlamıştı ama bozmadı:

"Geldin bize haber veriyorsun durumu yani?"

"Babana rahmet, heye!"

Büyük ağa bir sigara yaktı.

Kemal Cesur neden sonra sözlerinin ardını getirdi:

"Benden söylemesi. Üst yanı, sizin bileceğiniz şey!"

Çıyan yapılı oğlanın palavracının biri olduğunu anlamakla beraber, küçük ağa gene de anlamıştı ki, işin içinde ne de olsa gerçek payı vardır. Kısa keserek, "Irgatbaşıyı bul, gönder bana!" dedi.

Kemal Cesur'un hiç işine gelmezdi bu:

"Yoook," dedi. "Sen kendin buldur çağırt, beni karıştırma. Hatta benden de duymuş olma. Çünkü i...nin biridir, gelir artık eksik laf eder, sinirliyim dayanamam, elimden kan çıkar!.."

Büyük ağa kızmıştı:

"Peki peki," dedi. "Git haydi!"

Kemal Cesur geri geri kahveden çıktı.

Büyük ağa, "Bok," dedi.

Küçük, üzerinde durmadı:

"Irgatbaşı değil de, aklıma başka bir şey geliyor..."

"Ne geliyor?"

"Şimdi öğreneceğiz!"

Kalktı. Benzincinin önünde duran otomobilin yanında sigara içmekte olan şoföre seslendi. Şoför koşarak geldi:

"Buyur ağa!"

"Bana aşağıki harmanın ırgatbaşısını bul..."

"Peki ağa, şimdi..."

Koştu. Kalabalığın arasında ırgatbaşıyı uzun uzun aradı. Buldu sonunda. Küçük ağanın onu çağırtması ırgatbaşıyı heyecanlandırmıştı:

"Niye çağırıyor?"

Şoför omuz silkerek, tükenen sigarasından yenisini yaktı. Irgatbaşı şüpheyle, uzun uzun bakıyordu:

"Hırslı mıydı?"

"Yok canım."

"Yani sence niye çağırtmış olabilir?"

Şoför üzerinde durmadı. O sıra oradan geçmekte olan güzel bir kadının ardından yürüdü.

Irgatbaşı küçük ağayı Çiftçi Birliği'nin altındaki kahvede buldu. Belli etmemeye çalıştığı bir korkuyla yanına çektiği iskemleye ilişti.

Küçük ağa renk vermemeye çalışarak, "Ne var ne yok?" dedi.

"Ne olsun ağa? Sağlığın..."

"Haftalıkları dağıttın mı?"

"Sayende, evvel Allah..."

"Irgadın tamam mı?"

Irgatbaşı şöyle bir düşündü, Zeynel'le Şamdin'i hatırlamıştı, ikisine de yol vermek isterdi ama, teklif ağadan gelmeliydi. Zeynel sorduğu zaman, "Ağa böyle dedi şerefsizim Zeynel!" diyebilmeli, şayet Zeynel gidip ağaya sorarsa, ağadan, "Evet. Ben yol ver dedim," karşılığını almalıydı.

"Tamam," dedi. "Tamam olmaya tamam amma..."

"Amması ne?"

Irgatbaşı içini çekti, bir sigara yaktı. Neden sonra, "Senin ekmeğini yiyorum ağa," dedi. "Yediği çanağa sıçmak insanlık değildir. Ben senin kapının bir itiyim mesela, sayende sebepleniyorum..."

Konuşmaları umursuzca dinlemekte olan büyük ağanın sabrı taştı:

"Geveleyip durma. Ne söyleyeceksen açık söyle!"

"Gevelediğim şu ki ağa..."

"E?"

"Irgadımdan memnunum. Lakin iki tane muzır var içlerinde, ırgadı tekmil bozuyorlar..."

"Kim onlar?"

Irgatbaşı iki yanını korkuyla gözden geçirdikten sonra, "Şamdin'le Zeynel!" dedi. İki ağa bakıştılar. Büyük ağa:

"Sen onlarla birlikmişsin ya?"

Irgatbaşı irkildi:

"Beeen?"

"Sen evet!"

"Zeynel'le birlikmişim ha?"

Söze küçük ağa karıştı:

"Sarı bıyıklı biri var senin patozda, çıyana benziyor, kuru bir şey..."

Irgatbaşı hatırlayamadı birden.

"Canım," dedi küçük ağa, "sana Zeynel'i şikâyet etmiş de, sen..."

Irgatbaşı birden hatırladı:

"Ha ha, bildim. Kemal Cesur!"

"Tamam."

"O mu dedi Zeynel'le birlik diye?"

"O dedi. Güya Zeynel'i şikâyet etmiş sana, sen de bunu Zeynel'e yetiştirmişsin..."

Irgatbaşı yerinde kalktı kalktı oturdu:

"Tövbe, tövbe vallaha ağa! Beeen, Zeynel'eee... Zeynel'in bastığı yeri oyar atarım, elime geçse bir kaşık suda boğarım şerefsizim!"

"Peki, Kemal Cesur sana ondan şikâyette bulundu mu?"

"Bulundu."

"Zeynel'in kulağına nerden gitti!"

"Bilmeem. Kulağına mı gitmiş?"

"Kulağına gitmiş de Kemal'e bıçak çekmiş!"

Irgatbaşı bunu gerçekten yeni duyuyordu:

"Tövbe ağa," dedi. "Yeni duyuyorum amma, Zeynel'in kulağına gittiyse bıçak da çeker, vurur da. Çok kötüdür, vur ellidir, sakardır. Babasına yüzü yoktur!"

İki ağa gene anlamlı anlamlı bakıştılar. Küçük ağa bir sigara yaktı.

Irgatbaşı kendini savunmak için gene sözü alacaktı ki, küçük ağa meydan vermedi:

"Hatta demiş ki, biz demiş ırgatbaşıyla birliğiz demiş..."

Irgatbaşı, uğradığı müthiş iftiranın saflığıyla öyle bir baktı ki, iki ağa da bütün söylenenlerin yalan olduğunu anladılar. Irgatbaşıysa ne karşılık vereceğini, ağalarını nasıl inandıracağını bilemiyordu. Küçük ağa:

"Kemal sana Zeynel'i şikâyet ettiği zaman yanınızda kim vardı?"

Irgatbaşının kafasından patoz ustası geçti:

"Usta vardı," dedi.

Anlaşılmıştı. Küçük ağa, "Tamam," dedi.

Elindeki sigarayı yarım attı. Pantolonunun arka cebinden çıkardığı zarif sigara tabakasını açıp önce ırgatbaşıya ikram etti, sonra ağabeyine, daha sonra da kendi aldı. Tabakanın madeninden sarı pırıl pırıl çakmağıyla sigaraları yaktı. Garsona seslendi:

"Oğlum, ağaya bak!"

Irgatbaşı birden kendine gelerek, "Estağfurullah," dedi.

Küçük ağa duymadı:

"Emret bakalım. Çay, kahve, yahut soğuk bir şey..."

Irgatbaşı neşeden uçarken, "Bir orta şekerli," dedi.

"Bana demli bir çay. Sen ağa?"

Büyük ağa kalktı. "Irgatbaşıyla karşılıklı çay, kahve içmek, bunu çevreye göstermek" işine gelmemişti:

"Ben gidiyorum," dedi.

Küçük ağayla ırgatbaşı yalnız kalınca, az daha sokuldular birbirlerine:

"Şimdi dinle beni," dedi küçük ağa. "Kemal Cesur'a hiçbir şey söyleme. Oğlan iyi oğlan. Böyle sadık adam her zaman bulunmaz. Biz önce ustayı değiştirelim. Ne dersin?"

"Sen nasıl uygun görürsen..."

"Sonra da Zeynel'le arkadaşını!"

Irgatbaşı için onlardı asıl değişmesi gerekenler.

"İlle onlar ağa," dedi, "Kuzu gibi ırgadın içinde iki mikrop! Onlar atılmadan olmaz. Lakin atıldıklarını benden bilmesinler. Bilirlerse ocağımı söndürürler şerefsizim!"

"Korkma, işimi bilirim ben. Peki, yerlerine kimi koyacaksın?"

Irgatbaşı hep endişeli, "Ustayı sen bulursun," dedi.

"Peki ben bulurum ustayı..."

"Koltukçular hazır!"

"Kim?"

"Çiftlikten Bilal Efendi savmıştı bizim harmana, iki uşak var. Biri Pehlivan Ali, öteki de arkadaşı..."

"İyi ya. İşlerinin ehli olsunlar da..."

"Kaygı çekme sen. Pehlivan, ayı gibi. Ne esrar içer, ne kumar oynar, çay bile içtiği yok!"

"Esrar içmemesi iyi değil. Esrar içmeli ki o ağır işe dayanabilsin!"

"Sen hiç kaygı çekme ağam. Ben ona esrar içmeyi de belleteceğim, kumar oynamayı da. Bu akşam işe gidelim mi?"

"Hayır, yarın sabahleyin. Ben gider kamyonu savarım, sen milleti doldurur götürürsün!"

Irgatbaşının çekimser hâli gözünden kaçmayan küçük ağa, "Senin için çekinecek bir şey yok," dedi. "Zeynel'le Şamdin'e yolu ben veriyorum, sen değil!"

"Allah razı olsun," dedi ırgatbaşı. "Allah taş deyi tuttuğunu altın etsin..."

25

Pehlivan Ali, bir zamanlar çalıştığı yapıya giden caddenin başında durdu:

"Gel beni dinle Mıstık!" dedi Hidayet'in oğluna. Hidayet'in oğlu tükürür gibi:

"Korkak!"

"Korkumdan değil kardaş..."

"Korkundan değil de ne demeye gelmiyorsun?"

Pehlivan Ali ta karşılara uzun uzun baktı. Korkusu can kaygısından değil, Ömer Zorlu'yla karşılaşmaktandı. Ne diyecekti adama? Herifin avradını alıp kaçmıştı. Sorarsa, derse ki: "Ulan ne yaptın benim küçücük avradımı? Ha? Ne yaptın? Seni adam belleyip evime, odama aldım. Bana bunu mu yapacaktın? İnsanlığa sığar mı bu? Dine, şeriata sığar mı?"

Ne karşılık verebilecekti? Fatma o anda yanında olsa bir dereceye kadar. Aksi gibi başkasına kaptırmıştı Fatma'yı. Bir umudu, acaba Yusuf'un yanı deyip gelmiş miydi?

"Ben burada bekleyeyim Mıstık. Sen var, bizim Yusuf'u gör. Anlat meseleyi. Kendisini burada beklediğimi söyle, acele gelsin!"

Hidayet'in oğlu gene, "Korkak!" dedi

"Vallaha değil, şerefsizim ki korktuğumdan değil!"

"Ya gelmezse?"

"Kim?"

"Yusuf."

"Gelir."

"Gelmez gelmez oğlum, keyfi misin? Sonra, ya Ömer orda da, beni görünce seni sorarsa?"

"Bilmiyorum nerde olduğunu, de!"

Hidayet'in oğlu gene de "Korkak i..e!" dedi.

Yolu tuttu.

Yapı, çıplak, kırmızı tuğlalı duvarlarıyla yükselip çıkmıştı. Görünürlerde kimseler yoktu. Paydos olmuşa benziyor, karanlık pencereleriyle yapı, bir sır saklıyor gibi şüpheyle bakıyordu.

Hidayet'in oğlu hendeğin karşısına atladı. Yapının kapısı önüne geldi, durdu. Çevreye bakındı. Görünürlerde kimsecikler yoktu. Bağırdı:

"Heeeey, kimse yok mu?"

Derinlerden biri karşılık verdi:

"Kim ooo?"

"Benim beeeen!"

"Sen kimsin?"

"Hidayet'in oğlu. Bir danışacağım vardı!"

Hiç tanımadığı kara kupkuru biri, yapının büyük giriş kapısına çıkan zemin merdiveninin alacasında belirdi:

"Ne istiyorsun?"

"Sağlığını kardaş. İş paydos mu oldu?"

Hidayet'in oğlunu tepeden tırnağa süzen kara kuru adam:

"Yoksa iş miş istemeye mi geldin?"

"Yok canım," dedi Hidayet'in oğlu. "Burda bizim bir hemşeri vardı da..."

315

"Kim?

"Yusuf, İflahsızın Yusuf!"

Adamın sert yüzü adeta saygıyla yumuşadı:

"Haa," dedi. "Bizim Yusuf Usta. Hemşerisi mi olursun?"

"Öyle bir şey..."

"Pehlivan Ali sen misin yoksa?"

Hidayet'in oğlu güldü.

Adam iyice şüphelenerek, "Essah Pehlivan Ali misin?" diye sordu.

"Değilim. Ne biliyorsun Pehlivan Ali'yi?"

"Ömer diye bir uşak vardı, onun avradını aldığıyla kaçmış derlerdi. Epey bir söylendiydi..."

"Ben esas Yusuf Usta'yı arıyorum. Nerede kendi?"

"Ceyhan'a götürdüler. Lakin iyi usta! Buraya senin, benim gibi amelelikle girmiş, usta olmuş sonunda!"

"Demek Ceyhan'a götürdüler? Burada iş paydos mu oldu?"

"Paydos oldu."

"Niye?"

"Taşeron, şoför, bir de amele çavuşu el birliği edip çimento çalmışlar. Müteahhit Neşet Bey'in haberi olmuş. Tümünü kovdu. Gelecek hafta başlarız belki de..."

"Bir şey daha soracağım..."

"Sor kardaş."

"Ömer Zorlu ne oldu?"

Adam güldü:

"Hiiç. O da şoförün avradını aldı kaçtı."

"Ee... Şoför huylanmadı mı?"

"Ne huylanacak? Nikâhlısı değil ya!"

"Eh kardaş. Bana müsaade..."

"Güle güle."

Pehlivan Ali'nin yanına geldi. Ali dört gözle bekliyordu. Sordu:

"Ne yaptın?"

Hidayet'in oğlu her şeyi bir çırpıda anlattı. Ömer Zorlu'nun davranışına kahkahayla gülen Pehlivan Ali, "İlahi Ömer," dedi. "Demek şoförün avradını..."

"Aldığıyla kaçmış!"

"Eh gayri korkum kalmadı. Görsem bile fos. Erkekliğe sığar mıydı yaptığın Ali, seni kardaş belledik, evimize aldık, sen tuttun böyle böyle, avradımı kaçırdın dese, sen de şoförün avradını kaçırdın, seninki sığar mı der çıkarım. O bu değil ya, Yusuf demek iyi usta oldu ki, işe götürdüler. Yarın köy yerine vardı mı, dinle gayri. Usta oldum diye fort atar* gezer!"

Birden sinirlendi:

"Fort atsın da bak!"

"Ne yaparsın?"

"Ne fort atıyon lan, derim. Benimle güreşebilir misin? Marifet usta olmak değil, güreşmekte. Duvar ustası olmayla ne, muhtar olamaz ya!"

Hidayet'in oğlu, "Çeneyi bırak da gidip Kemal Cesur'u bulalım!" dedi.

"Bulalım."

Çiftçi Birliği'nin yolunu tuttular.

Ali'nin aklından Yusuf bir türlü çıkmıyordu: "... Muhtar olamaz, olamaz işte. O usta olduysa ben? Benim usta olmadığıma ne bakıyon? Benimle güreşemez ya! Onun gibi iki dene gelse gene fos. O, gazocağı alırsa ben de alırım. Onunki yılan sedası verirse benimki de verir. Anama sırt da alırım. Lakin Fatma... Bulamadık be! Bulabilseydik, şimdi ne iyiydi! Belki de gelmiştir, Yusuf'u bulamamıştır. Bok. Ceyhan'a gitmiş. Cehenneme git. Mutlaka gelmiştir Fatma. Yazık. Bulamayınca çekip gitmiştir. Gitmese de bulsaydık şimdi... Alır köy yerine götürürdüm. Anam bi görürdü..." Birden anasını hatırladı. Köyden beri belki de ilk hatırlıyordu. Sordu:

---

* Palavra atmak, fiyaka atmak.

"Mıstık!"

Yanı başında yürüyen Hidayet'in oğlu, "Hı?"dedi.

"Senin anan var mı?"

Hidayet'in oğlu içini çekti:

"Var, var ya..."

"E?"

"Kulak asma."

"Niye?"

"Benim babam eşkıyaydı esas, yolbağcı. Arkadaşları kahpelik etmiş. Ben küçüktüm. Kurşunla vurmuşlar. Anam da başka ere vardı. Kahpe avrat, babamın vurulmasının haftasına vardı ere!"

Ali gururla, "Benim anam varmadı!" dedi. "Benim anam gibi avrat yok. Benim anam haza Osmanlı. Para kazandım mı, iyi bir sırt alacam anama; giysin fukara, hem de söylensin köy yerinde. Gazocağı da alacağım. Lakin şu Köse Hasan ölmemeliydi. Tövbe aklımdan çıkmıyor..."

İyice duygulanmıştı. İçini çekti:

"Yarın köye varınca öksüzüne ne cevap vermeli bilmem ki. Boynunu bükecek fukara, babam niye gelmedi ya, diyecek..."

Yanlarından kamyonlar geçiyordu arada, toz bulutları arasında kayboluyorlardı.

Hidayet'in oğlu hart diye tükürdükten sonra:

"Alın yazısı oğlum. Siz öldürmediniz ya!"

"Doğru, biz öldürmedik amma, gene de... Sana bir şey deyim mi? Köye gidince ben ne gazocağını gösteririm, ne de anama aldığım sırtlığı. Fukaraların yüreklerine batar. Onlara büyükleniyoruz bellerler!"

Yusuf'u hatırladı:

"Amma," dedi, "Yusuf gösterir. Niye? Köyde namı söylensin diye. Bir büyüklenir ki!"

Az önceki duygusallığı filan silinip gitmiş, yerine öfke gelip oturmuştu:

"İ..e, çekmiş Ceyhan'a gitmiş. Gitmese, Fatma..."

Hidayet'in oğlu bıkmış usanmıştı bu "Fatma" lafından. Durdu:

"Gene mi Fatma?"

"Ceyhan'a gitmese avrat bulur kalırdı burda!"

"Fatma'nın gelip de bulamadığını kimden duydun?"

"Duymadığıma ne bakıyon?"

"Bitti."

"Ben bilmem mi Fatma'yı?"

"Fatma mutma yok gayri, Fatma belki de şimdiye elden ele..."

Aklı giderek sordu:

"O....u mu oldu diyeceksin yani?"

"Niye olmasın?"

Şahlandı:

"Olmaz!"

"Ne biliyon?"

"Fatma o....u olmaz!"

"O olmasa bile elin adamı..."

"Elin adamının avradını... Olmaz işte arkadaş!"

Hidayet'in oğlu, Ali'ye baktı, ürktü. Olmadığına, olamayacağına inanmak istiyordu oğlan. Olsa bile olmamış sanmayı isteyiş.

"İyi ya," dedi. "Olmaz. Benim bir şey dediğim mi var?"

Çiftçi Birliği'ne kadar konuşmadılar. Çiftçi Birliği kahvesinin kapısı önünde Kemal Cesur'a rastladılar. Korku içindeydi:

"Size bir şey söyleyim mi?" dedi.

"Söyle."

"Kahpe avratlının biri gitmiş küçük ağaya Zeynel'in o günkü sövdüklerini bir bir anlatmış!"

"Sonra?" dedi Hidayet'in oğlu.

"Herifleri işten atmış küçük ağa..."

Pehlivan Ali pek bir şey anlamadığı hâlde, "Yaa," dedi. "Vah kahpe avratlı vay!"

"Bir canım sıkıldı ki. Ulan Zeynel'le Şamdin Ağama yapılır mı bu? Akıl diyor, git böyle böyle, seni gammazlamış, işinden attırmışlar arkadaş de diyor. Lakin hesabıma gelmiyor."

"Niye?"

"Kara haber, benden duymamalı!"

Pehlivan Ali, "Yazık," dedi. "Yiğit oğlandı!"

Hidayet'in oğlu başını salladı:

"Yiğit ki yiğit..."

Kemal Cesur yere tükürdü:

"Irgatbaşıya dedim ki, madem Zeynel'le Şamdin'i atmışlar işten, yerlerine Ali'yle Mıstık'ı al bari dedim. İyi demiş miyim?"

Hidayet'in oğlu ürktü:

"Biz mi?"

"Ne var?"

"Biz baş edemeyiz ki!"

"Ne var edemeyecek? Edersiniz. Lakin heriflere yazık oldu."

"Ne demişler ağaya?

"Ben de iyisini bilmiyorum ya, pilavından taş çıkınca sövdü, ne ananızı kodu, ne avradınızı demişler..."

Pehlivan Ali homurdandı:

"Kahpe analılar!"

Kemal Cesur başını salladı:

"Kahpe analılar ki kahpe analılar. Zeynel gibi yiğit uşak mı var? Lakin bize göre ne? Bizim elimizden ne gelir?"

Ali düşündü düşündü:

"Ben Zeynel'in yerinde çalışmam," dedi.

"Niye?"

"Çalışmam!"

"Niye ama?"

Pehlivan Ali karşılık vermedi. Hidayet'in oğlu, "Ben çalışırım arkadaş," dedi. "Faydalanmama bakarım ben..."

Kemal Cesur başını salladı:

"Doğru. Ben olsam ben de çalışırım. Bir insan faydalanmasını bilmeli. Sen çalışmazsan başkası çalışır. Bana göre hava hoş. Ben sizin iyiliğiniz için mesela... Zeynel, heye, yiğit uşak. Lakin size ne? Bana ne? Bir parça ekmek iste bakalım verir mi?"

Pehlivan Ali sertçe baktı:

"Verir!"

Hidayet'in oğlu'na:

"Vermedi mi? Yolda verdi de yemedik mi?"

"Verdi vermesine, yedik a, kupkuruydu!"

"Kupkuru olmasa vermezdi," dedi Kemal Cesur.

"Kupkuru mupkuru, verdi ya. Başkaları onu da vermedilerdi. Vermese bile..."

"Vermese bile?"

"Yiğit adamın yerinde çalışmam ben arkadaş. Yiğit ölür, namı kalır. Çalışmam ben!"

Hidayet'in oğlu da Kemal Cesur da üstelemediler.

Pehlivan Ali duvarın dibine çömeldi. Sırtındaki gömleği soyundu. Adaleli kalın kolları, kıllı göğsü, sağlam gövdesi oradakileri imrendirdi.

Kemal Cesur, "Güçlü oğlan," diye fısıldadı.

Hidayet'in oğlu başını salladı:

"Güçlü ya, kulak asma!"

"Niye?"

"İnat. Zeynel'in yerinde çalışmam diyor. Yiğitse bana ne? Öyle değil mi amma?"

"Hiç canım," dedi Kemal Cesur. "Zeynel'in size faydası ne? Zararlı bir insan. Karavanaları devirek dediğini de söylemişler ağaya! Ağamıza yazık değil mi? Avuç dolusu para veriyor hepimize mesela..."

"Ayı bu ayı, haza ayı. Neden derler, atın aptalı rahvan, adamın aptalı pehlivan olur diye?"

Gülüştüler.

Pehlivan Ali bit kırdığı iç çamaşırından başını kaldırıp baktı. Yeşil karışık ela gözleriyle anlamsızca güldü, sordu:

"Ne güldünüz lan?"

Duvar dibine sıralanmış başka bekâr ırgatlar soyunmuş, bit kırıyor ya da söküklerini dikiyorlardı. Ne bit kıran, ne sökük dikenlerse onlara bakıyorlardı. Saçları saman tozu içinde terli bir ırgat da sağ ayağının parmakları arasını ovarak fitil fitil kir çıkarmaktaydı.

Bir ara gene ırgatbaşı göründü. Tozlu kara şalvarında telaş, önlerinden hızla geçerken durdu. Kemal Cesur'la Hidayet'in oğlunu görmüştü:

"Nerde arkadaşın?" diye Hidayet'in oğluna sordu. Hidayet'in oğlu çenesiyle Ali'yi gösterdi. Irgatbaşı baktı, sonra, "Bana bakın," dedi. "Ağa, Şamdin'le Zeynel'e yol verip yerine sizi alacak haberiniz olsun!"

Ali başını eğdi. Yüzü asılmıştı. Irgatbaşıysa sevinmesini bekliyordu. Bulamayınca ekledi:

"Yarın sabah sabah, şafakla gideceğiz!"

Hidayet'in oğlu memnundu:

"Sağ ol ağa," dedi.

"İş zorsa da parası bolcadır!"

Geldiği gibi, aceleyle kahveye girdi.

Hidayet'in oğlu, Pehlivan Ali'nin karşısına çömeldi. Kemal Cesur da yanlarına:

"Ne dedi ırgatbaşı?"

Hidayet'in oğlu anlattı. Pehlivan Ali ne iyi, ne kötü... hiçbir şey söylemedi. Kemal Cesur:

"Valla şeker gibi iş. Siz çalışmazsanız başkası can atar. Çukurova burası. Ağaların ırgada eyvallahı mı var?"

Hidayet'in oğlu başını salladı:

"Doğru."

Pehlivan Ali kapkara bir biti tırnakları arasında çat diye kırdıktan sonra, "Doğru, biliyorum amma, kanıma dokunur," dedi. "Yiğit adamın ha avradına dolanmışsın, ha da yerini almışsın..."

"Ömer yiğit değil miydi? Avradına ne diye dolandın?"

"Ömer'e ne bakıyon? Ömer dediğin boynuzlunun biri. Zeynel gibi mi?"

- Hidayet'in oğlu:

"Amaaan bre Ali. İşten biz çıkarmadık ya! Ağa çıkartmış. Koltukçuluk gibi var mı? Yarın köye gittik mi..."

"Söylenir mi?" dedi Ali.

"Söylenir tabii. Yusuf duvar ustası olmuş derler. Ali ne olmuş diyecekler? Yusuf fort atacak. Sen?"

Pehlivan Ali gene birden Yusuf'u hatırladı. Şu oğlan doğru söylüyordu. O tatavacı Yusuf köy yerinde gayri atıp tutardı. Duvar ustası olmuş da, şöyle paralar kazanmış da, Ali olamamış da...

Gözleri öfkeyle parladı:

"Koltukçuluk duvar ustalığından daha mı geçerli?"

"Bak hele bak!"

"Yiğit işi değil mi?"

"Yiğit işi ki yiğit işi..."

"Yusuf olsa yapamaz mı?"

"Yapa mı bilir?"

"O duvar ustası olduysa, biz?"

Kurnaz Hidayet'in oğlu hemen çakmıştı meseleyi. Yapıştırdı:

"Koltukçu ki, duvar ustalığı vızırtı yanında. Asıl ustalık, herkesin yapamadığını yapmak. Duvar ustalığını herkes yapar. Koltukçuluğu?"

Aklı yatmıştı:

"Doğru," dedi sevinçle. "Bak hele..."

"Hı?"

"Koltukçular köy yerinde muhtar olabilir öyle ya?"

"Top gibi olur hem de!"

"Duvar ustaları?"

Kemal Cesur da anlamıştı:

"Olamaz," dedi.

Ali kıs kıs güldü:

"Hoşafçı... Duvar ustası oldum diye fort atarken üstüne ben gelmeliyim, demeliyim ki, ne fort atıyon lan? Duvar ustalığı da bir iş mi? Ustalık, koltukçuluk. Ben koltukçuluk yaptım! Hı?"

"Tamam."

"Amma da bozulur ha değil mi?"

"Bozulur da laf mı? Eşşekten düşmüşe döner tekmil!"

Ali bit kırdığı içliğini çabucak giyindi:

"Burnunun yeli de kırılır..."

"Hem de nasıl, tövbe yel kalmaz burnunda."

"Bir de gazocağı aldım mı? Fukara anam hıı?"

"Şaşar."

"Ne beller sedasını duyunca?"

"Yılan!"

"Yılan beller. Derim ki, ne yılanı bre ana? Gazocağı tekmil! Sırtlığı da aldım mı düşmanlar... ha?"

"Çatlar."

"Çatlasın kahpe dölleri!"

Kemal Cesur, "Koltukçuluğun parası duvar ustalığından bile çok," dedi. "Bu akşam varsınız kerhaneye değil mi? Caymak yok?"

Ali coşkunlukla, "Varız lan," dedi. "Varız avradını... N'olacaksa bakalım!"

Hidayet'in oğlu da coşmuştu:

"Yaşşa kardaş!"

Ali de ayağa kalktı. Caddenin kıyı kaldırımında, şehrin göbeğine doğru ağır ağır yürüdüler. Kerusa denilen çift atlı faytonlar, zahire ya da ırgat yüklü kamyonlar gelip geçiyordu. Üç arkadaş gibi başıboşlarsa cadde üzerindeki dükkânların çeşitli eşya dolu vitrinlerine bakıyorlardı hayran hayran.

Kemal Cesur iki kolunu iki yanındaki iki arkadaşının omuzlarına atmıştı:

"Zeynel'i görürseniz artık eksik bir laf etmeyin," dedi. "İşten atıldığını bizden duymasın!"

"Niye?" dedi Ali.

"Zıt düşer!"

"Bize mi?"

"Bize."

"Niye zıt düşsün? İşten biz çıkarmadık ki!"

"Çıkarmadık amma gene de bize zıt düşer, huyu bu."

Pehlivan Ali içini çekti:

"Çok yiğit uşaktı hakçası!"

Kemal Cesur'un kafasında şimşek çaktı:

"Senden yiğit değildi!"

Ali durdu, baktı. Kemal Cesur ekledi:

"Yiğitse seninle güreş tutsun bakalım!"

Hidayet'in oğlu da anlamıştı işi, pekiştirdi:

"Yok canım, tuta mı bilir?"

"Tutamazsa orda dursun. Yiğit adam güçlü olacak, zorlu güreş tutacak. Tutamadı mı, bırak..."

Ali'nin arkasına vurdu avucunun içiyle:

"Yiğit diye ben buna derim! Yiğit adam kimsenin ardından da sövmez, yüzüne karşı da. Yiğit adam Cenab-ı Allah'ın ekmeğini aşını toprağa devirmez. Bu yapıyor mu?"

Hidayet'in oğlu, "Bu deli mi?" dedi.

"Tövbe de. Bu benim arkam olsun, Allahımı inkâr edeyim feleğe minnet etmem. İnsanın dolu parası olacağına Ali gibi arkası olmalı!"

Ali'nin geniş göğsü gururun verdiği sevinç heyecanıyla körük gibi inip inip kalkıyordu. Bir ara dargınlıkla, "Yusuf'a anlat sen bunu," dedi. "İyi ki bir emmisi varmış. Emmim derdi ki, emmim derdi ki... Bir de emmisinin avradının Osmanlılığı. Söylemesi ayıp, Köse'yle bir kıstırdık çerçinin koynunda..."

Kemal Cesur da, Hidayet'in oğlu da şaşmış göründüler:

"Demeee?"

"Sonra Aliii?"

"Sonrasını bırak. Emmimin avradıymış. Ulan senin emminin avradını biz..."

Gülüverdi.

Berikiler anlamışlardı. Kemal Cesur, "Gâvıııır!" diye arkasına vurdu.

"Gâvır ki gâvır. Yiğit uşak diye ben böylesine derim işte!"

Akşama doğru karınlarını gene ekmek, yoğurt, cıvık pekmezle doyurup genelevin yolunu tuttular. "Taşçıkan" denilen Adana genelevi, derinlemesine dar, uzun bir sokakta, karşılıklı yüksek konakların sıra sıra uzandığı bir yerdi. Sokak, boydan boya elektrik lambalarıyla gündüze dönmüştü. Omuz omuza bir kalabalık doldurmuştu sokağı. Evlerin kapılarındaki küçük deliklerden içerisini, içerdeki yarı çıplak kadınları görebilmek için itişip kakışıyorlardı.

Arada sigaradan kalınlaşmış, yırtık bir ses:

"Aliiii Ali!"

Ya da:

"Hasaaaan Hasan!"

Ali ya da Hasan karşılık veriyordu:

"Eveeeet!"

"Bir şekeri ziyadeynen iki çay. Zalha'nın evine!"

Genelev kadınları dost ya da misafirlerini ağırlamak için çay, kahve söylüyorlardı kahveciye.

Arada sert bir nara geceyi öfkeyle yırtıyor, yanık bir gazel, tutuşmuş genç bir yürekten feryatlar salıveriyordu. Yırtık kahkahalar, itişip kakışmalar, açık küfürler.

Birden Adana'ya mahsus bir küfür Taşçıkan gecesini allak bullak etti:

"Bize hükmedenin Allahını kitabını, yedi göbek sonra gelecek zürriyetini..."

Ta öbür baştan daha kalın bir ses:

"Oooooooşt, i...ee!"

"Lan çık meydana, çık ki habibini şaşırıyım!"

"..."

"..."

Uzayıp giden bir söz düellosu. Taşçıkan denilen bu sokakta hemen her gece olağan şeylerdi ama, Pehlivan Ali şaşırmıştı. Ona kalsa, kapılardaki deliklerden birine abanır, saatlerce içerisini içerdeki açık saçık kadınları gözetlerdi. Tam dalacakken, bir omuz delikten itiveriyor, üstelik homurtulu bir de küfür işitiliyordu.

"Yeter lan ayı yeter, içine mi düşecen?"

Ne olursa olsun, Hidayet'in oğlu da haklıydı, Kemal Cesur da. Gerçekten çok zorlu karılardı. Fatma'dan çok güzel ama, bunların yanına mı sokulunabilirdi? Fatma ne de olsa kendine benzeyen, dilinden anlayan, nazını çeken bir kadındı. Bunlar insanı kim bilir, belki de azarlayıverirlerdi.

Bir başka kapının önüne geldiler. Ali çekinerek içeri baktı, geri çekildi.

"Mıstık lan!"

Hidayet'in oğlu duymadı. Kemal Cesur'la deliğe abanmış, içeriye bakıyorlardı. Pehlivan Ali kendi kendine güldü. Onunla ilgilenen olmadığından, geçivermişti utanması. Lakin avradın donu monu yok muydu ne? Hidayet'in oğlunun omuzu üzerinden gene eğildi deliğe. Yoktu, tövbe yoktu. Bacak değiştirdikçe besbelli oluyordu. Bunu köy yerinde anlatsa inanmazlardı. Yusuf biliyor muydu acaba buradaki kadınların donsuz oturduklarını? Nereden bilecekti? Metelikçi, günahçı sevapçının biriydi. Böyle yerlere hem parayı kurban ederdi, hem de günah diye çekinirdi. Emmisi öyle demiş olacaktı. "... Emmisinin avradını..." diye geçirdi. "Osmanlıymış da, uçkuruna sağlammış da. Pis. Duvar ustası olmuş. Olduysa biz de koltukçu oluyok işte. Muhtar bile olurum köyde. Duvar ustası mı koltukçuluk mu daha kıymetli? Koltukçuluk tabii. Hem o, kerhaneyi, donsuz avratları görmedi ki. Köy yerinde böyle böyle dese, duvar muvar diye patırdatsa, kes lan derim. Sen kerhaneyi gördün mü? Donsuz avratları gördün mü? Görmedim der. Bitti derim. Bozarım. Tabii bozarım, babamın oğlu değil ya! Çok çok Sivas. Sivas Çukurova değil ya. Görmesem ne olur? O da kerhaneyi görmedi... Trende Yunus Usta o yalabuk oğlanı nasıl bozduydu? Ben de Yusuf'u bozarım. Marifet fabrikada ırgatbaşından tokat yememek. Ben yedim mi? Tatavacılığından o yedi. Oh olsun!"

Bir el omuzundan sertçe çekti:

"Yeter ulan artık yeter!"

Bir başka kravatlı, "Şunlara bak," dedi. "Nallı Fatma'ları bırakmış, adam gibi gelmişler!"

"..."

"..."

Başka kapıya yer değiştirirken, kravatlıların arkalarından savurdukları kahkahaları duymadılar bile. Ali, "Avradın donu yoktu gördün mü Mıstık?" dedi. Hidayet'in oğlu gülüverdi.

Kemal Cesur onlardan daha tercrübeliydi:

"Buradaki avratlar çokluk don giymezler!"

"Niye?" dedi Ali.

"Müşterileri çok, don giy, çıkar, zahmet..."

"Lakin zorlu avratlar arkadaş..."

"Nasıl?" dedi Hidayet'in oğlu. "Dediğim gibi değil miymiş?"

"Dediğinden beş kat fazla arkadaş. Helal olsun!"

"Fatma yanlarında vızırtı mı değil mi?"

"Heye amma, Fatma'nın tadı başka be Mıstık!"

Üç arkadaş, evlerin aydınlık kapı deliklerinden baka baka sona kadar gittiler. Dönüşte Zeynel'le Halo Şamdin'e rastladılar. İkisi de iyice sarhoştu. Kemal Cesur'un yüreği çarpmaya başlamıştı korkudan. Çaresiz, "Merhaba Zeynel Ağa!" dedi.

Zeynel, kıpkırmızı gözleriyle baktı baktı... Hâlâ içerliyordu. Elleri arkasında, öfkeyle sordu:

"Bu cahil uşakları buraya sen mi getirdin?"

Kemal Cesur telaşlandı:

"Tövbe vallaha Zeynel Ağa, benim neme gerek? Kendileri geleceklerdi, ben de katıldım. Öyle değil mi?"

Zeynel, Hidayet'in oğluyla Pehlivan Ali'ye baktı. "Doğru söylüyor. Biz zaten gelecektik... " demek istercesine başlarını salladılar. Zeynel üzerinde durmadı, sordu:

"Girecek misiniz?"

Hidayet'in oğlu gülüverdi.

Zeynel, "Öyleyse," dedi, "ta ordaki mavi kapılı eve girin. Irgatbaşınızın kızları orda. Biri yeşil giyinmiş, öbürü al. Dümbük babalarının namını yüceltiyor fukaralar!"

Daha çok da küçükten ötürü dolan gözleri, iyice kabaran yüreğiyle çekti gitti. Şamdin de ardında. Yalpalayarak, sağa sola çarparak yürüyorlardı. Kalabalığa karıştıkları zaman, Kemal Cesur'un gene kabadayılık yanı şahlanmıştı:

"Buraya bunları sen mi getirdinmiş. Belle ki ben getirdim, ne olacak?"

"Hiç canım," dedi Hidayet'in oğlu.

Pehlivan Ali kızdı:

"Yüzüne diyemedin amma!"

"Derim, derim ya ne lüzum var? İşten kovulmuş insanlar..."

"Zeynel bir duysa böyle dediğini..."

Kemal Cesur içerlediyse de belli etmemeye çalışarak iki arkadaşın kollarına girdi, Zeynel'in az önce işaret ettiği mavi kapılı evden yana sürükledi:

"Boş verin, gidip bakalım ırgatbaşının kızlarına!"

Mavi kapılı evde beş kız vardı. Demek içlerinde yeşilliyle kırmızılıydı ırgatbaşının kızları?

"İkisi de güzel be," dedi Hidayet'in oğlu. "Lakin bence yeşilli..."

Ali, "Bence de allı," dedi.

"İyi ya, sen allıya gir, ben yeşilliye."

Kemal Cesur:

"Ben de sarılıya girerim..."

Hemen de daldı.

Ali'yle Hidayet'in oğlu delikten baktılar. Kemal Cesur önden yürüdü. Sarılı kalktı, ardından gitti. Merdiven alacasında silindiler.

Pehlivan Ali, Hidayet'in oğlunun elini tutmuştu:

"Ben de gireceğim!"

"Gir, gir ya..."

"E?"

"Hani bana iki buçuk bedel edecektin?"

"Ederim arkadaş, söz bir Allah bir. Lakin para günü..."

"Para günü sağlam."

Ali çıkarıp verdi. Hidayet'in oğlu elindeki iki buçukla şimdi tam bir azgın boğaydı. Daha önceleri de uğradığı, kadınlarla çıktığı için acemisi değildi, utanmıyordu. Ardında Pehlivan Ali, yeşilliye yaklaştı. Ali önce şaşaladı. Çaça karı -Hacana deniliyordu burada- iriyarı, lakin alabildiğine toy oğlana yardım etti:

"Arkadaşının kaldırdığının bacısını al sen de bari... Kalk kız!"

Allı gülerek kalktı. İri bedenli Ali'nin yanında ufacık kalmıştı. Ali'yse koca bedenine hiç de yakışmayacak biçimde ezilip büzülüyordu.

Kadınlardan biri, "Tamam," dedi. "Bacanak oldunuz!"

Bir başkası:

"Hadi bakalım aslan bacanak, tek bas!"

"Bu mu?"

"Makineli tüfek bu şimdi aboo..."

Bir kahkaha yükseldi arkalarında. Ali döndü baktı şaşkınlıkla.

"Yörüüüü," dedi biri.

"Kız karyolana dikkat et kız!"

"Döşemeyi, möşemeyi çökertir tekmil..."

"Orman kibarı. Bedene hele bedene..."

"..."
"..."

Ali şaşkınlıkla gidiyordu kızın ardında. Merdivene geldiler. Allı kız, parmakları arasında sigara ve ağzında dekolte bir türkü, önden gidiyordu. Bu allı, bu çıplak bacakları bembeyaz kız az sonra onun karısı olacaktı ha? Merdivenin bitiminde, soldaki daracık bir odaya kızın ardından girdi. Sol kıyıda hantal bir karyola, duvarlarda magazinlerden kesilmiş yarı çıplak kadın resimleri, birkaç erkek fotoğrafı. Bu yanda tenekesi paslı bir ibrik, leğen, çivide kirli bir havlu. Yerlerde de o işte kullanılmış bezler...

Allının Ali'ye baktığı yoktu. Hâlâ türküsünü mırıldanarak, duvarda asılı aynanın karşısına geçti, alışkın ellerle saçlarını düzeltti, sonra birden Ali'ye dönerek sertçe sordu:

"Ne dineliyorsun?"*

Ali tokat yemişçesine şaşaladı:

"Ne yapayım?"

"Sıç da üstüne otur, ayı. Ne yapayımmış..."

Ali büsbütün şaşırdı. Kadın daha sert emretti:

"Soyunsana lan!"

Ali gülüverdi şaşkınlıkla. Kadının ince kaşları hep çatıktı:

"Gülüyor bir de. Ne gülüyon lan?"

"Hiç, öyle..."

"Ne diye soyunmuyorsun?"

Canını dişine takarak, "Sen bizim ırgatbaşının kızıymışsın doğru mu?" diye sordu.

Genç kadın dikkatle baktı Ali'ye:

"Adı ne?"

"Cemo Ağa."

"Ağa mı? Ağalığı batsın. Allah belasını versin öyle babanın..."

Sırtındaki kırmızı dekolteyi atıp karyolaya hopladı. Etekler savrulmuş, donsuz belden aşağısıyla hazır, bekliyordu. Ali

---

* Dikilmek.

331

bakamıyordu utancından. Gözlerinden karalar uçuşuyordu, yanıyordu her yanı. Karyolanın kıyısına ilişip soyunmaya başladı. Allı, parmakları arasındaki sigarayı içerek bakıyordu Ali'ye. Genç, yakışıklı, güçlü oğlandı ama ayının biriydi. Demek bu da biliyordu Irgatbaşı Cemo'nun kızı olduğunu? Hep o Zeynel yayıyordu. Yayarsa yaysındı. "... Adam olsaydı da beni buralara düşürmeseydi. İ..e o da Alman'ın ardındaki çukurlarda..."

"Hadi," dedi, "hadi elini çabuk tut. İki buçuk lira için saatlerce kalacak değilik seninle!"

Ali de soyunmuştu, hazırdı. Karyolaya girmeden önce, "Seni bizim köye götürsem gider misin?" dedi.

Kadın sigarasından aldığı dumanı tavana üfledi:

"N'örecekmişim sizin köyde?"

"Nikâhlarım!"

"Beniii?"

"Seni ya!"

Kadın alıcı gözle baktı Ali'ye. Acıdı. Bu yaştakiler hep böyle oluyorlardı.

Ali ardını getirdi sözlerinin:

"Koca bir anam var. Seni görse... Ben şimdi koltukçu oldum. Köy yerinde muhtar bile olabilirsin diyor aklı erenler. Bizim Yusuf olamaz. Sennen köye giderik, anam bir sevinir ki eh... Hem ben ne alacam biliyon mu?"

"Ne alacan?"

"Gazocağı!"

Kadın tükenen sigarasını duvarda ezip yere atmıştı. Kenetlediği ellerini başının altına almış, bu saf mı saf, bu çocuksu iri gence hazla bakıyordu:

"Başka?" dedi.

"Anama sırtlık... Lakin, köy yerine tövbe gitmek istemiyor canım!"

"Niye?"

"Köse Hasan'ın avradıynan fukara öksüzü..."

"Ne oldu?"

"Köse de bizimle geldiydi Çukurova'ya..."

"Öldü mü?"

"Sen sağ ol!"

"Eceliyle mi?"

"Eceliyle. Allahtan bir ölüm mesela amma, gene de kötüsüne gidiyor adamın. Üçümüz birlikte indiydik Çukurova'ya, anca beraber kanca beraber dediydik..."

Kadının, birden iyice yakınlık duyduğu genç adama kanı kaynamaya başlamıştı. Karyolada çevik bir davranışla yan döndü, dirseğine dayalı avucuna aldı yüzünü:

"Sonra?"

"Bir de Yusuf var, hemşerimiz. Lakin kulak asma. Tatavacının biri. Seni bir görse..."

"Ne der?"

"Derim ki, emminin avradıyla nasıl bu? Hangisi güzel?"

"Çok mu güzelmiş emmisinin avradı?"

"Hem çok güzelmiş onca, hem de..."

"Hem de?"

"Osmanlı!"

"Ne güldün?"

"Uçkuruna sıkı yani. Halbuki, Köse Hasan iyisini bilirdi fukara. Bir gece çerçiyle bastırdıydık da..."

Kadın da güldü:

"Hakkını avucuna mı verdiniz?.."

"Bak hele bak!"

"Zorlu muydu sahiden?"

"Zorlu avrattı ne yalan söyleyim..."

"Ben mi zorluyum, o mu?"

"Canım senin eline su mu dökebilir?"

Aşağıdan çaça karının sesi. Allı kulak verdi:

"Beni çağırıyorlar," dedi. "Haydi işimizi bitirek de..."

333

Ali karyolaya iştahla atladı. Kalktıkları zaman Ali, "Gelecek hafta gene gelecem," dedi.

Kadın kırmızı tuvaletini sırtına geçirirken umursamadı bile: "Geel."

Ayna karşısına geçti, saçlarını elleriyle topladı. Ali bir yandan giyiniyor, bir yandan da hayranlıkla bakıyordu. Dayanamadı: "Sana Fatma da kurban olsun Aptal Kızı da!" dedi.

Kadın memnun, güldü.

Aşağıdan çaçanın sesi biraz da öfkeyle tekrarlanınca, kadın toparlanarak, "Haydi inelim artık," dedi.

Ali kendini kadının toplanmış saçlı başına, boynuna, az önceki yatışın tadına kaptırmıştı:

"Senin gibi yok," dedi.

Kadın memnun. O, az daha sokuldu:

"Tövbe yok senin gibi!"

"Peki, inelim..."

"Vallaha da yok, billaha da yok!"

Kadın elektriği söndürdü. Odadan çıktılar. Merdiven başında durdu kadın. Genç, içten, yakın, sevimli adama sarılıp boynunu uzun uzun öptü. "Canım," dedi.

"Gülüm, karşılığını aldı."

"Her daim gel sen buraya olmaz mı?"

"Eh, her daim gelirim!"

"Paran olsun, olmasın gel!"

Ali paraya davrandı. Kadın elini tuttu:

"İstemez..."

"Niye?"

"Bana vereceğin parayla rakı iç, beni düşün!"

"Ben rakı içmesini bilmem."

"Cigara iç!"

"Cigara... Amma, dur, olur. Senin için cigara da içerim, rakı da!"

Aşağıdan gene o yırtık çaça sesi:

"Kız ayının altında canın mı çıktı kıııız!!!"

Aşağının bol ışığına indikleri zaman kadın sinirliydi:

"Ne bağırıp duruyorsun be?"

Ali kapıdan çıkarken, çaça, "Parayı aldın mı?" diye sordu.

"Aldım aldım," dedi. "Dokunma oğlana, gitsin!"

Kapıya koştu, tam da çıkmakta olan Ali'nin omuzuna vurdu hafifçe. Ali döndü. Kadın, "Dediğimi unutma!" dedi.

Kapı ardından kapandı. Çaça sordu:

"Dediğin neydi?"

"Sana ne!"

Bir sigara yakıp geçti iskemlesine oturdu. Kadınların tuhafına gitmişti:

"Sevdalandın mı yoksa kız?"

Duymadı. Sigarasından aldığı ağız dolusu dumanı düşünceli düşünceli üflerken, gözleri Ali'nin, Ali'nin de değil, çocuk kadar saf bu kocaman adamın az önce yiten hayalini kurmuş kapıya dalmıştı.

"Sevdalandı, vallaha da sevdalandı billaha da!"

"Size ne?"

"Öyle mi bacım? Sevdalandın mı ayıya?"

Yeşilli kardeşiydi, ağlayacak kadar hırslı, kalktı. Az önce birlikte çıktıkları merdiveni şimdi yalnız çıktı, az önce girdikleri odaya girdi, yattıkları karyolaya yüzükoyun kapandı. Elindeki kimlik cüzdanına rağmen yirmisinde yoktu henüz. Bu pis yerden kurtulup Ali'nin karısı olmak isterdi elbette. Değil köye, onunla birlikte cehenneme bile giderdi!

Doğruldu. Gözleri yaş yaştı. Lambayı açmamıştı.

"Adını bile sormadım..." diye mırıldandı.

Adını sormamış, köyünü sormamış, köyde kimlerden olduğunu bile sormamıştı. Ne tuhaf, ne utangaçtı. O işin de iyice acemisi. Çocuk gibi saflıkla gülüveriyordu...

Az sonra yeşilli kardeşi geldi, elektriği açıp da ablasını ağlar görünce şaştı:

335

"Deli," dedi.

Abla karşılık vermedi. Saf delikanlının tatlı ağırlığını duyuyordu hâlâ. Burnunda onun terli, tuzlu ama erkek kokusu. Anası görse bir severmiş ki. Gazocağı alıp götürecekmiş köye, anasına sırt alacakmış. Ne diye bırakmıştı sanki? Bu geceyi birlikte geçirme teklifinde ne diye bulunmamıştı?

Kardeşi elektriği yakıp yakıp söndürüyor, sonra gene yakıyordu.

"Kalk, aşağıya inelim!"

Elini sertçe çekti:

"İnmeyeceğim."

"Niye?"

"Canım sıkılıyor."

"Yoksa sahiden tutuldun mu ona kız?"

"Amaaan..."

"Kime?"

"Sana, ona, ötekine..."

"Deli cenabet!"

Çaça karı söylenerek merdivenleri çıktı geldi. Kapıda durdu. Elleri belindeydi:

"Kız o....u gene zorun nerenden senin?"

Genç kadın bakmadı bile.

Çaça karı odaya girdi, karyolanın yanına geldi:

"Hı? Nerenden zorun o....u?"

Tükürür gibi:

"Neremdense neremden!"

"Ayı seni büyüledi değil mi? Akılsız o....u, büyülen büyülen de varını yoğunu bu sefer de yazının aygırlarına yedir!"

Karşılık alamayınca, öbür kızı bileğinden çekti:

"Yörü kızım yörü, benim akıllı kızım. Sen bu akılsıza benzeme!"

Lambayı söndürüp, kızı bileğinden çekerek uzaklaştı.

26

Zeynel'le Halo Şamdin'den başka, geçen haftaki ırgat kafilesi Taşköprü'nün orda kırmızı boyası yer yer dökülmüş hantal bir Doç kamyonuna omuz omuza doldular. Kamyon, yorgun, bıkkın homurtularla yolu tuttu.

Pehlivan Ali kamyonun tahta kenarına kocaman elleriyle sımsıkı tutunmuş, uzaklaştıkları şehre hasretle bakıyordu: "... Her daim gel, dedi... Sarılıp öptü beni. Altın dişiyle amma da güzel gülüyordu! Seni köye götürürüm dedim, gönlü var gibiydi. Keşke zorlasaydım, keşke söz alsaydım. Benimle köye gelir mi ola? Mutlaka gelir. Gelmeyecek olsa sarılıp öpmezdi. Demek kanı kaynadı? Fatma kurban olsun. Gelecek hafta bilirim ben. İyi bir saç tokasıyla çerez mürez alır giderim. Alırım, alırım işte. Kime ne? Hidayet'in oğlu, midayetin oğlu... Kendim giderim. Sorsa bile benden kesik derim, amma ondan habersiz giderim. Saç tokasıyla çerezi verdim mi daha yanar, iyice yanar. Ne avrat ya! Yusuf'un emmisinin avradı da avrat mı? Duvar ustası oldum diye fort atsın da bak... Ben de koltukçu oldum. Usta sayılırım. Gazocağı da alacağım..."

Hidayet'in oğlu elini omuzuna koydu:

"Ne düşünüyon lan?"

Uykusuz, yorgun gözleriyle baktı:

"Kim?"

"Sen."

"Ben mi?"

"Ayıya hele. Senden başkası var mı?"

Elinde olmayarak, "Onu," dedi.

"Fatma'yı mı?"

"Yok canım. Onun yanında Fatma mutma vızırtı!"

Gözleri daldı, yüzü yumuşadı:

"Sırtından al sırtlığını bir attı, abooo... Lakin helal olsun, gözümün yağını yesin. Gelecek hafta gene varacağım. İyi bir saç tokasıyla çerez mürez bir iki... Hem de işimi pekiştireceğim bir güzel..."

Hidayet'in oğlu hile sezerek, "Ne işi?" dedi.

"Dedim ki, seni köye götürsem gelir misin dedim. Gülüverdi..."

Hidayet'in oğlunun kanına dokundu birden:

"Kerhane o....usunu ha?"

"Ne var da?"

"Tövbe de. O....u avrat köye götürülmez!"

"Niye?"

"Günah lan, temelli günah!"

Ne günah umurundaydı Ali'nin ne de ayıp. Lakin sözü uzatmak da istemiyordu. Karşılık vermedi. Köy yerinde kim ne bilecekti o....u olduğunu?

Nehrin karşı kıyılarını işaret etti:

"Ta orda çimdiydik değil mi?"

"Heye."

Mırıldandı:

"Altın dişi de vardı..."

Gözleri daldı. Gece, Taşçıkan. Odaya çıkışları, kadının ayna karşısında saçlarını düzeltişi, kırmızı entarisini çıkarıp karyolaya atlayışı. Çırılçıplak her yanı. Ellerini başının altında kenetleyip sigara içişi. Bakışı, gülüşü, yatışı, sarışı, sarılışı... Sonra kalkıp giyinişi, odadan çıkışları, merdiven başında sarılıp öpüştükleri, sokak kapısından uğurlarken...

Yanına Kemal Cesur gelmeseydi, kafasındaki film kopmayacaktı. Kemal Cesur gelmişti:

"Irgatbaşı, Zeynel'le Şamdin'i bir atlattı ki..."

Ona neydi ırgatbaşından, Zeynel'den, Şamdin'den? Gene de sordu:

"Nasıl?"

"Demiş ki bugünden ötürü, akşama gideceğiz demiş. Halbuki biz şimdi gidiyoruz..."

338

Kıs kıs güldü. Hidayet'in oğlu, "Bakalım koltukçuluğu yapabilecek miyiz?" diye sordu.

"Ne var yapamayacak? Bir, iki... derken alışır gidersiniz. Parası da bol."

Şosede püfür püfür gidiyorlardı. Pehlivan Ali uzaklara ta uzaklara bakıyordu. Uzaklarda ağaç kalabalıkları, ağaç kalabalıklarının arasında kırmızı kiremitli çatılar, çatısız düz damlı evler...

Yanında konuşulanlara kulak verdi:

"Bu Zeynel'le Şamdin'i ağaya kim deyiverdiyse diline sağlık değil mi?"

"Sağlık ki sağlık."

"İnsan olan, yediği çanağa sıçmaz!"

"Sıçılır mı?"

"Hem cendermeler abooo..."

"Lakin amma huylanacaklar ha değil mi?"

"Tuu... deli olacaklar!"

"Harmana gelmezler mi?"

"Harmana mı?"

"Bilmem amma... Gelseler bile ne, fos!"

"Bizi yerlerinde görünce?"

"Aldırma. İşlerinden atan siz değilsiniz ya!"

Pehlivan Ali gittikçe az daha uzaklaştıkları şehirden yana bakıyordu. Şehir uzaklaşıyordu gittikçe. O, uzaklaşan şehirle birlikte geriliyor, ufalıyordu.

Tanyeri adamakıllı kızarmıştı. Şose bitmiş, tozlu köy yollarına düşmüşlerdi. Homurtuyla, sarsıla sarsıla ilerleyen kocaman kamyonun ardında kalın bir toz tabakası, gittikçe uzaklaşan şehri perdeliyordu. Bir süre sonra iyice silinen şehrin acısıyla içini çeken Pehlivan Ali, Hidayet'in oğluyla Kemal Cesur'a döndü.

Hidayet'in oğlu, "İnsan bu kamyonu sürebilmeli," dedi.

Kemal Cesur omuz silkti:

"Süremeyecek ne var?"

"Sürebilir misin?"

"Az buçuk. Bir arkadaşım vardı, askerliğini motorlu birlikte yaptı, lakin iyi ustaydı..."

Pehlivan Ali'nin aklına da Şarkışlalı Yunus Usta gelmişti:

"Bizim de Yunus Usta derler bir bildiğimiz vardı, lakin tam ustaydı. Dümene bir oturdu mu..."

"Direksiyon," diye düzeltti Hidayet'in oğlu.

Pehlivan Ali kızdı:

"Dümen, direksiyon... Bir oturdu mu treni geçerdi!"

"Treni mi?" dedi Hidayet'in oğlu.

"Treni ya!"

"Treni geçmesi zor."

"Önü açık, yolu da düz oldu mu? Hı?"

Kemal Cesur, "O zaman başka," dedi.

Ali üsteledi:

"Yunus Usta deyip de geçiyon mu? Herif makineyi gözü bağlı söker, takardı!"

Kamyon bozuk köy yolunda bir çukuru hızla geçince, kamyondakiler altüst oldular. Bu arada Ali de, Hidayet'in oğlu da tartışma konularını unuttular.

Güneş, bembeyaz pamuk yığınlarını hatırlatan kalabalık bulutların arasında kıpkırmızı gözükmüştü. Hızla yükseliyor, çiğ bir aydınlık, sıcak, havanın serin nemliliğini yutuyordu.

Kamyonun geçtiği yolun iki yanındaki tarlalar, pamuk tarlaları çapa çapalayan kadınlı erkekli ırgatlarla doluydu. Aynı tempoyla inip kalkan kazmalarından başlarını kaldırıp da yola falan baktıkları yoktu.

Gün, kupkuru, sıcak, sarı gün, ağustosböceklerinin cıvıltısı yüklü gün, dayanılmaz bir can sıkıntısı gibi uzayıp gidiyordu.

İki saat sonra harmanlara varıldı. Güneşte erimişe benzeyen terli ırgatlar, kamyondan tarlanın kıyısına indirildi. Yolda saatlerce sarsılmaktan turşuya dönmüşlerdi.

Karamaça Veysel'in oraya yollandılar.

Teneke semaver gene keyifli dumanlar tüttürerek kaynıyordu. Demli çay hazır. Az önce birbiri ardı sıra boğduğu esrarlı sigaraların mastorluğu içindeki Karamaça Veysel, oğluna, "Geç semaverin başına!" dedi.

Çocuk memnun olmaktan çok, gururlu, semaverin başına geçti.

Yorgun ırgatlar devrili devrilivermişlerdi.

Pehlivan Ali'yle Hidayet'in oğlu da semaverin az berisine uzandılar, çayları söylediler. İkisi de daha şimdiden önlerindeki kocaman haftanın kaygısı içindeydiler. Koca bir hafta nasıl geçecekti!

Hidayet'in oğlu, "Haftaya kafaları da çekeriz," dedi.

Ali anlamadı:

"N'örürüz?"

"Kafaları çekeriz!"

"Nasıl?"

"Bilmiyor musun?"

"Bilmiyorum."

"Rakı içeriz yani. Rakı istemezsen şarap. Bardağı yirmi beş kuruş. Dörder tane yuvarladık mı, kafayı tam buluruz!"

"Ben hiç içmedim."

"İç de gör!"

"Ne olur?"

"Dünya varmış dersin. Kanın kaynar. Karşındaki isterse Zaloğlu olsun, gene de fos. Gözün bir döner ki..."

"Karşımdaki vali olsa?"

"Vali mali vızırtı gelir. Sıçana içirmişler de kediye kafa tutmuş. Vali ne ki..."

"Hemşerimizi vali bellediydi bizim Yusuf. Enayi... Duvar ustası oldum diye fort atsın da bak..."

Birden öfkelendi:

"Avrat ona her zaman gel demedi ya!"

Hidayet'in oğlu'nun duyduğu yoktu, kendi havasındaydı: "Amma," dedi, "şarap hammallık. İçeceksen rakı içeceksin. Esrar da iyi ya, heves etmiyorsun..."

"Esrar içince de adam kendini vali bellermiş öyle ya?"

"Daha büyük beller. Şimdi paramız olmalı da içmeliyiz..." Umutla baktı.

Pehlivan Ali aldırış etmedi. Çayları gelmişti, şekerini atıp uzun uzun karıştırmaya başladı. Unutamıyordu avradın altın dişini, güleç yüzünü. Haftaya gene gel demişti. Mutlaka giderdi köye. Bilmiyor mu? Giderdi, vallaha da giderdi, billaha da giderdi. Şu pis oğlan. O....uymuş, ayıpmış, günahmış. Köy yerinde kim ne bilecekti orospu olduğunu. Yusuf bile bilemezdi. Söylemezdi ki bilsin. Hidayet'in oğluysa köye birlikte gelmeyecekti ki!

Yanlarına ırgatbaşı gelince saygıyla ayağa kalkmak istedilerse de o, omuzlarına bastırarak mani oldu. Kendi de karşılarına çömeldi:

"Size güvenip Zeynel'e, Şamdin'e yol verdim," dedi. "Aman yüzümü kara çıkarmayın!"

İki arkadaş bakıştılar.

O ardını getirdi sözlerinin:

"Ağaya dedim ki, Zeynel'den de, Şamdin'den de iyi iş görürler dedim. Eh dedi, açsınlar gözlerini, onları fazlasıyla memnun ederim dedi. Açın gözünüzü. Zeynel'le Şamdin beş mi iş çıkarıyorlardı? Siz on çıkarın, sıkın dişinizi on beş çıkarın! Bu işin zorluğu bir iki gündür. Amma, esrar içmek lazım. Esrar içtiniz mi korkma. Dalgaya düşer, makine gibi çalışırsınız!"

Hidayet'in oğlunun canına minnet, Ali'ye, "Demedim mi?" dedi. "Sana demedim miydi ben?"

Ama Pehlivan Ali ırgatbaşının kara kuru, yorgun yüzünde genelevdeki allı kızını hayalliyordu. Allının gözleri de babasınınki gibi uzun kirpikli, kara karaydı.

Hidayet'in oğlu, "Evvel Allah'ın izniyle, korkma!" dedi. "Yüzünü kara çıkarmayız. Öyle değil mi Ali?"

Ali başını salladı. Irgatbaşı kalktı:

"Yaşayın, var olun, göreyim sizi bakalım..."

Semavere doğru gelmekte olan yeni patoz ustasının yanına gitti.

Pehlivan Ali ardından uzun uzun bakıyordu.

Hidayet'in oğlu kıs kıs gülerek, "Kaynatamız," dedi.

Uzun uzun, hart hart kaşındı:

"Ali be..."

"Hı?"

"Şuram pis pis gidişti, sevabına bakıver hele..."

Pehlivan Ali biraz da isteksizlikle uzandı, baktı. Kirden muşambaya dönmüş ter içindeki içliğin kıvrımında kapkara bir bit. Aldı. Tırnakları arasında çat diye kırdı, içliğe sildi kanı.

"Kemiklenmiş tekmil lan."

Hidayet'in oğlu güldü:

"Kemiklensin bırak. Bit yiğitte bulunur aldırma!"

"Doğru," dedi Ali. "Bizim kaynatada herhal camız gibi bulunur."

"Deve gibisi."

"Doğru."

"Yiğidin büyüğü asıl o!"

Gülüştüler.

27

Gece yarısından sonra ikiye doğru ırgatlar işe kaldırıldı. İlkin Pehlivan Ali'yle Hidayet'in oğlu kaldırılmıştı. Irgatbaşıyla birlikte patozun yanına gittiler.

Elinde tuttuğu paçavralarla toz gözlüklerini uzatan Irgatbaşı, "Bunları gözlerinize takacaksınız," dedi. "Bu çaputlarla da boynunuzu boğazınızı güzelce saracaksınız. Gözünüzü açın.

Bu işin zorluğu bir iki gündür. Ağa dedi ki, gözümün yağını yesinler dedi!"

Yanı başında iki gölge belirdi.

Irgatbaşı döndü, patozun yeni ustasıyla eski usta muaviniydi. Yeni ustaya karşı saygıyla "Buyur usta," dedi.

Yeni usta çok ciddi görünüyordu:

"Bu adamlar acemi mi?"

Irgatbaşı, "Acemi," dedi.

Şaştı:

"Acemi mi?"

"Acemi ama fark etmez be usta..."

"Etmez olur mu? Acemiler koltukçuluk yapabilirler mi?"

"Doğru ama, eski koltukçuları ağa dehledi, yerlerine bunları koy dedi!"

Usta sinirli sinirli güldü:

"Daha düşük haftalık vermek için senin de işine geldi değil mi?"

"Benim elimde ne var? Emir böyük yerden bre ustam..."

"Kırk beş kişilik patozda otuz iki kişi çalıştırıyorsun!"

Irgatbaşının hoşuna gitmedi bu ama ses de çıkarmadı. Usta göz kırptı:

"Farkında olduğumu bil yani..."

"Kolay ustam kolay. Sen yeter ki emret!"

"Hayır hayır... Yanlış anlama. Kendim için bir şey istemek âdetim değildir. Yalnız, sonunda herhangi bir kaza, herhangi bir teftiş oldu mu, benden yardım bekleme, o kadar!"

Irgatbaşı içten içe deli olsa bile belli etmedi. Patozun demir tekerleğine basıp çevik bir davranışla yukarı tırmandı:

"Gelin!"

Pehlivan Ali'yle Hidayet'in oğlu da çıktılar.

"Beri bakın... Burası var ya? Patozun ağzıdır! Bakın, içerde bıçaklar var su gibi döner. Aşağıdan verecekleri demetleri buradan içeriye sokacaksınız. İşiniz bu. Yalnız, kendinize dik-

344

kat edin, ayaklarınıza sahip olun. Eliniz işte gözünüz oynaşta olmasın. Zihninizi buraya verin. Dediğim gibi, zorluğu bir iki gündür, ondan sonra..."

Pehlivan Ali bir zamanlar fabrikada çalıştığı "kırma tablacılığı"na benzetmişti bu işi. Aslında işlerin ikisi de tıpkıydı. Birinde pamuk, ötekinde buğday. Fabrikadaki makinede pamuk tohumu pamuğundan ayrılıyordu, bunda ise buğday sapından, çöpünden, samanından. Yalnız orada kapalı, soğuk yerde iş görmüştü, burada açık yerde, sıcakta. Üstelik samanın yaldızı hatırlatan ince tozu terle boyunları, boğazlarına yapışacak, gidiştirecek, gidişme de deliye çevirecekti.

Irgatbaşı, "Boyunlarınızı da iyice sarın," dedi.

Sardılar.

"Takın gözlüklerinizi!"

Taktılar.

Zeynel'le Halo Şamdin'den farkları kalmamıştı. Alacakaranlıktaki harman makinesinin üzerinde dimdik duruşlarıyla pilotları hatırlatıyorlar, kül renkli sabahın içinde heybetle dikiliyorlardı.

Irgatbaşı ikisini de son sefer gözden geçirip yere atladı.

Patoz ustası hâlâ patozun yanındaydı. Irgatbaşı yere atlayınca sordu:

"Eski koltukçulara niye yol verdiniz?"

Irgatbaşı, "Ben vermedim," dedi.

"Bırak bu ağızları. Senin haberin olmasa, ağayı doldurmasan, ağa ne bilecek?"

"Sen öyle bil."

"Peki sebep neydi?"

"Bilmiyorum."

Hemen oracıkta peydahlanan Kemal Cesur, "Irgadın içine fit sokuyorlardı ustam," dedi.

Usta döndü, baktı. Hemen anladı ırgatbaşının dalkavuğu olduğunu.

"Fit mi sokuyorlardı?"

"Fit sokuyorlardı."

"Nasıl?"

"Hiç canım. Yemek beğenmezler, ekmek beğenmezler, pilavlarında taş çıksa ağamıza söverler. Allah'a bile söverlerdi..."

Irgatbaşı onları bırakıp tarla içlerine serilmiş uyuyan ırgatlara gitti. Usta, "Sen ağanın nesi olursun?" diye sordu. Kemal Cesur omuz silkti:

"Ben mi? Hiçbir şeysi..."

"Ben de vekili bellediydim."

"Vekillik kala kala bana mı kaldı? Ben kendi dalgamdayım usta. Karavanaları devirelim diyor. Doğru mu? Basılan, işenen yere Cenab-ı Allah'ın nimeti devrilir mi?"

"..."

"En biri cendermeler. Onun yüzünden Allahına kadar dayak yiyeceğiz!"

Usta kısa kesti:

"Peki peki, geç işinin başına!"

Kemal Cesur alışkındı bozulmaya. Uzaklaştı. Bu ustaya da mim koymuştu. Onun hesabı kısaydı çünkü: Bir usta ağayı değil de ırgatı mı tuttu? Zararlıydı!

Irgatbaşının yanına gitti:

"Bu ustada da iş yok ağa," dedi.

"Niye?"

"Kendisine adam adam laf veriyoruz, bizi it azarlar gibi azarlıyor. Peki peki geç işinin başınaymış. Kenef!"

Irgatbaşı üzerinde durmazmış gibi davranırken, sokuşturdu:

"Ustanın iyisine, ağasına dört elle sarılanına rastlamadım ki ben zaten..."

Çeyrek saat içinde ırgatların tümü de uyandırılmıştı. İş başlamak üzereydi. Birden traktörün mazot kokulu homurtusu ortalığa yayıldı. Irgatbaşı patozdan yana koştu. Üstüne çıktı, yeni koltukçulara son bir tarifte bulundu:

"Demetleri burdan böyle alıp, şurdan içeri şöyle sokacaksınız. İşiniz bu. Dalga geçmeyin, açın gözünüzü, dikkat edin kendinize!"

Bu sırada patozu çalıştıran, motora bağlı uzun kayış da deli deli dönmeye başlamıştı. Dört köşe delikten karanlık içeriye baktılar: Mekanik hareketle sertçe işleyen birtakım pırıltılı aletler...

Irgatbaşı, "Bakın," dedi, "deli deli dönüyor. Dalga geçmeyin. Eliniz işte gözünüz oynaşta olmasın. Zihninizi buraya verin. İş görürken aklınızdan her bir şeyi atın. Bu işin zorluğu bir iki gündür..."

İş başlamıştı.

Aysız ama aydınlık göğün altında koca koca demetler patoza koşturuluyordu. Demetleri aşağıdan alan Hidayet'in oğlu, Pehlivan Ali'ye geçiriyor, Pehlivan Ali de patozun dört köşe ağzından içeriye veriyordu.

Irgatbaşı elleri belinde, çeyrek saat kadar seyrettikten sonra, "Eferim," dedi, "eferim ulan size!"

Gösterip anlatılacak başka şey kalmamıştı. Bundan ötesi koltukçuların dikkat, sabır, dayanışına kalmış bir şeydi.

Sarsılarak çalışmakta olan patozdan yere atladı.

Saatler geçtikçe her şey olağanlaştı. Zeynel'le Şamdin unutuldu. Pehlivan Ali'yle Hidayet'in oğlu birkaç saatlik değil de, beş, on yıllık pişkin koltukçularmışçasına, çalışma temposuna uyup işin içinde eridiler.

Koşturulan demetler, savrulan saman, toz, her şeyi kapsayan traktör homurtusu, patozun şakırtısı...

Güneş tam tepeye yükselip de ortalık hamam halvetine dönünce, Pehlivan Ali'yle Hidayet'in oğlu baygınlıklar geçirmeye başladılar. Bir an, bir an olsun durup soluk alamıyorlardı. Birbiri ardı sıra gelip dayanan koca koca demetleri patozun doymak bilmeyen ağzından içeri vermek zorundaydılar. Veremediler mi, demetler demetlerin ardı sıra yığılıveriyor, işin durması gerekiyordu. Buysa bir makine çalışımındaki düzenin genel uyumunu bozduğu için, her şeyden önce destecileri öfkelendiriyor, güneşte sinirleri alabildiğine gerilen insanlar basıyorlardı küfrü.

İkindiye doğru küçük ağa otomobiliyle geldi. Yere indi. Arkasında elleri, çalışmaya bir süre baktı. Yanında dikilen ırgatbaşıya bakmadan sordu:

"Becerebiliyorlar mı?"

Irgatbaşı sarı sarı parlayan altın dişleriyle gülerek, "Sayende, top gibi!" dedi.

"Aferin! Çifte haftalığı hak ettiler desene..."

"Senin canın sağ olsun."

Merakla sordu:

"Zeynel geldi mi yanına?"

Ağa güldü:

"Geldi."

"Ne dedi gayri?"

"Ne diyebilir? Keyif benim değil mi dedim, keyfimin kâhyası mısın? Seni işletmem de Ahmet'i, Mehmet'i işletirim. Kızardı bozardı. Ağam da yanımdaydı. Dayanamadı, aldı lafı. Ağamı bilmez misin?"

"Bilmem mi? Kovmuştur sağlama..."

"Hem de it kovar gibi. Arkadaşıyla bir gitti ki..."

Patozun yeni ustası ilişmişti gözüne. Sordu:

"Nasıl bu?"

Irgatbaşı içini çekti. Küçük ağa bunun anlamına vardığı için üsteledi:

"Ha?"

"Canım ağa, bir de soruyor musun? Usta de, orda dur. Bir ustanın ağadan yana olduğunu gördün mü hiç?"

"Doğru," dedi küçük ağa.

"Bitti. Hani elimde onun yarısı kadar ustalık olsa, işi elime alıp sizi bu it oğlu itlerin ağız kokusundan kurtaracağım amma, yok!"

Küçük ağa ustadan yana yürüdü. Patozun gölgesine yanüstü uzanmış, dirsek keyfi yapmaktaydı. Küçük ağa yanına gelince isteksizlikle ayağa kalktı.

"Buyur ağa..."

"Yeni koltukçularımız nasıl?"

Usta çalışmakta olan patozun üstündeki koltukçulara baktı: "Eh," dedi. "Fena değiller şimdilik ama, bu işler malum a..."

"Elbirliği ve iyi niyet olursa başarılmayacak iş yoktur. Biraz ırgatbaşı, biraz siz yardım ederseniz..."

"Estağfurullah ağa, yardım değil, vazifemiz ama, en nazik, en tehlikeli bir yer!"

"Onun için yardım edin dedim."

Usta kesti attı:

"Herhangi bir sakatlık olursa ben sorumluluk kabul etmem!"

Küçük ağa kızdı. Kızdı ama şu anda yeni bir usta buluvermek mümkün değildi. Mümkün olsa, şu asık suratlı herifi kuyruğundan tuttuğu gibi atıverirdi.

"Etme," dedi. "Herhangi bir sakatlık olursa sorumlusu benim!"

Ustayı küçümseyen bir bakıştan sonra, yanında ırgatbaşı, otomobiline yürüdü.

"Amma da bozdun herifi ha!" dedi ırgatbaşı.

"Bok," diye söylendi küçük ağa. "Kendini fasulye gibi nimetten sayıyor..."

"Tövbe de ağa, o kaç paralık it de..."

"Bir şey değil, şu sırada yeni bir usta bulmak imkânsız!"

"Gelecek hafta inşallah..."

"Tabii canım. Amasya'nın bardağı, biri olmazsa biri daha!"

Otomobiline girdi.

Paydosta Pehlivan Ali'yle Hidayet'in oğlunu bir kıyıya çeken ırgatbaşı, "Eferim ulan," dedi. "At da size avrat da. Açın gözünüzü, her zaman böyle isterim. Ağaya deyip çifte yevmiye verdireceğim size. Ağa dedi ki, böyle çalışsınlar, gözümün yağını yesinler dedi. Bu hafta bu harmanlar bitsin, harmanda paydos olsun, ağa sizi tövbe bırakmaz!"

İki arkadaş bir an bütün yorgunluklarını unutuvermişlerdi. Demek ağa beğenmişti onları. Çifte haftalık verecekti? Karamaça Veysel'in oraya sevinçle gittiler. Ali, "Yaşadık arkadaş," dedi. "Dağılım günü şehre inip haftalıkları aldık mı..."

"Aldık mı?"

"Dooooğru..."

"Nereye?"

"Oraya işte!"

"Oraya amma, kafaları çekmeden mi?"

"Çekeriz be!"

"Rakı mı içeriz, şarap mı?"

"Hangisi zorlu?"

"Rakı gibi var mı? Aslan sütü mübarek aslan!"

Semaver yakınlarında birer kıyıya uzandılar. Pehlivan Ali'nin de, Hidayet'in oğlunun da yüzlerinden zırıl zırıl ter sızmaktaydı. Ali, "Adam iş işlerken aklı amma da uçuyor ha değil mi?" dedi.

Mıstık duydu, anlamadı:

"En iyisi," dedi, "şaraba bira karıştırmak. Hı?"

"İyi mi olur?"

"Bak hele bak!"

"Lakin pekmezle yoğurt da bildiğin gibi değildi hani. Şimdi olmalı ki... Ne diyon?"

Sulu sulu tükürdü.

"Ne deyim, olmalı ki, iyi bir yumulmalıyız..."

"Adamın canına can katıyor tekmil..."

"..."

"..."

Çayları geldi. Uzun uzun karıştıran Ali dalmıştı. Ağayı, ağanın onları beğendiğini düşünüyordu. Koskoca bir ağaydı mesela. Beğenmese beğendim der miydi? Yusuf da duvar ustası olmuştu ya, bakalım ağası beğenmiş miydi? Mümkünü mü vardı?

Çayını yudumlamadan önce, "Ağa bizi beğenmiş demek?" dedi.

Hidayet'in oğlu başını salladı:

"Gözümün yağını yesinler demiş..."

"Gözün yağı yenir mi?"

"Canım sözgelişi..."

"Şimdi bizim yerimizde Yusuf olsa, hı Mıstık?"

"Olamaz ki!"

"Niye?"

"Dayanamaz."

"Tövbe dayanamaz. Duvar ustası oldum diye fort attığına ne bakıyon?"

Bir süre çaylarını yudumlayarak konuşmadılar. Sonra Ali'nin yüzü çocuksu çocuksu güldü. Şehirden yana bakıyor, gözleri içerden ışık almışçasına parlıyordu:

"... Fatma'dan da zorlu anam avradım olsun, Aptal Kızı'ndan da. Şimdi biri bana dese ki, Fatma'yı mı istersin, Aptal Kızı mı, yoksa allıyı mı? Bir iki demem, allıyı derim... Sen?"

"Ben yeşilliyi!"

"Para günü Allah izin verirse... İyi bir saç tokası, bir mendil de çerez... Yesin fukara... Her daim gel dedi. Ya kapıdan savarken ardımdan bakışı?"

"Bakışına hiç diyecek yoktu..."

"Avradı yaktım desene..."

"Ben?"

"Sen de mi yaktın?"

"Esas ben yaktım. Benim yangınım pek kötüdür..."

"Nasıl yani?"

"Ben bir avrada şöyle bir bakıp da bıyığımı büktüm mü bir iki demez, hemen yanar!"

Ali beğenmedi bu sözleri ama belli etmek geçmedi içinden:

"Ben de yaktım, sen de... Para günü bizi kapıda mı karşılarlar?"

"Kapıda karşılarlar ya..."

"Yusuf olsa yakamaz değil mi?"

"Yakamaz."

"Biz?"

"Öte bile geçeriz..."

Ali içini çekti:

"Lakin ne avrattı be Mıstık. Sırtındaki allı urbasını atınca, her bir yanı çıkıverdi, bembeyaz! Seninki?"

Hidayet'in oğlu, "Benimki," dedi iştahla, "benimkini bi soydum, elimle..."

Ali şaştı:

"Sen mi soydun?"

"Ben soydum ya!"

"Nasıl?"

"Yeşil entarisini çıkardım, ardından ipek donunu..."

"İpek donunu da mı?"

"Marifet burda işte. Delikanlı, avradın ipek donunu kendi çıkaracak. Avrat o zaman yanıyor işte!"

"Ben çıkarmadım amma, gene de yandı!"

"Bakma..."

"Sonra Mıstık?"

"Sonra ıhı mıhı, bildiğin gibi..."

Ali kocaman bedeni, terler sızan ablak, kıpkırmızı yüzüyle o gecenin anına daldı gitti. Altlarında gıcır gıcır etmişti karyola!

"Senin karyola da gıcırdadı mıydı?"

"Bak hele bak..."

"Sonra?"

Hidayet'in oğlu "Sonra?"nın karşılığını verecekti ki, sırtı az önceki patozun saman tozundan kötü kötü kaşınmaya başladı. Pehlivan Ali de ondan geri kalır hâlde değildi. Soyunup birbirlerinin sırtlarını, göğüslerini uzun uzun kaşıdılar.

Sonra ırgatbaşının düdüğü. İş yeniden, olanca ağırlığıyla başladı: Solutan, ılık ılık terleten, serçe bayıltan bir sıcak kaplamıştı ortalığı.

Günler art arda geçiyordu.

Ertesi günlerden birinde, patoz ustasının ağır küfrüne dayanamayan usta muavini, makineleri yağlamakta olduğu yağdanlığı kaldırıp attı:

"Ne bu be? Günde yirmi saat, elimde yağdanlık, Allahım şaşıyor gene de fos. Herkesin ırzı namusu senin ayağının altında mı?"

Şehrin yolunu tuttu. Yağdanlığı yerden alan usta, "Defol git," dedi. "İt oğlu it!"

Makineleri kendisi yağlamaya başladı. Sebebini soran ırgatbaşıya da, "Sana ne?" diye çıkıştı. "Git sen işinin başına!"

Irgatbaşı büyük bir öfkeyle oradan çekildi. Gelecek hafta görüşecekti onunla. Buralarda ekmek yiyebilecek miydi bakalım!

Ustaysa, elinde yağdanlık, makineleri yağlarken kıpkırmızı, bıkmış usanmıştı bu işlerden. Kuruköprü ya da taksi durağına bakan pikaplı kebapevlerinde arkadaşlarıyla kafayı çekerken sık sık efkârlanır, "Böyle dünyanın devrini devranını, ip tutanını..." diye söverdi. Çoluk çocuk yüzünden kendini dolap beygiri gibi görürdü. Çoluk çocuğu olmasa, ya da daha bol bir kazanca ulaşsa neler geçmezdi aklından! "Bir piyanosu olsun isterdi her şeyden önce. Bir piyanosu olsa, yıllardır içine is gibi sinen can sıkıntısından sıyrılıp çıkacağını sanırdı. Beethoven'a hayrandı. Daha doğrusu, Beethoven'ın gururuna hayrandı. Türkçe'de Beethoven üzerine ne kadar kitap, yazı yayımlanmışsa hemen hemen hepsini satın almış, yer yutar gibi okumuştu. İşlerin durduğu, haftalarca dinmek bilmeden yağan yağmurların başladığı karanlık kış günlerinde, çarçabuk mahallesindeki kerpiç evinin nispeten aydınlık bir köşesine çekilir, boyuna okurdu. Ama en çok okuduğu Beethoven üzerine yazılmış şeylerdi. Böyle zamanlarda kendi de Beethoven olurdu. İşbaşında küfürbaz, kaba bu adam, Beethoven'in sağırlığına hüngür hüngür ağlamıştı.

Yola baktı. Küçük ağanın otomobili tozu dumana katmış geliyordu: İşine koyuldu.

353

Otomobil, patozun yirmi metre kadar açığında durdu. Küçük ağa direksiyondan yere atladı. Kolları dirseklerine kadar sıvalı, püfür püfür beyaz ipek gömleği, ince sadakor pantolonu, geniş kenarlı beyaz hasır şapkası...

Beline dayalı yumruklarıyla patoza yaklaştı, durdu. Çatık kaşlarıyla işe bakıyordu. Kızgın güneşin altında desteciler kan ter içindeydiler. İnsan dayanısının çok üstünde bir sıcak, ter, kaşıntı. En çok da kaşlardan gözlere süzülen tuzlu ter yakıyor, sonra da kızgın toprağa kan damlaları kıvamında düşüyordu.

Küçük ağa yanı başında kavuşuk elleriyle dikilen ırgatbaşıya döndü:

"Aferin Cemo. Bitir bu işi bu hafta, gerisine karışma!"

Irgatbaşı gururla, "Millete soluk aldırdığım yok ırzıma nikâhıma," dedi. "Senin canın sağ olsun. Ben de Cemo'ysam bu iş bu hafta tamamdır!"

"Yeni koltukçular?"

"Allahımı inkâr edeyim Zeyno'dan da iyi Şamdin'den de..."

Küçük ağa koşar adım yapılan işe memnunlukla baktı, coştu birden:

"Ha babam kardaşlarım ha!"

Irgatlar yekindi. Koca koca demetler daha büyük bir hızla patoza koşturulmaya başladı. Öyle hızlı, öylesine müthiş bir çalışma başını almış gidiyordu ki, küçük ağa bile bu hıza kendisini kaptırmıştı. Patoza az daha sokuldu. Ne saman tozu, ne sıcak...

"Ha babam kardaşlarım ha, ha babayiğitler ha, ha aslanlar ha!!! Bu işi bu hafta bitirin, ben de insansam kalmam altında!"

Irgatbaşı da çalışmanın hızına kendini kaptırmıştı. Tempoyu daha da hızlandırmak, ağanın gözüne büsbütün girmek için, "Devir, devir, devir!!!" diye bağırdı. "Ha babam kardaşlarım ha, ha babayiğitler ha, ha aslanlar ha!!!"

"Devir ha, devir ha, devir!"

"Ha, ha, ha, ha!!!"

İş hızlandıkça hızlandı, baş döndürücü bir hâl aldı.

"Devirin ha, devirin ha, devirin!!"

"Ha ha ha ha ha haaaa!!"

Beden kalınlığında demetler, patozun doymak bilmeyen ağzından içeri devriliyordu. Irgatlar öfkeyle, kinle, hınçla çalışıyorlardı. Damarlarda dolaşan kan değil, milyonluk kilovatlardı sanki.

"Ha babayiğitler ha, ha aslanlar ha!!"

Arada tersten esen sıcak, kavurucu hava, sarı pırıltılarıyla duman gibi ortalığa savrulan saman tozunu Ali'yle Hidayet'in oğluna çeviriyor, toz gözlüklerine rağmen gözlerine girip yakıyordu. Bir ara Ali, gözlerini tozdan, terden açamaz hâle geldi. Geldi ama, işin baş döndürücü temposunun büyüsüne öyle kapılmıştı ki... "Devir ha, devir ha, devir!!!"

İyice yumulmuştu gözleri, açamıyordu. Açsa cayır cayır yanıyordu. "Mank" denilen cinsten koyu bir sersemlik içindeydi. Terden sırılsıklam paçavralar da boynundan kaymıştı. Saman tozu alabildiğine üşüşüp yakıyor da yakıyordu. Kavruluyordu boynu, boğazı, göğsü, gözleri. Sanki acı kırmızı biber ekelenmişti.

"Devir babam, devir babam, devir!!!"

Paydos en azından yarım saat geçmişti. Hâlâ: "Devir ha, devir ha, devir!!!"

Ali birden kendini kaybederek sendeledi. Doğrulmaya çalışacakken kocaman bir demet geldi çarptı, dengesini bozdu. Hiç kimse farkında olmadı. Yanı başındaki Hidayet'in oğlu bile. Küçük ağa ha bire, "Ha kardaşlarım ha," diyordu, "ha babam kardaşlarım ha!" Demetler demetlerin ardından. Bir an oldu ki Pehlivan Ali'nin koca bedeni, yığılan demetlerin arasında yitip gitti. Sonra bir çığlık, patozu sarsan müthiş bir çatırtı, iş durdu. Hidayet'in oğlu toz gözlüğünü alnına kaldırıp Ali'ye baktı, sonra iki eliyle yüzünü kapatarak çömeldi.

"Ne var yahu? Ne oldu?"

Hidayet'in oğlu fırladı, şaşkınlıkla patozdan atladı, kaçmaya başladı. İşi anlayan usta koşarak gelmişti. Gördü, kireç kesildi o anda. Irgatbaşıyla hemen patoza tırmandılar. Pehlivan Ali'nin terli bir külçeye dönmüş bedeni patozun ağzına kapanmıştı. Güçlü iki ırgat Pehlivan Ali'yi kaldırmak istediler. Ağırdı, baygındı. Yardıma iki kişi daha katıldı. Zorla patozun ağzından aldılar. Sıcak havaya önce taze bir kan kokusu yayıldı. Ali'nin sol bacağı ta kasığından yoktu artık. Birtakım et, sinir, kemik, kanlı paçavralar sarkıyor, kesik bacaktan oluk gibi kan fışkırıyordu.

Usta çılgına dönmüştü. Küçük ağanın üstüne yürüdü:

"Devir, devir, devir... Nasıl? Yüreğin soğudu mu şimdi i..e?"

Beyaz gömleğini iki eliyle yakalayıp sarstı:

"Ne dikiliyorsun? Arabana atıp götürsene şehre!"

Küçük ağa kireç kesilmişti, dili tutulmuş gibi bakıyor, boyuna yutkunuyordu. Usta tekrar sarstı, sonra tekrar. Daha sonra da arabasından yana itti:

"Hadi, götür şehre, hastaneye götür, kan kaybediyor boyuna kan!"

Kekeledi:

"Şey edin, şey edin..."

"Ne edelim? Şey edinmiş. Sıçtın içine işin..."

"Ben, ben, ben ne yaptım? Ben ne yaptım?"

Yerinde döndü, imdat aranır gibi bakındı çevresine. Sonra arabasına koştu. Usta ardından bağırdı:

"Nereye gidiyorsun?"

"Ja Ja jandarmaya!"

"Kaçıyorsun değil mi? İnek gibi kaçıyorsun ha?"

Küçük ağanın aklı birden başına gelmişti. Geçirecek vakti yoktu. Arabasına koştu, titreyen eliyle kapıyı açtı, girdi, marşa bastıysa da aksilik, almadı. Korkusu çılgınlık derecesine varmıştı. Büyük büyük açılmış iri kara gözleriyle patozdan yana baktı: Tek bacaklı, kanlı gövdesiyle Pehlivan Ali'yi patozdan indirmeye çalışıyorlardı. Usta:

"Allah yardımcınız olsun oğlum, Allah yardımcınız olsun. Arabası pislenir diye herifi arabasına almıyor!"

Terli, yorgun ırgatlarda bir homurtu, bir derlenip toplanma oldu:

"Neee???"

"Almıyor mu?"

"Arabası pislenir diye mi?"

"Ulan kimin işinde oldu bu?"

Kalın, gür bir ses emretti adeta:

"Parçalayın kerhanecinin malını!"

Irgatlar tahta parçaları, traktörün demir aletleriyle otomobile saldırırlarken, küçük ağa, elinde kolçak, geri geri kaçtı, arabayı siper aldı. Sonra da kolçağı atıp tabancasını çekti:

"Yaklaşmayın anam avradım olsun yakarım!"

Dinlemediler. Küçük ağa havaya ateş etti. Öfkeli kalabalık durakladı. Müthiş gözleriyle beş metre öteden bakıyorlardı.

Küçük ağa tekrarladı:

"Anam avradım olsun yakarım!"

Kalabalıktan tek karşılık çıkmadı. Kolları omuz başlarından kopmuştu sanki. Öylece dikiliyorlardı. Birden bir hıçkırık. Öfkeli gözler dönüp baktılar. Hidayet'in oğluydu. Çömelmiş, başını avuçları arasına almıştı.

Irgatın bir anlık şaşkın duraklamasından faydalanan küçük ağa, yerden kolçağı alıp arabanın önüne geçti, kolçağı taktı, çeyrek tur, motor homurdandı. Kurtulmuştu artık, mesele kalmamıştı. Direksiyona geçti. Kısa, çabuk bir manevra... Sonra adeta ileriye sıçrayan araba. Kaçıyordu. Ardında öfkeden zangır zangır titreyen yorgun, ter içinde bir kalabalık bırakmış, kaçıyordu.

Yola çıktı. Kalkan bembeyaz toz bulutu içinde yitip gitti.

Öfkeli kalabalık büyülenmişçesine hâlâ dikilmekteydi. Donmuşlardı sanki. Sonra döndüler, patozun yanına gittiler. Başları önlerinde, suçlu, çaresiz...

Ustanın ağlamaklı sesi duyuldu:

"Bir çul atın şu zavallının üstüne..."

Hidayet'in oğlu koştu, ırgatbaşının yatağına sarılı iplik çulu çekip aldı, geldi, arkadaşının üstüne örttü. Patozun üstünden bütün bunları gören ırgatbaşı ağzını açıp da tek söz etmekten korktu. Tek söz etse, hırsını alamamış ırgatların bu sefer ona saldıracaklarını biliyordu. Başını yumrukları arasına aldı. Usta, "Arkadaşlar," dedi. "Şimdi nerdeyse candarmalar gelir. İfadelerimizi alırlar. Allahını seven doğruyu dosdoğru söylesin!" Döndü, patozun üstüne adeta tünemiş ırgatbaşıya, "Sen de lan Cemo," dedi. "Ağadan bahşişe konmak için milletin paydosunu bile yediğini saklama!"

Irgatbaşı mahvolmuşçasına, kımıldamıyordu bile.

"Şimdi başını yumruklarının arasına alacağına, vaktiyle düşünmeliydin. On üç kişi eksik patozda, durmamacasına on saat, tam on saat... Vicdansız, fakir fukara düşmanı!"

Kemal Cesur, "Doğru, "dedi..

Hidayet'in oğlu Ali'nin yanındaydı. İplik çulun ucunu yavaşça kaldırdı: Pehlivan Ali'nin gözlerinde hâlâ toz gözlüğü, gülüyor gibiydi.

"Vay kardaşlık vay," dedi Hidayet'in oğlu. "Çifte haftalık alıp da nereye gidecektik?"

Usta kızdı:

"Kalk lan ordan!"

Sonra ötekilere:

"Açılın fukaranın başından!"

Kimse geri çekilmedi. Büyümüş gözlerle kırgın, bakışıyorlardı.

28

Gecenin biriydi.

Yukarda şıkır şıkır yıldızlar, yıldızların altında ırgatların horultulu, yorgun dünyası. Toprak, sıcak toprak, sımsıcak toprakta şuraya buraya serilip uyuyakalmış insanlar, insanların horultusu, diş gıcırtıları...

Bir köpek uluyordu gecenin içinde.

Yarasalar kurşun gibiydiler, akıyorlardı.

Zeynel'le Şamdin, tarlanın alt başındaki hendeğin içinden sine sine çıktılar. Çevreyi kolladılar uzun uzun. Sonra Zeynel arkadaşına fısıldadı:

"Beni burada bekle!"

Şamdin bu işte kendisinin de tuzu bulunsun istiyordu:

"Niye?"

"Bekle!"

"Niye kardaş? Ölürsek de beraber, kalırsak da..."

"Heye amma, sen gene de bekle."

"Niye be Zeyno?"

"Aksilik etme diyorum..."

Arkadaşının boynuna sarıldı, killi yanaklarını öptü:

"Dediğimi tut kurban. Onların sekseninden bir mezelik yürek çıkmaz, korkma. Onların bir taburunu kör bir bıçakla önüne katar sürer insan..."

Şamdin karşılık vermedi.

Zeynel aysız göğün altında heybetle yükselen patoza doğru emekleye emekleye gitti. Alabildiğine hınçlıydı. İşine son veri- lişinden çok, aldatılışına içerlemişti. Evet aldatılmıştı. Çünkü ırgatbaşıya ne zaman gideceklerini sormuş, "Akşamüstü" karşılığını almıştı. Meğer yalanmış. Sırf Zeynel'le Şamdin'i atlatmak içinmiş. Sabahleyin, şafakla birlikte çekip gitmişlerdi.

Irgatbaşının ne "orospu kasığında yatmış olduğunu" bilmez değildi. Kızlarının kerhanede orospuluk yapmasına göz yuman bir babaydı o. Kalleş, haksız, rezil... Hepsi neyse, demek artık Zeynel'den de çekinmesi kalmamıştı?

Patozun yanında durdu. Görünürlerde bekçi falan yoktu. Yıldız ışığıyla alacalanmış çevreyi uzun uzun gözden geçirdi. Tuhaf bir koku çalınmıştı burnuna. Güneşte sasımış kan kokusu...

Üzerinde durmadı. Irgatbaşının cibinliğini arandı, her zamanki yerinde gerili değildi. Çevrede arandı, görünürlerde yoktu. "Allah Allah," diye geçirdi, "...Yoksa başına geleceği bildi de kaçtı mı? Kaçmaz kaçmaya amma, nereye gitti? Saklandı maklandı mı!"

Canı sıkılmıştı ırgatbaşının olmayışına. Bu gece bulmalıydı onu. Bulmazsa kendi kendini yerdi öfkesinden. Mutlaka bulmalıydı!

Karnı üzerinde sürünerek ırgatların arasında dolaştı. Sivrisinekler vınıltılarla dolanıyordu. Irgatlar, yorgun, halsiz, bitkin ırgatlar, biçilmiş tarlaya her zamanki gibi serilmiş, horlaya inleye uyuyorlardı.

Zeynel ırgatbaşını bulamadı. Arasa bile bulamayacağını anlıyordu. Bir ara, uzaklardan, ta uzaklardan gelen bir motor sesine dikkat etti. Kulak verdi. Tamam, yaklaşmakta olan bir motor. İlkin sesin geldiği yanı kestiremediyse de, çevreyi gözleriyle kolaçan etti. Hafif bir ışık karanlıkları yalayıp geçti. Işık, şehrin bulunduğu yönde belirip yitmişti. Gözlerini o yana dikti. Otomobil ya da motosiklet ışığı olabilirdi.

İyi ama sasımış bu kan kokusu?

Motor sesi yaklaşıyordu. Daha dikkatle dinleyince tek değil, birkaç motorun çıkardığı bir ses kalabalığı olduğunu anladı. Kan kokusu, ırgatbaşının bulunmayışı, gecenin bu saatinde yaklaşan motorlu taşıtlar...

Yoksa bir cinayet mi olmuştu?

Şehirden yana yeniden baktı. Evet evet, motorlu taşıtlar. Sakin geceyi motor sesleriyle parçalayarak gelmekteydiler. Projektörlerinin ışıkları iyiden iyiye belli olmuştu.

Telaşlandı. Patozun bu yanına heyecanla geçti. Dizleri üzerine kalktı... İyi ama, ne yapması gerekiyordu? Irgatbaşını bulamadığına göre... Bir şey, bir şeyler yapmalı, eli boş dönmemeliydi! Peki ama bu kan kokusu? Dizleri üzerinde hızla patoza yaklaştı. Kan kokusu daha arttı. Az daha. Biraz daha. Durdu. Patozun karanlığında, üzeri örtülü gibi, biri mi yatıyordu?

360

Uzandı. Yokladı eliyle. Tamam. Çulun ucunu kaldırınca kan kokusu her zamandan çok daha iğrenç, içini bulandırdı, yere tükürdü. Kimdi acaba? Bıçaklanmış mıydı? Çulun ucunu yeniden örttü. Belki de bıçaklanmıştı. Bıçaklandığına göre... Öyle ya, yaklaşmakta olan motorlu araçlarda jandarmalar olabilirdi!

Birden kafasında bir şimşek: Sakın bir iş kazası filan olmasın? Aklına yatıverdi. Tamam, iş kazası. İş kazası olmuş, jandarma işe el koymak için harekete geçmişti. Bir tarihte Ceyhan taraflarındaki bir harmanda bir koltukçu patozun ağzından yanlamıştı da, sağ kolu omuzuna kadar makinenin bıçakları arasında...

Tam bu sırada bir projektörün güçlü ışığı tarlayı yalayıp geçti. Döndü, döndü, hemen hemen birkaç yüz metreye kadar yaklaşmışlardı. Jandarmalar geliyorlardı. Demek ırgatbaşı, iş kazasını haber vermek için, ustayla filan şehre gitmişti. Geliyorlardı şimdi. Eli boş dönmeyeceğine göre, bir şeyler yapmalıydı. Şöyle hıncını alabileceği, yüreğini soğutacağı bir şeyler...

Aklına bir fikir geldi birden. Tamam. Geçirecek vakti yoktu. Motorlar daha yaklaşmışlardı. Harmana doğru soğukkanlı, kapkara bir gölge gibi, toprak üzerinde kaydı. Kibritini çıkarıp çaktı. Çok geçmeden harmanda turuncuya çalan sarı bir alev parlayıp geçti. Ardından daha güçlü, kızıl bir alev sütunu. Sonra devamlı, telaşlı alevler geceyi doldurdu. Kuru saplar iştahla, çatırdayarak yanıyor, yıldızların ışığı körleniyordu. Derken aynı ürkek alevlerle ikinci harman da çatırtıyla yanmaya başladı. Şimdi iki harman iki yanardağ ağzı gibi al, turuncu, sarı alevlerle çatır çatır yanıyorlardı. Geceyi allara, sarılara, turuncuları bulayan yangınların titrek ışığında telaşlı gölgeler sağa sola kaçışmaya başladılar. Irgatlar şaşkınlık içinde koşuşuyorlardı.

Sıcak geceyi boğucu bir duman kaplamıştı. Boğuk, aksırıklı, telaşlı seslerle bağrışıp duruyorlardı.

"Patozu, patozu!"

"Usta patozu çek!"

"Patoza ateş sıçrayacak!"

"Nezir, Veli, Üzeyir!!!!"

"Çabuk su varillerini getirin!"

"Vay başıma gelenler, vay dertli başım vay!"

"Sıçarım başına ulan, i..e!"

"..."

"..."

Birden çalışmaya başlayan traktörün hırçın sesi, bütün insan çığlıklarını yuttu. Ağır patozun demir tekerlekleri, yumuşak toprağı ezerek, Pehlivan Ali'nin ölüsü yanından geçti. Ali'nin mor yollu iplik çulla örtülü cesedi, harman yangınından vuran bol ışıkla aydınlandı.

"Ölüyü beriye çekin!"

"Savana ateş sıçradı, söndürün..."

"Ulan cayır cayır yanacak fukaranın ölüsü..."

"..."

"..."

Hidayet'in oğlu birden Ali'nin ölüsü yanında belirdi. Ablak yüzü, yangın alevlerinden turuncuya bulanmıştı. Ucu tutuşan iplik çula ayağıyla basıp ateşi söndürdü. Sonra cesedi kucakladı, ateşin ulaşamayacağı uzağa taşıdı.

Motorlu taşıtlar gelmiş, tarlanın kesim başında durmuşlardı. Önde küçük ağa, ardında tüfekli gölgeler, yanmakta olan harmanlara koşuyorlardı.

Irgatlardan biri, "Cendermeler!" dedi.

Bir duraklama oldu. Hidayet'in oğlu, Pehlivan Ali'nin ölüsü yanından koşarak gelmekte olan jandarmalara baktı. Korktu. Bütün olayların suçlusu kendisiymiş gibi bir korku kapladı içini. Köse Topal'ı hatırladı hiç lüzum yokken, titredi.

Küçük ağa en önde, çılgın gibi gelmişti. Oynatmışa benziyordu. Bağırmaya başladı:

"Tevkif edin, hepsini tevkif edin. Haydi onbaşı ne duruyorsun? Tevkif etsene, zincire vursana hergeleleri, heeey! Sana söylüyorum, çek tabancanı!"

Jandarma onbaşısı gençten, kumral küçük bıyıklı biri, sinir-
lendi:

"Kes çeneni be. Bana vazifemi mi öğreteceksin?"

"Harmanımı yaktılar görmüyor musun?"

"Görüyoruz. Biz buraya bacağı kopan işçi için geldik. Hani
o? Irgat isyan etti diyordun? Nerde isyan?"

"Ettiler, arabamı parçalayacaklardı, harmanımı yaktılar.
Hepsinden davacıyım. Bir tanesi eksik olursa sorumlusu sen-
sin!"

"Peki peki," dedi onbaşı. "Bacağı kopan adam nerde?"
Patoz ustası alabildiğine soğukkanlı, ileri çıktı:

"Bacağı kopan adam kan kaybettiğinden öldü," dedi.
"Sebep de bu adamdır!"

Küçük ağa yaygarayı bastı:

"Yalaan, yalan söylüyor. Bana iftira ediyor. Ondan da dava-
cıyım. Irgadı kışkırtan, arabamı az daha parçalatacak olan odur!"

Usta aynı soğukkanlılıkla sözünün ardını getirdi:

"Acemi adamı koltukçu yaptığı yetmezmiş gibi, geldi işe de
burnunu soktu, ırgadı yekindirdi. Irgat hücumla deste taşıma-
ya başladı. Acemi koltukçular şaşırdılar, kaza da bu şaşkınlık
sırasında..."

"Yalaaan, yalan söylüyor. Bana garezi var!"

Usta aldırış etmedi, devam etti:

"Üçüncü sebep: Kaza olduğu sıra yaralıyı arabasına alıp has-
taneye götürseydi adam kan kaybetmez, ölmezdi!"

Küçük ağanın yeni itirazını onbaşı, elinin bir hareketiyle
susturup ustaya sordu:

"Peki, harmanları kim yaktı?"

"Bilmiyorum," dedi usta.

Küçük ağa:

"Irgatlar yaktı, ustanın kışkırtmasıyla ırgatlar..."

Kemal Cesur onbaşıya yavaşça sokuldu:

"Ağa doğru söylüyor onbaşım. Ustanın teşvikiyle ırgatlar yaktı!"

Deminden beri sesi soluğu çıkmayan ırgatbaşı da küçük ağanın yanına sokulmuştu:

"Kemal Cesur'u onbaşıya savdım," dedi.

"İyi. Bu ifadeden caymayın!"

"Senin canıyın bülbülü sağ olsun ağam..."

"İfadeye Karamaça da gitsin!"

"Olur ağam, olur paşam, olur..."

"Kemal Cesur gibi ifade versin."

"Tamam."

Yavaşça uzaklaştı.

Jandarma onbaşısının yapacağı fazla bir şey yoktu. Hükümet doktoru gelinceye kadar, ölünün başında iki jandarma eri bırakıp ırgatlarla ötekileri karakola götürmek üzere taşıtlara doldurdu.

Küçük ağa öfkesini alamamıştı. Onbaşıyı ödevinde gevşek bulmuştu. İstiyordu ki, jandarmalara emir versin, jandarmalar da mavzerleri çevirip ırgatları teker teker öldürsünler, sonra da kasaturalarını kullanıp ölü ırgatların kellelerini bedenlerinden ayırsınlar. Bu da azdı belki. Bedenlerden ayrılmış kellelerin gözlerini oysunlar, kafalarını parçalasınlar!..

Yanına yaklaşan ırgatbaşı, Kemal Cesur'la Karamaça Veysel'e, "Hükümet hükümet değil ki," dedi. "Şimdi uzun uzun mahkeme muhakeme, şahit şuhut... Hükümet hükümet olmalı ki..."

Irgatbaşı, "Doğru," dedi.

Motorlu taşıtlar ırgatların tümünü almadığı için, arta kalanlara jandarma yedeğinde yol tutturuldu.

Zeynel'le Halo Şamdin, harmanların birkaç yüz metre ötesindeki dut ağacının üstünden bakıyor, neler olup bittiğini görmeye, anlamaya çalışıyorlardı. Hiçbir şey anlayamadılar ama jandarmaları tüfeklerinden tanımışlardı.

29

Çukurova'nın mavi göklerinde hafif, beyaz bulutların telaşla geçmeye başladığı sonbaharın fırtınalı günlerinden birinde, İflahsızın Yusuf tahta bavuluyla Adana garına, Ceyhan'dan gelen trenden indi. Sağa baktı, sola baktı... Trenler, kara vagonlar sıra sıra diziliydi ama, Sivas'a hangisi gidecekti?

Lacivert elbiseli bir istasyon memuruna sokuldu:

"Ben duvar ustasıyım," dedi. "Sivas treni hangisi?"

Ufak tefek, şakacı biri olan istasyon memuru, "Nesin nesin?" diye sordu.

Yusuf hep o gururla, "Duvar ustası!" dedi.

"Duvar ustasısın demek?"

"Duvar ustasıyım ya!"

"Aşkolsun..."

Çukurova'ya ilk geldiği günlerden çok değişikti Yusuf... Üst, baş yepyeniydi. Başındaki kasketin etiketi bile sökülmemişti. Gıcır gıcır. Memur'un "aşkolsun"uyla coştu:

"Ben bu ustalığı esas Kılıç Usta'dan belledim a, şimdi Kılıç Usta'yı mılıç ustayı çok geçtim, yanımda vızırtı. Benim ördüğüm duvarı her usta öre mi bilir?"

İstasyon memurunun o sıra işi yoktu, kantine çay içmeye gidecekti. Yusuf'u gözden geçirdi. Lacivert yün külot pantolonu, mendil cebine sokulu pembe mendili, kopçalı kopya kalemi, külot pantolonunun tıpkısı kumaştan ceketi, etiketi sökülmemiş, mahsustan sökülmemiş kül rengi kasketi, yeni tıraşlı yüzü...

"Sivas trenine çok var daha. Gel birer çay içelim kantinde!"

Memura karşı birden yakınlık duyan Yusuf, "Çay paraları benden amma," dedi.

"Kolay canım."

"Yok hemşerim, benden. Arkadaş dediğin gözümün yağını yesin. Ceyhan'daki inşaatta bir taşeron vardı, kardaştan ileriydik.

Senden iyi olmasın, adamın tekesiydi, emmim gibi. Emmim dedim de aklıma geldi... Ezelden bellerdim ki emmim gibi yok. Halbuki bir yılda takıp geçtim emmimi mümmümü..."

Birden sordu:

"Sen hangi köyden olursun?"

İstasyon memuru, burnunun altında ufacık bıyığıyla kocaman bir tilki, güldü:

"Üstü açık köyden!"

Yusuf şöyle bir düşündü, sonra:

"Üstü örtük köy olur mu?"

"Olmaz mı?"

"Olur mu?"

"Sen hangi köyden olursun?"

"Ben mi? Ben Ç. Köyü'nden olurum. Bu Çukurova'ya siftah indik. Esasta üç arkadaştık biz. Köse Hasan öldü fukara, sen sağ ol. Pehlivan Ali de bir orospu avradın uğrunda çekti gitti, kaldım ben. Ben de açtım gözümü. Usta oldum. Niye? Şöyle bir vurdum zihnime, Yusuf dedim, köyden şehre ne demiye indin? İş güç sahibi olup iyi kötü üçün beşin yoluna bakmak için. Köye varınca köylünü kendine güldürme. Yemin ettim, duvar ustalığını belledim!"

Kantinin kahve kapısında durdular. Matrak memur yol verdi saygıyla:

"Buyur usta!"

Yusuf, "usta" sözüne memnun, gene de, "Yooook,"dedi.

"Niye?"

"Büyüklük Allah'a mahsus!"

"Canım koskoca bir ustasın şimdi. Sen dururken benim önce girmem yakışık alır mı?"

"Canım sen de koskoca bir memursun..."

"Olsun. Ustaların hâli başka. Buyur!"

Yusuf, "Her usta benim gibi mi olur?" dedi.

Adımını besmeleyle attı, girdi. Memur da ardından. Kantin kalabalıktı, sigara dumanı içinde. Boş masalardan birine geçip karşılıklı oturdular. Yusuf bıraktığı yerden başlamadan önce memur çayları söyledi:

"... Emmim derdi ki, siz siz olun, şehirlinin sakalına göre tarak vurun derdi. Şehirlinin merakı, partal atmak.* Siz siz olun şehirliye yeyimi eksik etmeyin, bir. İkincisi de sakalına göre tarak vurun. Bana duvarcılığı Kılıç Usta belletti, malayı elime o verdi lakin, durup dururken değil! Sakalının altına bir girdim, tamam. Namaz mı kılacak? Koşturdum seccadesini, serdim kıbleye. Elini ağzını mı yuyacak? Koşturdum ibriğini. İbriğini sıçmaya giderken bile koşturduğum oldu. Oldu ya, gene de iyi adamdı, istemezdi koşturmamı. Diyeceğim, bu şehirli kısmı pek enayi oluyor sözüm meclisten dışarı. Koltuğuna koltuğuna ver, essah beller, şişer ha şişer. Emmim derdi ki, şişsinler bırak derdi, enayiler şiştiler mi işiniz düze çıkar derdi."

İstasyon memuru dirseğine dayanmıştı, sordu:

"Demek şimdi duvar ustası oldun?"

Bayağı canı sıkıldı. Deminden beri davul mu çalıp duruyordu:

"Oldum ya olmam mı? Şehirli mehirli vızırtı gelir gayri. İsterse Kılıç Usta çıksın karşıma, bir iki demem imtihan olurum. Kılıç Usta da ne? Vızırtı. Acemiler benim ibriğimi taşısın..."

Memur içten içe sinirlenmişti:

"Allah size kel versin de tırnak vermesin i...ler!" diye geçirdi. Gene de, "Doğru," dedi.

"Bizim taşeron, müteahhit çok yalvardılar, etme Yusuf Usta gitme Yusuf Usta... Biz senin ayarın ustayı tövbe bulamayız dediler, ama kulak asmadım. Sıla gibi var mı? Aklıma takıldı bir sefer, durulur mu? Dedim, boşuna yalvarmayın arkadaşlar. Beni gayri kendir kement zapt edemez. Gideceğim, mümkünü yok! Baktılar ki olacak gibi değil, eh dediler, git, sonra da gel.

---

* Övünmek.

Gelirim, dedim, mutlaka gelirim amma bu yevmiyeye çalışmam, haberiniz olsun. Sana bir şey deyim mi? Ben sıla mıla boş verirdim, gitmezdim a, köyde şöyle bir dolanmadan olmaz. Dost var, düşman var, Topsakalın oğluna, Idıbıdılara şöyle bir görünmeliyim. İlle Idıbıdıoğulları... Kahvelerinde gramafon var diye burunlarının yelinden geçilmiyor. Allah izin verirse, gelecek yıl bir tane de ben alacağım. Parasıyla değil mi?"

Birer sigara yaktılar. Memur çayları tazeletti:

"Bunlar da benden. Yusuf Usta!"

"Yook," dedi Yusuf.

"Ne olacak?"

"Bugüne bugün ustalık kazandım hemşerim. Benden içek n'olacaksa..."

Memur dalgasına taş atmadı:

"İyi ya."

Yusuf heyecanla anlatmaya koyulmuştu bile:

"Ben onu bunu bilmem arkadaş. Adını bağışla hele!"

İstasyon memuru, "İhsan," dedi. "İhsan Elagöz..."

"Alagöz," diye düzeltti Yusuf. "Biz Alagöz deriz... Neyse kardaşım İhsan Efendi, insan dediğin, insanların uğruna canını feda etmeli, edemedi mi, kalabalık etmemeli dünyamıza!"

Memuru gözden geçirdikten sonra, sordu:

"Doğru mu eğri mi?"

Memur anlamamıştı:

"Nasıl yani?"

"Yani, mesela, ben usta mı oldum? Heye, de!"

"Heye."

"Ustalığımı mutlaka başkasına, bir acemiye belletmeliyim! Doğru mu eğri mi?"

"Doğru."

"Ben ustalığı belliyeli altı ay olmadı daha amma, sen gel de beni inşaatta, iskelenin üstünde gör. Makine ne ki yanımda? Vızırtı! Üç aceminin ellerine mala verdim. Köy yerinde şimdi bir kızımla, cariyen, iki oğlum var, kölen. Kıza kulak asma, el malı, lakin oğlanlar."

İçinde oğulları canlanmıştı, gözleri daldı. Sonra içini çekip ardını getirdi lafının:

"... Biri Memmed, öbürü Ali, Memmed ince yapılı, uysal. Lakin Ali? Abooo... Yedi denizin dışarı attığı. Akıl ne diyor biliyon mu? Akıl diyor ki, Memmed'i okut diyor. Bizim köyde okul yok. Okul olsa, bir iki demem okuturum. Okuma gibi var mı? Sen okumuş insansın mesela, bizim gibi misin? Güneş, yağmur, ayaz bizim sırtımızdan geçer. Siz? Rahat!"

İstasyon memurunun da dertleri depreşmişti:

"Davulun sesi uzaktan hoş gelir hemşerim," dedi. "Kazın ayağı öyle değil. Memur var, memurcuk var. Biz memurcuk sınıfı... Benim vazifem kondüktörlük. Vazifeye bir başladım mı, yirmi saat. Ne gecem belli ne gündüzüm."

"Sonunda rahat edemeyecektin de ne demiye okudun?"

"Memurcuk kalacak olduktan sonra ha okumuşsun, ha okumamışsın. Sonra, her okuyan köşeye çekilip rahat etse... Yani sen ağa ben ağa, bu ineği kim sağa!"

Yusuf güldü:

"Elbirliğiyle sağarız bre herif," dedi. "Nöbetleşe..."

Memur kendi dalgasındaydı, yeni bir sigara yaktı.

Yusuf üsteledi:

"Öyle değil mi? İnsan elbirliğiyle dağları devirir be. En biri bizim yapı işleri... Bir yapıyı bir insan tek başına yapa mı bilir? Mümkünü yok. Duvar öreni ayrı, harç taşıyanı ayrı, harcını karanı ayrı. Fabrikada da öyle değil mi? Her işi tutan ayrı. Köy yerindeki imecelik gibi!"

İkinci çayları da yarılamışlardı.

"Lakin," dedi Yusuf, "akıl ne diyor biliyor musun? Oğlanı okutup da ne yapacaksın? Al yanına, bellet ustalığı... Doğru mu, eğri mi?"

"O kadar," dedi memur.

"İkisini de. Çekirdekten usta yetişsinler. Ben babasız büyüdüm. Gözümü açtım, emmimi gördüm. Şu kadardım, gece ne zaman uyusam, emmim bizde, anamla diz dize oturur, konuşur dururlardı..."

Bir gece de gusül etmiş öbür odadan çıkarlarken görmüştü de kendini uykuya vermişti. Ama karıştırmadı bunu.

"Emmi demek baba demek. Gözümü açtım emmimi gördüm ya, şimdi emmimi mümmümü geçtim tekmil. Karşıma geçse de böyle böyle dese, sus emmi derim. Sen gurbette eline mala alamadıydın, bak, ben aldım, seni geçtim." Sigarasını tazeledi:

"Duvar ustası olsunlar ya, okuma yazmayı da mutlaka bellesinler. Ben köy yerinde A'yı bilmezdim mesela!"

"Şimdi?"

"Eh, biraz biraz yakıştırıyorum a, insan okuyunca gazeteyi mazeteyi sökmeli. Kitap okumalı, gürül gürül. Okuma yazma gibi var mı?"

Kantinin lokanta bölümüne baktı: Renk renk elbise, dekolteleri içinde kadınlar, çapkın bakışlı erkekler. Yiyor, içiyor, arada kahkahalarını salıveriyorlardı. Yusuf baktı baktı:

"Bunların tümü de okuma yazma bilir öyle ya!" dedi. Memur umursamadı:

"Eh bilirler..."

"Analarının karnında mı bellerler?"

"Yok canım."

"Ya?"

"Şehirde."

Yusuf başını salladı:

"Allah izin verirse biliyorum ben n'öreceğim!"

"N'örecen?"

"Çoluğu çocuğu toplayıp..."

"E?"

"Haydi şehre!"

İstasyon memuru ağzını gere gere esnedi. Usanmıştı Yusuf'tan. Zaten deminden beri atıp tutmasına içerlemişti. Yusuf'un engel olmasına aldırış etmeden, çay paralarını verdi: "Bana bak bana," dedi. "Deminden beri boyuna dinlettin. Anlattıklarını yedim belleme. Hem sana bir şey deyim mi? Köyünden de çıkmaya kulak asma!"

Yusuf küçük memurun gerçek yüzüyle karşılaşınca şaşırmıştı: "Niye?"

"Şehri pislettiğiniz yeter!"

"Biz mi pisletiyoruz?"

"Fazla konuşma, gözü açıklığa da lüzum yok. Yallah, marş!"

Yusuf bozulmuştu. Oradan uzaklaştı. Uzaklaştı ya, umursamadı da. Şehre göçüp göçmemesine ne karışırdı o? En büyük memur o değildi ya!

Bir başkasından Sivas trenini sordu. En azından yedi sekiz saat vardı gelmesine. Elinde tahta bavulu, peronda uzun uzun dikildi. İlkin şehre inmeyi düşündü. Vazgeçti sonra. Ceyhan pazarından alacaklarını almıştı. İnip de masrafa ne diye boğulacaktı?

Birden tahta bavuldaki gazocağını hatırladı. Pırıl pırıl sarı bir ışık geçti kafasından. Güneş yanığı, kupkuru yüzü yumuşadı. Hatta bu kavruk, çirkin yüz çocuksu bir hâl aldı, sevimlileşti. Ceyhan pazarındaki adam ispirto dedikleri mor suyu hazinesine döküp kibriti çalmasını, pompalamasını filan belletmişti. Unutup unutmadığını yoklasa mıydı acaba?

"Kadere kırk beş be," diye söylendi. "Yoklarım. Mal benim değil mi? Parasını ben saymadım mı? Yoklarım yoklarım kime ne?"

Kulağında yılan ıslığı... Hasan'ı hatırladı. En çok da, "Kardaşlar, benim iflahım kesik. Ben burada kalırsam, siz de sağlıcakla varırsanız köye, Eminemin kara gözlerinden bir güzel öpün!" dediğini, yeşil saç tokasıyla kırmızı tarağı uzattığını... Tokayla tarağı o günden beri gözü gibi saklamıştı.

İçini çekti.

371

Sonra elinde bavul, peron merdivenlerini ağır ağır indi. Şehre müşteri bekleyen otobüs, taksi, çift atlı fayton kalabalığının bekleştiği meydanı geçip halkın "Holivut Mahallesi" dediği banka evleriyle kalın bedenli okaliptüs ağaçlarının altına geldi. Kendisi gibi tren bekleşen ırgatların arasından geçti. O kadar çoktular ki!

Yusuf aralarından gururla geçiyordu. Bunca insanlardan hangisi kendisi gibi duvar ustalığını belleyebilmişti? Koyunlarında kaç paraları vardı? Okuma yazına bellemişler miydi? Yazmayı pek beceremiyordu amma, gelecek yıl onu da belleyecekti, yemin etmişti.

Sona kadar gitti, geri döndü.

Kadınlar, erkekler, çocuklar... Bütün bu insanlar ne için gözlerini açıp duvar ustalığını bellemiyorlardı sanki? Her hâlde sakala göre tarak vurmasını bilmiyorlardı!

Emmisini hatırladı. "Nur içinde yat!"diye geçirdi. Bütün bu insanların sakala göre tarak vurmasını belletecek emmileri yoktu ki! "Daha iyi. Herkes sakala göre tarak vursa duvar ustası olur, bize iş kalmaz!"

Tenha bir köşeye çekildi. İri bedenli bir okaliptüsün altına, sırtını ağacın sağlam bedenine dayadı.

Huzur içindeydi. Gözlerini yumdu. Oooh! Yarın bu vakit köyünde olacaktı, çocuklarının içinde. Gazocağını yakacak, üstüne tencereyi oturtacaktı. Suyun çabucak kaynayışına karısı amma da şaşacaktı. "Tövbe estağfurullah," diyecek, sakınacaktı. İlkin korkardı herhalde. "Cin işi," derdi. "İnsan işi değil, tövbe değil!"

Sonra komşular... Eve doluşurlardı, mücerret.

"Amanın kız, o ne ki?" derler, besmele çekerler, "Cin işi, şeytan işi," derlerdi."... İşi iş değil, tövbe estağfurullah..."

Güldü:

"Enayiler" dedi. "... Gelsinler de şehri görsünler. Şehirdeki tomafilleri, tirenleri... Muhtar bilir, muhtar tabii bilir canım. Koskoca bir muhtar mesela... Lakin okuma yazması yok. Kâğıdın bağrına mührünü basmak da iş mi? Ben de basarım. Yazmam yoksa da okumam var ya az buçuk! Duvar ustası oldum ya!"

Avucuyla tahta bavulunu okşadı. Sonra kapağı açtı. Gazocağını karton kutusundan çıkardı. Yepyeni gazocağı sarı bir su gibi ışıl ışıldı. Gururla güldü. Emmisi emmisiyken, köye böyle bir dene getirebilmiş miydi? "O, bu değil ya, köy çalkalanır gayri. İflahsızın Yusuf bir dene bir şey getirmiş, abooo... Yılan ıslığı gibi sedası var. Suyu kabıynan üstüne koyuyorsun, bir iki demeden kaynatıveriyor!"

Yalnız, Topsakalın Durmuş, Çukurova'ya gidiyoruz deyince gülüvermişti üzerlerine. "Nasıl?" derim. "Gülüverdiydin. Bak duvar ustası oldum tekmil... Amma gene de gözü yemez. Yemezse yemesin. Adam olsun da kendi de ustalık bellesin. Ya okuma bellediğim?"

Gazocağını bırakıp alfabesini aldı, rasgele açtı. Topsakalın Durmuş'un inadına başladı:

"Ba ba ba na bal al!"

Kendi kendine göz kırptı:

"İki ay sonra gene inecem Çukurova'ya. Gazete, kitapla dönecem inşallah. Topsakalın Durmuş karnından yarılsın! Yarılsın tabii..."

Çevresini hemen sivrisinekler almış, vınıltıyla dolanmaktaydılar. Bir ara burnunun ucu ateş gibi yandı. Sinirli sinirli kaşıdı...

Güneş devrilinceye kadar tek başına oturdu. Daha da oturacak düşünecekti. Düşünecekti ya, sivrisinekler rahat bırakmıyorlardı ki!

Gazocağını yeniden aldı. Yakarsa belki dağılırlardı. Küçücük ispirto şişesini çıkardı. İlkin büyük şişeden gaz koydu ocağa, sonra başa ispirto döktü, çaldı kibriti. Tatlı mavi bir alev tırmanarak başı neşeli neşeli sardı. Yusuf hazdan kırılarak seyrediyordu ki, yanına birisi yaklaştı. Bir süre böylece dikildikten sonra çömeldi:

"İznin olursa şu cigaramızı yakak!"

Yusuf baktı. Gazocağından vuran ışıkla aydınlanan yüzler birbirlerini hemen tanıdılar.

"Vay Mıstık, sen miydin?"

"Ulan Yusufmuş be... Vay kardaşlık vay!"

"İlaha Mıstık. Ben de yadırgı belledim."

"Ben de yadırgı bellediydim. Gazocağı mı aldın?"

"Gazocağı aldım şükür ya kardaş..."

"Nereye böyle? Köye mi?"

"Kısmetse... Sen?"

"Ben de ya, kulak asma bana..."

"Niye?"

"İki yakamız bir araya gelmedi bizim, iflah olmadık. Sen ne yaptın?"

"Ben mi? Usta oldum, hem de duvar ustası."

"Biliyom."

"Okuma bellediğimi de biliyon mu?"

"Belledin mi?"

"Bak hele bak... Bu sırtı mırtı aldım, gazocağı aldım, çoluğa çocuğa sırt mırt, pırtı mırtı bir iki..."

"Senin Pehlivan'ı sormuyon ya!"

"Ali'yi mi?"

"Ali'yi, fukara..."

Yusuf merakla sordu:

"Ne oldu?"

"Sen sağ ol!"

"Demee!"

"Günahın boynuma..."

"Anlat hele Mıstık laan..."

Hidayet'in oğlu sigara paketini çıkardı, birer tane yaktılar. Sonra ağır ağır başladı:

"Bacağını patoz aldı!"

"Patoz mu? Patoz ne?"

"Patoz mu? Patoz, harman makinesi. Buğday demetlerini ağzından içeri ver, bir yandan buğday çıksın, öte yandan saman, aniden Ali'nin bacağı bu ağızdan içeri gitti, kasığa kadar. Fukara..."

"Öldü demek?"

"Ölmezdi ya, ağa tomofiline atıp şehre, hastaneye götürmedi. Bir usta vardı, patoz ustası dedi ki, arabası kirlenir diye Ali'yi almadı arabasına dedi..."

"Kandan mı kirlenirmiş?"

"Kandan kirlenirmiş."

Yusuf, Hidayet'in oğluna uzun uzun baktı. Gırtlağına bir şey tıkanır gibi oldu, içi kabardı:

"Vay Ali vay, vay kardaşlık Ali vay..."

"... Alın yazısı. Kaderi kötüymüş fukaranın. Koca patoz, konkasor patozu ki, dağ gibi. Taşkıran cinsi. Adam bakmaya korkar. İşlemeye bir başladı mı, toprak zangır zangır titrerdi. İçindeki bıçaklar dakkada bin beş yüz elli devir yapıyor dediydi usta..."

Yusuf'un dinlediği yoktu. Usul usul ağlıyordu.

Banka evlerinde birden elektrik yandı, bir radyo geceye oynak bir türkü yaymaya başladı. Duymuyor, duymuyorlardı.

"... Lakin efendi Allah'tan işte, o gece, tam o gece, ne hikmetse iki harmanın ikisi birden alev aldı!"

Yusuf usulcacık sordu:

"Yandı mı?"

"Kendiliğinden yandı efendi, Hikmet-i Hüdâ!"

"Kendiliğinden ha?"

"Şerefsizim kendiliğinden. Kibrit çalınmış gibi... Uşaklar karakolda dediler ki, Ali saftı, Cenab-ı Allah patoza, ağaya kızdı, harmanlarını yaktı dediler. Doğru. Gündüz Ali'nin bacağı kopuyor, ağa arabasına almıyor, akşamına harmanlar yanıyor. Düşün!"

"Doğru," dedi Yusuf. "Saftı fukara, çocuk gibiydi..."

"Ya. Allahımızın bir hikmeti, rahmanirracim!"

Gökyüzüne baktılar. Kapkara okaliptüslerin üstünde yıldız dolu berrak bir gök uzanıyordu. Yusuf iyice duygulanmıştı:

"Vay Ali vay," dedi. "Köy yerine varınca n'örüyüm ben şimdi Mıstık?"

"Sana ne?"

"İkisini de şehre ben kandırıp getirdiydim... Ali'yi hele, anası bana emanet ettiydi. Ben olmasam tövbe salmazdı!"

"Tecelli. Sen Allah'tan daha iyi mi bilecen?"

"Tövbe tövbe, hâşâ amma... Avrat kısmı laf anlar mı? Alimi isterim diye gayri... Vay vay, vay kardaşlık vay... Demek anide öldü?"

"Anide. Yan yana çalışıyorduk. İki gün mü, üç gün mü olduydu ne işe başlayalı. İkimiz de acemiydik daha. Besmeleyi sıkı çektiydik a, gâvur malı, besmele müsmele mi kâr ediyor? İşlerken benim diyor dinsiz. Durdan, oturdan anladığı yok. Irgat bir yekindiydi efendi... Lakin ağayı görüyon mu? Ha babam kardaşlarım, ha babayiğitler ha deyince... Bizim milleti bilmen mi? Koltuğu ver, yekinir. Ondan sonra geç ardına!"

Sigarasının dibini kuvvetli bir fiskeyle fırlattı. İzmarit ta uzaklara bir ateşböceği gibi uçtu.

"Peki," dedi Yusuf, "cenderme menderme gelmedi mi?"

"Geldiii... Gece yarısıydı, tümümüzü karakola götürdüler. Bizi saldılar. Usta musta, ırgatbaşı, ağa mağa kaldılar. Mahkemeleri hâlâ görülüyor dedilerdi. Ne oldu bilmem..."

"Vay kardaşlık Ali vay! Ben sana demedim miydi? Sözümü tutsaydm da bu dirlik başına gelmeseydi olmaz mı?"

"Ecel arkadaş ecel. Eceli biliyor musun? Ecel geldi cihane, başağrısı bahane demişler. Ne orospu kassığında yatmıştır o ecel!"

"Fukara anasına ne cevap vermeli? Yolunu gözler yatır gayri!

"Senin elinde ne var? Demek gazocağı mazocağı aldın?"

Yusuf, "Bırak," dedi. "Gazocağı batsın. Akıl diyor..."

"Ne diyor?"

"Köye möye varma diyor!"

"Akıl mı şu? Senin elinde ne var? Sen öldürmedin ya!"

"Doğru, ben öldürmedim amma..."

"E?"

"Çukurova'yı icat eden benim!"

Bir süre konuşmadılar. Ortalık iyice kararmıştı. Çevrelerinde ateşböcekleri uçuşuyor, yakınlardan insan mırıltıları geliyordu. Birden yanık bir gazel yükseldi. Ta yürekten kopup gelen, hâlinden, dünyasından dertli bir gazeldi. Yusuf'un içi büsbütün kabardı. Ellerini yüzüne kapadı, kana kana, hıçkıra hıçkıra ağlamaya başladı. Neden sonra da tam tersi oldu. Gözyaşlarının kaynağı sanki birdenbire kurudu. Sinirlenmişti hatta. Sanki Pehlivan Ali'nin anası karşısıdaymış da, "Oğlumu Çukurova'ya sen götürdün, patozlara sen yem ettin, Alimi senden isterim!" diye yakasına yapışmışçasına, "Bana ne?" dedi. "Benim elimde ne var? Ben icat çıkardıysam kötülüğüne mi? Elin avradını al da yazının yüzüne mi kaç dedim? Gitmeseydi. Yazıya mazıya gitmeseydi. Adam olaydı da duvarcılık belleyeydi; öyle değil mi amma Mıstık?"

Hidayet'in oğlu, "Hiç canım, dedi.

"Bana ne anam derim, oğlunu ben öldürmedim ya. Deli kafasının dikine gitti. Allah vermeye kendir kement zapt mı ediyordu? Karınca kanatlanmazsa zeval bulmaz derdi emmim. Doğru. Ali de kanatlanmayaydı... Doğru mu eğri mi?"

"Doğru arkadaş, bıçak gibi dosdoğru laf!"

"Lakin denmez be Mıstık. İnsanlığa sığmaz be. Neden dersen, insan dediğin bir insan ya canını vermeli insanlar için ya da gölge etmemeli dünyamıza!"

Hidayet'in oğlu hiçbir şey anlamadığı hâlde, "Doğru," dedi.

"En iyisi, sövüp saysa bile cevap vermemeli, o değilden gelmeli. Zaten ciğeri yanık fukara avradın..."

Hidayet'in oğlu yeni bir sigara yakacaktı, sigarası tükenmişti. Yusuf'tan istedi. Yusuf paketle kibriti uzattı. Hidayet'in oğlu bir sigara yaktı, sonra kibritle paketi cebine soktu.

30

Bozkır'da esen kupkuru, sert rüzgâr Ç. Köyü'nü önüne katmıştı. Gök bakır rengindeydi, yer kül renginde. Alıcı kuşlar dolanıp duruyorlardı havada. Yakınlarda leş olmalıydı.

Bir adam, uzun boylu, kupkuru bir adam, elinde tahta bavulu, köyün yolunu tutmuştu. Lacivert şayak ceketinin yakasını kaldırmış, başını omuzları arasına çekmiş, hafifçe öne eğilmişti. Yürüyordu. Geniş adımlarla köyüne doğru yürüyor, tam karşıdan vuran rüzgâra aldırmadan yürüyordu. Kulakları, burnunun ucu, bavulun demir sapını tutan kemikli eli buz kesilmişti. Bütün bunların farkında bile değil, yürüyor, durmadan yürüyor, yürüyordu. Ne bakır renkli gök, ne yanmış cılız otlarıyla bozkır, ne de alıcı kuşlarla sert rüzgâr.

Yürüyordu. Elinde bavulu, adım adım yaklaşıyordu köyüne. Çukurova'yı o icat etmişse Köse Hasan'la Pehlivan Ali'yi o öldürmemişti ya!

Yürüyordu.

Elinde bavul, sırtında yeni urba, ayaklarında potinler, başında etiketi koparılmamış yepyeni kasket, sarı kopya kalemiyle, yürüyordu. Köse Hasan'ın karısı, kızı, Pehlivan Ali'nin anası, kahveci Idıbıdıgil, Topsakalın oğlu, bakır renkli gök, bozkır, havada alıcı kuşlar, ayaklarının altında dümdüz ova, ovada sert rüzgâr... Yürüyordu.

O yürüdükçe köy, sert rüzgârın önünde sanki geriliyordu.

Ama yürüyordu. Kulaklarında parçalanan sert, soğuk rüzgâra karşılık alnında ter taneleri çoğalıyor, attığı her adımla uzaklaşıp gerilermişe benzeyen köyüne yaklaşmak için inatla yürüyordu.

Birden köpek sesleri çalındı kulağına. Tanış sesler. Sevindi. Boş eliyle burnunun bir deliğini tıkayıp, öbür delikten var gücüyle hıhladı, elini yün külot pantolonuna sildi, kasketini hiç lüzum yokken düzeltti.

İliklerine kadar gururla doluydu.

Hasan?

Ali?

Evet ama onlar yoksa, geri dönülmez yollarda kaldılarsa suç onda mıydı? Kader, kısmet, ecel! O öldürmemişti. Allah biliyordu içini, ölmelerini istememiş, aklından geçirmemişti. Köse Hasan'ın avradı, kızı, Pehlivan Ali'nin anası duyup gelecekler, soracaklardı. O öldürmemiş, ölmelerini istememişti ama, dinleyecekler miydi bakalım. Ağıt, figan, feryat... Köylü toplanacak, büyük büyük açılan gözleriyle soracaklardı ondan. Nerde Hasan? Ali nerde? Biliyordu diyeceğini, ezberlemişti amma, dinletebilecek miydi? Karı kancık kısmı söz anlar mıydı? Ölü evine dönecekti evi. Gazocağını mazocağını çıkaramayacak, sırtlığı mırtlığı veremeyecekti karısına.

Öfkeyle tükürdü yere.

Veremeyecekti, vermemeliydi, yakışık almazdı. El ayak çekilip herkes evinin yolunu tuttuktan sonra... Köylü o öldürmüşçesine bakacaktı. Allah, ecel mecel deseler bile gene de o öldürmüşçesine bakacaklar, en çok Pehlivan Ali'nin anası kendini yere atıp uğunacaktı Alim Alim diye!

İçini sıkıntıyla çekti.

Bozkır, sert rüzgâr, alıcı kuşlar. Alıcı kuşlar arkada, çok arkalarda kalmışlardı.

Kerpiç evlerden ibaret köyüne bir uçtan girdi.

Ölü bir sessizlik!

Fırtınaya dönmekte olan rüzgâr kerpiç evlerin duvarlarında parçalanıyor, sonra da öfkeyle derlenip toplanıyordu.

Birden kan kırmızısı bir horoz, benekli ak bir tavuğu kovalayarak önünden yıldırım gibi geçti.

Adam gülümsedi, karısı geçti aklından ama, birden Çukurova'da bırakıp geldiği arkadaşlarının sahiplerini hatırlayınca, yüzü asıldı.

Canım o öldürmemişti ki!

Bir köpek, birkaç tavuk, yorgun iki öküz... Derken kızlı oğlanlı çocuklar. Çeşmede ince, uzun saç belikli kız çocukları bakraçlarıyla testilerine su dolduruyorlardı. Eli bavullu adama şaşkınlıkla baktılar. Tanıyamamışlardı birden. Soluklarını keserek daha dikkatle baktılar, sonunda ufacık kızlardan biri bağırdı:

"Bubaaam!!!"

Bakracını suyun altında koyup, ince bacaklarının olanca gücüyle koşarak toprak evlerin arasında gözden silindi. Eve soluk soluğa geldi:

"Bubam geliyor ana," dedi, "bubam geliyor!"

İki oğlan, kerpiç evin alacasında boğuşmaktaydılar. Anaları da kirmenle yün eğirmekteydi. Bir anlık şaşkınlıktan sonra çocuklar boğuşmayı bırakıp koştular:

"Bubam, bubamız!"

Kadın kirmenini bir yana bıraktı, başörtüsünü çözüp çenesinin altında yeniden bağladı. Çocuklar hep birlikte fırlamışlardı babalarını karşılamaya. Kadın kapı kıyısından baktı dışarıya: Geliyordu, gerçekten de geliyordu herif. Teeeh, sırtında yeni urba, ayaklarında potinler, elinde bavul geliyordu. Çevresinde irili ufaklı, kızlı oğlanlı köy çocukları, adamın öz çocuklarının da çevresinde, bayram sevinci içindeydiler. Geliyorlardı. Geliyorlardı ya, Köse Hasan'la Pehlivan Ali nerdeydiler? Tövbe, nerdeydi onlar?

Ali'nin anası, sözlüsü, Hasan'ın karısı, kızı Emine yollarını gözleyip yatıyorlardı!

Eli bavullu adam kaba postalları, yün ceketi, külot pantolonuyla adım adım geldi, geldi, geldi. Kerpiç evinin karanlık kapısında durdu bir an. Sonra daldı içeri. Evin karanlık ağzı adamı yuttu. Ardında çocukları, kapı kapandı.

Kapanan kapının dışında kalan çocuklar için büyük, çok büyük bir olaydı bu. Akla durgunluk verecek, şaşılacak kadar. İçerde ne yapacaktı acaba? Karısına, çocuklarına neler getirmişti gayri? İyi ama, Köse Hasan'la Pehlivan Ali emmileri ne diye gelivermemişlerdi ya?

Üç beş koldan köye dağıldılar.

Rüzgâr gittikçe öfkeleniyor, kendini yerden yere çalıyor, bakır renkli gökse, yaklaşan akşamla kararıyordu.

***

İflahsızın Yusuf tahta bavulundan gazocağını çıkarmıştı:

"Bu var ya bu? Pompa! Bunu bastın mı alevdir yekinir. Ateş yekinir senin anlayacağın!"

Kadın başörtüsünü çenesinin altında çözüp yeniden bağladı:

"Töövbeee... Ne kadar çok basarsan o kadar çok mu yekinir alaf?"

"O kadar çok yekinir!"

"Demek suyu..."

"Aniden fokur fokur kaynatır!"

"Odunu nerden konuyor?"

İflahsızın Yusuf havasını iyice bulmuştu. İspirto şişesini, sonra da gazyağı şişesini çıkardı:

"Odunu, kömürü bu! Gazyağı bu, bildiğin gazyağı. Bu da ispirto!'"

"İspirto mu?"'

"İspirto."

"Ne ki o?"

Sivri burnu bilgiçce parladı:

"İspirto işte canım. Sen bilmezsin. Şehirde daha neler var, tuu. Şehir deyip geçiyon mu? Şehre bi varsan küçük dilini yutarsın! Lakin, bırak canım... Yürcğim, yürğeğimin başı yanıyor, köz düşmüş gibi..." Bir an sustu. "Ali'yle Hasan öldüler," dedi.

Kadın gene başörtüsünü çenesinin altında çözüp bağladı:

"Senin elinde ne var? Ecel!"

"Doğru, öldüren ben değilim a, ölmeselerdi iyiydi..."

"Ölecekleri varmış..."

Çocuklar çevrelerinde itişip kakışıyorlardı:

"Buba bu ne?"

"Bu ne buba?"

"Buba bee, bak şu pise be!"

Anaları birer tekme salladı:

"Geri durun, kahpe dölleri!"

"..."

"..."

Bir ara oda kapısı yavaşça itildi. Upuzun, kupkuru bir kadın, Köse Hasan'ın karısı, paçavralar içinde, bir korkuluk gibi girdi. Ardında sivri çeneli kızı, Emine. Çıplak ayaklarıyla ürkek, hemen oracığa diz çöktü.

Yusuf donmuş kalmıştı. Elindeki gazocağına korkuyla baktı. Gözlerinden karaltılar geçti. Sonra kendini toparlayarak, Köse Hasan'ın kızına, "Gel," dedi. "Emine, gel. Buban dediydi ki, köye varırsan, Eminemin kara gözlerinden bi güzel öp dediydi!"

Yusuf Emmisinin pırıl pırıl gazocağından gözlerini ayıramayan Emine, "Bubam ne diye gelmedi ya?" diye sordu.

Yusuf'un gözleri büsbütün karardı. Gazocağı elinden düştü.

Başka bir şey konuşulmadı.

Paçavralar içindeki korkuluk, kuru, çıplak ayakları üzerine kalktı, kızını buz gibi elinden tuttu, hırsla çekti, çıktı gitti. Ne çığlık, ne dövünme, ne telaş!

Uçsuz bucaksız bozkırdan kopup gelen acı rüzgâr köyün kerpiç evlerinde parçalanıyordu.

Yolda Pehlivan Ali'nin anasına rastladılar. Eski yazmasının altından kurtulmuş bir tutam ak saçıyla yuvar yuvar geliyordu. Köse Hasan'ın karısıyla kızının yanında durdu:

"Öyle mi kız? Yusuf gelmiş deyiverdiler... Bizimkiler ne demeye gelmediler ola?"

Köse Hasan'ın karısı omuz silkip yürüdü.

Hiçbir şey anlamayan yaşlı kadın artlarından uzun uzun baktı. Sonra sert rüzgârın uçurduğu bir tutam ak saçıyla, Alisini sormak üzere, Yusufgillere doğruldu.

Gökyüzü pas rengini almıştı.

Yakın bir yerlerdeyse, Pehlivan Ali'nin çokluk dilinden düşürmediği bir türkü çığırılmaktaydı:

Enginli yüksekli kayalarımız
Gamınan yoğruldu binalarımız
Doğurmaz olaydı analarımız
...
...